SONHOS DE AVALON

O SEGREDO DA RAINHA

Grande Reino da Britânia

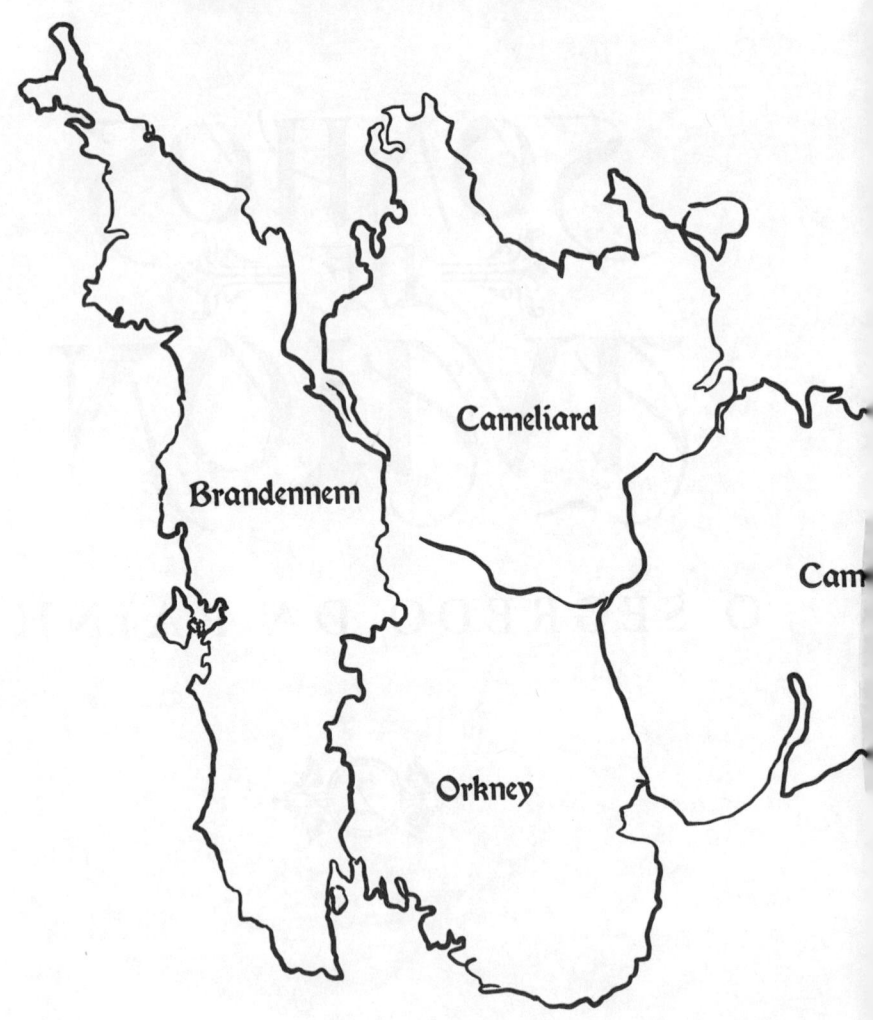

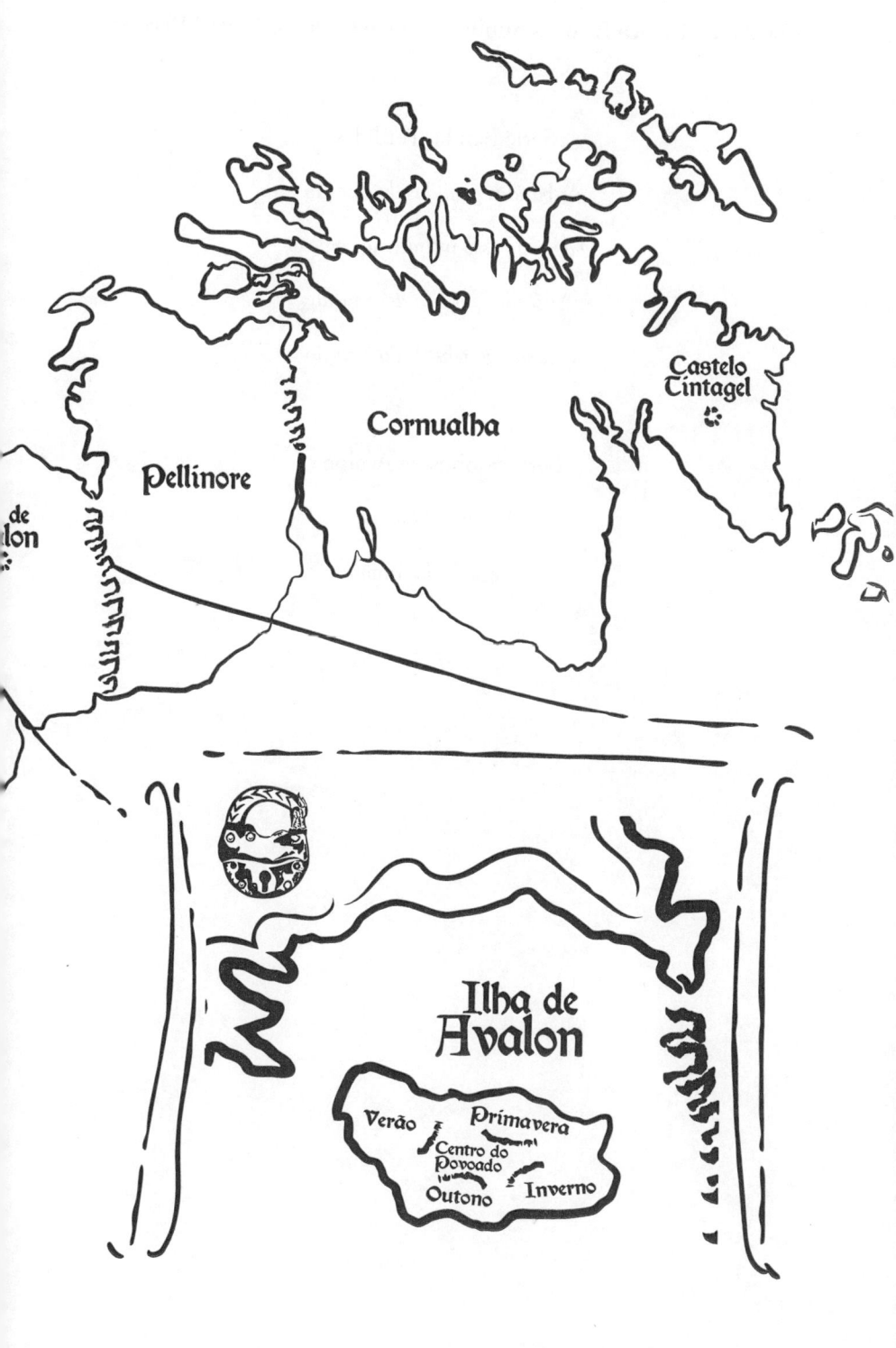

Livros de Bianca Briones publicados pelo Grupo Editorial Record:

Série Batidas Perdidas

As batidas perdidas do coração

O descompasso infinito do coração

A escolha perfeita do coração

O desapego rebelde do coração

Série Sonhos de Avalon

A última profecia

O segredo da rainha

❧ BIANCA BRIONES ❧

SONHOS DE AVALON

O SEGREDO DA RAINHA

1ª edição

BERTRAND BRASIL
Rio de Janeiro | 2021

EDITORA-EXECUTIVA
Renata Pettengill

SUBGERENTE EDITORIAL
Marcelo Vieira

ASSISTENTE EDITORIAL
Samuel Lima

ESTAGIÁRIA
Georgia Kallenbach

REVISÃO
Renato Carvalho

DIAGRAMAÇÃO
Futura

CAPA
Rafael Nobre e Andre Manoel

IMAGEM DE CAPA
Lorado / iStock (mulher #1)
Dmytro Buianskyi / Shutterstock (mulher #2)
faestock / Shutterstock (mulher #3)
Digital Storm / Shutterstock (espada)

CIP-BRASIL. CATALOGAÇÃO NA PUBLICAÇÃO
SINDICATO NACIONAL DOS EDITORES DE LIVROS, RJ

B871s

Briones, Bianca, 1979-
Sonhos de Avalon: o segredo da rainha, 2/Bianca Briones. – 1. ed.
Rio de Janeiro: Bertrand Brasil, 2021.
; 23 cm.

Sequência de: Sonhos de Avalon: a última profecia, 1
ISBN 978-65-5838-041-2

1. Ficção brasileira. I. Título.

21-69723

CDD: 869.3
CDU: 82-3(81)

Meri Gleice Rodrigues de Souza – Bibliotecária – CRB-7/6439

Copyright © Bianca Briones, 2021
Texto revisado segundo o novo Acordo Ortográfico da Língua Portuguesa.

2021
Impresso no Brasil
Printed in Brazil

Todos os direitos reservados.
Não é permitida a reprodução total ou parcial desta obra, por
quaisquer meios, sem a prévia autorização por escrito da Editora.

Direitos exclusivos de publicação em língua
portuguesa somente para o Brasil adquiridos pela:
EDITORA BERTRAND BRASIL LTDA.
Rua Argentina, 171 — 3º andar — São Cristóvão
20921-380 — Rio de Janeiro — RJ
Tel.: (21) 2585-2000 — Fax: (21) 2585-2084

Seja um leitor preferencial.
Cadastre-se no site www.record.com.br e
receba informações sobre nossos lançamentos
e nossas promoções.

Atendimento e venda direta ao leitor:
sac@record.com.br

Para aquele que nem o tempo nem a perda da memória foram capazes de apagar.

LISTA DE PERSONAGENS

Morgana Pendragon — *uma das últimas feiticeiras de Avalon e irmã de Arthur*

Arthur — *rei da Britânia, protetor da magia e irmão de Morgana*

Melissa — *a última filha de Avalon e irmã gêmea de Gabriel*

Merlin — *o feiticeiro mais poderoso do reino e conselheiro de Arthur*

Viviane — *feiticeira, Grã-Sacerdotisa da Deusa, conhecida pelo povo como Senhora de Avalon e tia e treinadora de Morgana*

Lilibeth — *a última princesa das fadas*

Sir Hector — *pai de Sir Kay, treinou Arthur para ser cavaleiro*

Gabriel — *irmão gêmeo de Melissa*

Benjamin — *pai de Melissa e Gabriel*

Uther — *primeiro Grande Rei da Britânia, morto pelos saxões, e pai de Arthur e Morgana*

Igraine — *rainha da Britânia, morta pelos saxões, mãe de Arthur e Morgana*

Lancelot — *primeiro cavaleiro de Arthur, filho de criação de Viviane*

Galahad — *cavaleiro de Arthur e grande amigo de Lancelot*

Kay, Bors, Tristan, Lucan, Berenis, Geraint, Percival e Bedivere — *cavaleiros da Távola Redonda e conselheiros de Arthur*

Marcos — *amigo de infância dos gêmeos Melissa e Gabriel*

Paula — *amiga de Marcos e Melissa*

Barba Negra — *pirata do reino mágico*

Capitão Gancho — *comparsa de Barba Negra*

Gorlois — *antigo duque da Cornualha e ex-marido de Igraine*

Malagant — *um dos trigêmeos de Morgause, junto com Mordred e Gaheris*

Morgause — *rainha de Orkney, irmã de Igraine e tia de Arthur e Morgana*

Lot — *rei de Orkney, marido de Morgause*

Gaheris, Gawain e Mordred — *cavaleiros da Távola Redonda e conselheiros de Arthur, primos do Rei e filhos de Morgause*

Isolde e Wace — *mulher e filho do cavaleiro Kay*

Ban — *um dos reis do reino mágico e pai de Lancelot*

Geoffrey — *antigo rei de Orkney que adotou Viviane como filha; pai das gêmeas Igraine e Morgause*

Owain — *filho de Viviane*

Germanus — *bispo romano*

Cedric — *rei de Brandennem e pai de Isolde*

Caius — *general romano*

Erin — *irmã de Tristan*

Mark — *rei da Cornualha e tio de Tristan e Erin*

Argus — *médico do castelo de Arthur*

Leodegrance — *rei de Cameliard*

Eldon — *rei de Pellinore*

LISTA DE LUGARES

Britânia — *conjunto de seis reinos herdado por Arthur, composto por Camelot, Cornualha, Orkney, Brandennem, Cameliard e Pellinore*

Camelot — *reino criado por Uther para viver com Igraine*

Cornualha — *reino onde Igraine vivia com o Duque Gorlois. Após sua morte, foi governado por Mark, antigo cavaleiro de Uther*

Orkney — *reino de Geoffrey, que, após sua morte, foi anexado por Lot com o casamento*

com Morgause, filha de Geoffrey

Brandennem — *reino de Cedric, pai de Isolde*

Pellinore — *reino de Eldon*

Avalon — *ilha onde a magia corre livremente no mundo dos homens*

Quatro Estações — *pequena cidade do interior do Brasil onde a família de Melissa vive*

Cameliard — *reino de Leodegrance*

Benoíc — *reino mágico da família de Lancelot, fica do outro lado do portal*

Roma — *império que deseja anexar parte das terras da Britânia, além de cristianizar o povo*

Há tempos, um laço de sangue uniu duas mulheres — duas personalidades poderosas e obstinadas, que precisariam aprender a lutar juntas se quisessem salvar quem amavam.

No entanto, sem que ninguém permitisse, uma profecia selava e invadia destinos. Em contraponto, uma ligação entre dois homens se forjava, baseada em amizade e honra: um rei e um cavaleiro, que se consideravam irmãos e estavam prestes a ver tudo mudar.

Traição.
Sangue.
Morte.
Uma guerra predestinada.
Um destino a se cumprir.
Seria possível mudá-lo sem que o sangue fosse derramado?

1

A vida passava em sua mente como um filme. A primeira visita a Avalon com Gabriel, quando se apaixonou por Lancelot; os seis meses que viveram juntos desfrutando daquele amor; a "morte de Gabriel"; a volta para Quatro Estações, sem lembranças e com a dor de uma perda que não existiu de fato; o pai inconsciente; as primeiras impressões; a chegada a Camelot; a conexão absurda com Lancelot, sem imaginar que ele era seu coração; a jogada de Merlin e um reino que ela, a última filha de Avalon, precisava salvar; o envolvimento com Arthur, totalmente físico e agora parte de seu arrependimento; a aproximação e lembrança de Lancelot e do que viveram graças a um amor mais forte que a magia; e o poder de seu irmão, que o expôs a algo terrível. Por fim, precisou fazer uma escolha e abriu mão de seu amor outra vez. Não sabia onde Lancelot estava nem se o irmão ficaria bem. Não suportaria perder os dois.

Desde que Lancelot partira, após outra grande jogada de Merlin com a vida de Gabriel como trunfo, Melissa sentia como se vivesse uma sobrevida, como se os dias passassem por ela. Vinha pensando em lutar contra a sensação, em recuperar o irmão e fugir com ele à procura de Lancelot, e, mais uma vez, era levada para longe de tudo e ainda não sabia como voltar.

"Você voltará, e desta vez não irá sozinha", as palavras do pai preenchiam seus pensamentos. Seu tom sério deixava claro que ele sabia o que estava acontecendo. Talvez soubesse muito mais do que ela.

Por mais que precisasse conversar sobre o que estava acontecendo, Melissa não queria sair do abraço do pai. Ele passou dois anos inconsciente e então acordou de uma maneira que ela nem sequer havia imaginado. Depois de tudo o que passara, sentia-se como uma menina à procura de direcionamento. Isso a perturbava porque havia muito tempo aprendera a ser forte e a se virar sozinha, mas se permitiu, por alguns instantes, buscar conforto naquele em cujo abraço não se abrigava fazia muito tempo.

— Pai... — Ela se afastou um pouco e o encarou. Seu rosto pálido parecia muito abatido. — Como você sabe que o Gabriel está vivo? O que disseram a você depois que acordou?

— Eu não disse nadinha! — Paula balançou seus cabelos coloridos de um lado para o outro, defendendo-se. — Nem deu tempo. Ele acordou e começou: "Meus filhos isso, meus filhos aquilo." Algo sobre profecia, magia, feitiço... Ah, essas coisas aí das quais eu não entendo nada e fico passada cada vez que algo prova que são reais.

Benjamin franziu o cenho, se virando para observar a peculiar amiga dos filhos.

— Eita, Paulinha, respira... — disse Marcos, surpreso por alguém conseguir falar tão rápido e ainda assim ser compreendido. — Mel, como o Gabriel pode estar vivo? Nós o enterramos.

— Não era ele.

— Como não era? Mel, você está bem? Essa troca é meio pesada. Morgana ficou bastante alterada da outra vez. Ela desmaiou e tudo.

— Marcos, quem enterramos não era ele. Foi um feitiço.

— Que tipo de feitiço é capaz disso? — perguntou, em desespero, mas, ao olhar para ela, entendeu. — Ah, esse maluco que pode trocar duas pessoas de lugar. Meu mundo não para de virar de ponta-cabeça.

Ele continuava andando pelo quarto, como se isso pudesse ajudá-lo. Melissa viu que o pai também parecia perdido, então lhe contou a história que viveu enquanto ele estava preso em uma cama de hospital:

— Há dois anos, fui para Avalon com Gabriel. Meu irmão já tinha impressões daquele mundo, segundo me contou. Foi-nos dito que eu era a última filha de Avalon, alguém destinada a salvar a Britânia. Mas Viviane... — Ela fez uma pausa, lidando com as emoções — Viviane é minha avó... Nossa. Como ela pôde me esconder isso?

— Sua avó? — perguntou o amigo.

— Minha mãe — murmurou Benjamin, ainda se esforçando para organizar em sua mente o que vivera na Escuridão e no seu passado.

— Sim. Ela nos ensinou a aceitar nossa magia e a lidar com ela. — Melissa olhou para as mãos, que tremiam um pouco. Esfregou os dedos nas palmas e notou que a flor sobre a mesinha de cabeceira da cama do pai se agitou, porém não disse nada, temendo assustar os outros. — Elementos... Parece que tudo o que Merlin apagou de minha mente voltou. Quando eu o encontrar outra vez...

— Mel, você está indo rápido demais — apontou Paula. — E olha que disso eu entendo, viu?

— Certo. — E então ela lhes contou sobre tudo o que vivera em Avalon e Camelot, sem esconder seu relacionamento com Arthur e o amor por Lancelot.

O pai a observava calado. Sempre tiveram intimidade para falar sobre relações amorosas, então ela não entendeu por que ele parecia tão incomodado.

— Puxa... Os dois, Mel? — Paulinha não resistiu, mas não insistiu na brincadeira ao notar o olhar de Marcos.

— Ainda sinto muita culpa por ter ficado com Arthur — murmurou Melissa.

— Se você não se lembrava, não foi culpa sua. — Marcos a defendeu mesmo sem a encarar e mudou de assunto: — Era Gabriel de verdade? Tem certeza?

— Sim. Mais velho e mais forte, com barba — sorriu com a lembrança —, mas era ele. O mesmo olhar e sorriso confiante. — Não conseguiu conter a emoção. Seu irmão estava vivo e estivera tão perto.

— Puxa... — Marcos também sorria, sufocando o contentamento que sentia. — Ele esteve lá o tempo todo?

— Acredito que sim. Ele mudou de nome, acho que para se proteger. Ainda não sei tudo que aconteceu depois da primeira vez que parti.

— Não?

— Não. Ele cuidou de mim durante boa parte do tempo em que estive lá. Foi um ótimo amigo, mas eu só soube que era o Gabriel hoje, pouco antes de retornar. Para quebrar o feitiço que apagou minha memória, ele teve que se arriscar bastante.

— Que papo de elementos é esse? — perguntou Paula com a testa franzida.

— São quatro elementos. — Todos ficaram em silêncio quando Benjamin começou a falar. — Segundo a profecia, a Deusa os abençoou com parte de seu poder, para que pudessem salvar a Britânia e Arthur. É uma profecia mais antiga que todos nós, a última escrita pela Deusa. Quem nós, os habitantes da Magia, conhecemos como Deusa foi, um dia, a rainha das fadas, até seu reino ser destruído.

— Como assim "habitantes da Magia", pai? Como você sabe de tudo isso? — perguntou Melissa, surpresa.

— Porque isso marca a nossa família há três gerações. São considerados habitantes da Magia não apenas quem vive do outro lado do portal, mas

também seus descendentes. Sua mãe e eu fizemos o possível para proteger você e seu irmão, mas falhamos. — Havia muita dor em seu olhar.
— Merlin uma vez disse que minha mãe morreu para nos salvar. É verdade?
— Sim. Ela exauriu seu poder e força vital tentando impedir que Merlin nos localizasse.
— Poder?
— Ela era uma feiticeira e veio de uma linhagem muito poderosa do Reino Encantado, que fica do outro lado do portal. — O pai cobriu o rosto com as mãos. Lembranças de uma vida inteira invadiam seu peito.
A dor de perder seu amor para proteger os filhos, que ambos tanto amavam, o corroía. O sacrifício não tinha adiantado. Melissa e Gabriel corriam mais riscos que nunca.
— Uau... — Melissa se sentou no sofá de dois lugares que havia no quarto.
— Por que você não nos contou, pai? Talvez...
— Talvez vocês tivessem mais chance se tivéssemos contado. É o que dirá? — Ele se sentou a seu lado, tocando seu queixo e fazendo-a olhar para ele. — Não teriam. Sua mãe e eu sempre soubemos, e não conseguimos evitar nada.
— Então é isso? Não há o que fazer? Terei que me casar com Arthur contra a vontade? — Melissa aumentou o tom de voz, incrédula.
— Ah, mas, se não quiser, você não se casa mesmo! — exclamou Marcos.
— Pode ter certeza de que não — endossou Paula.
— Não terá. Precisamos mudar nosso modo de agir. Não vamos mais fugir da profecia, vamos enfrentá-la. — Benjamin apertou a cabeça, sentindo-a quase explodir.
— O que está havendo, pai? — Ela se aproximou mais e tocou seu ombro.
O que vivera naqueles dois anos teria enlouquecido qualquer pessoa. Benjamin jamais teria sobrevivido se não fosse tão poderoso. Um feiticeiro da primeira linhagem. Ainda assim, era difícil e doloroso deixar para traz o que vivera. Ele nem sabia ao certo se conseguiria.
— Reminiscências... — Ele falou bem devagar. — De meu tempo na Escuridão.
— Era onde você estava durante o coma? — A expressão traía sua tristeza. O pouco que ela sabia sobre o lugar era horrível, e tinha algumas impressões de Morgana no instante da nova troca. — Meu Deus. Como isso aconteceu?
— Exauri meu poder tentando esconder você e seu irmão. Era a Escuridão ou a morte. É bom estar vivo. — Ele estava muito fraco. — Não se preocupe com isso. — Tentou sorrir. — Tudo vai ficar bem.
— E o Gabriel? — perguntou Marcos com um mau pressentimento.

— Voltarei a Camelot para buscá-lo — declarou Melissa.
— Ele não está em Camelot — confessou o pai.
— Como não? — Melissa quis saber. — Ele estava fraco, ficou inconsciente lá e... Ah, não!
— Sim, infelizmente.
— O quê? — Paula não aguentava mais tanto suspense.

Inspirando profundamente, Benjamin procurou as palavras e contou apenas uma parte da verdade:

— Ele está preso na Escuridão.

Morgana abriu os olhos, assustada e atônita. Demorou poucos segundos para descobrir que estava em seu jardim. Olhando ao redor, viu um homem caído e seu coração parou.

— Galahad — murmurou, ajoelhando-se a seu lado. — Não. — Tapou a própria boca ao ver o sangue nos ouvidos e no rosto do cavaleiro. — Não acredito que consegui voltar, e você... Não. — Acariciou seu rosto — Por que você se sacrificou por nós? Por que se deixar ficar na Escuridão?

A culpa tomou a forma de um soluço que escapou da garganta de Morgana. Desde que o conhecera, sentira-se conectada, sem saber de onde vinha a ligação. Seu coração doía por saber o que ele enfrentava.

Beijando-lhe os lábios frios, Morgana aninhou-se em seu peito e deixou as lágrimas lhe inundarem a túnica. Depois, olhou para o céu, levantou a mão e soltou um imenso raio de fogo, desviando-o da copa das árvores. A ajuda viria e, até lá, ela não sairia de perto de Galahad.

Arthur estava em seus aposentos, preparando-se para sair e reunir-se com seus cavaleiros para o treinamento da manhã. A noite passada fora cansativa. Primeiro a grande festa para recepcioná-lo, da qual Melissa tinha se negado a participar, depois as divergências com a jovem.

O rei estava cada vez mais seguro de que seria difícil convencê-la a se casar, porém não tinha tempo para pensar no próprio casamento. A reunião da Távola, mais tarde, definiria os rumos da guerra. Os saxões marchavam Britânia adentro, matando seu povo e também seus aliados. Era hora de revidar e erradicar o mal do reino. A partida repentina de Lancelot o incomodava e preocupava. Por que seu melhor amigo o deixaria nesse momento? Nada parecia se encaixar. Essa ausência, somada ao desaparecimento de Morgana havia quase um mês, o afetava mais do que poderia demonstrar. Como rei, deveria permanecer firme, como homem e irmão, estava desolado.

Aproximando-se da janela, inspirou longamente e, quando estava prestes a deixar o quarto, viu um raio de fogo cortar o céu, saindo do jardim da irmã.

— Morgana — disse antes de correr pelas escadarias do castelo.

Tristan foi o primeiro a chegar ao jardim e sacou a espada ao passar pelos quatro bandidos mortos por Galahad. Ele avistou Morgana deitada sobre o corpo do cavaleiro, inerte sobre uma pilha de folhagens secas.

— Morgana? — Ele estranhou e aproximou-se devagar, então ela se levantou rapidamente com fogo nas mãos. — Calma. Sou eu, Tristan. O que houve aqui?

Com um suspiro, ela deixou-se cair sentada ao lado de Galahad, extinguindo o fogo e segurando-lhe a mão.

— Não sei. Quando cheguei, já estava assim.
— De onde você veio?
— Eu...
— Morgana! — Ouviram a voz de Arthur, que cruzava o jardim, seguido de vários cavaleiros surgindo entre os grandes carvalhos.

Sem se conter, ficou em pé e correu ao encontro do irmão. Tropeçou no vestido, cuja barra fora feita na medida de Melissa, e chocou-se contra o peito de Arthur enquanto ele a abraçava com força. Em meio a todos os seus problemas, ter a irmã de volta era um bálsamo. Ele queria colocá-la no colo, como fazia quando criança, e protegê-la para sempre.

— Você voltou. — Acariciou seus cabelos e percebeu que ela chorava. — O que houve aqui? Quem são aqueles homens mortos ali atrás?

— Não sei. Quando cheguei, a situação era essa — repetiu o que havia dito a Tristan.

— Quem é, Tristan? — perguntou Arthur ao cavaleiro abaixado ao lado de um corpo.

— Galahad — respondeu, pesaroso.

— Mas ele não estava inconsciente quando retornei? Como isso é possível?
— Pelo que posso deduzir, ele veio até aqui, matou aqueles homens e voltou a desmaiar — afirmou Tristan.
— Como sabe que foi ele?
— Os punhais na cabeça e no peito de um deles foram um presente meu a Galahad. Desenhei o oceano nos cabos de madeira, uma praia, na verdade, como ele me pediu. Posso estar enganado, mas o clima aqui me parece de magia, e sabemos que ele é um feiticeiro desde que salvou Gaheris e Lancelot.
— Vocês já sabem? — Morgana se surpreendeu.
— Sim, mas estamos mantendo a informação em segredo — avisou Arthur, franzindo o cenho para ela. Então sua irmã sabia e não lhe contara.

Em pouco tempo, muitos outros cavaleiros chegaram e o lugar ficou apinhado. Mordred e Gaheris também se espantaram ao ver a prima e ajudaram Tristan a mover o corpo do cavaleiro ferido.

— Levem-no para os seus aposentos.
— Não! — protestou Morgana — Vou levá-lo para Avalon.

Tristan dispensou os cavaleiros comuns assim que percebeu que a discussão começaria. Ficaram apenas os pertencentes à Távola.

— O quê? De jeito nenhum. Não é seguro, irmã. Muito aconteceu desde que nos deixou. — Arthur não aprovava seus planos. — Mais do que nunca, você precisa ser protegida.
— Não me importa se é seguro ou não. Eu o levarei para Avalon. É a sua única chance de sobreviver — declarou, determinada. — Partirei ainda hoje.
— Não. — Arthur não cedia.

Morgana o encarou e faíscas brilharam em seus olhos, suas mãos tornaram-se chamas e ela o enfrentou.

— Não perguntei se você autorizava ou não, Arthur. Ainda que eu tenha que o colocar sobre um cavalo e partir sozinha, eu o farei. — Não podia ceder e deixá-lo preso na Escuridão.

Os cavaleiros se entreolharam. Morgana sempre fora rebelde, mas nunca a viram tão passional.

— Não irá. — Arthur foi firme e sua irmã cruzou os braços, ainda decidida a enfrentá-lo. — Você pode se ferir. — Ele suspirou, ciente de que teria problemas. A irmã voltara com uma força tremenda.

Ela levantou uma sobrancelha.

— Não creio que seus inimigos sejam tão corajosos assim. — Respirando fundo, ela usou o único trunfo que possuía. — E, há mais, Avalon é a única maneira de trazer Melissa de volta — declarou, mesmo sem ter certeza, porém precisava lutar para salvar Galahad e diria o que sabia que seu irmão precisava ouvir.

Seu comentário chamou ainda mais a atenção dos presentes, e Mordred olhou-a, pensativo, então revelou:

— Mais cedo, vi Melissa vindo para cá. Onde ela está agora?

— Como o tiramos de lá, pai? — indagou Melissa, decidida.

Benjamin levantou-se em silêncio. Seria muito difícil resgatar Gabriel da Escuridão; o mais provável era que um deles tivesse de se sacrificar. Ele estava pronto para fazer o que fosse preciso, porém sabia que os filhos nunca teriam paz se soubessem que o pai tinha acabado nas trevas mais uma vez.

— Precisamos voltar para Avalon — falou baixinho, por fim. — Talvez se reunirmos os quatro elementos e Lilibeth no mesmo lugar, tenhamos uma chance.

— Não sei quem são os outros elementos e muito menos onde a princesa das fadas está. — Melissa sentia o desespero corroê-la.

— Vamos dar um passo de cada vez. — Benjamin precisava se recuperar primeiro. Não querendo demonstrar o quanto se sentia instável, entrou no banheiro do quarto.

Os outros três ficaram em silêncio, processando as descobertas, até que Marcos falou:

— Como Gabriel ficou lá, Mel, se enterramos alguém igualzinho a ele? Já entendi que ele está vivo, mas quem a gente enterrou? Foi coisa do Merlin também? Esse cara parece estar disposto a tudo para te convencer.

— Você não faz ideia. Eu não sei quem enterramos, de verdade. É como contei a vocês. Merlin acredita que só assim poderá salvar Arthur e o reino. Ele está disposto a tudo para atingir seu objetivo. — Ela caminhou para perto do amigo. — Vocês precisam me contar o que aconteceu por aqui. Fiquei fora quase um mês.

— Não, não. — Marcos olhou para Paula, admirado. — Foram só sete dias. Magia, né? — Esticou a mão e tocou o braço de Melissa. — Passamos por um monte de coisas loucas que eu ainda não entendi bem, mas de uma coisa tenho certeza: senti saudade, Mel. Muita. — Abriu os braços, inseguro, e, vendo-a se aproximar, abraçou-a carinhosamente.

— Eu também. Muita. — Ela se permitiu respirar aliviada por um segundo, de volta àquele abraço tão seguro. — Estou com medo de perder meu irmão outra vez.

— Você não vai.

— Se algo acontecer com ele, será minha culpa.

— Nada acontecerá.

— Como tem certeza?

— Porque nós o salvaremos — disse ele, determinado.

— Espero que você esteja certo.

— Já menti para você antes?

— Nunca.

— Então.

Sem conseguir ficar longe, Paula abraçou os dois, entrando na conversa.

— E há uma coisa que ninguém está lembrando. Se a Mel está aqui, a Ruiva voltou para lá. Ela vai saber como ajudar, certo?

A porta do banheiro se abriu e Benjamin saiu, com o rosto mais corado. Ele precisava comer e dormir um pouco antes de dar o próximo passo. Estava prestes a dizer que deveriam ir para casa, quando o médico entrou no quarto para fazer a visita rotineira e ficou boquiaberto ao ver Benjamin de pé. Entretanto, antes que ele pudesse abrir a boca, Marcos se afastou das amigas, sentindo uma forte tontura.

— Ai... — gemeu alto, colocando a mão no abdômen.

— O que foi, Marcos? — Melissa aproximou-se outra vez do amigo, tentando tocar-lhe a mão, enquanto a camiseta azul-clara começava a se tingir de vermelho.

— Quando ele foi ferido? — O médico mal teve tempo de perguntar, antes de se aproximar para prestar socorro.

Marcos sentia o abdômen se rasgando de dentro para fora. A dor era lancinante. Ele queria perguntar por que aquilo estava acontecendo, mas as palavras se perderam na inconsciência.

— Onde está Melissa? — perguntou Arthur pela terceira vez, sem alterar o tom de voz. Em seu interior, uma tormenta se formava. Estaria Melissa em risco?

— Há sinais de luta onde os homens estão caídos, depois os passos vêm até aqui, onde Galahad foi encontrado. — O tom de Tristan era neutro, como se estivesse mesmo confuso com a resposta. — Há duas hipóteses: ela voou ou desapareceu.

Mordred e Gaheris seguravam o corpo fraco de Galahad.

— O que devemos fazer com ele? — perguntou Gaheris. — Levamos para o alojamento?

— Não! — protestou Morgana, com veemência. — Ele não estará seguro lá. Ficarei com ele até que tudo esteja preparado para que possamos partir para Avalon.

Arthur olhou de Morgana para o cavaleiro desfalecido e perguntou:

— Há algo que eu deva saber, minha irmã?

— Não. — Ela apressou-se em responder, ocultando a verdade. — Vocês disseram que ele é um feiticeiro. Sempre senti uma conexão com ele e deve ser por isso. Preciso protegê-lo. Com sua autorização ou não.

— Você irá de qualquer forma, não é? Se eu disser que não, enfeitiçará os guardas e partirá sozinha. — Arthur conformava-se.

— Sim. — Ela não hesitou.

— Certo. Tristan irá acompanhá-la — Morgana sorriu, contente por conseguir apoio. — Mas vocês partirão amanhã pela manhã.

— Mas Galahad... — Ela tentou argumentar.

— Não há o que discutir, Morgana. Ainda sou o rei. — Ele foi firme. — Hoje preciso dos meus cavaleiros na reunião e

quero conversar com você sobre seu paradeiro. Amanhã Tristan e outros poderão acompanhá-la, e eu não ficarei desesperado me perguntando se está segura. Tudo bem assim? — Vendo-a relutante, continuou: — Pedirei que providenciem um quarto para ele no castelo e que seja vigiado constantemente. E agora, está bem?
— Tudo bem. Eu poderei visitá-lo?
— Você me obedecerá se eu disser que não?
— Não. — Nem se importou em mentir.
— Você poderá visitá-lo, desde que esteja acompanhada.
— Mas ele está inconsciente.
— Ele poderia estar morto, você não ficará sozinha com um homem.
Morgana bufou. Era como se nunca tivesse saído de Camelot. Bastaram dois minutos na presença do irmão para que ele voltasse a agir de forma superprotetora. Se ele soubesse...
— Tudo bem. Estarei acompanhada. — Cedeu, querendo mais do que tudo proteger Galahad.
— Sim. E também não a quero sozinha no jardim. — Ofereceu o braço para guiá-la de volta ao castelo — Ah, preciso avisá-la, tia Morgause está passando uma temporada conosco.
Morgana ficou em silêncio enquanto via os homens carregando Galahad em meio às árvores e flores do jardim. Ela adorava a tia desde criança, mas sabia como Morgause agia; tudo o que não queria no momento era passar por um interrogatório.

Minutos mais tarde, todos os cavaleiros se acomodavam ao redor da Távola Redonda.
— Como ficou o garoto? — perguntou Arthur assim que viu Tristan.
— Acomodado. Pedi que o colocassem no quarto ao lado do meu, assim posso observá-lo melhor.
— Certo. E Morgana?
— Sentada à cabeceira da cama. — E acrescentou: — Alana está com ela.
— Melhor assim.
Vendo todos em seus lugares, Arthur começou:
— Bem, temos vários tópicos a serem discutidos. — Ele se virou para a cadeira vazia à sua esquerda. — Antes de mais nada, quero que me expliquem de uma vez por todas: onde está Lancelot?

Os homens ficaram em silêncio, nenhum deles havia visto o cavaleiro partindo ou conhecia seus motivos, com a exceção de Tristan, e Arthur parecia ter ciência disso.

— Tristan.

— Não sei para onde ele foi.

— Mas sabe o motivo.

— Sei. — A encruzilhada que Tristan temia. Quebrar um juramento e mentir para seu rei. Optou por uma meia verdade. — Foi em busca de auxílio para Galahad.

— Entendo o sentimento que Lancelot tem por ele, mas não consigo admitir que meu primeiro cavaleiro tenha nos abandonado no momento que enfrentamos.

Silêncio. Ninguém parecia querer falar nada que pudesse ser usado contra Lancelot. Todos naquele salão já haviam sido salvos pelo cavaleiro mais de uma vez.

— Vamos aos tópicos da reunião. — Arthur retomou a discussão. — Roma. Assim que o general Caius for informado de que Melissa desapareceu, a aliança acabará. — O rei parecia bastante chateado com a notícia, e os cavaleiros ficaram quietos, em respeito. Todos sabiam que a ausência da jovem doía no homem tanto quanto o fim da aliança doía no rei.

— Temos algum tempo ainda. — Lucan se endireitou na cadeira. — Podemos encontrar Melissa e trazê-la de volta. Nós sabemos o quanto ela e a aliança são importantes para o reino, ainda que não concordemos com ela.

— Sim, vamos esperar, mas creio que os romanos estavam apenas à espera de um pretexto. Parecem ter se dado conta da força dos saxões e não querem perder parte de suas legiões em uma guerra que julgam perdida. Tenho refletido muito e não quero impor o cristianismo ao povo. Eles devem ser livres para crer no que quiserem. Assim, é provável que muito em breve a Britânia acabe sem aliados.

— E os outros reinos? — perguntou Percival. — Nosso exército é grande, o de Mark também. Se conseguirmos outros aliados, teremos chances reais de vencer.

— Foi ao que me dediquei nos últimos dias, uma reunião extensa e cansativa em busca de apoio. Perdemos Brandennem, terra da família de Isolde, viúva de Kay. Praticamente todo o território está infestado de saxões, e eles estão vindo para cá. É questão de tempo. — Os homens se agitaram. — Podemos contar com Mark e Lot de Orkney, marido de minha tia Morgause. Eldon e Leodegrance, reis de Pellinore e Cameliard não compareceram ao encontro. Mark acredita que Eldon foi subjugado. Ele sempre foi leal ao meu pai, e não acredito que se renderia aos traidores sem luta. Não sabemos se está vivo. Já Leodegrance...

— Ele é um idiota — declarou Mordred. — E não o perdoou por ter rejeitado a aliança que ele propunha; que se casasse com sua filha, Guinevere.

— Acredita que ele perceberá a própria intransigência? — Bors questionou Arthur.

— Não sei. Se Eldon não estiver morto e o encontrarmos, seremos maioria.

— Do contrário, somos três contra três, no momento, mas nosso exército é maior. — Lucan fez a conta dos reinos.

— Se não contarmos com os saxões, sim — ponderou Percival, passando a mão pelos cabelos ruivos. — Não sabemos qual é o tamanho do exército deles.

— Não somos mais seis reinos. Com a queda de Brandennem, somos cinco. — Bors apontou no mapa. — Eles já têm Cameliard e possivelmente Pellinore. Se Orkney cair...

— Camelot estará cercada. — Lucan apertou os lábios. — Lot está em Tintagel, não está?

Arthur assentiu. O castelo de Tintagel pertencia a sua família, mesmo ficando nas terras da Cornualha.

— Minha tia gosta de passar essa época do ano lá, mas, como ela está em segurança aqui, Lot já foi avisado de que precisa voltar para Orkney. Não podemos nos dar ao luxo de perder mais um reino. Precisamos nos preparar. Sei que o momento não é oportuno, mas preciso sagrar novos cavaleiros. Fomos atacados duas vezes durante o trajeto, e a estratégia era a mesma, como se conhecessem nossas táticas. — Uma explosão de revolta partiu de cada um dos cavaleiros presentes.

— Arthur, há um porém, não é um risco aceitarmos novos cavaleiros no meio do que enfrentamos? — questionou Lucan.

— Não se tivermos certeza de quem é leal a nós. Seus irmãos me parecem uma boa opção, Bors. O que acha?

— Já era hora de colorir mais essa mesa, Arthur. — Bors não pôde deixar de sorrir. — Será uma honra para nós. Aposto minha vida na lealdade deles, e Roma ficará furiosa ao saber que há mais muçulmanos na Távola.

O rei retribuiu o sorriso. Bors se tornou cavaleiro de seu pai ao salvar sua vida. Ele e os irmãos pequenos fugiam do cativeiro romano, que os tirou de sua terra e os escravizou. Uther acreditava que escravizar seres humanos era um crime e jamais toleraria tal prática em seu reino. Consagrou Bors e acolheu seus irmãos, dando-lhes um lar e oportunidade. Foi o primeiro cavaleiro negro da Távola Redonda. Os cavaleiros de Arthur foram escolhidos durante sua infância e juventude. Bors continuou depois de servir seu pai. Arthur sempre fora um rei disposto a aceitar as diferenças entre seus homens e povo. Era hora de ir além, e consagrar Zyan e Jamal seria mais um passo rumo ao mundo idealizado por ele.

— Falando em novos cavaleiros... — Gawain, que estivera quieto até então, apontou para a cadeira vazia ao seu lado, o Assento Perigoso.

Todos prestaram atenção ao encosto da cadeira, esperando. Uma antiga profecia dizia que, quando o reino precisasse, surgiria um cavaleiro poderoso que seria crucial na batalha. Ele seria o único digno de se sentar no Assento Perigoso.

Um brilho fraco surgia na madeira, intensificando-se aos poucos. Um traçado fino surgiu e um nome começou a ser escrito. Os cavaleiros prenderam o fôlego, como se respirar pudesse interromper a magia, e esperaram sua conclusão.

Quando o brilho parou, nenhum deles falou nada até que Arthur se levantou e tocou o nome; ainda estava quente.

Sua expressão era confusa e tensa ao dizer:

— Então, quem de nós conhece um Gabriel?

Morgana segurava a mão de Galahad enquanto se esquivava de todas as perguntas de Alana sobre onde estivera. A menina também falava com empolgação de Melissa e do quanto a julgava diferente deles, mas que a apreciava. Quando a feiticeira estava prestes a pedir que a aia se calasse, a porta se abriu e Morgana afastou rapidamente a mão do cavaleiro.

— Olá, minha querida. — Ouviu a voz melodiosa de Morgause.

A tia realmente sabia como se aproximar das pessoas quando queria.

— Olá, minha tia. — A jovem a abraçou e voltou a se sentar onde estava, sob o olhar atento da rainha, que gesticulou para que Alana saísse.

— Pequena adorada — começou Morgause —, por onde esteve no último mês?

— Último mês... — repetiu, ganhando tempo. — Em Avalon. Viviane precisava de mim.

— E como voltou para cá sem escolta?

— Na verdade, eu tive escolta. Os homens de tia Viviane me acompanharam, mas a senhora sabe como ela é cuidadosa. Eles ficaram ocultos entre as árvores e...

— E a jovem que deveria se casar com seu irmão? Me disseram que ela estava no jardim e desapareceu misteriosamente.

— Eu não a vi. — Optou por dizer a verdade.

Morgause estreitou os olhos, sabia que a sobrinha escondia informações, porém reconhecia que não adiantaria insistir. Nos últimos dias, tinha a sensação de que a magia crescia em Camelot, sem conseguir determinar de onde vinha. Como agora a sentia mais fraca, era provável que Melissa fosse a fonte.

— E esse jovem? — Ela apontou para Galahad. — Qual é sua relação com ele? Pensei que estivesse apaixonada por Lancelot.

— O quê? Não, nunca! Lancelot é como um irmão para mim.

— Você não precisa mentir, querida. Posso ajudá-la, se necessário.

— Não, tia, é verdade. Não sei quem lhe disse que estou apaixonada por ele, mas não estou.

— Certo... — Morgause continuava observando-a, realmente parecia que ela estava mais envolvida com o rapaz inconsciente do que com o primeiro cavaleiro do rei. — E ele? Por que está velando seu sono? Soube que o garoto desmaiou no salão, e agora outra vez no jardim.

— Sim, desmaiou. Ele é meu amigo. — Morgana olhou para a tia, decidindo se deveria se aconselhar com ela ou não. Morgause sempre estivera presente em sua infância, e ela a amava muito. A confiança que sentia falou mais alto. — Tia, é possível se sentir conectada a alguém a ponto de...

Duas batidas foram ouvidas e a jovem se calou quando Arthur entrou no quarto. Morgause recriminou o sobrinho mentalmente, ciente de que seria informada de algo importante se ele não as tivesse interrompido.

— Tia — Arthur beijou-lhe a face —, seria muito inoportuno se eu quisesse conversar um pouco com minha irmã a sós?

— Claro que não, querido — respondeu ao sair, quando tudo o que queria era ficar no quarto e ouvir a conversa dos dois.

Assim que a tia se foi, Morgana olhou para o irmão e era visível o quanto estava preocupado.

— Você está bem? — perguntou, tocando-lhe o braço.

— Não muito. Não sei por onde começar a procurar por Melissa. — A tristeza em sua voz era evidente. Era a primeira vez que Morgana sentia seu irmão tão envolvido por uma mulher.

— Acredito que Viviane ou Merlin saibam mais sobre isso do que eu.

— É... foi o que pensei, mas não encontrei Merlin nos aposentos dele.

Arthur caminhou pelo quarto em silêncio.

— O que mais o perturba, irmão?

— Há boatos de que existe um traidor entre meus homens. Você sabe como esses rumores correm rápido pelo castelo.

— Sim. E o que dizem?

— Não muito. Hoje Bors ouviu algo entre os cavalariços que me deixou muito incomodado.

— O quê?

— Que há um motivo para Lancelot ter partido e que ele não é leal a mim.

— É claro que ele é! — Morgana defendeu o cavaleiro, levantando-se de um pulo.

— Acalme-se, pequena. Também não acredito que ele possa me trair, mas não entendo por que ele foi embora. Por que não nos apoiar em nosso pior momento?

— Não somos os únicos que passamos por um mau momento, Arthur — respondeu, enigmática.

Ao trocar de lugar mais uma vez com Melissa, Morgana absorveu muito do que a jovem vivera em seus últimos dias em Camelot, e temia que o reino enfrentasse problemas em breve.

— Você sabe de algo? — Arthur encarou a irmã, segurando-lhe os braços quando ela quis desviar o olhar. — Morgana.

— Lancelot jamais o trairia.

— Não foi isso que perguntei. Vocês dois sempre tiveram essa ligação, protegem-se, escondem o que acham necessário de mim. Quero saber por que ele foi embora e quero saber agora.

— Não adianta bancar o rei para cima de mim, Arthur.

— Ser rei não é o mais importante. Sou seu irmão.

— E ele também.

— Certo. Continuarão protegendo um ao outro. — Soltou-a e lhe deu as costas, caminhando para a janela. Como era seu costume quando se zangava e precisava pensar.

Morgana sentiu-se mal imediatamente. Jamais quis magoar o irmão. Caminhou até ele e tocou-lhe o ombro.

— Estou protegendo você também — murmurou ela.

— Do quê? — perguntou o rei, sem se mexer.

— De tudo que ainda virá.

— Você teve uma visão?

— Não exatamente. Só sei, meu irmão.

— Ele é leal a mim, não é? — O irmão precisava de afirmação.

— Você não imagina o quanto.

Arthur puxou-a para um abraço, jamais conseguia ficar zangado por muito tempo.

— Senti sua falta, pequena. — Beijou-lhe os cabelos enquanto deslizava o dedo da testa da irmã até a ponta do nariz.

— Eu também. — Ela o abraçou de volta e ficou na ponta dos pés para lhe beijar o rosto. — Muito.

— Espero que, depois de vencermos essa guerra, você possa permanecer mais tempo aqui.

— É o meu desejo.

Por vários minutos, ficaram em silêncio, observando a área de treinamento que ficava nos fundos do castelo. Também podiam avistar parte das montanhas ao norte de Camelot.

— Você acha que pode trazer Melissa de volta? — perguntou Arthur, por fim.

— Tentarei, irmão, tentarei — murmurou ela, a tristeza envolvendo-a por saber o que isso significava.

— Você gosta desse garoto, não gosta?

— Gosto.

— Não sabemos muito sobre ele. — Arthur soou um pouco contrariado.

— Podemos aprender, não é?

— É, vamos ver. Hoje, o Assento Perigoso escolheu um cavaleiro e, por um momento, achei que seria ele.

— Quem foi?

— Gabriel. Nenhum de nós conhece alguém com esse nome, apesar de me parecer estranhamente familiar.

— Gabriel?

A surpresa de Morgana alertou Arthur.

— Sim, você o conhece?

— Não exatamente, mas já ouvi falar de um Gabriel. Ele era um feiticeiro poderoso. — Enquanto Morgana falava, a dúvida e as suspeitas começavam a invadir seus pensamentos. — Mas, segundo dizem, ele está morto.

— E como você sabe de tudo isso?

— Descobri enquanto estive fora.

— Como?

— Gabriel era o irmão de Melissa.

— É mesmo. Ela me disse. Será coincidência? — Arthur se questionava.

— Nada é coincidência quando o assunto é magia.

Enquanto isso, Gabriel estava na cama ao lado deles, parecendo dormir um sono profundo, porém, na Escuridão, vivia e revivia cada um de seus piores pesadelos, desejando, mais do que nunca, estar morto.

7

Na calada da noite, em Camelot, num dos quartos mais nobres, um homem e uma mulher estavam nus sobre a cama. Ela o montou, os joelhos apertando seu quadril, porém não cedeu aos seus caprichos. Primeiro conseguiria todas as informações de que precisava.

— Para onde levaram a garota? Vamos, me diga. — Mexeu-se vagarosamente sobre ele.

— Aí é que está, nós não a levamos. Todos os meus homens foram mortos, ao que parece por um jovem que desmaia de tempos em tempos. — Tentou segurá-la pela cintura e foi empurrado por ela.

— Ele é um feiticeiro — afirmou, admirada por não ter percebido antes.

— É o que dizem, apesar de não ter visto nada. Agora parece que ele não acordará.

— Sim, e desse jeito não nos servirá para nada. Como ela pode ter desaparecido? — A mulher afastou uma mecha de cabelo e o provocou, balançando os seios em seu rosto, ciente de que, embora não fosse nenhuma donzela frágil e delicada, o corpo ainda exibia o viço de uma jovem.

— Não sabemos. As ordens são para que levemos todos os feiticeiros do reino. Penso em levar Morgana — murmurou ele, no ouvido dela.

— Boa sorte com isso. — Ela gargalhou.

— Ora, é assim que você se preocupa com ela?

— Não seja injusto. Sabe que me preocupo com ela e com o reino. Arthur precisa entender que há apenas um caminho a seguir.

— E vai entender! — Tomado de uma fúria repentina, cansado de tanta provocação, o homem a virou com força e arremeteu vigorosamente, enfim saciando o desejo de ambos.

8

O bipe das máquinas ligadas a Marcos ecoava pelo quarto branco. Melissa segurou-lhe a mão enquanto pensava que outra pessoa querida acabara em um leito de hospital sem motivo aparente.

Houve um alvoroço no quarto quando seu amigo sentiu o ferimento. Mesmo com o médico presente e dizendo aos policiais que nenhum deles atacou Marcos ou possuía qualquer objeto cortante, todos tiveram de ser interrogados.

O rapaz precisou passar por uma cirurgia de emergência. Segundo o cirurgião, seus órgãos tinham sido perfurados, e eles fizeram o que podiam. Chegaram a pensar que iam perdê-lo, mas a hemorragia interna fora contida de uma forma incompreensível para a equipe do centro cirúrgico.

Agora, Melissa o observava dormir. Ele recobrou a consciência apenas por alguns instantes depois que saiu da cirurgia. O médico disse que ele deveria acordar de novo nas próximas horas e que seu estado era estável.

— Você precisa comer, filha. — Benjamin entrou, trazendo-lhe um cappuccino, que ela bebericou em silêncio.

— O que aconteceu, pai?

Por mais que ela não tivesse sido específica, ele entendeu e refletia sobre como contar o segredo que guardara por tantos anos.

— Marcos absorveu o ferimento de Morgana — começou, decidindo que, quanto mais ela soubesse, mais fácil seria para se proteger do que viria. — Quando Morgana me resgatou, ela tinha um ferimento no abdômen. Sei que em meus diários havia algumas indicações de um feitiço que poderia me ajudar e que seria necessário um sacrifício para tal. — Ao ver a filha arregalar os olhos, explicou, delicadamente: — Normalmente, se há uma vida a ser salva, há um preço. A espada deveria ter protegido Morgana. Acho que a troca de vocês e o desespero de Marcos ao vê-la naquela situação despertou seus poderes.

— Do que está falando, pai?

— Marcos é um cura-vidas.

— Quê? — Melissa se levantou, encarando o pai.

— Ele é de um reino mágico. Sua avó o trouxe para cá. Muitos de nós acabam migrando entre os mundos, por vezes em fuga.

Melissa abriu a boca, prestes a fazer mil perguntas, porém se conteve. Não adiantava questionar demais. A magia a cercava e não havia como fugir disso, então se ateve às perguntas principais.

— Do que ele fugia?

— Eu não sei, mas é provável que Lilibeth saiba.

— O Marcos sabe quem ele é?

— Não, não faz ideia.

Ela lembrava-se do quanto tinha sido ruim receber tantas informações diferentes sobre si mesma.

— O que significa ser um cura-vidas?

— Significa que ele é melhor que todos nós. Seu coração, sua energia e força vital são tão puros que podem, literalmente, curar outras vidas.

— Então ele vai sobreviver?

— Ao que parece, vai, sim. Seu corpo reage a ferimentos de uma forma diferente da nossa.

— Há uma pegadinha aí? Quanto mais me relaciono com a magia, mais sei que há um risco.

— Sim. Ele e Morgana estão ligados agora. Se ela morrer, ele morre.

— Temos como reverter isso? — Melissa sentiu o desespero a invadir. Era um risco muito grande.

— Não. É irreversível.

Sem poder conter o turbilhão de emoções dentro de si, Melissa correu para fora do quarto e seguiu pelos corredores até cruzar a porta do hospital e sentar-se na mureta que cercava o jardim ao redor do prédio. Tinha que haver um meio de quebrar a ligação entre Marcos e Morgana.

Melissa tentava se concentrar e descobrir uma solução, mas seus pensamentos estavam turvos. Ela sentiu um formigamento outra vez e viu as flores do jardim se agitarem, assim como uma brisa ganhar força. Não conseguiu compreender o que acontecia. Deveria ter apenas o domínio sobre a Terra, como Viviane lhe explicara no passado. Então quem estava controlando o Ar?

9

Em Camelot, Arthur instruiu Tristan a mudar os planos. Se havia um traidor no castelo, eles teriam de ser mais ágeis e engenhosos. Não mais esperariam o dia raiar para partir para Avalon. Sairiam agora, durante a madrugada. Apenas Tristan, dos cavaleiros da Távola, acompanharia Morgana. Os demais seriam homens comuns, entre cavaleiros, arqueiros e lanceiros.

— Tristan, você precisa proteger minha irmã — avisou Arthur.
— Protegerei Morgana com minha vida, se necessário.
— Se algo der errado, não hesite em tirá-la do meio de uma batalha. Morgana parece estar apaixonada e pressinto que faria qualquer coisa por esse cavaleiro. Você estava na batalha em Tintagel. Ela quase foi consumida pela própria magia.
— Não se preocupe. Ela estará segura. Tem a minha palavra.

Galahad precisava de cuidados, a febre havia aumentado durante a noite, então foi acomodado em uma carruagem com Morgana. Tristan cavalgava na escolta, protegendo-os e carregando um mau pressentimento no coração.

Sem dizer nada a ninguém, Morgana compartilhava das sensações ruins de Tristan e, ao fim do dia, quando pararam pela segunda vez, agora para passarem a noite, confessou-lhe suas angústias.

O cavaleiro ordenou que dois homens de sua confiança entrassem na barraca onde ele e Morgana velavam por Galahad. Pouco depois, os homens saíram com instruções de rumarem imediatamente para Avalon; um deles carregava um fardo grande e disse ser parte dos pertences da feiticeira ao amarrá-lo sobre o cavalo, pouco antes de partirem.

Tristan determinou que ninguém os incomodasse até o amanhecer e retornou à barraca.

※

O mau presságio mostrou-se correto durante a madrugada, quando foram atacados. A ofensiva foi um massacre. Em um momento os homens de Arthur estavam vivos, no seguinte, a maioria jazia no chão, inclusive Tristan e Gabriel, ensanguentados.

— O que esse cavaleiro faz aqui? — Nennius, aquele que os emboscara no castelo de Pellinore, chutou o corpo de Gabriel. — Fui informado de que ele saiu inconsciente de Camelot. Ele não pode ter lutado desse jeito, então quem o trouxe para cá? E onde está a feiticeira? — indagou ele ao levantar a aba da barraca e encontrar o interior vazio.

— Não sei quanto a ela, mas o garoto me atacou com um machado — disse um guerreiro alto e forte de barba comprida. — Não tive escolha.

— Ele não pode simplesmente ter se levantado e... Espere. Foi igual no castelo de Pellinore. Achamos que eles estavam mortos nas masmorras, e os malditos haviam fugido. A feiticeira deve ter usado o mesmo truque. — Olhou à sua volta, irritado, e encontrou um dos homens infiltrados entre os soldados de Arthur. — Alguém deixou o acampamento? Levaram algo?

— Sim, dois homens de confiança de Tristan foram na frente para avisar de nossa chegada. Levaram um pacote bem grande amarrado ao cavalo.

— Droga! — Nennius cortou a cabeça do informante de tanta revolta. — Aquele rei miserável tinha de mudar os planos de uma hora para outra. Tivemos de nos reagrupar e perdemos a feiticeira por pouco.

Horas depois, pela manhã, o verdadeiro Tristan ajudava Morgana a descer do cavalo e desamarrava o corpo febril de Galahad.

— Nós o forçamos demais, Tristan. — A feiticeira se lastimava. — Podemos tê-lo esgotado irremediavelmente.

— Fizemos o que tínhamos de fazer. — Seu tom era brando. — Você teve a visão, não teve?

— Sim — respondeu, triste. — Seríamos emboscados, vocês morreriam e eu seria capturada. Devíamos ter avisado os homens.

A dor e a culpa brilhavam no olhar de Tristan.

— Fiz o que prometi a seu irmão, salvei você e, de quebra, salvei o rapaz também. — Tristan colocou o cavaleiro nas costas, depois coçou a cabeça com a mão livre. — Se eu tivesse avisado a todos os homens, provavelmente teria alertado um dos traidores entre nós. Dei minha palavra de que a protegeria.

— Obrigada. — Morgana tocou-lhe o braço. — Sinto muito pelo que teve de fazer.

Ele assentiu e perguntou:

— A questão agora é... a ilha permitirá que eu entre?

— Você já entrou outras vezes.

— Apenas uma vez depois que a ilha se fechou.

— Temos que tentar. — Eles se aproximaram, puxando os cavalos. — Se você sentir um aroma diferente, significa que dará certo.

— Ah, droga! — lastimou-se, poucos segundos depois. — O cheiro do meu momento mais feliz... — Fechou os olhos com força ao sentir o perfume de chuva e terra molhada e rosas penetrando em suas narinas. — É tão intenso. Não o sentia tão vivo fazia tanto tempo...

A névoa que envolvia a ilha se dissipou completamente, e eles puderam ver Viviane parada, aflita, do outro lado.

— Tia. — Morgana correu para ela, abraçando-a. — Galahad está na Escuridão. Precisamos salvá-lo.

— Só uma pessoa pode guiá-la através da Escuridão, menina — disse Viviane, tocando a testa em chamas do neto.

Tristan se aproximou.

— Quem?

— Lilibeth.

— Aquela fada que morava nas estações de Avalon e nunca permitiu que eu a visse? — A feiticeira ficou decepcionada.

— Sim.

— Onde ela está agora? — O desespero tomava Morgana.

— Está vindo.

10

Duas semanas se passaram antes que os médicos concordassem com a alta de Marcos. Recuperado das lesões internas, segundo os exames, o ferimento mal exibia uma cicatriz. O que manteve o rapaz no hospital foi o sono intenso. Ele passava mais tempo dormindo que acordado. Benjamin explicou a Melissa que era assim que os cura-vidas se recuperavam. O pai de Melissa também fora o responsável por contar ao jovem o que sabia sobre seu passado.

Para Marcos, a situação era confusa, mas tudo o que acontecera no último mês também. Ele não entendia por que a avó não lhe revelara seu dom, mas parecia que tanto Benjamin quanto ela julgavam que era melhor esconder dos filhos e do neto a verdade. Não havia nada que pudesse fazer para mudar isso.

— O que faremos agora? — perguntou Marcos ao entrar em seu apartamento.

— Agora vamos para o lago onde Melissa encontrou o portal para Avalon pela primeira vez — explicou Benjamin. — Você não precisa ir conosco.

— Eu vou — afirmou Marcos.

— É perigoso, Marcos. — Melissa se mostrou contrariada. — Não posso arriscar sua vida.

— Mel, mesmo que do outro lado não houvesse um monte de segredos que podem me ajudar a entender a minha vida, vai ter você. Não vou deixá-la ir sem que tenha todo o apoio possível. Gabriel está lá. De repente, meu poder pode servir para alguma coisa... — Deu de ombros.

— Você não vai usar seu poder comigo. Não vai ligar sua vida a mais ninguém, entendeu? — Melissa ficou brava. Assim como ele, queria proteger um amigo.

— Nós conversaremos sobre isso se for necessário — respondeu o amigo, ciente de que daria a vida por ela sem pensar duas vezes.

— Oiê! — Paula acenou do outro canto da sala. — Vocês sabem que vou também, não sabem?

— Paulinha, é arriscado.

— Não estou nem aí. Vou e pronto. Eu iria pelos motivos que Marcos já deu e... — Ela abriu um sorriso malicioso. — Pelos cavaleiros! — Em meio ao perigo que todos corriam, lá estava ela, brincando e fazendo-os rir. — Não dá para perder uma oportunidade dessas, gente.

Melissa abraçou os dois amigos.

— Amo vocês demais! Não quero que se arrisquem por nada, mas será bom tê-los comigo.

— Idem, Mel. Ain, chega. — Paula se desvencilhou do abraço. — Vou chegar ao outro século toda borrada se continuarmos nessa melação. Já basta vocês não me deixarem levar uma mala com coisinhas que seriam muito úteis — reclamou, limpando as lágrimas que escapavam de seus olhos. — Será que eles estão prontos para mim? — Apontou para seu visual de roupas escuras e cabelos verdes, e riu.

※

Ao chegarem ao lago, munidos de lanternas, a lua começava a despontar no céu.

— Como faremos para ir para Camelot? — perguntou Melissa, hesitante.

— Gabriel me disse que você tinha uma chave.

— Aqui está. — Benjamin pegou um amuleto do bolso da camisa, outro presente da fada. Era idêntico à tatuagem de Melissa, um cadeado em formato de dragão, com a cabeça do animal na ponta.

— O que devo fazer? — A filha questionou assim que o amuleto tocou-lhe a mão e, antes mesmo do pai responder, sentiu o corpo esquentar e o objeto desapareceu. — Para onde ele foi?

Benjamin virou o punho dela. A tatuagem parecia mais viva, quente.

— Ele está onde ninguém pode pegá-lo. — Benjamin passou o dedo sobre o desenho. — Você carrega a chave entre os mundos agora.

— Então fazer uma tatuagem que me lembrasse do meu irmão não foi por acaso?

— Nada é por acaso quando há magia envolvida.

— Vamos, então? — chamou, decidida. Estava ansiosa para voltar. Ficou por mais tempo apenas para ter certeza de que Marcos se recuperaria.
— Vamos.
— E agora? — perguntou Melissa.
Marcos deixou as lanternas acesas nas pedras em volta do lago. As árvores pareciam radiantes por ter Melissa por perto.
— Agora você levanta a mão assim. — Benjamin pegou a mão com a tatuagem e esticou-a para que ficasse sobre as águas. — E pede.
— Peço?
— Sim, peça para voltar para casa. — Ele sorriu, parte de si sentindo saudade de uma terra que julgava perdida. — Não precisa nem ser em voz alta, se não quiser.
— Não sei se tenho magia para isso. — A insegurança a acometeu.
— Eu confio em você, Melissa. — O pai tocou-lhe as costas com carinho.
— Agora você precisa confiar em si mesma. Feche os olhos, busque dentro de si a magia e aceite-a inteiramente. Sei que você está revoltada com os feiticeiros que conheceu, e isso influencia no modo como você aceita a magia, mas não misture os sentimentos. A Deusa precisa sentir que você quer se conectar, que você confia nela. Se confiar, ela vai ajudá-la. Confie e aceite. Só assim poderemos salvar seu irmão.

Fechando os olhos, Melissa procurou em seu coração o poder de que precisava. Era difícil baixar a guarda para a magia quando ela colocava em risco tudo o que amava. Relutou por uns segundos, mas, quando finalmente se entregou, quase pôde ouvir a Deusa sussurrar dentro de si. Antes de a magia levar os que amava, ela lhe abriu a porta para encontrá-los. Se não houvesse magia no mundo, jamais teria conhecido Lancelot. Como seria possível se vivessem em tempos e realidades diferentes? Com um breve sorriso, se entregou ao caminho que a levaria de volta ao seu coração e ao irmão. Cada célula de seu corpo se agitava com pequenas faíscas de poder. Sentiu seu corpo inflar e a energia a trespassar. Uma brisa fraca balançava as folhas das árvores ao redor. Todas as plantas se agitavam e tinham movimento próprio, prestes a atender um chamado.

Benjamin franziu o cenho. Quem estava controlando o Ar? Seria possível que Melissa controlasse duas forças da natureza? Algo mudou desde que ele ficou ciente da profecia. Pelo que sabia, a Deusa distribuíra seus poderes entre sua filha e quatro feiticeiros. Para a filha, deixou a essência de sua força e a magia ancestral das fadas. Para os quatro feiticeiros, o controle de um dos quatro elementos: Água, Fogo, Ar e Terra. Juntos, possuiriam uma força poderosa o suficiente para salvar a magia, Britânia e os portais entre mundos.

Recordando-se de cada dia de treinamento com Viviane, Melissa abriu os olhos e disse:

— Quero voltar para casa.

Um redemoinho se formou no centro do lago.

— Pulamos agora? — perguntou Paula, surpresa por ser tão óbvio.

— Pulamos. — Foi a última palavra de Benjamin antes que todos eles se jogassem nas águas.

⚜

Um turbilhão os envolveu, como se estivessem dentro de um redemoinho. A tontura veio primeiro, depois a sensação de sufocamento, e, por último, o alívio, ao serem jogados para fora da água.

Todos tossiam, recuperando o fôlego. Fazia sol. Quantos dias teriam se passado?

— Estamos em Avalon — murmurou Melissa. — Dentro da Primavera. Estão todos bem?

— Sim — respondeu Marcos entre acessos de tosse.

Benjamin assentiu, olhando para ela.

— Cadê a Paulinha? — perguntou Melissa, assustada, levantando-se e olhando à sua volta. — Paulinha!

— Estou aqui. — A voz soou insegura atrás de uma grande pedra. — Mais alguém está diferente? — perguntou, receosa, quase entrando em desespero.

— Como assim diferente? — indagou Marcos. — Molhado serve?

— Ain... Não estou molhada. — Paula deu alguns passos e ficou à vista. — Alguém está assim? — Apontou para o próprio corpo, fazendo beicinho.

Marcos e Melissa a encaravam boquiabertos. Os cabelos de Paula haviam mudado de cor, estavam loiros com cachos e mechas cor-de-rosa e uma pequena tiara com pedrinhas prateadas repousava no topo de sua cabeça; a pele negra cintilava como se estivesse coberta de pontinhos brilhantes. As roupas também estavam diferentes... usava um vestido rosa-bebê, sem mangas, justo até a cintura e soltinho daí para baixo, não cobrindo mais do que as coxas. Parecia o tutu de uma bailarina. Uma espécie de cinto, composto de pequeninas rosas do mesmo tom do vestido e folhinhas verdes, envolvia-lhe a cintura. Nos pés, calçava sandálias plataforma com salto prateado, forradas com tecido rosa e amarradas até a altura dos joelhos com fitas.

— Você fala ou eu falo? — perguntou Marcos a Melissa.
— Paulinha, hum...
— Ah, eu falo. — Ele decidiu, percebendo a hesitação da outra. — Não morra agora, mas você tem asas.

Paula soltou um gritinho e levou as mãos às costas, conseguindo tocar um tecido tão fino quanto uma pétala de rosa: pequenas e frágeis asas.

— Ah! Meu! Deus! Alguém me mata agora, por favor — choramingou, sentando-se no chão.

Os amigos se aproximaram, tocando suas asas, tentando entender o que havia acontecido. Ela se remexeu, irritada, e um pó brilhante voou à sua volta, fazendo um barulho de sinos. Os três ficaram quietos, encarando-se, buscando respostas.

Benjamin se aproximou e estendeu a mão para Paula, ajudando-a a se levantar, antes de dizer:

— Você realmente não sabe quem é?
— Não. — Ao segurar a mão de Benjamin para se levantar, ela foi tomada por memórias passadas. — Ain, não creio... — murmurou ela, olhando diretamente para Benjamin. — Sou uma fada. Sou realmente uma fada. Preferia ser bruxa. Mi-mi-mi. — Ela tocou o vestido rosa, enojada. — Está me punindo, mãe? — Indagou sozinha.

— Não qualquer fada — acrescentou Benjamin, sob o olhar curioso de Marcos e Melissa. — A maior de todas: Lilibeth.

11

Paula levou as mãos à cabeça, zonza.
— O que está acontecendo? — perguntou Melissa, preocupada. — Parece que ela está...
— Ela está recuperando a memória — respondeu o pai.
— Como assim? Mas você contou a ela e não tem poder para anular a magia. Ela não vai se esquecer de tudo? — Melissa estava preocupada.
— Não, não vai. Voltar para Avalon recuperou minha capacidade de sentir a magia. Os feitiços de memória não são todos iguais, nem sempre há um desejo obscuro de manipulação. Às vezes, são para ajudar, como fez sua mãe. Esse foi lançado por alguém que gosta muito de Lilibeth e jamais a machucaria.
— Nossa. Seu poder é tão sensível assim?
— Sim. Aqui algumas coisas mudam sobre mim também. Vocês descobrirão aos poucos. Sou conhecido como Owain, mas você pode continuar me chamando de pai. — Ele beijou os cabelos da filha. — Sei, inclusive, quem enfeitiçou Lilibeth. — Ele sorriu, orgulhoso, e a sensação de familiaridade tomou sua filha outra vez.
— Quem? — perguntaram Melissa e Paula ao mesmo tempo.
— Gabriel.
— O irmão da Mel? Mas eu não o conheci. — Paula estava confusa.
— Conheceu, sim. Como ele criou o encantamento, é provável que você se lembre dele por último, mas vai se lembrar.
Marcos olhava confuso para eles, as palavras pareciam cada vez mais incompreensíveis.
— É... Sem querer ser chato, que idioma é esse? Eu estava acompanhando quando chegamos, mas aí foi ficando cada vez mais diferente e, agora, não estou entendendo mais nada.

— Ele não é como nós, não entenderá o idioma — explicou Owain, enquanto Paula dava um tapa na cabeça de Marcos.
— Ai, Paulinha, por que fez isso? — O garoto se afastou.
— Não sei — respondeu. — Parecia o certo a fazer.
— Ah, ótimo. Vocês voltaram a falar minha língua, pelo menos.
— Ele sorriu.
— Creio que não. Você fez isso, Lilibeth. Deu um presente a ele.
— Não dei presente nenhum — protestou ela.
— É um modo de dizer. Os poderes dados pelas fadas são chamados de presentes. Você o abençoou.
— Com um tapa? — reclamou Marcos.
— Bem, ela não precisava ter feito isso, mas funcionou.
— Nem sei o que fiz. — A fada continuava a protestar.
— O fato de ter feito já é um bom sinal — ponderou Owain, com sabedoria. — Minha mãe deve ter mais respostas. Vamos procurá-la.
— Espere! — gritou Paula, um pensamento chocante passando por sua mente. — Minhas orelhas! Por favor, não estejam pontudas. Por favor, não estejam pontudas! — repetia enquanto levava as mãos às orelhas.
Melissa riu.
— Estão normais.
— Ufa.
— Você é uma fada, Lilibeth, não um elfo — explicou Owain.
— Puxa, elfos! — exclamou Marcos. — Muito medo de perguntar o que mais existe por aí.
Então Paulinha arregalou os olhos ao estudar o pai de Melissa, que pareceu constrangido pela primeira vez.
— Um minutinho! Eu me lembro de você. Foi há uns vinte e poucos anos. Caramba! Qual é a minha idade? Mas que p... — Ela levou as mãos aos lábios, assustada, e tentou forçar outra palavra. — M... Raios! Por que não consigo mais falar palavrões?
— Fadas não falam palavrões. Você não conseguirá pronunciá-los nesse mundo — explicou Owain.
— O quê? Não é possível. — De repente, deu-se conta do que mais poderia ter sido privada e sentou-se no chão, ameaçando puxar os próprios cabelos. — Me diga que ainda posso transar, por favor! — pediu ela, desesperada, e gritou, jogando-se para trás, ao ouvir a negativa de Owain. — Por quê? Por quê? Por quê?
Ele ajoelhou-se ao lado dela e tocou seu nariz.

— Estou brincando.
— Seu filho da... Ah! Ódio. — Ela sentou-se novamente. — Posso mesmo? Esse seu humor é meio estranho.
— Claro. Você se lembrará. Vamos andando — desconversou ele, enquanto Marcos e Melissa pareciam hipnotizados pela troca de palavras dos dois.
— Como assim? O que uma coisa tem a ver com a outra? — Ela olhou para ele, desconfiada. — Hum... Nós dois, é? Ih, catei seu pai, Mel — disse ela, impulsivamente. — E foi bem antes da sua mãe. — Sorriu, maliciosa. — Isso significa que eu tenho prioridade, certo? Olha que lindo. Estou começando a ver vantagem nessa coisa.

— Não me diga que vocês dois têm um relacionamento sombrio e trágico como a Mel e o cavaleiro fantástico? — perguntou Marcos.

— Não, não temos. Aconteceu uma vez, quando eu estava em treinamento. Eu era jovem, estava assustado e... — Owain tentou explicar, claramente desconcertado.

— Espere, acho que estou me lembrando dos detalhes... Hum... Ei... Uau... Nossa! Realmente foi intenso. Se a minha memória não falha e você continuar solteiro quando essa encrenca toda acabar, voto pelo revival. — Assim que disse as palavras, uma sensação estranha a envolveu. Colocou a mão na testa. — Ain, mais memórias. Que treco chato! Gente, preciso falar um palavrão agora. Preciso!

— Do que está se lembrando? — perguntou Melissa.

— Não vai rolar revival. — A fada disse para Owain e depois voltou-se para Melissa. — Acho que já me apaixonei uma vez. — A voz soou trêmula, tão diferente da garota que eles conheciam.

— Por quem? — perguntou a amiga.

Paulinha parecia perdida.

— Pelo seu irmão.

— Como é que é? — indagou Marcos, surpreso.

— Há dois anos e meio, quando a Mel estava aqui. Durou até minha partida.

Melissa não compreendia.

— Nunca vi você.

— Eu vivia nas Estações, mas não permitia que todos me vissem. Apenas Lancelot, Owain, quando esteve aqui, Gabriel e outro cavaleiro, não sei se você o conheceu ainda. Depois do que aconteceu, eu não confiava em feiticeiros, apenas em Gabriel. — Paula parecia tão chocada quanto os outros.

— Você é a fada que fez com que Lancelot ficasse imune à magia?

— A própria.

— Vocês se conheciam o tempo todo? — perguntou Melissa.
— Mais do que imagina. — E, vendo a expressão chocada da amiga, acrescentou: — Ain, não assim, credo. Seria pecado até para mim.

Melissa não teve tempo de questionar a declaração, pois seu pai já os apressava para seguir.

— Aos poucos vocês conversam. Creio que Lilibeth já sabe exatamente quem é agora — acrescentou ele, ao ver o olhar perdido e confuso da fada.

E eles seguiram para a casa de Viviane.

Depois de acomodar o neto cuidadosamente em seu quarto, Viviane deixou Morgana com ele e seguiu até a frente da casa para conversar com Tristan, que estava sentado ao lado de uma roseira, pensativo.

— O mesmo olhar perdido de Lancelot — murmurou a feiticeira ao vê-lo.
— Talvez seja por termos dilemas parecidos. — Tristan exibia uma expressão triste. — Ele partiu de Camelot.
— Eu sei. Pude sentir sua dor. — Ela sentou-se ao lado do cavaleiro. — E você sabe que partir ou tentar esquecer não é suficiente para um amor assim.
— É desolador. Ele nunca esquecerá Melissa e o sentimento o consumirá como fogo, dia após dia. E a maldita pergunta que nunca se cala: e se eu tivesse feito diferente?
— "E se..." são duas palavras capazes de atormentar uma vida. Morgana me disse que vocês tiveram que deixar homens para trás.

Ele desviou o olhar; aquela era mais uma culpa que lhe amargava a alma.

— Prometi a Arthur que salvaria Morgana, fiz a mesma promessa a Lancelot e a outra pessoa, em relação ao garoto. Sei quem ele é e a importância que terá em nosso futuro. Como não sei onde está Melissa, não poderia perdê-lo também. Não pude arriscar nenhum dos dois, mas teria morrido mil vezes por qualquer um dos homens que deixei para trás.
— Muitos morrerão ainda — previu a feiticeira, enigmática.
— Eu sei.
— Você precisa estar preparado, menino. Em um futuro, não muito distante, terá de fazer outra escolha, talvez a pior de sua vida.

Tristan não chegou a responder porque viu quatro pessoas saindo da Primavera. Três vestidas de uma forma que ele nunca vira, e uma exatamente como uma fada.

Ao reconhecê-la, levantou-se de um pulo e ajudou Viviane a se levantar.

— Lilibeth?

— Eu ávisei. — Viviane afirmou às suas costas. — Sabia que ela estava retornando. Se bem que, dessa vez, até eu fui surpreendida. — Lágrimas lhe vieram aos olhos quando reconheceu Owain.

Ao ver um homem alto e bonito correr na direção deles, Marcos disse:

— Esse é o Lancelot? Porque é sacanagem ele ser tão bonito.

— Não — respondeu Paula, sem perceber. — Lancelot é ainda mais lindo.

Melissa a encarou e não disse nada, pois Tristan parou diante deles e a abraçou com carinho.

— É um alívio vê-la bem — confessou o cavaleiro.

— O que está fazendo aqui, Tristan? Quantos dias fiquei longe? — perguntou Melissa, enquanto falava aos outros presentes.

— Três dias. Vim trazer seu irmão.

— Você sabia quem ele era?

— Sempre soube. Fui um dos encarregados de protegê-lo.

— Encarregado por quem?

— Por ela — apontou para Paula. — Finalmente voltou, Lilibeth. Senti sua falta.

— Ainda não estou acostumada com esse nome, Tristan, nem com essa roupa, muito menos com esse cabelo — choramingou. — E eu não senti sua falta, mas teria sentido se me lembrasse de você.

— Ele também? — perguntou Marcos, balançando a cabeça.

— Não que seja da sua conta, Marcos, mas ele não. Sei que é complicado eu ter ficado com pai e filho, mas só me tornei vida louca em Nova Camelot. Algo me dizia que o amor era encrenca — respondeu, pensativa.

— Você sabia quem eu era, Tristan? — Melissa retomou as perguntas.

— Não, nem imaginava. Depois deduzi que fosse a mulher por quem Lancelot era apaixonado, mas não sabia que era irmã de Gabriel. Fui sabendo aos poucos, por tudo que os dois me contavam.

— Onde meu irmão está?

— No quarto de Viviane, com Morgana.

Melissa olhou para o pai e percebeu sua hesitação. Não era fácil voltar a um lugar que havia ficado para trás. Ela entendia seus sentimentos, ainda mais agora que recordava que Viviane fazia parte da família. A mágoa era evidente. Segurou a mão dele e deu um meio sorriso, incentivando-o.

Imóvel, Viviane os esperava. Logo, mãe e filho estavam frente a frente. Owain nunca chegou a ter laços fortes com a Senhora de Avalon. A princípio, por não conhecer sua verdadeira identidade, e, depois, por culpá-la pelo exílio em outra realidade. No momento, não sabia o que pensar, pois a partida lhe permitiu viver em paz com o amor da sua vida e seus filhos até dois anos atrás.

— Você cresceu, garoto — comentou Viviane assim que o viu, então estendeu os braços, esperançosa.

Owain cedeu, mesmo sem poder perdoá-la.

Marcos não ficou para ver mais, aproveitou-se da distração momentânea e entrou na cabana, esperando estar no lugar certo. Suas suspeitas se confirmaram quando viu Melissa atrás de si ao empurrar a porta do que imaginava ser o quarto.

À cabeceira da cama, Morgana estava sentada, segurando a mão do jovem feiticeiro. Ela virou-se rapidamente e viu Marcos, a última pessoa que esperava encontrar em Avalon.

— Marcos, o que faz aqui? — Ela o abraçou e se afastou para encará-lo, porém sua expressão era indecifrável: tristeza, alívio, esperança e muitos outros sentimentos misturados.

Ele apontou para trás de si.

— Eu vim com a Mel.

Marcos caminhou para perto da cama, abaixando-se e tocando a mão do amigo, visivelmente emocionado.

— Cara, você usa barba agora — observou ele.

Morgana não sabia o que dizer. Era a primeira vez que estava cara a cara com Melissa.

— Olá — cumprimentou Melissa, entrando no quarto.

A ruiva tentou sorrir.

— Olá.

Ambas se observaram por poucos segundos, até que Melissa se sentou na cama, passando a mão no rosto do irmão.

— Ele está tão quente.

— É a febre — explicou Morgana. — Não baixa desde que chegamos. Preciso tirá-lo da Escuridão o quanto antes. Viviane disse que Lilibeth está vindo.

— Então, Morgana — interrompeu Marcos —, parece que nós trouxemos Lilibeth. Aliás, parece que ela estava conosco o tempo inteiro.

— Não entendo.

— Paula é Lilibeth.

— O quê? — A feiticeira estava chocada e ficou mais ainda ao ver a fada cruzar a porta e se aproximar da cama, insegura.

— Oi, Ruiva — disse Paula, baixinho, sem encará-la. Sua atenção estava voltada para o jovem convalescente. — Gabriel.

Marcos se afastou um pouco para que ela se aproximasse.

— Você se lembrou de tudo? — perguntou Melissa.

— Sim. Ele é importante para mim.

— Importante como? — Morgana não conseguia compreender, e Marcos olhou de uma para outra, prevendo confusão.

— Muito importante, Ruiva — respondeu enquanto apertava a mão dele. — Não como você pensa, mas muito importante.

※

Pouco depois, Owain também entrou no quarto e Melissa aproveitou para conversar com Viviane a sós.

— Podemos salvá-lo, não é? — perguntou ela.

— Espero que sim, porém não posso dar garantias — respondeu a feiticeira.

— Não posso perdê-lo.

— Logo tentaremos salvá-lo. Já pedi que preparassem o local para o ritual. Lilibeth poderá guiar Morgana pela Escuridão e, se tudo der certo, em breve ele estará conosco e vocês poderão retornar a Camelot.

Melissa baixou os olhos, vendo as flores da mesa mudarem para vermelho.

— Não voltarei — declarou.

— Ah, pequena, você se lembra das palavras que eu disse da outra vez?

— Sim. Arthur morrerá se eu não voltar. — As palavras pareciam dilacerá-la, e as flores oscilaram para um tom de azul-claro.

— O destino de vocês está entrelaçado. É claro que você tem uma escolha, mas, se partir, ele morrerá. É capaz de viver com isso?

— Não — confessou, uma lágrima lhe escorria pelo rosto. — Também não posso viver sem Lancelot. — A intensidade de seus sentimentos fez as flores chamuscarem nas pontas.

— Espere. — Viviane pegou o vaso e atravessou a porta, entregando-o a um menino. — Leve para o centro do Inverno. Deixe-as lá. — Então retornou para o cômodo. — Não sei se sobreviveriam a outra combustão total, e as flores são tudo o que resta do mundo de Lilibeth — explicou. — Lancelot se foi, Melissa. Sei que é difícil, mas talvez você deva aceitar seu destino.

— Você não sabe para onde ele foi? — perguntou, angustiada.

— Não — respondeu Viviane, pesarosa.

— Quanto tempo temos até o ritual?

— Tudo estará pronto ao cair da noite.
— Voltarei em breve.
Melissa deixou a cabana e correu para a Primavera. Ao chegar à plantação de lavanda, sentiu o coração explodir em desespero. Caiu de joelhos em meio às flores e chorou. Finalmente tinha todas as lembranças e estava em Avalon, porém se sentia completamente vazia sem Lancelot.
— Por favor, volta para mim. Você prometeu que nenhuma profecia ficaria entre nós.
As plantas se agitaram, a terra sob ela tremeu levemente e vários pássaros vermelhos sobrevoaram o local; duas raposas, alguns coelhos e até mesmo uma matilha de lobos selvagens correram para perto da plantação. Todos com as atenções voltadas para ela. Ciente de que a natureza sentia sua dor e reagia, Melissa deitou-se no chão, com o rosto colado às plantas, as lágrimas misturando-se à terra, e sussurrou uma prece que apenas os elementos da natureza escutariam.
— Tragam-no de volta para mim.

※

Marcos estava sentado na ponte de pedras vermelhas do Verão. Bem perto da saída, afinal, ele não conhecia nada a seu redor.
— Não tive tempo de agradecer-lhe por salvar minha vida. — Ele ouviu a voz de Morgana atrás de si e abriu espaço para que ela se sentasse.
— Deixa disso, Ruiva. Você faria o mesmo por mim. Apenas tente não morrer tão cedo, ok? — Ele riu da própria tragédia quando ela se sentou de frente para ele.
— Eu não imaginava que você era um cura-vidas. — Ela segurou a mão dele. — É o primeiro que conheço.
— Você foi a primeira feiticeira que conheci. Acho que não dá para contar a Mel e a Paulinha, já que nem elas sabiam quem eram. — Ele entrelaçou os dedos aos dela.
— Quando eu era pequena, meu pai me contava histórias sobre o seu povo. Sobre como vocês tinham o coração mais puro que ele conhecera.
— Puro, eu não sei, mas partido, com certeza. Será que consigo me autocurar com esse poder? Ia ser uma mão na roda.
— Não compreendo.
— Ia ser fácil, bom, simples. Algo assim.

— Como você se partiu por amor, talvez só o amor possa curá-lo. Queria ter esse poder. Juro pela Deusa que queria.
— E eu adoraria que tivesse. — Ele acariciou as costas dela. — E, falando de amor, me parece que meu melhor amigo é apaixonado por você desde que a salvou da Escuridão. Pelo menos foi o que Viviane disse para Benjamin.
— Foi o que eu soube. — Ela recuou, mas ainda manteve a mão dada à sua. — Não tenho muitas lembranças, mas sei que ele tentou me libertar da Escuridão muitas vezes.
— Agora somos nós quem vamos tirá-lo de lá.
— É o que espero.
— Tenha fé, garota. — Ele tirou uma folha que veio jogada pelo vento e caiu no vestido da feiticeira.
— Estou com medo.
— Do quê?
— De perder algo que nem consegui ainda.
— Meu amigo Gabriel.
— Sim. — Ela sentia uma facilidade gigantesca para conversar sobre sentimentos com Marcos.
— Não sei se sou a melhor pessoa para falar de amor. Amo alguém que nunca me verá como mais que um amigo, e está tudo bem. Já fiquei chateado por isso, é claro, mas como mandar nessa coisinha? — Ele tocou o próprio peito. — O coração quer. Ele busca. Não se força um amor. É natural. O meu deve estar por aí, em algum lugar. E agora vamos tratar de salvar o seu.
— E que nenhum de nós morra, ou o outro já era.

※

Tristan voltou a se sentar ao lado da roseira, e não demorou muito para que Lilibeth aparecesse, colocasse as mãos na cintura e perguntasse:
— Onde está Lancelot, Tristan?
— Não sei — respondeu, prevendo problemas.
— Como não sabe? O que foi que eu pedi quando fui embora?
— Para proteger Lancelot e Gabriel.
— Lancelot está desaparecido, e Gabriel, na Escuridão; parece que alguém não fez o que eu pedi. — Ela balançava o dedo indicador.
— Você sabe que sou só um cavaleiro, não sabe? Não posso impedir feiticeiros de exaurirem seu poder. Falei com Gabriel uma centena de vezes,

assim como com Lancelot. Não adiantou. Você me pediu para cuidar dos dois homens mais teimosos do reino.

— Ah, que bela porcaria. — Ela se sentou ao lado do cavaleiro, emburrada, tentando impedir que suas pernas ficassem completamente à mostra. — Droga de vestido. Quero minhas roupas de volta!

— Você não usava roupas de fada lá?

— Não — respondeu, com certo saudosismo. — Pela primeira vez em, sei lá, mais de mil anos, tive uma vida normal. Sem o peso da coroa. Não posso ser rainha e reerguer o reino das fadas sozinha. Meu Deus! Opa, minha Deusa. Desculpa, mãe. Mas você tem noção do quanto é estranho saber de uma hora para outra que você é um ser milenar? Estou revoltada. — Ela cruzou os braços, irritada, e percebeu que a saia do vestido subiu. — Ah, que se dane. — Tristan segurou o riso, evitando olhar para ela. — Ain, tinha me esquecido do quanto vocês são educados aqui. É meigo.

— Percebi por Melissa que as diferenças entre os mundos são muitas.

— Você não faz ideia.

— E você simplesmente vivia sem se lembrar daqui? Não estranhava não ter família?

— Eu achava que tinha família. — Ela olhou para as unhas pintadas de cor-de-rosa. — Por que eu tenho que estar toda combinadinha, hein?

Ela chacoalhou as mãos fazendo pó de fada subir para todos os lados. Tristan afastou-se um pouco.

— Nada de pó de fadas em mim.

— Entendo completamente a sensação.

— Por que não o faz desaparecer?

— Ah, é? Pelo menos isso eu posso fazer. — E, num piscar de olhos, o pó sobre a pele sumiu. — Então... na minha cabeça, eu tinha mãe, pai e irmãos que moravam em outra cidade. Eu achava que falava com eles pelo telefone, de vez em quando.

— Pelo quê? — Tristan franziu o cenho.

— Um treco de lá, Tristan. Agora percebo que há um monte de coisas que eu achava que fazia, mas era tudo ilusão.

— O que, por exemplo?

— Meus cabelos. Eles ficavam mudando de cor de tempos em tempos, e eu tinha certeza de que era obra do meu cabeleireiro superfashion. — Tristan parecia confuso. — Nem pergunte. Queria saber por que Gabriel apagou minhas lembranças. Ele nunca disse?

— Nunca.

— Ele não deveria ter habilidade para isso. Apagar memórias de uma fada exige muito poder.

— Ou vulnerabilidade da fada.

— É. Ele certamente sabia me deixar vulnerável — disse ela, enquanto arrancava as pequeninas rosas do vestido. Ao perceber que nasciam magicamente outra vez, passou a esmurrá-las. — Arrumei muitos problemas por isso, sabia? Tive alguns rolos com rapazes, mas não quero chocar você.

— Lilibeth, sou eu, Tristan, o cavaleiro que já corrompeu praticamente todas as donzelas do reino.

— Bem, eu saía com os homens de lá, e eles sempre se apaixonavam por mim.

— Por causa do seu poder. A influência.

— Exatamente. Eu não me lembrava de ser uma fada, então como poderia desligar essa influência maldita? — Então parou e o observou atentamente. — Conseguiu alguém para enfeitiçar você, não foi?

— Eu disse que, se não me ajudasse, encontraria alguém.

— E foi uma grande idiotice, não foi?

— Foi — admitiu ele. — Você parece lidar com isso melhor que eu.

— Ah, Tristan, meu caso é diferente. Gabriel sabia os riscos que corria ao apagar minhas lembranças e me jogar no século XXI. Não me sinto culpada. Ao mesmo tempo, a sensação não é boa. Sabe aquela coisa de duas vidas se juntando em uma? — Ela o viu assentir. — Então, isso é horrível. Dá uma abalada.

— E como está lidando com as lembranças da sua antiga vida, em Brocéliande?

Ela fechou os olhos e voltou a um tempo em que era apenas Lilibeth, a princesa das fadas, vivendo do outro lado do portal. Brocéliande era uma floresta encantada protegida por magia. Foram milênios vivendo em paz até ser descoberta pelos humanos. Nem todos lhe fizeram mal, mas um deles foi responsável por sua destruição e pela quase extinção das fadas.

— Meu mundo não existe mais e estou fingindo que não sou a última da minha espécie. Como você e Lancelot sabem, minha mãe tem planos dos quais eu discordo. Não quero falar sobre isso. — Ela se sentiu triste de repente.

— Quem você quer ser? Paula, era Paula, certo? Ouvi Melissa chamando-a assim. Ou Lilibeth?

— Paula sempre será parte de mim, mas não posso deixar de lado uma existência de centenas de anos. Não posso negar que essa pausa foi um alívio. Por mais que esteja um pouco zangada com Gabriel, quase entendo o que ele fez. Foi um descanso. — Uma sombra de tristeza passou por seu rosto.

— E como é de repente se lembrar de que é a peça central de uma profecia que pode salvar a todos nós? — perguntou o cavaleiro.

— Exaustivo, mas não sou a única peça importante. É Arthur, no caso. Era para ser, tecnicamente... — Ela soou misteriosa. — Todos nós orbitamos à sua volta para salvá-lo. É um pouco desconfortável mudar de garota comum para alguém que precisa corrigir uma situação para salvar o mundo. Bem irreal, mas não tão surpreendente. Eu estava vivendo em um mundo onde o tema apocalipse zumbi está em evidência. Já pensou se minha realidade verdadeira fosse essa? — Ela fez uma careta de nojo. — Melhor que seja mitologia arturiana, certo? Bem mais fácil de lidar do que um morto querendo me comer. Se é para alguém correr atrás de mim, que pelo menos esteja vivo.

Tristan havia se perdido na conversa, mas se lembrava de que isso acontecera muito quando conheceu Gabriel, então relaxou. Em vez de tentar entender, perguntou:

— O que pretende fazer primeiro?

— Preciso trazer Lancelot de volta.

— Você acha que adiantará? Vejo Lancelot sofrer, entendo como se sente. Trazê-lo para perto de Melissa quando sabemos que há uma profecia que a liga a Arthur não é crueldade demais?

— Tristan, tolinho, não seja ingênuo. — Ela deu seu sorriso mais encantador. — Até parece que não me conhece.

❖

No início da noite, todos estavam reunidos numa clareira no Outono. O chão estava forrado de pétalas azuis. O silêncio na floresta era quase sepulcral. Até as árvores continham suas folhas para que não perturbassem aquele momento. Gabriel fora trazido e colocado sobre panos finos e coloridos no meio de um grande círculo de velas acesas, cujas chamas bruxuleavam, o que dava ao espaço uma aura mágica e sombria.

— Morgana e Lilibeth — chamou Viviane. — Vocês podem entrar no círculo e segurar as mãos dele, uma de cada lado. Depois deem as mãos. Lilibeth sabe o que fazer. — A fada assentiu. — Apesar de chamarmos o lugar de Escuridão porque é a única memória remanescente de quem escapa, o lugar não é escuro o tempo todo, e todos os seus pesadelos podem se realizar lá. Morgana, você precisa trabalhar com Lilibeth. Ela é o único ser imune às magias daquelas trevas. Não solte a mão dela.

— Tudo bem.

— Eu não posso ir? — insistiu Melissa.
— Não, minha querida, não pode. Ninguém sai ileso da Escuridão, e não podemos correr o risco de que você volte marcada.
— E como meu irmão pôde salvar Morgana? Quando ele esteve lá?
— Quando Merlin apagou a mente de Gabriel, ele estava ferido e esgotado. Perdeu a consciência por alguns minutos, o suficiente para que mergulhasse na Escuridão, porém não chegou a ficar preso, porque Lancelot chamou Lilibeth a tempo. E foi assim que ele encontrou Morgana. Foi como se ele tivesse apenas espiado e retornado, e não sido contaminado pelas trevas.
— Certo — murmurou Melissa, chateada por não poder ajudar. Marcos a puxou pela mão, afastando-se e sentando-se perto das árvores que os cercavam, perto de Owain, que segurou a mão livre da filha, confortando-a. Ele queria buscar o filho, mas sabia que a Escuridão estava esperando para capturá-lo para sempre, então precisava confiar em Lilibeth e Morgana. Não podia abandonar Melissa outra vez.
— Pois bem — disse Viviane, ao ver a fada e a feiticeira no centro do círculo, tocando Gabriel —, preparem-se.
Lilibeth e Morgana se entreolharam, e então fecharam os olhos. Por alguns segundos, julgaram que nada aconteceria, mas, em seguida, as chamas das velas subiram quase dois metros, cercando-as, e as duas desmaiaram ao lado do corpo do feiticeiro.
— Começou. — Foi a última palavra que Viviane disse antes de se sentar silenciosamente ao lado dos outros.

12

Quando Lilibeth reabriu os olhos o lugar estava escuro.
— Ruiva, cadê você? — perguntou a fada, chacoalhando as mãos e produzindo uma luz fraca com o pó de fadas. Então viu Morgana encolhida em um canto. — Ei, presta atenção — disse, segurando-lhe a mão. — Haja o que houver, não me solte.

— Você se lembra daqui? — perguntou a feiticeira, apavorada.

— Sim, e pelo visto você também. Calma. Produza um pouco de fogo para enxergarmos melhor. Logo deve ficar um pouco mais claro.

Morgana tremia.

— Não posso. Não consegui da outra vez.

— Você pode. Enquanto estiver segurando a minha mão, poderá usar cada poder que possui.

Morgana se levantou, criou uma bola de fogo na mão livre, caminhou ao lado de Lilibeth e perguntou:

— Por que você é a única imune a esse lugar?

— Porque minha mãe o criou. Vamos. É por aqui — disse a fada, sem dar espaço para mais perguntas. — É um labirinto. Gabriel está no centro, onde você ficou da outra vez. A prisão para feiticeiros.

— Como sua mãe pôde criar um lugar tão horrível? — insistia Morgana.

— Morgana, se tudo o que você ama lhe fosse tirado. Se Gabriel, Arthur, Lancelot e qualquer um com quem se importa morressem, o que você faria?

— Não suportaria tanta dor, enlouqueceria e morreria.

— Foi o que ela fez, não suportou a dor, enlouqueceu e morreu, mas antes criou essa prisão. Ela queria vingança.

— Como ela pode ter morrido? Sempre ouvi dizer que você era filha da Deusa Mãe. Ela está morta? — Morgana se assustou. — Tudo em que cremos está morto?
— Não. Seu corpo de fada morreu, mas ela vive por aí, em todos os lugares onde existir a natureza, só não é mais como antes.
— E você pode conversar com ela?
— Mais ou menos. Ela ainda não me perdoou, acho.
— Pelo quê?
— Por confiar em feiticeiros.
— O que os feiticeiros fizeram?
— Traíram meu povo e permitiram a destruição do meu mundo. Basicamente minha culpa.
— Mas a profecia e nossos poderes... Sempre pensei que viessem dela.
— E vêm.
— Por quê? Se meu povo destruiu seu mundo, por que ela quer nos ajudar?
— Porque minha mãe sabe que não pode condenar todos pelo erro de alguns. E uma mãe sempre faz o que é melhor para seus filhos, mesmo quando está zangada com eles.
— Não entendo. Nunca fiz nada a ela e creio que Gabriel também não.
— Vocês não fizeram. Acontece que essa porcaria de labirinto ganhou vida e toda vez que um feiticeiro fica fraco demais, ele o suga para cá em vez de deixá-lo morrer. É uma boa alternativa para quem conhece uma fada para resgatá-lo, mas não deixa de ser insuportavelmente doloroso.
— E por que você nos ajuda, se os feiticeiros lhe tiraram tudo? — indagou Morgana, ao tropeçar no que parecia ser uma gigante raiz preta saindo da parede.
— Porque não foram todos os feiticeiros, e, no começo, nunca pensei que os ajudaria... Estava apenas protegendo alguém que eu amava.
— Quem?
— Lancelot.
— O quê?
— Chega, gata. Explicarei tudo quando sairmos. Está quieto demais por aqui. Teremos problemas em breve. — Bastou Lilibeth falar para o chão se abrir e as duas se separarem. — Não! — gritou a fada. — Morgana, onde você está?
Silêncio.
Lilibeth seguiu adiante, jogando pó para cima, iluminando um pouco mais o lugar. Precisava encontrar Morgana antes que os pesadelos começassem.

Longe da proteção da fada, Morgana correu às cegas. As paredes começaram a tremer e a feiticeira tropeçou, sentindo sua pele cortar, como se uma faca invisível rasgasse sua pele. Os corredores pareciam todos iguais e ela estava quase desistindo quando viu uma fresta de luz. Seguiu, insegura, e atravessou a porta. Estava em Camelot.

— Como é possível?

Era a sala de reuniões, e Arthur estava apoiado à mesa, discutindo com alguém.

— Você me traiu! — gritava o rei.

— Não, Arthur. Jamais o trairia — rebateu Morgana, mas percebeu que seu irmão olhava para o outro lado.

— Eu confiei em você, Lancelot — argumentou Arthur.

Morgana virou-se na direção do cavaleiro e o viu parado, com a espada em punho, Melissa atrás dele.

— Fique onde está, Arthur. Deixaremos o castelo. Não foi uma traição.

— Como não? Você quer fugir com a minha mulher! — O rei bateu a mão na mesa e sacou a espada, andando na direção de Lancelot.

— Ela nunca foi sua.

— Não me provoque. Eu o matarei — avisou Arthur.

— Não! — gritou Morgana, em vão.

Os dois avançaram, e as espadas se chocaram. Ambos conheciam muito bem as técnicas do outro e a luta parecia não ter fim. Lancelot bloqueava cada golpe de Arthur, fazendo-o encher-se de fúria a cada segundo. Mas o rei não interrompeu a investida. Finalmente conseguiu encurralar Lancelot contra a parede; a espada no pescoço do cavaleiro, um filete de sangue escorria pela lâmina. No momento em que Morgana pensou que perderia seu melhor amigo pelas mãos do irmão, o cavaleiro sacou um punhal da cintura e o cravou no coração do rei...

No exato instante em que Arthur cortou-lhe a garganta.

— Não! Não! Não! — gritou Morgana, em desespero, vendo os dois sangrarem até a morte.

Tentou chegar perto deles, mas uma barreira invisível a impedia. Sentou-se no chão e chorou, desistindo. E, então, ela ouviu novamente:

— Você me traiu! — Era a voz do irmão.

Virou-se e ele estava apoiado na mesa. Começaria tudo de novo. Seria um pesadelo? Se fosse, por que a dor parecia tão real? Onde estaria Lilibeth?

Lilibeth podia ouvir os gritos agudos de Morgana, porém, quanto mais corria em direção a eles, mais se afastavam.
— Onde você está, gata?
Sombras começaram a surgir pela parede, subiam pelas pernas da fada.
— Saiam! — ordenou, expulsando-as.
Se não achasse Morgana logo, os pesadelos a consumiriam.
— Calma, pensa. Como foi da outra vez? — A fada tentava se recordar dos detalhes. — Gabriel achou Morgana. Gabriel podia sentir Morgana. — A constatação a entristeceu, de repente. — Preciso encontrá-lo primeiro. — As raízes da parede tornaram-se mais grossas quebrando o chão e bloqueando seu caminho. — Ain, mãe, para que criar um labirinto vivo? — Ela se queixou.
— Chega! — exclamou, olhando para as mãos e lembrando-se da expressão de Tristan ao fugir do pó de fadas, gesticulou com toda força em direção ao bloqueio de raízes, cobrindo-o com pó, e o viu explodir em milhares de pedaços.
— Gente do céu, lembrei de uma coisa! Já sei como achar Lancelot. Feitiço de rastreamento para pessoas amadas. Ô nomezinho ridículo! — A fada riu sozinha. — Lancelot fica para depois. Agora vamos encontrar Gabriel. — Ela esfregou as mãos uma na outra e uma bola repleta de pontinhos brilhantes começou a surgir. Soprou-a para longe e disse: — Vá buscá-lo para mim.

A bola começou a girar e depois voou para a frente. Lilibeth sorriu e, saltitante, esqueceu todos os riscos que corriam.

Ela veria Gabriel outra vez.

Não demorou muito para chegar ao centro do labirinto. Podia ouvir as lamentações de outros feiticeiros presos ao longo do tempo. Abaixou-se para passar pelo túnel apertado e fétido, então o viu. Como sempre, o mais poderoso ficava no centro. Esquivando-se das pobres e miseráveis almas que se contorciam no chão, Lilibeth cruzou a câmara e chegou até onde Gabriel estava, delirante.

— Morgana — murmurava ele.
— Ora, ora, eu te acho e você chama por outra pessoa. Não me faça deixá-lo aqui. — Ela balançou o dedo em frente a ele e se surpreendeu quando Gabriel segurou-lhe a mão.
— Lilibeth — Gabriel parecia estar despertando de um pesadelo —, por que demorou tanto? — Ele tentou sorrir ao tocar seus cabelos.
— Fácil. Um feiticeiro imbecil apagou minha mente, sabe? — Ela o ajudou a se levantar.

Como da outra vez, só a proximidade de Lilibeth era capaz de trazê-lo de volta à sanidade.

— Senti saudades. — Ele tocou-lhe o rosto. — O cabelo está bonito. — Gabriel queria agradá-la.
— Eu não senti saudades, por motivos óbvios.
— Como chegou aqui? Um feiticeiro envolvido pela Escuridão só pode sair se outro vier buscá-lo. São as regras que a sua mãe estipulou, achando que ninguém se arriscaria.
— Ninguém se arriscaria mesmo. Só uns doidos aí...
— Ninguém se arrisca mesmo. Só uns doidos aí...
Lilibeth viu a corrente grossa que prendia o pé de Gabriel e prendeu a respiração. "Uma vida pela outra", a voz de sua mãe ecoou em seus pensamentos. "Ain, mãe, espero que todo esse sentimento de vingança não esteja te fazendo mal. Como é que vou tirar esse menino daqui?"
Uma vida pela outra.
Lilibeth fechou os olhos.
Uma vida pela outra.
Lilibeth fez um pedido.
Uma vida pela outra.
Lilibeth quebrou a corrente.
Espantado, Gabriel viu-se liberto.
— Não posso deixá-la aqui. — Ele apertou a mão da fada.
— Não vai deixar. Ninguém ficará.
O feiticeiro compreendeu a seriedade nas palavras da amiga. Ou ela desobedeceria à mãe ou havia feito um acordo. Essa não seria uma informação que ele teria naquele momento.
— Você tem certeza?
A jovem assentiu, incerta. Na última vez que discordara da mãe por amor a um homem, o mundo das fadas havia sido destruído. Balançando a cabeça, ela o puxou pela mão e o guiou para fora da sala. Alguns homens podem ser bons, seu coração lhe dizia, e ela torcia para que ele estivesse certo.
— Precisamos encontrar a Morgana. — Ela anunciou ao cruzarem a porta.
— Onde ela está? — perguntou Gabriel.
Lilibeth baixou os olhos, sem jeito.
— Eu a perdi.
— Vamos encontrá-la, então... — Gabriel se apoiou um pouco nela, e eles voltaram por onde a fada viera.
— Como você fez para encontrá-la da outra vez? Eu esperava poder fazer um feitiço, mas estou com alguns probleminhas agora — explicou Lilibeth, misteriosa.

— Não sei exatamente. Eu só sabia. Provavelmente, por causa dos elementos. Ele deu de ombros, porém Lilibeth desconfiava que tivesse a ver com os sentimentos dele.

— Por ali — disse o jovem, apontando para um corredor.

Quando os dois pararam em frente a uma porta, Gabriel já estava recuperado, graças ao poder da fada. Ao abri-la, avistaram a feiticeira no chão.

ॐ

Morgana estava caída, as mãos cobrindo a cabeça. Perdera a conta de quantas vezes havia visto o irmão e o melhor amigo morrer. A dor a partia em mil pedaços, para em seguida uni-la de novo, só para quebrá-la outra vez. Já não tinha mais forças para reagir. Queria se entregar a esse sofrimento sem fim e morrer.

— Ei!

Morgana sentiu alguém tocar seus cabelos com carinho, mas se negou a olhar. A certeza de que veria mais alguém morrer a sufocava.

— Morgana, olha para mim.

Era a voz de Gabriel.

— Vá embora. Não verei você morrer também — implorou a feiticeira.

— Não vou morrer.

— Claro que vai. Você é outro pesadelo. — Ela estava apavorada.

— Não sou um pesadelo. Sou eu. Achei você.

Ele lhe afastou os cabelos do rosto e a fez encará-lo.

Morgana entreabriu os olhos devagar, o suficiente para ver apenas o rosto do cavaleiro e mais nada ao seu redor. Estava aterrorizada demais para acreditar nele, mas o toque em seu rosto parecia quente e real.

— É você? De verdade? — Ela já não ouvia mais os gritos de Arthur e Lancelot, a tranquilidade começava a envolvê-la.

— Sim. Vem cá. — Ele a puxou para um abraço e ela se encolheu em seu peito.

— Eu o procurei e me perdi.

— E eu a encontrei. — Gabriel beijou seus cabelos. — Outra vez — disse, enquanto sentia as lágrimas da jovem molharem sua camisa.

As lembranças da primeira vez que ele a salvou inundavam sua mente. A inexorável ligação que os uniu então percorreu seus corpos. A conexão viera do momento de mais profunda dor, marcando-os.

— Você veio me buscar. — Morgana repetiu as palavras que disse na primeira vez.

— Você veio me buscar primeiro. — Ele piscou, acalmando-a.

— Claro que eu vim. Como poderia deixá-lo? — Ela sentia os dedos de Gabriel acariciando suas costas.

— Está tudo bem agora. Vamos embora.

Gabriel levantou-se, apoiando-a em seu corpo, e se desequilibrou, só assim Morgana pôde ver que ele tinha apenas uma das mãos livre, a outra estava entrelaçada aos dedos de Lilibeth, que olhava para eles calada.

— Acho que vocês podem deixar as declarações para depois. Vou tirá-los daqui. — disse a fada, finalmente, e tudo à sua volta desapareceu.

13

Quando os três abriram os olhos, estavam no Outono. Eles se sentaram devagar e, antes que pudessem dizer qualquer palavra, Melissa abriu as mãos, gerando um vento forte que apagou parte das velas, e correu na direção do irmão. Sentiu um aperto no peito ao constatar que o perdera pela segunda vez, e o ardor das lágrimas ao ser envolvida por seu abraço. Se dependesse dela, não o soltaria nunca mais. Não permitiria que mais ninguém o ferisse. O vento chacoalhou as árvores, refletindo a intensidade dos sentimentos de Melissa.

Viviane franziu o cenho, mas nada disse ao trocar um olhar enigmático com Owain.

— Você está bem? — perguntou Melissa, com as mãos no rosto do irmão.

— Estou. Graças a elas — respondeu Gabriel, apontando para Lilibeth e Morgana.

— Obrigada. — Melissa agradeceu às duas.

— E a você também. Obrigado. Você voltou, Mel. — A emoção o tomava.

— Claro que voltei. Ninguém machuca o meu irmão. — Ela acariciou seus cabelos.

O irmão a abraçou novamente e sussurrou ao seu ouvido:

— Estou louco ou você apagou o fogo? — Vendo-a assentir, continuou: — Precisamos conversar depois — disse ele, ao ver que Viviane estava atenta a eles.

Lilibeth se afastou, enquanto Marcos abraçava Gabriel.

— Cara, não acredito! — O rapaz parecia emocionado.

— Marcos, pensei que nunca mais o veria.

— De todas as maluquices pelas quais passei nos últimos dias, ver você compensa tudo. Inacreditável.

— Inacreditável por quê? Eu sempre disse — lembrou Gabriel.
— Não, você sempre disse que era um bruxo e que ia para Hogwarts. Isso é bem maior. Aliás, você está maior. Como é possível? Você já tinha passado da idade de crescer quando veio para cá.

Os dois riram.

A comoção foi intensa, e Gabriel finalmente ficou frente a frente com seu pai. Eles se abraçaram. O filho precisou amadurecer muito para sobreviver em um mundo completamente diferente do que nascera. O pai sentia-se grato por tê-lo nos braços outra vez. Apesar da aparência de homem, ainda era seu menino.

Quando Melissa se juntou a eles no abraço, Benjamin pediu perdão por não conseguir protegê-los. Suas crianças se tornaram feiticeiros poderosos e ele faria o possível para mantê-los a salvo. Trocou um olhar com Lilibeth. Ele sabia bem que não dar uma vida por outra cobraria seu preço quando a hora chegasse.

Enquanto retornavam para o vilarejo, Gabriel lançou um olhar para Morgana, que retribuiu com o mesmo carinho, e então se virou para falar com Viviane a respeito do pesadelo na escuridão.

Lilibeth aproximou-se de Marcos, parecendo magoada.

— O que houve? — perguntou ele, pegando uma mecha de cabelos.

— Nada — respondeu a fada.

— Ah, vem cá. — Ele a puxou para um abraço.

— Ain, Marcos, não seja fofo agora ou eu vou chorar. — Ela conteve um soluço. — Estou odiando essas duas personalidades. Não sou assim, que droga! — Frustrada, a fada voltou para a floresta.

Gabriel se virou para trás ao perceber uma agitação e viu Lilibeth sumir entre as árvores. Morgana ficou apreensiva ao perceber a hesitação dele.

— Já volto — disse ele, e seguiu na mesma direção que a fada.

※

Buscando um lugar para pensar, Lilibeth cruzou o Outono e caminhou até o Inverno. Apesar do frio, sabia que a paisagem a acalmaria. Criou uma pequena bola de luz para iluminar seu caminho e cruzou com uma matilha de lobos, porém nenhum deles sequer rosnou para ela. Atravessou a ponte de pedras de gelo, desceu por montes de neve, chegou à abertura de uma caverna e entrou. Passando por um corredor estreito, entrou em um espaço um pouco maior e encontrou cobertores de peles de animais caídos num canto.

Sentou-se encostada à parede e fechou os olhos. Quanto tempo passou naquela caverna com Gabriel? Ainda se recordava da primeira vez que ele a havia beijado, fazendo com que ela o imunizasse contra sua influência, porque não queria que se apaixonasse por um feitiço. Eles começaram como uma brincadeira, a proximidade aconteceu por acaso e a conexão se fortaleceu aos poucos.

Reconhecia que os dois viviam sem expectativas, tudo por causa de uma conversa entre Lancelot e Melissa que Lilibeth havia ouvido escondida, sobre como a fada vivia de forma descompromissada em Quatro Estações. A fada quis vivenciar a experiência... e Gabriel estava ali. Talvez o que tiveram fosse equivalente ao que Morgana e Marcos partilharam. Ainda assim, doía ver o rumo que a situação tomara.

— Velhos hábitos...
— Não mudam. — Ela completou a frase de Gabriel, abrindo os olhos.
— Você sabia que eu a encontraria aqui. — Ele sentou-se a seu lado.
— Sabia, mas não tinha certeza se viria.
Ele segurou-lhe a mão.
— É claro que eu viria.
— Por que apagou minha memória, Gabriel?
— Eu vim do século XXI e sabia o que você encontraria por lá. Você já havia sofrido o suficiente pelo que aconteceu a Brocéliande, e eu quis que tivesse uma vida normal. Ainda que por pouco tempo.
— Como conseguiu? É preciso muito poder para apagar a memória de uma fada, e você estava fraco, não havia se recuperado completamente.
— Você me pediu. O que nós tivemos foi bom, mas nenhum de nós chegou a se apaixonar de fato, lembra? Seu coração ainda pertencia...
— Àquele maldito feiticeiro — sussurrou, incrédula.
— Sim.
— Será que nunca vou esquecê-lo?
— Espero que esqueça. Não quero que fique triste, Lili. — Ele tocou-lhe o rosto, chamando-a pelo apelido que apenas ele e Lancelot usavam.
— Eu não sou mais essa garota. — Ela se levantou, saindo da caverna, com ele atrás. — Não fico chorando e me lastimando. Se alguém não me quer, arrumo outro e pronto. Agora essas duas personalidades ficam se chocando e é sufocante.
— Você não está tão diferente assim. Você sempre foi atrevida e destemida. Não é preciso viver entre as duas personalidades. Escolha quem quer ser e pronto.

Lilibeth virou-se para ele, o rosto da fada era iluminado pela luz que pairava ao seu redor. A mesma expressão doce e amigável de que ela se recordava. Aquele que a fez feliz depois de tanto tempo sofrendo por perder todos de sua raça. Viver no século XXI ensinou a ela que nem tudo pode dar certo.

— Tem uma coisa que eu quero te contar. — Ela rodopiou enquanto seguia poucos passos à frente dele. — Peguei seu pai — declarou, de repente.

— Como assim? — Ele parou de andar, chocado.

— Não foi lá. Foi aqui. Antes de você, uns vinte e poucos anos antes.

— Por que não me contou?

— Porque aquela Lilibeth tinha medo do que pensaria dela, já que não era tão descolada quanto eu.

— Estou vendo. — Ele balançou a cabeça, sorrindo. — Quer me deixar com ciúmes, não é?

— Não sei. Estou conseguindo? — Ela correu, pulando pelas pedras de gelo.

— Lili, você vai cair. — Ele foi atrás dela.

14

Quando eles se reuniram novamente na cabana de Viviane, ela já esquentava um prato cheio de guisado para Gabriel. Por poucos momentos, pareciam uma família feliz, até que o feiticeiro notou o olhar melancólico da irmã, que, querendo fugir dele, saiu da cabana.

— Cara, não entendo. Sério. Ele está partindo o coração da sua irmã — disse Marcos, na primeira oportunidade em que ficou sozinho com seu amigo, referindo-se à ausência de Lancelot.

— Você não entende, *cara*. — Gabriel sorriu levemente ao usar uma palavra que antes lhe era tão comum. — Não enxerga o que enxergo. O que é partir o coração para você é uma demonstração enorme de amor para mim. Lancelot a ama, sempre a amará. Está abrindo mão de Melissa porque acredita que é o que deve ser feito. Eles foram chantageados, e partir parecia a única alternativa razoável para que ela pudesse ser feliz.

— Não vejo felicidade nela, não mesmo. Ela está contente por ter você de volta, como todos nós, mas está arrasada, destruída, porque um idiota achou que o melhor caminho era deixá-la. Se eu encontrar esse cara não respondo por mim.

— Se você o encontrar, por favor, controle-se. Não quero perder um melhor amigo. Não posso culpá-lo ou julgá-lo por fazer o que eu faria: sacrificar-se pela felicidade dela.

— Espera. Isso eu faria, e você sabe, mas, se é para fazer um grande sacrifício, que seja para ver quem você ama feliz de verdade.

— Não ficar com minha irmã jamais significará que ele a ama menos ou que é menos merecedor do que ela sente. Muito pelo contrário, conhecendo-o como conheço, o sacrifício o matará, mas ele o fará, assim como eu faria, se necessário, porque acredita que é o certo. Abrir mão da própria felicidade, visando o que é melhor para quem amamos, não nos torna pessoas piores, mas melhores.

— Sério. Como é esse treinamento para cavaleiros? Que regras malucas são essas? Entendo a lógica e aprovo, mas não aceito o processo. Abandonar Melissa foi errado.

— Lancelot conhece todos os riscos. Além de tudo, ainda há Arthur, seu rei, a quem ele deve toda honra e é seu amigo. Ele pode perder a vida na próxima batalha se seu cavaleiro não abdicar do amor. Lancelot só não quer esse peso. Não quer esse destino. Quer fazer o certo.

— Você não pode concordar com isso! — disse Marcos, exasperado, enquanto se levantava e caminhava para a janela. — Ele está desistindo.

— Não disse que concordo, apenas entendo e, fique tranquilo, pretendo resolver tudo. — Ele empurrou o quarto prato que comia e mordeu um pedaço de pão.

— Essa dieta de vocês é outra coisa maluca.

— Estou há dias sem comer. — Ele riu e ficou sério de repente, ao perceber que Marcos olhava pela janela e parecia preocupado.

❧

A noite caía quando Gabriel passou por Morgana e Viviane, que conversavam sobre o futuro de Camelot. Ele seguiu pela escadaria verde até o lugar onde sabia que encontraria sua irmã.

— Sabia que os moradores de Avalon quase não vêm a este lugar por julgarem-no sagrado ao amor de vocês? — perguntou Gabriel, ao se sentar ao lado de Melissa, em meio às lavandas.

— Não — respondeu Melissa.

— Quando você partiu e era preciso encontrar Lancelot, eu vinha para cá. Depois, quando me recuperei completamente, partimos de Avalon e só voltamos novamente por sua causa.

— Eu não entendo. Se eles sabiam, por que ninguém disse nada enquanto Arthur estava aqui?

— Havia muita coisa envolvida, Mel. Após Merlin mandar você embora, todos os moradores de Avalon fizeram um voto de silêncio em relação ao que aconteceu entre vocês dois; as crianças tiveram a memória daquele tempo modificada. Merlin quis se precaver de todas as formas. Ele ficou louco por termos vindo antes do tempo. Ainda não tenho certeza de como aconteceu, mas imagino.

— Foi difícil para Lancelot, não é? — perguntou ela.

— Você o conhece, sabe que a esperança não é algo que habita seu coração. Ele até consegue, mas apenas quando você está por perto. Toda vez que a perde, ele se desestrutura.

— Onde será que ele está? — Ela passou a mão pelos ramos de lavanda, que se agitaram sob seus dedos.

— Não sei, mas vamos encontrá-lo — garantiu.

— Como? Aqui não é tão simples quanto mandar uma mensagem de texto ou ligar para o celular.

— Nós o encontraremos. Confia em mim? — O irmão estendeu a mão para ela.

— Sempre — respondeu ao segurá-la.

Os sapos perto do riacho coaxavam e uma brisa agradável passou por eles, lembrando Gabriel do que aconteceu assim que saiu da Escuridão.

— Você realmente apagou o fogo naquela hora?

— Apaguei.

— Como, Mel? Você é Terra, não Ar. Como sabia o que fazer?

— Não sei. Só fiz.

— É estranho. Depois vamos conversar com Lilibeth, Viviane e nosso pai. Precisamos juntar todos os pedaços conhecidos da profecia e descobrir exatamente onde estamos pisando. Pelo que sei, sou Água, Morgana é Fogo, e você, Terra.

— Quem deveria ser o Ar?

— Ninguém sabe, mas era para ser outra pessoa. Nenhum de nós deve carregar duas forças da natureza, pode ser perigoso.

— Mais perigoso do que já é?

— Muito mais. Você seria um alvo em potencial.

— Depois daqueles homens tentarem me sequestrar no jardim de Morgana, achei que eu já fosse um.

— Sim, mas será pior se descobrirem do que é capaz.

— O que nós temos que fazer exatamente, Gabriel?

— Nós saberemos amanhã. Viviane disse que eu deveria descansar esta noite, como se não tivesse passado os últimos dias deitado. Falando nisso, pretende dormir aqui?

— Na verdade, não. Viviane pediu que arrumassem a antiga cabana que eu dividia com Lancelot para mim. Só estou me segurando para não entrar lá sozinha e desabar.

— Quer que eu durma com você? — sugeriu ele, carinhoso.

— Não precisa. — Ela sorriu, ao acariciar o rosto do irmão. — Ainda não acredito que tenho você outra vez.

15

Sete dias antes

Assim que Lancelot deixou o quarto onde Gabriel estava inconsciente, com a intenção de se recompor um pouco para que ninguém o visse tão desolado, seguiu em direção à cozinha, onde não deveria haver pessoas devido à hora. O lugar estava escuro, exceto pela luz emitida pelas poucas brasas no fogão, quase apagadas.

O cavaleiro passou a mão pelos cabelos, consumido pela dor do que estava prestes a fazer. Seu coração gritava que fosse até o quarto e buscasse Melissa para que fugissem juntos, porém sua razão o avisava de que essa atitude traria consequências irreversíveis para todos.

Ouvindo passos vindo na sua direção, caminhou para a despensa, onde pegaria alguns mantimentos para sua viagem. Encostou a porta e esperou. As vozes eram baixas, e o tom conspiratório chamou-lhe a atenção.

— E, então, quais são as ordens?

— Preciso deixar o castelo e levar uma mensagem a Breogan.

— Você já viu esse guerreiro?

— Não, mas a carta foi selada com sua marca e só seus homens a têm. Quando ele a vir, saberá que sou seu informante e leal à causa.

— Não é tão simples assim. Os cavaleiros da Távola estão desconfiados.

— Eles são cegos e não veem o que está sob seu nariz. Se soubessem quem assinou essa carta... — O homem riu, e foi então que Lancelot reconheceu a voz: era Adair, um dos lanceiros de Bors. — Os homens estão acampados nas montanhas ao norte, a menos de um dia daqui. Tão perto que quase podemos sentir o cheiro, e Arthur nem desconfia.

— Quando você partirá?

— Amanhã pela manhã, quando o movimento no vilarejo é maior. Não voltarei tão cedo. Eles precisam de alguém que saiba quem são os cavaleiros do conselho, e eu sou essa pessoa.

— Mas, se você não retornar, eles perceberão, por mais ingênuos que sejam. Alguém fará perguntas.

— Não se preocupe. Serei coberto.

— E o que devo fazer até você retornar?

— Foi para isso que o chamei aqui. Você me substituirá na próxima operação.

— Certo.

— Aguarde o sinal.

Ambos deixaram a cozinha. Lancelot se sentia incomodado por não ter reconhecido a voz do outro traidor. Muitos homens vinham se juntando a eles nos últimos dias. Quem seria esse? E, mais, quantos outros estariam infiltrados? Teria de agir rapidamente, pegou o que precisava e partiu. Não poderia rendê-los no castelo se quisesse manter a descoberta em sigilo.

※

Quando o sol brilhou no céu, Lancelot estava sobre uma árvore no único caminho que levava às montanhas do norte. Seu cavalo, Liberdade, e seus pertences estavam escondidos em uma caverna, camuflada pela floresta. Como o cavaleiro não conseguiu descobrir quem era o outro traidor, contava que a emboscada lhe trouxesse respostas.

Não demorou muito até que ouviu o trotar de um cavalo. Era Adair. Lancelot fechou os olhos e contou o tempo exato para que o rapaz passasse por ele e se jogou da árvore, derrubando-o da montaria, que correu para longe.

Antes que o outro pudesse pensar em reagir, Lancelot já pressionava a espada contra seu pescoço.

— Você me conhece, não é? — perguntou o cavaleiro.

— Sim — respondeu Adair, rendido e irritado.

— Diga-me tudo ou cortarei seu pescoço.

— Dizer o quê? Sou seu aliado. — Ele tentava confundir Lancelot.

— Não pense que sou idiota. Eu estava na despensa ontem — confessou Lancelot, enquanto o levantava, puxando-o pelas vestes, e o jogava no chão outra vez. — Diga-me o que sabe.

— Não posso. — O homem sentou-se, dolorido.
— Não perguntei se poderia. Mandei falar. — Adair continuou calado.
— Você está traindo seu rei e eu descobri. Você realmente acha que ficar em silêncio vai salvá-lo? — Ele deu-lhe um soco no rosto.
— Não contarei nada — respondeu Adair, enquanto cuspia um dente.
— Você disse que me conhecia. Isso é estranho — provocou ele, balançando a espada.
— Eu conheço.
— Então sabe o que acontecerá. — O homem olhou para o lado, evitando encará-lo. — Essa não é uma parte da minha vida como cavaleiro que eu aprecie, mas você não me deu escolha.

Ágil como um raio, Lancelot cortou um dedo da mão esquerda de Adair, atirando-o longe e limpando o sangue das mãos.

O grito de Adair assustou alguns pássaros próximos, que levantaram voo, enquanto ele apertava a mão ferida na outra.

— Você não pode fazer isso. Se acha que sou um traidor, deve me levar de volta ao castelo para enfrentar um julgamento justo.

— Estamos tendo um sério problema de comunicação aqui. Você disse que me conhecia. — Ironia ácida pingava de suas palavras.

— Conheço! — A revolta transpareceu. — Você é Lancelot.

— Exato. Lancelot, o cavaleiro disposto a não seguir convenções se isso for necessário para salvar seu rei e aqueles que ama. Todos no reino sabem disso. Sendo assim, você deve concluir que não sairá vivo desta floresta a menos que me conte tudo o que preciso saber. — Ele encostou a espada no peito de Adair, apertando-a para que cortasse superficialmente as roupas e a pele. — Não hesitarei em matá-lo.

— Vá para o inferno, Lancelot.

O cavaleiro gargalhou.

— É incrível. Realmente não sabe quem sou eu. Faremos o seguinte, você responderá minhas perguntas e não terminarei de cortar seus dedos e outros membros — falou com um tom de puro sarcasmo. — Onde está a carta?

Silêncio. Dor. Sangue.

— Está no meu bolso — gritou ele, tentando pegá-la.

— Não, eu pego. Não queremos sujar uma mensagem tão importante assim — disse Lancelot, puxando-a.

Quando sua mão tocou o lacre, Lancelot hesitou. Se abrisse, saberia quem era o traidor, porém havia muito mais que poderia conseguir se mantivesse a carta lacrada.

— Quem escreveu a mensagem? — continuou ele.
— Não direi. E abrir tampouco ajudaria. A assinatura é codificada. Estamos em guerra, Arthur não percebeu ainda. Se essa mensagem não for entregue até a madrugada, eles saberão que algo deu errado e mudarão os planos. Você não pode nos deter sozinho, mesmo sendo quem é. O único motivo para eu ter lhe entregado essa mensagem é que ela não servirá de nada em suas mãos.

— Você está me dizendo que não compartilhará mais nenhuma informação e que há um prazo para entregar isso aqui? — Ele balançou a carta com um sorriso cínico, vendo o outro assentir, resoluto. — Muito bem. Então preciso correr. — E transpassou a espada no coração do traidor.

❦

Ao cair da madrugada, Lancelot chegou ao acampamento inimigo. Aproximadamente cem homens estavam reunidos. Não estavam em número suficiente para atacar o castelo de uma vez, mas poderiam causar estragos ao emboscar os homens do rei pelas estradas. Várias barracas estavam montadas e fogueiras queimavam. A posição da montanha dificultava a visão de Camelot. Era incrível e chocante conhecer a coragem do inimigo ao se aproximar perigosamente deles.

Arthur jamais imaginou que pudesse ser atacado pelas montanhas graças à dificuldade de acesso. Apenas um aliado poderia fornecer informações de lugares seguros para percorrê-las.

Bem antes de surgir no acampamento, Lancelot foi cercado. Disse que era Adair e foi levado a Breogan para que pudesse lhe entregar a mensagem lacrada.

Breogan era um homem alto, forte, com longos cabelos castanhos e trançados caindo pelas costas. Tinha uma cicatriz no queixo e uma aparência tranquila, que jamais o denunciaria como o terrível mercenário que era. Lutava por quem pagava mais.

— Então você é o homem que me ajudará a identificar os cavaleiros da mítica Távola Redonda? — ironizou ele.

— Sim, senhor — respondeu Lancelot.

— Ótimo. Mataremos todos, menos um. Aquela princesa mimada quer um deles de presente. — Ele riu ruidosamente. — Não que eu seja favorável a atender seus caprichos, mas o pai dela me paga muito bem, então não custa dar um brinquedinho a ela. Vamos, sente-se e coma. — Ele apontou para a mesa improvisada, empurrando os mapas para o lado, antes que Lancelot pudesse estudá-los melhor. — Pode começar a descrever todos eles.

Pensando rápido, o cavaleiro percebeu que, se começasse a inventar características, poderia se atrapalhar, então, sem alternativa, descreveu o primeiro homem de confiança de cada um dos cavaleiros. Ele torcia para que pudesse derrubar esse esquema de traição e vencer a guerra antes que fossem, de fato, feridos.

— E quanto ao futuro passatempo de Guinevere? Como é Lancelot?

Ele riu, e Breogan interpretou como se fosse um reflexo da própria risada.

— Alto, forte, olhos azuis, humor ácido quando confrontado por inimigos, corajoso, cabelos castanho-escuros, tem jeito com as mulheres. — Ele começou a descrever a si mesmo.

— Cicatrizes?

— Nenhuma que eu tenha visto, então suponho que estejam sob as roupas.

— Você é capaz de reconhecê-lo se o vir, certo? Não posso matá-lo. Receberei o peso dele em ouro se o entregar a ela.

— Saberei reconhecê-lo quando chegar a hora. Não se preocupe, senhor.

Breogan assentiu, apreciando a subserviência do outro.

— Você ficará conosco por um tempo. Creio que será de bastante ajuda. É forte e parece esperto.

— Obrigado, senhor.

— Não, sou eu que agradecerei quando chegar a hora. Recompenso bem a quem me serve, e puno ainda melhor a quem me trai.

16

Havia três dias que Lancelot estava entre os inimigos quando chegou a eles a notícia de que, na manhã seguinte, emboscariam uma escolta da comitiva da princesa Morgana a Avalon. Sem deixar o choque por essa notícia transparecer, buscou o máximo de informações. Passou o dia ocupando sua mente, procurando um meio de informar ao rei o que estava acontecendo, porém Breogan sempre requeria a sua presença, dificultando qualquer tentativa de comunicação.

— Quinze homens partirão ao anoitecer. Ficarei aqui, porque aguardo uma informação importante que chegará do castelo sobre nossos aliados. Finalmente saberei se os filhos da bruxa estão ou não conosco, eles são essenciais. Mas não pense que estarão sozinhos, não. Nennius, general de Pellinore, os encontrará, provavelmente com cinquenta homens. Creio que dizimaremos uma leva dos cavaleiros de Arthur. — Ele gargalhou.

Quando a noite caiu e os homens se preparavam para partir, Lancelot finalmente se permitiu pensar em Melissa e no que significava Morgana estar de volta. Pelo que sabia, para tal, era necessário que Melissa se recordasse de tudo e abrisse o portal que separava as duas realidades. A desolação que assolou Lancelot veio da consciência de que, segundo Merlin, o único meio de resgatar Morgana seria se Melissa se entregasse completamente a Arthur.

Respirando profundamente, tentou evitar o pensamento. No dia seguinte, precisaria salvar Morgana e evitar a morte de muitos aliados.

Disfarçando seu contentamento, Lancelot percebeu que estavam atrasados. Provavelmente Arthur havia mudado os planos, talvez ele tivesse descoberto mais sobre os inimigos.

Diferente dos homens de Breogan, Lancelot conhecia muito bem a floresta e traçou mentalmente um plano para se afastar. Carregava dois punhais, uma espada, um escudo e um arco com dez flechas. Embora não superasse a de Tristan, sua pontaria era excelente e julgou que seria necessário usar essa habilidade para matar os homens que o consideravam um aliado. Avaliou o momento certo de agir, quando a floresta densa dificultasse ainda mais a cavalgada.

Liberdade parecia sentir que a agitação estava próxima e bufou, sentindo Lancelot segurar os arreios com firmeza. Em um momento, o cavaleiro estava à vista, no outro, dois inimigos tinham punhais cravados nas costas e ele estava oculto atrás das árvores. Seu cavalo era ágil e esperto, além de ser de Avalon, o que lhe dava uma mobilidade que nenhum outro teria no momento.

O cavaleiro desmontou ao ouvir os gritos dos homens, e assentiu para Liberdade, que correu para longe, atraindo a atenção dos inimigos enquanto Lancelot subia na árvore mais próxima e preparava o arco. Atirou em cinco homens que passaram por ele até ser avistado. Ainda faltavam sete. Pulou da árvore, acertou mais um que vinha em sua direção, então soltou o arco, empunhando a espada e o escudo.

Embrenhando-se pela floresta, Lancelot conseguia isolar os inimigos que estupidamente julgavam que conseguiriam cercá-lo e se separavam. Já havia derrubado mais três quando os quatro restantes conseguiram se aproximar o suficiente para um combate mais perigoso. Com o corpo repleto de adrenalina, o cavaleiro partiu para o ataque, cortando a cabeça do primeiro, enquanto bloqueava o golpe de outro com o escudo. Abaixou-se e pegou o mais próximo pela barriga, transpassando-o e empurrando o da esquerda com seu corpo. Pulou sobre uma pedra e prosseguiu chocando sua espada contra as deles. O mais próximo conseguiu atingi-lo de raspão no pescoço, ocasionando-lhe um corte superficial. Encurralado, sua situação ameaçava ficar perigosa, mas, antes que tomasse a decisão de pular, ouviu o relincho de Liberdade, que corria em seu auxílio. Os dois inimigos se distraíram, dando-lhe a oportunidade de saltar da pedra com a espada apontada para o peito de um. Desequilibrou-se na sequência e rolou pelo chão até conseguir se levantar e encarar o último homem em pé, furioso.

Lancelot levantou a espada e hesitou. Liberdade vinha a galope, bem a tempo de dar um coice na cabeça do homem.

— Certo. Acho justo você derrubar um. — Lancelot sorriu ao acariciar o peito do animal. — Vamos. Ainda falta o pior. — E montou no animal, preparado para mais.

※

Era noite quando Lancelot chegou ao acampamento aliado e, como previu pelo cheiro de fumaça, fogo e sangue, estava atrasado. Desmontou de Liberdade e disse baixinho:

— Saia e só volte quando eu chamar. Aqui será mais perigoso. — Deu dois tapinhas no animal, que partiu em silêncio.

Muitos homens de Arthur estavam mortos, alguns feridos, e uns vinte pareciam prestes a se render. Fato que Lancelot não entendia, já que eles nunca se entregavam. Algo de muito grave deveria ter acontecido para que se resignassem. Os inimigos não passavam de trinta, tinha certeza de que poderiam derrotá-los sem muita dificuldade se realmente quisessem.

Levando a mão à aljava, que abastecera com as flechas dos inimigos, deu-se conta de que novamente seria a melhor forma de ataque. Olhou em sua volta à procura de uma boa árvore para subir, agradecendo a época de criança em que passava mais tempo trepado em galhos do que na terra. Precisava passar uma mensagem clara aos homens prestes a se render: precisavam lutar.

Quando estava no topo, preparou-se, armou o arco, mirou e atirou bem no coração de Nennius. Havia aprendido desde cedo que, em uma batalha, sempre que possível, derrubava-se o homem de maior patente primeiro. Isso causava confusão no inimigo, dando-lhe uma vantagem preciosa no ataque. Lancelot havia acertado seis inimigos quando foi avistado e pulou da árvore com a espada em punho, gritando:

— Por Arthur e por Camelot!

Os homens de Arthur reagiram no mesmo instante; derrubavam os inimigos usando o próprio corpo, roubavam suas espadas e lutavam bravamente. A nova batalha não demorou muito. E, no fim, Camelot se recuperou, derrotando seus inimigos.

— O que houve aqui? — perguntou Lancelot a Erwin, um dos treze aliados ainda de pé.

— O grupo perdeu a força quando percebemos que Tristan foi morto — contou Erwin, desolado. — Não encontramos Morgana e havia um traidor entre nós. Eles sabiam nossas técnicas. Nós nos desestabilizamos.

— Tristan? Não... — Lancelot sentiu o duro impacto da notícia, mas ao ver o corpo para onde Erwin apontava constatou a confusão. — Esse não é Tristan. É magia. Tristan salvou Morgana. — Ele sorriu. — Vocês devem reunir os feridos e voltar a Camelot imediatamente. Há inimigos nas montanhas ao norte, pelo menos noventa. Precisa avisar Arthur. Há traidores no castelo. — O jovem cavaleiro com quem conversava tremeu, levemente, enquanto Lancelot contava-lhe tudo o que havia descoberto nos dias anteriores. — Erwin, eu o conheço desde garoto e lhe darei uma ordem agora, não sabemos se há outro traidor entre os homens que sobreviveram a esta batalha. Cavalgue preparado, se qualquer um agir de forma suspeita, mate-o. Não hesite.

— Você não virá conosco? — indagou o jovem, preocupado.

— Não. Não posso voltar ao castelo ainda. Eu os ajudarei a se preparar e seguirei meu rumo.

As palavras de Merlin ardiam em seu peito, jamais poderia voltar e ver Melissa entregue a Arthur.

— O que devo dizer ao rei sobre você? — Erwin não sabia como agir.

— Que sempre serei leal a ele. Apenas isso. Vamos, vou ajudá-los a se prepararem para a partida.

17

Era quase manhã quando os homens partiram. Antes de seguir seu rumo, Lancelot alimentou Liberdade, despiu as vestes sujas e manchadas de sangue e mergulhou no riacho próximo ao acampamento dos homens de Arthur.

Após vestir as roupas limpas que pegou em seu alforje, o cavaleiro não sabia para onde ir. Se deveria voltar, se deveria prosseguir. Vinha enfrentando tantas batalhas desejando aplacar a dor, porém, sempre que parava, sempre que sua mente descansava, era para Melissa que voava. Sentou-se em uma pedra enquanto se questionava que rumo deveria tomar, e, então, sem aviso, um ramo de lavanda brotou do chão.

O cavaleiro tocou a planta, emocionado. Não poderia ser coincidência. Antes que tivesse qualquer reação, outro ramo surgiu poucos passos à frente. Caminhou até ele e olhou para trás, percebendo que o anterior escondia-se na terra. Ainda admirado, Lancelot virou-se para o lado e viu um grande lobo cinzento encará-lo com atenção, dois pássaros vermelhos pousados em seu lombo. Ao lado da fera, dois coelhos roíam despreocupadamente um caule de flor. Essa tranquilidade não parecia possível entre animais tão diferentes.

Liberdade relinchou, chamando sua atenção e fazendo-o ver um caminho de ramos de lavanda surgir à sua frente. Então lembrou-se de uma conversa que tivera com Melissa um dia.

— Você é imune a qualquer magia? — perguntou ela.
— A qualquer uma.
— Mas você pode ver?
— Sim, posso ver e permitir que me afete ou não. Está pretendendo me enfeitiçar? — perguntou ele, roçando os lábios

nos dela. — Sabe que não precisa de magia para isso. — Ele deslizou a mão por suas costas.

— Não. — Melissa aproximou-se mais para beijá-lo. — É sempre bom saber.

Voltando ao presente, Lancelot sorriu e acariciou o pescoço de Liberdade, quando seu coração lhe deu a resposta: era ela. Melissa não havia se entregado a Arthur e estava chamando seu amor de volta. O que ele poderia fazer? Estava cansado de se manter distante e, por mais que resistisse, jamais conseguiria dizer não a ela.

Os primeiros raios de sol inundaram Avalon e todos acordaram cedo para as tarefas do dia. Após o desjejum, Tristan e Owain conversavam em frente à cabana de Viviane.

Melissa estava sentada, um pouco adiante, analisando-os. Levantando-se para falar com o irmão, ela parou, chocada a dois passos dele.

— O que foi, Mel? — Gabriel percebeu a mudança em sua expressão.

— Vocês não estão sentindo? — Levou a mão ao coração, trêmula.

— O quê? — Lilibeth tocou-lhe o braço, enquanto os outros se aproximavam.

— A ilha está se abrindo. — Cruzou o olhar com Viviane, que assentiu.

— E o cheiro, o momento mais feliz... lavanda. — Seu peito parecia explodir — Lancelot!

— Aqui? — perguntou Tristan, confuso. — Não é estranho ele chegar aqui depois de sete dias? Onde será que esteve esse tempo todo?

— Não sei. — Melissa sorriu, encantada. — Elas o trouxeram para mim.

Ela se referia às forças da natureza. Então correu rumo à entrada de Avalon. Seu coração havia retornado.

18

Avalon se abriu para Lancelot. Os pássaros vermelhos levantaram voo, e o lobo e os coelhos retornaram para seus respectivos habitats, tendo cumprido a missão de encontrar e guiar o coração da feiticeira de volta até ela.

Um formigamento se espalhava pela pele do cavaleiro. A certeza de que Melissa estava na ilha se intensificava, era quase como se ele pudesse senti-la, como se a temperatura do sangue aumentasse com a proximidade.

O lugar representava muito do amor que viveram, cada estação era testemunha. Talvez por isso parecessem tão resplandecentes, radiantes e vivas. Era como um reflexo do que eles compartilhavam.

Desmontando do cavalo, Lancelot caminhou, decidido, com Liberdade atrás de si. Alguns moradores o avistaram e sorriram. Um sorriso conspiratório, secreto e franco. O povo da ilha reconhecia que a profecia devia ser cumprida para que todos pudessem continuar a viver em paz, mas eles não podiam negar que o cavaleiro e a última filha de Avalon pertenciam um ao outro.

Antes mesmo de encontrá-la, o coração do cavaleiro a sentiu. Parou, colocando a mão na testa para proteger os olhos da grande luminosidade que tomava Avalon pela manhã, e viu Melissa correndo ao seu encontro.

Sem se conter, Lancelot disparou, precisava tocá-la. Precisava se certificar de que não era apenas uma ilusão de sua mente.

Sem Melissa, Lancelot se perderia.

Deixando todos para trás, Melissa correu sem parar. A certeza ardia dentro de si: era Lancelot. Seu coração batia descompassado, tentando atingir o ritmo necessário para manter o corpo de pé.

Dias separados, sem notícias. Dias que pareceram anos amargos, sem esperança. Melissa tinha um plano, faria Lancelot prometer que nunca mais a deixaria. Ele sempre cumpria suas promessas. Bastava de abrir mão um do outro.

E, então, ela o viu, caminhando ao lado de Liberdade. Ele levantou os olhos e a notou. A eletricidade entre eles espalhou-se como uma onda pela ilha e, antes mesmo de se tocarem, estavam mais uma vez conectados, agora irreversivelmente.

Aumentando a velocidade, Melissa sentia seu sangue agitar-se, impulsionando-a para a frente. Precisava tocar seu amor e se certificar de que não era um sonho.

Sem Lancelot, Melissa se apagaria.

Frente a frente, os olhares se cruzaram por poucos segundos, e tanto foi dito. Um amor que nem o tempo, nem a magia puderam apagar. Uma conexão intensa, única e avassaladora.

— Nunca mais me deixe — pediu ela, recuperando o fôlego.

— Não a deixarei — assegurou ele, pouco antes de Melissa se jogar em seus braços.

Finalmente ela havia recuperado a memória de todo o tempo que ficaram juntos, sem nenhuma lacuna, nenhuma lembrança escondida.

O cavaleiro a abraçou, tirando-a do chão e mergulhando em seu perfume. Em seguida, os lábios se tocaram, como se nunca tivessem se afastado. Séculos foram colocados entre eles — tempo e espaço —, mas o amor os reaproximou. Um cavaleiro e uma feiticeira destruídos pela distância, restaurados pelo contato.

Melissa tocou-lhe o rosto, sentindo a barba mais comprida e perdendo a noção de onde estavam. Lancelot segurou-a pelo quadril, encaixando-a a si, pouco se importando com a multidão que os observava. A união desesperada de dois corações nascidos para permanecer juntos, mas constantemente afastados.

O beijo foi feroz, marcante, com uma mensagem clara: um pertencia ao outro e estavam cansados de lutar contra isso.

— Vim buscar meu coração — disse ele, ao se afastar poucos milímetros, a testa colada na dela.

— É seu. — Melissa colocou a mão sobre o peito. — Trouxe o meu? — Ela o encarou com seus olhos brilhantes.

— Ele sempre esteve com você.

O cavaleiro pegou-a no colo e a girou, fazendo-a gargalhar e aconchegar-se a ele. O número de expectadores aumentava, porém nenhum dos dois ligava, tinham olhos apenas um para o outro. Ainda a segurando com firmeza nos braços, Lancelot seguiu para a Primavera.

Em meio ao campo de lavandas, Lancelot amou Melissa, transmitindo e recebendo a cada toque palavras que precisavam escutar.

Os ramos pareciam conversar entre si, informando uns aos outros que os donos daquele lugar tão lindo estavam de volta. Os pássaros voavam e os observavam, cantando. Borboletas de várias espécies flutuavam entre as flores, abençoando-os.

— O que é isso? — perguntou Melissa, ao ver o ferimento no pescoço.

— Só um arranhão, não se preocupe — respondeu ele, puxando-a novamente para si, jamais se cansando.

— Me diga — pediu ela, preocupada, enquanto ele beijava seu colo.

— Mercenários. — Ele desceu a mão até a sua cintura, não a deixando escapar para mais perguntas.

— Matou todos? — Ela lhe mordeu levemente o lábio inferior e depois o beijou.

— Todos. — Sorriu, tocando-lhe o rosto.

— Bom. Mais algum machucado? — Melissa acariciou seu abdômen.

— Não. — Ele prendeu a respiração, ciente do que ela planejava.

— Ótimo. — Ela o montou, tocando a barba com a mão livre e permitindo que a amasse outra vez.

Conforme se tocavam, reacendiam e intensificavam cada fagulha existente entre ambos. Incapazes de se afastar, permaneceram por horas sozinhos e isolados de qualquer incômodo externo. Nos momentos que compartilhavam, seu mundo era nos braços um do outro, como sempre deveria ter sido.

ર્જીઝ

Lancelot estava com a cabeça deitada sobre as pernas de Melissa, que acariciava seus cabelos, enquanto comiam as uvas verdes que haviam colhido.

A natureza ao redor parecia ainda mais viva, certamente aprovando a felicidade dos dois. O lago mostrava-se convidativo, e a pequena queda-d'água jorrava, perturbando a superfície, como se pudesse refletir os sentimentos dos dois.

— Esses mercenários — ela retomou o assunto — faziam parte do grupo que atacou os homens de Tristan?

— Sim.

— Há traidores em Camelot, não há?

— Há. E como chegou a essa conclusão? — indagou o cavaleiro.

— Quando você partiu, tentaram me sequestrar.

— O quê? — Ele se sentou de repente, olhando sério para ela. — Quem? Eles a machucaram? — O guerreiro que havia nele despertara.

— Não fui machucada e não sei nada sobre eles. Eram quatro homens que nunca vi antes. Gabriel me salvou. Foi pouco antes de eu descobrir quem ele era e voltar para Quatro Estações.

Colocando as mãos sobre os ombros do cavaleiro e o obrigando a deitar-se novamente, contou a ele tudo o que acontecera em sua ausência.

— Preciso falar com Tristan e Gabriel, para traçarmos um plano de proteção para você e Camelot. — Observando o olhar triste dela, Lancelot continuou: — Não estou dizendo que falarei com eles agora. — Tocou-lhe a coxa com a ponta dos dedos. — Mais tarde.

— Que tal amanhã? Ou depois? — pediu ela, sabendo que era egoísmo de sua parte querer ficar ali enquanto Camelot corria riscos tão grandes, mas a certeza de que tudo desmoronaria quando saíssem de Avalon apertava seu peito.

Lancelot a encarou, pensando no que dizer. Mais do que tudo, queria voltar no tempo e viver tranquilamente na ilha, mas sabia que a calmaria duraria pouco. Não lhe revelou o risco que corriam. Arthur não aceitaria sua união, e um rompimento se aproximava. Em seu coração, o cavaleiro reconhecia que momentos assim poderiam nunca mais acontecer.

— Infelizmente, terá de ser hoje, mais tarde. Você recuperou seus poderes, certo? Sabe como usá-los? — perguntou ele, preocupado.

— Sei.

— Não baixe a guarda, Melissa. Evite ficar sozinha até resolvermos tudo.

— Tentarei.

— Melissa. — Ele a advertiu.

— Certo, evitarei. — Ela sorriu, colocando uma uva em seus lábios.

— Ótimo.

— Mandão — provocou, fazendo-o rir.
— Ah, sou? — Ele se levantou e a pegou no colo. — Então serei mandão dentro da água. — Correu com ela no colo e pulou no lago.

Melissa gargalhava quando subiu para a superfície. A temperatura parecia perfeita e a água aumentava ainda mais a conexão elétrica que atraía seus corpos. Lancelot sorriu ao encará-la. Melissa tentou nadar para longe e ele a envolveu pela cintura, puxando-a de costas para ele. Então se dirigiram até a parte mais rasa enquanto ele beijava seus ombros, a água batendo pouco abaixo do peito.

— Mel, nesse tempo que ficamos separados, descobri o que é o céu e o inferno de que vocês tanto falam. O inferno é não poder fazer isso. — Afastou os cabelos molhados e beijou a curva do pescoço, sugando-lhe a pele delicadamente, sentindo-a estremecer entre seus braços. — É não poder tocá-la.

— Desceu a mão por seu corpo, tocando-a por baixo da água, fazendo-a se apoiar ainda mais em seu peito, sem controle de si mesma. Tentou tocá-lo também, mas os braços de Lancelot a seguravam firmemente contra ele, impedindo que se mexesse. — E o céu... — Pegou-a pela cintura virando-a de frente, conectando seu corpo ao dela, enquanto Melissa o envolvia com as pernas. — É estar com você, é estar em você. — Beijou-a e sentiu as mãos dela em seus cabelos, trazendo-o para perto. — Com você nada mais importa.

— Quero que me faça uma promessa.

— Qualquer uma — respondeu ele, entre seus lábios, a respiração se acelerando.

— Me prometa que não irá mais embora — pediu ela, enquanto se remexia, puxando-o ainda mais para si. — Me prometa que vamos dar um jeito na profecia, salvar todos e ficar juntos. Já ficamos separados por tempo demais. Não quero mais deixar você.

Lancelot sabia o perigo de fazer essa promessa, mas reconhecia que uma vida sem Melissa era uma vida em morte, e não conseguiria mais suportar. Era o passo adiante, assumir que a queria e que não se importaria com as consequências. Estava desistindo de tentar viver sem ela, entregando-se à realidade de que, enquanto respirassem, seriam constantemente atraídos um para o outro.

— Eu prometo. Enquanto eu viver, você estará comigo.

19

O insistente toque dos sinos em Camelot sinalizava problemas. Arthur desceu das muralhas e ordenou que abrissem os portões da cidade, agora mantidos fechados por segurança.

Dos cinquenta homens que partiram com Tristan para escoltar Morgana, apenas treze retornaram. Arthur tentou manter a expressão impassível, precisava transmitir tranquilidade a todos. Por dentro, nos instantes que antecederam a entrada dos homens no pátio, estava aflito. Onde estaria sua irmã?

Erwin aproximou-se dele, a expressão cansada.

— O que houve? Onde estão os outros? — perguntou o rei.

— Fomos emboscados. Fizemos outro caminho e, ainda assim, nos encontraram.

— Morgana? — O nome soou mais trêmulo do que Arthur esperava, estava apavorado.

— Escapou, provavelmente está em Avalon.

— Provavelmente?

— Antes da batalha, Tristan partiu com ela e Galahad. Não percebemos na hora, Morgana usou magia.

Arthur assentiu. Tristan fizera exatamente o que lhe prometera; em caso de escolha, Morgana era a prioridade.

— Quem eram os homens que os atacaram? Alguém os reconheceu?

— Um deles estava no castelo de Pellinore, o que se passou por administrador.

— Como sabe? Você não estava lá — perguntou Bors, levantando uma sobrancelha.

— Lancelot apareceu quando estávamos prestes a se render. Ele é a razão de estarmos vivos — explicou Erwin.

— Meu irmão não nos abandonou. — Arthur abriu um sorriso que morreu ao cruzar olhares com Lucan. A expressão do cavaleiro revelava suspeita pela aparição inesperada. — Vocês podem descansar e se alimentar. Retomaremos daqui a pouco.

— Senhor... — Erwin relutava em partir.

— Diga.

— Preciso transmitir uma mensagem de Lancelot. Ele solicitou que fosse dita ao senhor e a mais ninguém. — Os cavaleiros à sua volta aquiesceram.

Tocando o ombro do jovem, Arthur disse que o acompanhasse, seguindo para a sala de reuniões, já pensando em encontrar Merlin na sequência. Nos últimos dias, o feiticeiro passava a maior parte do tempo dormindo e, quando acordava, não dizia uma palavra com sentido. Era desesperador, porque Arthur precisava saber se a irmã estava segura em Avalon.

— E então? — indagou o rei, quando estavam sozinhos.

— Lancelot descobriu um traidor no castelo e o seguiu, tomando seu lugar ao chegar ao acampamento inimigo.

— Acampamento?

— Sim, nas montanhas ao norte.

Sentindo o sangue gelar, Arthur respirou fundo. Estavam perto demais, como era possível?

— Quantos são?

— Noventa, aproximadamente.

— Ninguém mais sabe disso? — O rei quis se assegurar.

— Ninguém. Lancelot disse que há mais homens infiltrados entre nós e era imprescindível que ninguém mais soubesse, mesmo entre seus cavaleiros. — Erwin sentia-se muito desconfortável ao pronunciar as últimas palavras.

— Lancelot lhe disse isso?

— Sim.

— Ele lhe disse de quem desconfia? — indagou o rei.

— Está investigando e não quer levantar acusações em falso antes de ter certeza.

— Ele está certo. Não disse quando voltaria?

— Não, porém disse que sempre será leal a você — garantiu Erwin.

— Mais nenhuma informação?

— Não.

— Como ele estava?

O rapaz estranhou a pergunta, mas respondeu:

— Ele havia enfrentado vários homens antes de chegar a nós, então estava muito cansado, mas não foi ferido.

— Não, não é isso. Ele estava bem? — A preocupação com seu melhor amigo e o motivo de seu desaparecimento aumentava a cada dia.

— Acredito que sim. — Erwin balançou a cabeça, sem entender.

Dispensando o jovem, Arthur caminhou até a janela, recuperando-se do impacto da notícia. Fechou os olhos, pedindo a Deus que guardasse Morgana e que também a trouxesse para casa em segurança, assim como Melissa, Tristan e Lancelot, onde quer que estivessem. Cada um lhe fazia falta a seu modo. Se havia um traidor entre eles, em quem poderia confiar cegamente além de Lancelot? Dias tenebrosos se aproximavam de Camelot, e ele já não sabia se conseguiria proteger a todos que amava.

Um pássaro preto e vermelho pousou em sua janela, tirando-o de seus devaneios. Arthur sorriu, o animal era típico de Avalon. Era um sinal, sua irmã estava em segurança.

20

Sentada em frente à cabana de Viviane, Morgana não tirava os olhos da entrada da Primavera. Era como se nada mais à sua volta pudesse existir. Estava triste. Compreendia que deveria estar feliz por Lancelot, porém a tristeza que sentia por seu irmão era maior. Não que quisesse ter o poder de tirar Melissa de um e dar ao outro, apenas queria que eles não amassem a mesma mulher. Era cristalino que todos se machucariam.

— Por que eles demoram tanto? — perguntou a Tristan, quando ele se sentou ao seu lado, e não esperou resposta ao perceber que o cavaleiro parecia perdido. — Eu sei o que um casal faz quando está junto. Li em um livro em Quatro Estações — revelou ela, petulante, mesmo corando em seguida. — Mas ainda acho que eles não precisam ficar tanto tempo fora.

— Há livros sobre isso? — perguntou o cavaleiro, surpreso. — E eles não estão lá há tanto tempo assim, umas quatro horas, talvez.

— Não é patético que eu, tendo vivido em Avalon, no seio da nossa cultura, tenha de descobrir sozinha o que um homem e uma mulher podem fazer? Arthur pediu e Lancelot criou essa bolha invisível à minha volta. Foi um choque quando descobri. — Evitou olhar para Tristan.

— Eles realmente têm livros? — insistiu o cavaleiro, levado pela curiosidade.

— Estantes inteiras. Parece que há filmes também, mas eu não os vi. Marcos disse que, se ele me mostrasse, Arthur abriria um portal com uma espada e o picaria em mil pedaços, depois daria os restos para os leões. Um pouco exagerado, não acha? Nós não temos leões. Há alguns no Verão, mas Arthur teria de vir até aqui e...

— Filmes?.— interrompeu-a Tristan, sem compreender a palavra.
— É. Eles pegam as pessoas e elas aparecem em uma espécie de caixinha. Não sei explicar como funciona.
— Você está me dizendo que as mulheres aprendem o que devem fazer em livros e nesses filmes? Realmente, não é à toa que nossos mundos sejam tão diferentes. — Conteve um sorriso malicioso e a viu enrubescer ainda mais. — Desculpe, Morgana. Não é o tipo de conversa que você deveria ter com um homem.
— Alerta vermelho para machista na área — brincou Lilibeth, sentando-se ao lado deles. — As mulheres não aprendem o que devem fazer, elas aprender a fazer o que querem.
— Eu não tenho problema com isso — garantiu o cavaleiro.
— Acho bom. Do que estavam falando? — Eles ficaram em silêncio. — Não vão mesmo me dizer? Lerei suas mentes. — Colocou as mãos na cabeça como se estivesse fazendo força.
— Você não pode ler mentes — argumentou Tristan.
— É, droga, não posso. Faço tanta coisa, custava ler mentes também?
— Quais são seus poderes exatamente? — Eles ouviram a voz de Marcos, que chegava com Gabriel e se sentava junto aos outros.
— Muitos, gato — explicou Lilibeth, misteriosa. — Alguns deles surgiram apenas quando passei a viver em Avalon, não sei a razão. São diferentes, meio... Ai, uma hora você vai descobrir.
— Mais suspense — reclamou Marcos. — Já não estou sofrendo demais? Poxa, o todo-poderoso Merlin adianta a invenção do vidro e da pólvora, mas deixa a internet e a televisão de fora?
— Ele só podia trazer inovações anteriores à energia elétrica, porque não pode mudar tudo sozinho. Pode apenas dar ideias e gerar essas mudanças — contou Gabriel.
— É... Foi o que percebi. Estava analisando a armadura de Tristan... outra coisinha que só apareceu por aqui na conquista normanda da Inglaterra, na batalha de Hastings, no século XI. — O cavaleiro o olhava confuso. — Batalha que a Inglaterra perdeu, aliás. E foi isso que formou a língua inglesa como a conhecemos hoje. Bem... Na outra realidade, porque nessa parece que será tudo completamente diferente. — Marcos tagarelava sobre história, um grande prazer que os últimos dias o impediram de usufruir.
— Quanta nerdice! — zombou Lilibeth.
— Segundo Merlin, a intenção era proporcionar o máximo possível de chances ao exército de Arthur, sem mudar drasticamente essa realidade.

Você encontrará várias pequenas diferenças e outras maiores. Mesmo estando aqui há dois anos, ainda não sei tudo o que aquele velho mudou, mas sei o que isso significa para o reino. É difícil lembrar desse mesmo período histórico com exatidão. É a história se refazendo — completou Gabriel e foi interrompido por Marcos.

— Com que está preocupada, Ruiva?

— Nada — respondeu Morgana, enquanto estalava os dedos distraidamente e produzia uma bola de fogo.

— Você também consegue fazer isso? — perguntou Marcos a Gabriel.

— Não. Fogo pode ser produzido através das faíscas que Morgana gera ao estalar os dedos ou até mesmo quando os fricciona levemente. Água, não.

— E a Mel?

— Melissa tem uma relação mais intensa com a natureza por dominar o elemento Terra, mas também precisa de um contato maior para usar o poder. Não poderia fazer nada cercada por concreto, por exemplo.

— E o vento veio de onde? — perguntou Marcos, e percebeu que havia se sentado entre Morgana e Gabriel.

— Lili! — chamou Gabriel, e Morgana produziu uma chama intensa, sem conseguir se controlar ao notar a intimidade dos dois. — Por que Melissa controla o Ar também?

— Não sei. Não era para controlar. Quando fizemos o ritual para a profecia, como minha mãe solicitou, o tratado foi duas mulheres, uma Fogo e outra Terra, e dois homens, um Água, outro Ar. Um de nós errou. Só sei que não fui eu.

— Quem seria o outro homem? — perguntou Morgana.

— Alguém relacionado a Benjamin. Ele é a chave — explicou Lilibeth. — Ou à realeza.

— Realeza? É por isso que tenho poderes? — indagou Morgana.

— Alguém na casa real devia ter. Seria você ou Arthur, não escolhemos. Minha mãe decidiu. Por um tempo, achei que seu irmão seria Ar. Fiquei perto dele para averiguar, inclusive.

— Você conhece Arthur? — Morgana se surpreendeu.

— Aham — respondeu Lilibeth, e Marcos gargalhou, levando um tapa da fada. — Não desse jeito, idiota. Quando Morgana jogou Excalibur no mar, eu a trouxe de volta para Arthur. Foi um presente.

— Por que você jogou a espada no mar? — perguntou Marcos à feiticeira.

— Meus pais morreram por causa da guerra. — Morgana deu um suspiro triste. — Quando Arthur tirou Excalibur da pedra, eu soube que ele seria a peça central do mesmo jogo de poder que matou meus pais e joguei a espada no mar. Sei que fui ingênua.

— Não é ingenuidade tentar proteger quem amamos — respondeu Gabriel, pensativo. — De um jeito ou de outro, é o que todos estamos fazendo.

21

—Viu, menino, eu estava certa em querer que você ficasse no castelo — declarou Morgause ao ver Gawain entrar em seus aposentos. — Intuição de mãe não falha.

— Eu devia estar com eles. Seria um apoio a mais. — O jovem cavaleiro estava chateado ao sentar-se na cadeira em frente à mãe, que fingia prestar atenção a um bordado.

Deixando a peça sobre a mesa, encarou o filho e percebeu sua apreensão.

— O que está havendo? — perguntou ela.

— Ninguém sabe se Morgana realmente chegou a Avalon, e Arthur se nega a enviar mais cavaleiros para verificar.

— Se ele se nega é porque sabe que ela está bem.

— É o que você pensa? — Ainda parecia inseguro.

— É o que eu sei. Arthur deixaria Camelot sem uma sentinela se fosse necessário salvar a irmã. Creio que foi nisso que os nossos inimigos pensaram ao tentar sequestrar sua prima.

— Você deve ter razão, mas me preocupo. Não tive tempo de conversar com Morgana quando retornou e ainda não sei o que a ausência de Lancelot significou para ela. Gosto dele, contudo, estou bem irritado com esse sumiço. Me soa tão covarde, como se ele não quisesse mais assumir o que eles têm.

Morgause levantou uma sobrancelha. Morgana havia dito que não tinha nada com Lancelot, além de amor fraterno. Por mais que Gawain fosse, de fato, inocente, ele não insistiria no assunto se não tivesse certeza.

— Por que pensa que eles têm algo?

— Eu lhe disse. Lancelot dormiu na tenda de Morgana quando fomos para Avalon da outra vez.

— Sim, você me disse, porém Lancelot e Morgana foram criados em Avalon, e sabemos que os costumes são diferentes. Dormir no mesmo lugar não quer dizer que eles tenham um relacionamento. Morgana negou, inclusive.

— Mãe, impossível. Eu vi como Lancelot a olhava o trajeto inteiro e como ela se comportava perto dele. Sem fôlego, apaixonada. Era como se apenas ele pudesse acalmá-la. Acha que eu estaria irritado com Lancelot por não a assumir se não tivesse certeza? Conversei com Arthur, como você sugeriu, e ele disse que, embora fosse contra os costumes, seria provável que ele consentisse. Então por que fugir?

Morgause analisava a situação, recapitulando cada passo de Lancelot e Morgana em sua cabeça. A imagem de Lancelot caído na área de treinamento, após chocar sua espada várias vezes contra o boneco, brilhou em sua mente. O que não havia percebido? Não podia ser apenas luto, outros homens morreram desde então, e ele não se deixou abalar. Pareceu, na verdade, bem feliz quando Arthur precisou seguir com Mark para a tal reunião secreta. Ela tamborilava as unhas na mesa, quando o filho declarou:

— Havia até fagulhas no ar, se quer saber. Como nas histórias que você me contava quando eu era pequeno. Fagulhas! Se não for amor verdadeiro, não sei o que é.

— O quê? — Morgause o encarou, chocada, como se um raio a atingisse.

— Você tem certeza de que não eram parte da magia de Morgana?

— Não estavam em Morgana. Estavam no ar.

Levantou-se e virou-se para a janela. Temia não conseguir manter a expressão impassível. Era isso. Sem saber, seu filho descrevia um feitiço de troca de corpos. O mesmo que Merlin usara para ajudar Uther a se aproximar de Igraine, no passado. Aquele feiticeiro maldito havia conseguido fazer o feitiço outra vez, por isso estava tão esgotado.

— Preciso que chame seus irmãos imediatamente.

— Por quê?

— Não importa. Chame-os. O assunto é urgente e muito interessa a eles.

O tempo todo estavam enganados. O tempo todo estavam olhando para o lugar errado. O tempo todo era Melissa. Não era a irmã do rei que Lancelot queria, era sua pretendente.

22

Enquanto colocava seu vestido, Melissa observava Lancelot amarrando a calça. Precisavam sair do conforto da Primavera e enfrentar seu futuro, apesar do medo. Se pudesse, fugiria com ele e viveriam longe de tudo. Infelizmente, não podia — não quando sabia do risco que oferecia a Arthur. Mesmo rejeitando seu pedido de casamento, Melissa sentia pelo rei um grande carinho, e como parecia inevitável magoá-lo, tentaria pelo menos salvar sua vida. Jamais se perdoaria se Arthur se ferisse por causa dela.

Sentindo o olhar de Melissa, Lancelot levantou a cabeça e encontrou seus olhos. A tristeza e a preocupação eram evidentes.

Ele cortou a distância entre eles e segurou seu rosto entre as mãos.

— Consegue ler dentro dos meus olhos tudo o que sinto por você?

— Sim, mas estou com medo — confessou ela.

— Também estou, e é esse medo que me mantém alerta. Não quero perder você outra vez. Eu fiz uma promessa, lembra?

— Eu sei, mas ainda estou com medo. É intenso. Eu errei, amor. Devia ter sido mais forte, devia ter percebido que a lembrança estava perdida em mim, em algum lugar. — Melissa referia-se aos momentos compartilhados com Arthur, a culpa por tê-los vivido não a deixava. — Talvez, se eu tivesse sido mais forte, não aconteceria nada do que está para acontecer. Dei esperanças a ele.

— Não vou condená-la pelo que fez sem memória. Jamais seria capaz de acusá-la disso. — Beijou-a. — Você voltou para mim. Contrariando cada feitiço e profecia, suas lembranças retornaram.

— Quando você me beija, Lancelot, sinto meu coração se evaporar. É como se cada parte dele quisesse sair e encontrar seus lábios. E cada certeza que há em mim questiona todas as dúvidas que tive antes.

— Diga às suas dúvidas que se calem ou as obrigarei pessoalmente. — E o fez sem demora, beijando-a novamente. — Estamos juntos, Mel. Pronto. Acabou. Não me faça beijá-la outra vez.

— Você tem uma forma estranha de me convencer. Seus argumentos me fazem questionar mais e mais. — Eles caminhavam de mãos dadas, e, de tempo em tempo, ele a puxava, roubando mais um momento para si, cada vez mais perto da saída da Primavera.

E, então, a saída surgiu e, com ela, todas as ansiedades que flutuavam entre eles. Melissa parou, apertando a mão dele e respirando profundamente.

— Amo você, Lancelot, e lutarei até o fim para ficarmos juntos — avisou ela, cada fibra de si gritando por coragem.

— Vem cá. — Ele a puxou para um abraço. — Melissa, não sabemos o que vamos encontrar ao sair de Avalon. Tudo parece mais calmo aqui. Essas horas que tivemos foram importantes para nós, porém, ainda que não as tivéssemos tido, a força do meu amor por você não teria diminuído. Sim, somos como uma força da natureza descontrolada quando estamos juntos, mas também há o outro lado: a calma, a tranquilidade e a paz que compartilhamos. Amo a pessoa verdadeira, corajosa, intensa e forte que é. De todas as mulheres do mundo, seja nessa ou em outra realidade, você é a perfeita para mim. Das coisas que eu não acreditava, amor estava no topo da lista, até o dia em que você surgiu, olhou para mim e me fez querer que ele existisse. Agora, aqui estamos nós, frente a frente, completamente apaixonados e fadados a nos perder. Já lutei contra tantos inimigos e venci. Quão poderoso pode ser o destino?

❦

Quando Melissa correu para recepcionar Lancelot, Marcos ficou parado onde estava, sem coragem de conhecer o homem que havia acabado de vez com suas esperanças, por isso, agora também olhava ansioso para a Primavera. Já que teria de conhecê-lo, que fosse de uma vez.

Todos ainda estavam sentados em frente à cabana de Viviane quando Melissa e Lancelot surgiram. Os dois hesitaram por um momento, então ele a abraçou e conversou com ela por alguns minutos, depois a beijou.

Marcos se levantou e, antes que se afastasse muito, viu Gabriel ao seu lado.

— Então aquele é Lancelot? — perguntou Marcos, e, ao ver Gabriel assentir, praguejou, espantando o amigo. — Ainda bem que me conformei, porque jamais teria chance. Se nem Arthur, o rei, o cara que tirou a espada da pedra, conseguiu, que dirá eu.

— Não se menospreze, meu amigo. Você seria tão digno quanto ele.

— Estou conformado. Quero ver Melissa feliz. Só espero que ele pare de agir como um babaca e fique de vez. — Marcos a ouviu rir enquanto se aproximava. — Ela ama esse idiota.

— Lancelot é o melhor homem que eu já conheci — garantiu o amigo.

Marcos fingiu que lhe cravavam um punhal no coração.

— *Até tu, Brutus?*

— Você me entendeu — disse Gabriel.

— É, eu sei. Mas a gente faz o que com o ciúme, né? Olha lá a Paulinha indo acabar com a festa. Ainda é estranho esse negócio de ter uma amiga fada, aliás, tudo ainda é estranho — explicou, vendo-a pular nos braços de Lancelot. — Hum... Mas não há dúvida, Mel nunca foi tão feliz como é com esse imbecil por perto.

— Por favor, não o chame de imbecil na frente dele — avisou Gabriel.

— Não se preocupe. Não ofenderei o Super-Homem medieval.

— Ah, droga. — O amigo parecia preocupado.

Eles viram Morgana, de braços cruzados, encarar Melissa com desdém e se manter distante de Lancelot.

— Que coisa. Morgana passou dias falando que ele era o melhor amigo. É impressão minha ou eles estão discutindo?

— Não é impressão. — Gabriel balançou a cabeça e seguiu na direção dos outros.

※

Quando Lancelot soltou Melissa, mal teve tempo de se virar e viu Lilibeth pulando em seus braços.

— Lancelot! — A fada o abraçou com força e depois apertou suas bochechas, fazendo Melissa rir. — Ain, você continua tão lindo. Como passou esses dois anos? Foi muito triste? Comeu direito? Não se arriscou demais, certo? Espero que não tenha se envolvido em batalhas desnecessárias. Pedi para Tristan cuidar de você, mas não sei se foi de grande ajuda. O idiota encontrou alguém para apagar a própria memória, veja só.

— Estou aqui, Lilibeth. — Tristan deixou claro que podia ouvi-la.

— Eu estou muito bem, como pode ver. Com alguns problemas para resolver, mas bem. E como você está, Lili? — Lancelot beijou-lhe o rosto. — Senti saudades.

— Eu não senti. — Sua expressão tornou-se triste por apenas um segundo.

— Mas não vou me lastimar. Você está bem e estou feliz por isso — disse a fada, e percebeu que Lancelot franzia o cenho, olhando para trás dela. Então virou o corpo e viu Morgana caminhando lentamente na direção deles.

Passando por Lilibeth, Lancelot aproximou-se da jovem feiticeira.

— O que houve, pequena? — perguntou o cavaleiro, tocando-lhe o rosto carinhosamente. — Esqueceu-se de mim? — E abraçou-a.

Por um momento, Morgana deixou qualquer sentimento ruim de lado e apenas retribuiu o abraço o mais forte que pôde. Ele era seu melhor amigo e ela sofrera muito com a distância. Queria fechar os olhos e voltar a ser como antes, porém o perfume de Melissa nas roupas de Lancelot era um sinal de grande perigo. Ela recuou dois passos e cruzou os braços, na defensiva.

— Você está bem? — perguntou ela, ao notar o corte no pescoço.

— Sim, não é nada. Pedirei algumas ervas para minha mãe e acredito que nem ficará cicatriz. É um arranhão. Não se preocupe.

Quando ela desviou o olhar, ele pressentiu problemas.

— Você voltará para Camelot comigo? — perguntou Morgana.

— Pretendo.

— E ela? — apontou com o queixo para Melissa, que percebeu o gesto na hora.

— Ela precisa voltar e creio que você saiba disso.

— E vocês vão contar a Arthur ou o que estavam fazendo era uma despedida?

— Morgana. — O tom de Lancelot tornou-se sério imediatamente.

— Nada de Morgana. — Ela apontou o dedo para ele.

— Você não deve se envolver. Não é assunto seu.

— Como não é assunto meu? Arthur deixou de ser meu irmão enquanto estive fora? — A ironia transbordava em cada palavra.

Melissa tentou caminhar até eles, porém Tristan e Lilibeth bloquearam seu caminho. Não era a primeira discussão de Lancelot e Morgana, e não seria a última. Mas talvez fosse a mais grave.

— Vamos conversar — pediu Lancelot, tocando-lhe o braço, tentando tranquilizá-la. — Não aqui no meio do vilarejo nem na frente dela. Melissa não tem culpa.

— Me parece que a culpa é toda dela. Ela não resistiu às investidas de Arthur — disparou a feiticeira, sem perceber que Gabriel estava próximo o suficiente para ouvi-la.

— Você não sabe a história completa. Está se precipitando, como sempre — insistiu Lancelot.
— Sim, eu sei. Ela amava você, teve a memória apagada, beijou meu irmão e o fez se apaixonar, depois lembrou que amava você. Mas e agora? E Arthur?
— Morgana, eu nunca quis magoar seu irmão. — Era a voz de Melissa.
— Eu acredito, mas não querer não muda nada. Meu irmão foi traído pela mulher que ama e seu melhor amigo. Quem diria que Merlin teria razão? — Ela virou as costas, caminhando ereta como uma rainha, não baixando o olhar nem quando percebeu que Gabriel a encarava, pensativo.

A tensão envolveu a todos que observavam a cena. Viviane e Owain estavam à janela e pouco puderam ouvir, embora sentissem a gravidade.
— Devemos nos envolver? — perguntou o filho.
— Darei um tempo para que se entendam sozinhos. Eles têm até o pôr do sol, depois preciso prepará-los para voltar a Camelot e cumprir seus destinos.
— Vocês colocam peso demais sobre ombros de crianças. — Ele balançou a cabeça, contrariado.
— Há pessoas que não nascem para ser crianças. — A voz da Grande Sacerdotisa soou pesarosa ao se afastar da janela.
— Vocês não têm o direito. — Ele deixou a cabana, envolto nos fantasmas do próprio passado.

Marcos aproximou-se de Melissa, enquanto Lancelot seguia Morgana.
— Você está bem, Mel? — perguntou o amigo, tocando-lhe o braço. — Está pálida.
Melissa sentia-se péssima. A última coisa que queria era uma briga com Morgana. A culpa se misturava à mágoa, e seu desejo era procurar a garota e tentar se explicar, mas não se mexeu ao sentir a visão ficar turva.
— Marcos, não estou enxergando. — Ela cambaleou e apoiou-se nele, chamando imediatamente a atenção do irmão, que correu até os dois.
— O que está havendo? — Gabriel tocou-lhe o rosto. — Você está gelada.
Os dois a levaram ao banco mais próximo e ela se sentou, com as mãos nos joelhos, a respiração pesada.

— Não quis magoar Arthur. Eu não deveria ter ficado com ele. Todos os riscos que corremos são por um erro meu. Mesmo eu tendo dito a ele que não queria me casar, me sinto responsável. Não preciso que ela venha me acusar. Eu sei o que fiz. — As palavras saíam atropeladas, enquanto ela tentava respirar.

— Ela não fez por mal. — Gabriel ajoelhou-se em frente à irmã. — Não leve em consideração. Você estava sob o efeito de um feitiço de memória, não tinha como saber.

— Não. Eu tenho que conviver com a culpa. Preciso encontrar um meio de salvar a todos sem ferir Arthur. Também quero viver.

— Você viverá. — O irmão afastava-lhe os cabelos do rosto. — Você já se sacrificou demais por todos nós. Vamos encontrar um meio, é uma promessa.

Tentando se concentrar nas palavras dele, Melissa balançou a cabeça.

— Vou falar com Morgana. — Ela levantou-se, decidida, mas não chegou a dar um passo, caindo inconsciente em seguida.

※

— Pode parar, Morgana. Agora. — Lancelot segurou-lhe o braço quando a alcançou, entrando no Verão, já com os pés na ponte vermelha. — Vamos conversar.

Devido à grande diferença de altura entre eles, Morgana foi obrigada a levantar o rosto para responder, e percebeu o quanto o cavaleiro estava zangado.

— Você contará a meu irmão? — perguntou ela, autoritária.

Todas as árvores pararam de se mexer, como se o simples farfalhar sob o vento pudesse se tornar um grito e interrompê-los.

— É claro. Quem pensa que sou? Não contei antes porque ela não se lembrava de mim, e depois Merlin nos manipulou e pensei que a vida de Gabriel estivesse em risco — respondeu, chocado.

— Quando contará?

— Pare de falar comigo nesse tom — avisou Lancelot, irritado.

— Falo com você no tom que eu quiser. — Morgana o encarou, desafiadora. — Quando contará?

— Depende do que conversarmos com Viviane. Seu comportamento é uma pequena demonstração do que enfrentarei ao contar. Não sei se é prudente falar antes de vencermos essa guerra. — Lancelot demonstrava preocupação genuína.

— E, enquanto isso, meu irmão seguirá pensando que se casará com Melissa?

— Ela disse que não se casaria. Arthur não aceitou, como nunca aceitou um não em sua vida. Você sabe muito bem.

— É direito dele saber a verdade — argumentou ela, ignorando a questão.

— Ele é meu rei.

— Ele é seu amigo, Lancelot. Depois que Kay se foi, somos os únicos em quem ele confia cegamente.

— Acha que ele reagirá como meu amigo quando eu disser que amo Melissa e sou correspondido há anos? — Ele balançou a cabeça, desesperado, antecipando a reação de Arthur.

— Talvez.

— Acredita mesmo nisso?

Morgana refletiu. Conhecia os dois havia tempo demais para saber que não seria uma confissão fácil, e a reação seria a pior possível.

— Não. Eu sei o quanto a ama, Lancelot. Juro que sei. E pude sentir o amor dela por você também, mas não consigo aceitar o que está acontecendo. Essa situação me colocou no pior lugar em que eu desejaria estar um dia: entre meu melhor amigo e meu irmão. Arthur não tinha como prever no que estava se envolvendo. Você, sim.

— Está mesmo com raiva de mim?

— Estou. — Ela levantou o queixo, não escondendo a mágoa, no mesmo instante em que algumas folhas secas no chão pegaram fogo e Lancelot pisou sobre elas para apagar o pequeno foco.

— Vai começar um incêndio assim. Pare com isso.

— Não posso controlar — gritou ela, e seus olhos brilharam como fogo.

— Então aprenda. Como consegue sentir raiva sabendo que, se for preciso, morrerei por Arthur e deixarei Melissa?

Ela o olhou de canto de olho, considerando.

— É por isso que estou zangada. Não preciso de uma profecia para saber que nenhum dos dois desistirá de Melissa. Perderei alguém, não importa o que aconteça, e estávamos bem antes. Você tem razão, não posso ficar com raiva de você, nem posso ficar com raiva dela, mas estou. Ela coloca o que amo em risco.

— Não pode culpá-la, Morgana.

— Se um de vocês morrer por amá-la, eu a odiarei enquanto viver. — A feiticeira esmagou uma bola de fogo na mão.

— Ela estava sob um feitiço de memória! — argumentou Lancelot. — Como pode esperar que ela tivesse sido fiel a um sentimento do qual não se recordava?

Morgana ignorou completamente os argumentos do cavaleiro. As lágrimas queriam correr, e ela as conteve. Não o deixaria vê-la chorar.

— Você não pode isentá-la da culpa.

— Pois isento.

— E eu a culpo. — Bateu o pé no chão.

— Ela não se lembrava — repetiu ele, passando a mão pelos cabelos, percebendo que nenhum argumento seria válido para Morgana.

— Ela sabia que Arthur se apaixonaria.

Morgana cruzou agitada uma ponte do Verão e se aproximou da beira do riacho, colocando seus pés na água, que imediatamente começou a se aquecer. Ela queria se controlar, queria aceitar com mais facilidade o que estava acontecendo, mas não sabia como salvar a todos. Por mais que procurasse uma resposta, não encontrava.

Da outra margem do riacho, Lancelot observava a menina que vira crescer. Apesar da pouca idade, tudo o que Morgana vivera a fizera amadurecer muito rápido. Fora forçada a isso. Ele tentou protegê-la enquanto crescia, e gostaria de abraçá-la e acalmá-la, como fez muitas vezes no passado.

— Você está certa em estar com raiva — admitiu ele, rendendo-se, passando a mão pelos cabelos.

— Estou? — A voz de Morgana saiu baixa, quase como se ela contivesse um soluço e as lágrimas que o seguiriam.

— Sim. Você está com medo e zangada.

— Eu tenho o direito de estar zangada. — Morgana ainda o encarava, mas sentia a raiva se dissipar aos poucos, conforme ele cruzava a ponte para se aproximar dela. — Para de fazer isso.

— Fazer o quê? — Lancelot sorriu.

— Concordar comigo para me acalmar.

— Você me conhece bem. Eu faria isso?

Agora estavam a dois passos de distância. Morgana semicerrou os olhos ao procurar sinais de insinceridade no amigo.

— Não faria.

— Vem cá. — Ele estendeu a mão, que ela aceitou depois de hesitar, e a puxou para um abraço.

— Você não é o culpado, Lancelot — disse a jovem baixinho, contra seu peito.

— Não sei se há um culpado para o que vivemos, mas, se houver um, você sabe que sou eu.

Nenhum dos dois disse nada pelos próximos minutos. Eles se conheciam demais. Morgana sabia que, no fundo, Lancelot se culpava pelo que enfrentariam e, por mais que ela quisesse jogar aquela culpa em Melissa, sabia que não era o correto. O que fazer agora? Como ela conseguiria manter Arthur e Lancelot a salvo? E o que mais a assustava: como faria para que ambos não acabassem se matando?

23

Quando Gabriel e Lancelot entraram na cabana do jovem feiticeiro, Marcos segurava a mão de Melissa, que estava sentada na cama, com a cabeça apoiada em seu ombro.

— Estou bem, Lancelot — garantiu ela, quando o viu.

— Fique deitada — pediu o cavaleiro, tocando-lhe a testa e comprovando o que o amigo lhe dissera, estava fria.

— Não quero. — Ela levantou-se devagar, com ele a seu lado.

— Não é melhor chamar minha mãe? — perguntou, apreensivo.

— Não, eu pedi que não a chamassem. Estou bem e não quero todos preocupados por um desmaio de fundo nervoso.

— E se for um resquício do feitiço de Merlin? E se você não tiver conseguido quebrá-lo completamente? — Lancelot, ainda preocupado, se dirigiu ao irmão de Melissa.

— Isso está fora de cogitação — afirmou Gabriel. — Não só quebrei o feitiço como deixei Merlin em péssimas condições por uns dias.

— Como assim? — perguntou a jovem.

— Não fiz nada que ele já não tenha feito comigo. Um pouquinho do próprio veneno, para variar. Vai nos dar tempo.

— Você está bem mesmo, Mel? — perguntou Marcos, ainda segurando-lhe a outra mão e atraindo a atenção de Lancelot. — Nós não nos conhecemos. Sou Marcos.

— Eu sei. — Lancelot assentiu. — O melhor amigo. Sou Lancelot.

Os dois se encararam por poucos segundos, até que Melissa se levantou e ambos a ampararam.

— Quero caminhar.

Os três seguiram com ela, cientes de que nada a faria mudar de ideia.

Pouco depois, Melissa se sentia melhor. Como deduzira, haviam contado a Viviane, que não insistiu no assunto, já que a encontrou bem.

— Está melhor, gata? — perguntou Lilibeth, sentando-se ao seu lado em um dos bancos que ficavam no centro da ilha.

A temperatura parecia cair mais a cada hora, como se Avalon quisesse evidenciar o clima gelado entre todos eles.

— Estou, sim. Foi nervoso, eu acho.

— É, acho que é esse seu estresse com a Ruiva.

— Ela tem as razões dela para estar nervosa. — Melissa defendeu a feiticeira.

— Que bom que pensa assim, porque esse negócio de mulher ficar se desentendendo por causa de homem não dá, não.

— Quero resolver tudo, Paulinha. Aliás, como devo chamar você? — perguntou, ao perceber que o nome saiu com naturalidade.

— Como quiser. — A fada sorriu.

— Nós vamos para Camelot hoje ou amanhã? O que Viviane disse?

— Amanhã pela manhã, bem cedo. Eu acho que ela quer passar um pouco mais de tempo com seu pai. Viviane sofreu bastante também.

Melissa não sabia como argumentar. Nunca seria capaz de ficar longe de um filho, mesmo que uma profecia a obrigasse.

— Onde estão os outros?

— Lancelot e Gabriel estão conversando, e Tristan resolveu que ensinaria Marcos a usar o arco e flecha.

— Sério? — Melissa riu ao imaginar a cena.

— Sim. Nosso amigo decidiu que está em desvantagem por ser o único normal. — A fada fez aspas com os dedos. — Logo ele, um cura-vidas.

A brisa gelada que percorria Avalon tornou-se morna de repente, e elas perceberam que Morgana caminhava contra a corrente de ar.

— Vou falar com ela. — Melissa decidiu, ficando de pé.

— Tem certeza? Ela não parece estar muito bem hoje.

— Sim. Irei. Quero aproveitar que os outros estão ocupados e conversar com ela de mulher para mulher.

Então Melissa correu.

Os nervos de Morgana estavam à flor da pele. Queria voltar para casa e ficar lá até entender seus sentimentos. Logo ela, sempre tão destemida, agora estava apavorada e temia o futuro como ninguém.

— Morgana.

A feiticeira se virou e, para coroar o mau momento, viu Melissa.

— Gostaria de ficar sozinha — disse a ruiva. Ela entendia que Melissa era mais uma vítima da situação, mas não estava disposta a conversar sobre isso.

— Precisamos conversar — insistiu Melissa.

— Eu não quero! — Morgana tentou manter a postura altiva, mas a revolta por tudo o que passavam explodiu em forma de fogo em suas mãos. Melissa não teve tempo de ficar chocada, levantou a mão para se proteger e, sem perceber, gerou um vento forte que apagou as chamas. Nenhuma das duas entendeu o que se passava.

— O que está acontecendo aqui? — Lancelot vinha correndo.

— Pela Deusa — murmurou Viviane, aproximando-se e atraindo todas as atenções para si. — O poder do Ar... não é de Melissa. A profecia não foi alterada, o poder do Ar pertence a um homem relacionado a Benjamin. Melissa está grávida. É um menino, e me parece claro que está cansado da divergência entre vocês.

— Ah, pronto. — Lilibeth colocou as mãos na cintura. — Nem nasceu e já quer se meter na discussão entre duas mulheres. Você que me aguarde, moleque.

24

Como em um passe de mágica, as palavras de Viviane alteraram a atitude de todos. Melissa tocou a barriga, insegura. Lancelot imediatamente deixou a postura defensiva e se aproximou da jovem, cobrindo-lhe a mão com a dele. Morgana fechou os olhos, sem dizer nada, depois se afastou.

Quando os olhares de Lancelot e Melissa se cruzaram, muitos sentimentos se chocaram. Alegria, medo, preocupação. Tocando o rosto da amada, ele deu um beijo rápido em seus lábios.

— Está tudo bem — disse ele, pegando-lhe a mão.

— Grávida? — perguntou Melissa, insegura. — Tem certeza?

— Sim. O pequeno tem se mantido escondido de mim, normalmente eu veria a gravidez antes. Acho que Lilibeth tem algo a ver com isso — respondeu Viviane

— Não fiz nada. — A fada se defendeu.

— Não, porém seu presente a Lancelot se estende a seus filhos, não se lembra?

— É verdade. Eles teriam o direito de escolher. Garoto esperto — elogiou Lili.

— Como é possível? Só posso estar grávida há, no máximo, um mês. — Mel estava confusa. — E por que agora? Ficamos juntos por meses da outra vez.

— Avalon sabe a hora certa, e a primeira vez não era. Quanto ao tempo, é o suficiente. É um habitante da magia.

— Hora certa? Agora? — Melissa ficava mais confusa e preocupada a cada segundo.

— Ele é um feiticeiro, não é? Hora certa — garantiu Viviane.

— Ele não vai ter um desenvolvimento relâmpago, vai? Seria assustador — perguntou Marcos.

— Ele não é um vampiro, Marcos. — Lilibeth riu. — E você disse que nunca tinha lido aquele livro.

— Não li. Um dia, por acaso, o filme estava passando na televisão e vi a parte em que o bebê se desenvolve super-rápido por causa de poderes paranormais e... Ah, me preocupei com a Mel. É uma gravidez normal, certo?

— É normal — assegurou Viviane. — O bebê é especial e fará o necessário para proteger a mãe. Mesmo que não possa ver, ele pode sentir o perigo se aproximando.

Lilibeth captou a tensão que parecia tomar a todos e resolveu quebrar o gelo.

— Posso ser a madrinha? — perguntou ela, sorrindo, como se fosse a coisa certa a dizer.

— Não vamos batizar essa criança, Lilibeth — repreendeu-a Viviane. — A Deusa se indignaria.

— Mi-mi-mi. Queria tanto, tanto, tanto, tanto ser fada-madrinha. Posso ser, Mel? Mesmo sem batismo? — Ela fez beicinho enquanto piscava várias vezes, com a aparência mais angelical possível.

— Claro.

Lilibeth soltou um gritinho e pulou.

— Ouviu, pequeno? Serei sua fada-madrinha. E não se esqueça de que tenho os melhores presentes. — Ela se abaixou para falar com a barriga de Melissa. — Mas vamos ter que desconstruir algumas coisinhas, ok?

— Eu vou fiscalizar esse apadrinhamento — avisou Marcos. — Serei o padrinho. O cura-vidas-padrinho, seja lá o que isso signifique — disse ele.

Parado atrás de Viviane, estava Owain, visivelmente emocionado, mas com medo de se aproximar. Melissa trocou um olhar com ele e reconheceu os receios de seu pai. Outra criança que poderia ser usada nessa batalha. Decidido, caminhou para perto da filha e a abraçou, dizendo em seu ouvido:

— Juro que o protegerei. Não permitirei que faça parte disso.

Ela assentiu, com os olhos cheios de lágrimas, temerosa por saber que, tendo o poder do Ar, seu filho não nascido já fazia parte do que enfrentavam.

— Obrigada, pai. — Ela o abraçou mais forte e, quando ele se afastou, pôde ver que ainda disfarçava a emoção.

— Venham — chamou Viviane. — Você não pode viver só de frutas agora. Venha colocar algo quente no estômago. Pode ter sido por isso que desmaiou. É incrível que nem o pensamento de uma gravidez tenha passado pela minha mente.

Melissa sentiu uma nova tontura e se apoiou em Lancelot, que a pegou no colo, carregando-a.

— Eu posso andar — reclamou ela.
— Não, não pode.
— Você pretende me carregar a gravidez inteira?
— Se for necessário.

Quando estavam chegando à cabana de Viviane, viram Morgana sair e caminhar para o Inverno, querendo privacidade.

— Alguém devia ir falar com ela. Morgana precisa voltar para conversarmos todos juntos. — Viviane tocou o braço do neto, persuasiva.

— Eu vou. — Lancelot se apressou em dizer.

✺

— Está tudo bem — garantiu Morgana, quando Lancelot apareceu em seu caminho.

O cavaleiro percebeu seus olhos vermelhos; a feiticeira havia chorado. Saber que ele era a causa machucava-o. Morgana era importante demais para ser ferida assim.

— Quero conversar com você. — Ele a viu assentir. — Sem brigas, sem ofensas, sem julgamentos. — Aproximou-se devagar — Você é minha família.

— Ainda sou? — A insegurança gerou uma pergunta genuína.

— Claro que é. — Ele tocou-lhe o rosto e a sentiu estremecer, a vulnerabilidade à flor da pele. — Lembra-se de quando éramos crianças e você chegou a Avalon? Do quanto eu queria ir embora nos primeiros dias, e depois, conforme nos tornávamos amigos, fui incapaz de partir? Encontrei em você um motivo para ficar, quando tudo o que eu queria fazer era ir embora. Entende o quanto é importante? — Ela mordeu o lábio, provavelmente tentando se concentrar em não chorar outra vez. — Fomos crescendo e você percebeu que eu era incapaz de me apaixonar. Essa incapacidade minha provavelmente lhe foi prejudicial, porque, antes de Galahad, que hoje você sabe quem é, você nunca havia se interessado por nenhum homem.

— Eu não precisava de outros homens.

— Eu sei, como eu não precisava de outras mulheres.

— Você tinha mulheres.

— É, eu tinha.

— E elas queriam morrer porque você não as amava.

— Eu não acreditava no amor.

— Nem em magia, mesmo sabendo que os dois existiam.

— Você me conhece bem.

— Melhor que Melissa. — A amiga desafiou.
— Sim, melhor que Melissa — concordou Lancelot, apertando-lhe a mão.
— Ela acha que você não vai se sacrificar pelo meu irmão, se for necessário, e eu sei que vai.
— Ela se engana porque me ama.
— Eu também te amo.
— Mas você vê além.
— Não quero perder você nem meu irmão.
— Você sempre soube que eu morreria por você e Arthur. Nunca escondi o quanto significam para mim. Quando você partiu pela primeira vez e Melissa chegou, pensei que tinha ido com Arthur, como era seu desejo. Viviane e Lilibeth mentiram e esconderam que você estava inconsciente, na Escuridão. Decidi que era hora de ganhar o mundo e deixar Avalon para trás em definitivo. E, então, Melissa chegou, eu inspirei e, antes que o ar saísse de meus pulmões, já estava apaixonado. Você perdeu essa parte da minha vida, não pôde ver o quanto o amor me transformou.
— Mas eu vi o depois.
— Quando ela partiu para salvar Gabriel, senti meu coração partir com ela. Tornei-me vazio. Oco. Não tive escolha. Pertencia a esta terra, mas meu coração estava em outro lugar. Ele sempre estará onde Melissa estiver. Inevitavelmente, tudo o que me restou foi esperar. Minha vida se resumiu a esperar por alguém que eu não sabia se poderia encontrar outra vez.
— Você a procurava em mim, por isso me olhava daquele jeito depois que acordei da Escuridão.
— Da primeira vez, quando Melissa nem se dava conta do que estava acontecendo, ela surgia em você por breves momentos. Eu a vi e nunca mais a esqueci. Primeiro achei que era você mudando, depois percebi que era outra pessoa, e Lilibeth me contou.
— Era perturbador.
— Eu estava procurando por ela. Um olhar, um vislumbre, um momento. E, confesso, não me sentia bem agindo assim, porque ter Melissa por perto significava perder você. Sentia-me egoísta. Depois, quando ela apareceu no lago, não precisou de mais do que um olhar. Nunca esquecerei. Eu já amava sua essência antes mesmo de vê-la em pessoa. Tive de me controlar porque ela não sabia quem eu era, não se lembrava das impressões, já que não acreditava em magia. Ela queria ir embora, e tudo que eu podia pensar era em conseguir um meio de fazê-la feliz aqui.
— Você nunca me contou.

— Não contei a ninguém. Nem ela sabe. Lilibeth, sim, mas percebeu sozinha.
— Queria que tudo fosse diferente, queria que Arthur não estivesse envolvido, mas ele está e sofrerá.
— Todos sofreremos. Ela está carregando um filho meu, Morgana. Quantas vezes eu disse que jamais teria filhos?
— Centenas.
— E agora tudo que consigo pensar é em vencer essa guerra e tornar o mundo um lugar melhor para ele.
— E Arthur? — insistiu ela.
— Não sei. Honestamente, não sei. Ele me odiará. — O desespero era evidente.
— Sim — admitiu Morgana, em um fio de voz.
— Quero fazer o certo, quero que todos fiquem bem.
— Querer que essa situação termine bem é o mesmo que Arthur pensar que pode manter um reino com duas religiões tão diferentes. É impossível.

Os olhos de Lancelot brilharam e Morgana percebeu que a constatação estava presente em seu coração.

— Um dia, Morgana, você entenderá que não é simples controlar o que o coração deseja, que muitas vezes um dilema surge e você precisa escolher.
— E qual será a sua escolha?
— Aquela que meu coração fizer quando o momento chegar.
— Tenho medo desse momento.
— Todos temos.

Morgana encostou a cabeça no peito de Lancelot e permitiu que ele a abraçasse. Ver o alvoroço que o amor podia fazer mudava seus sentimentos. Sabia que não se entenderia com Gabriel, não com tudo o que ainda estava por vir. Decidiu que sufocaria a pequena chama que crescia em seu coração. Aprendeu que o amor era capaz de grandes destruições. Não permitiria que assumisse o controle de sua vida.

— Você é meu irmão e quero que seja feliz, mas não posso esquecer meu outro irmão. Por mais que eu queira ficar ao seu lado e partilhar da alegria de ter recuperado a mulher que ama, vejo Arthur se destruindo em breve pela mesma mulher. Pode ser egoísmo, mas eu queria que Melissa não tivesse aparecido, por causa de tudo que perderei. Sinto muito, Lancelot, não posso aprovar o que está acontecendo, justamente por saber as consequências. — Ela ficou na ponta dos pés, deu-lhe um beijo no rosto e se afastou, devagar e de cabeça baixa, deixando-o perdido nas próprias reflexões.

25

Um pouco depois, todos caminhavam para o Verão, onde o sol se punha mais tarde. Morgana seguia atrás, com Marcos ao seu lado, puxando assuntos bobos que a faziam rir. Gabriel estava um pouco à frente e, às vezes, ouvia o som de sua risada, porém não se virava. Conhecia a capacidade de seu amigo de tirar um sorriso mesmo da pessoa mais triste, eram parecidos, apesar do momento ruim pelo qual passava. Lilibeth caminhava perto dele, olhando-o de esguelha. Lancelot dizia a Tristan que precisavam conversar mais tarde, para que ele lhe contasse com mais detalhes o que havia descoberto no acampamento inimigo, e Melissa andava ao lado do pai e da avó.

— Chegamos — avisou Viviane.

A atmosfera mágica e etérea parecia ser comum a todos, mas Marcos encarava tudo admirado.

Sentaram-se em frente a uma cachoeira. A água que batia nas pedras produzia gotículas que refletiam o sol em um arco-íris de inúmeras cores.

— É chegada a hora de vocês saberem como tudo culminou nesse momento. Quer começar? — perguntou a feiticeira anciã para Lilibeth.

A fada suspirou.

— Vocês podem me interromper, caso tenham perguntas. Há muito tempo, um lugar mágico regia todos os outros — sua voz soou emocionada —, Brocéliande, o reino encantado das fadas. Vivíamos separados e distantes, mas cientes da presença dos outros mundos mágicos. Se pensam que Avalon é um lugar maravilhoso, e realmente é, vocês não têm ideia do que era Brocéliande. — Os olhos brilharam com a lembrança. —

Devido a seu imenso poder, nossos soberanos eram conhecidos como deuses em mundos mágicos menores. Minha mãe era a rainha, também conhecida como a primeira deusa. O seu poder deu origem a toda a magia que conhecemos.

— E seu pai? — perguntou Marcos.

— Não cheguei a conhecê-lo. Meu pai morreu quando eu era uma bebê, há mais de mil anos, na última guerra travada. Bem, penúltima. A última dizimou meu povo. Quando meu pai morreu, minha mãe criou uma lei, nós não deveríamos manter contato com os outros mundos. Isso foi difícil, principalmente para ela. Minha mãe sempre teve um carinho muito especial pelos humanos. Só fui entender mais tarde.

— Seu pai, não é? — arriscou Melissa.

— Amores impossíveis. Você entende bem, Mel. Ele era humano. Quando uma fada tem um filho com um humano, sempre nascerá outra fada, não há diferença, por isso só soube da verdade centenas de anos depois, pelo melhor amigo do meu pai. Outro humano, como podem imaginar, mas não tão comum. Ele era um feiticeiro.

— Mas vocês não foram proibidos de ter contato? — Morgana falou pela primeira vez na noite.

— Sim, essa foi a primeira regra que quebrei. Avalon é um lugar sagrado, mas não chega a ser um mundo, e é a porta para a terra dos humanos sem poderes, então vim para cá e nesta ilha conheci o amigo do meu pai. Ele reconheceu a semelhança. — Ela sorriu, melancólica. — Viviane ainda não estava aqui, e esse feiticeiro era o Senhor do Lago. Um dos poucos feiticeiros que venceu o tempo e tinha centenas de anos, como nós, as fadas.

— Merlin — afirmou Gabriel.

— O próprio. Vocês precisam entender que ele era, de verdade, bom.

— Ele não é bom, Lili — protestou Gabriel. — Toda essa confusão é por causa dele. Merlin está manipulando a todos para controlar os rumos da história. Ele é o culpado de tudo, não Melissa — disse, olhando para Morgana, que desviou o olhar.

— Eu sei como ele é, mas nem tudo é o que parece. Sempre quis ter um pai, então me aproximar de Merlin foi natural. Eu fugia de Brocéliande quando podia e passava horas ouvindo-o contar suas aventuras. Ao mesmo tempo, minha mãe também tinha encontros secretos com uma feiticeira, sua melhor amiga e irmã do meu pai, Karin. Minha mãe lhe deu um presente... assim como Merlin, ela poderia viver o tempo que desejasse desde que não abusasse da magia. Ela era extremamente poderosa e estava nesse mundo havia vários séculos quando se apaixonou. Um dia, minha tia se casou e elas passaram a se ver menos, mas Karin visitava Avalon toda primavera, para que minha mãe pudesse vê-la. Na última vez, estava grávida. O problema foi que... Bem... tenham em mente que eu era muito inocente. Era uma fada extremamente curiosa e inocente. Não demorou até que eu me apaixonasse por um jovem feiticeiro. Merlin me dissera que eu não deveria confiar em ninguém, mas queria tanto descobrir o que era o amor que confiei, e contei a esse jovem feiticeiro por quem me apaixonei onde ficava o portal para Brocéliande.

— Onde era? — perguntou Morgana.

— Bem ali. — Lilibeth apontou para a cachoeira de mais de cinquenta metros de altura. — Em Brocéliande entrávamos em uma árvore e saíamos em Avalon, nessa cachoeira. Naquele dia fui embora, e Karin descobriu que alguns piratas estavam planejando tomar o poder das fadas e que, para isso, aliaram-se aos feiticeiros. Desesperada, contou a Merlin, que prometeu ajudá-la.

— E ele a enganou. — Morgana mais afirmou do que perguntou.

— Não, ele ajudou. Se não fosse por Merlin, eu não estaria viva. — Lilibeth defendeu o feiticeiro. — Ele tentou salvar meus irmãos e não conseguiu, quase morreu no processo.

— Como isso é possível? — Melissa estava chocada.

— Você verá. A fonte do poder de Brocéliande estava em uma ilha feita de cristais e cercada por flores. As fadas não viviam com o poder pleno dentro delas, nós gerávamos mais magia a cada dia, e tudo era centralizado nessa ilha. Os outros mundos mágicos foram criados a partir desse poder. Os feiticeiros queriam chegar até ela e, para isso, não hesitaram em nos envenenar.

— Como se envenena uma fada? — perguntou Marcos.

— Envenenando seu mundo. Eles usaram feitiços para contaminar nossa água, provocaram incêndios em nossa floresta e, quando percebemos, a natureza estava morrendo. Nós começamos a enfraquecer, muitos de nós morreram sem se dar conta do que estava acontecendo. Quando Karin e Merlin chegaram até nós, eu estava morrendo, e minha mãe, desesperada. Eles contaram o que estava acontecendo e que poderiam impedir. Ambos tentaram quebrar o feitiço, e o esforço para Karin foi tão grande que ela entrou em trabalho de parto, e seu filho nasceu em nossa terra, antes da hora. Minha mãe percebeu que não conseguiríamos vencer o veneno, então tomou a única atitude que uma rainha e mãe poderia tomar numa situação dessas. — As lágrimas escorriam por seu rosto. — Tentou usar seu poder para destruir a ilha de cristal, transferindo o máximo de poder possível para mim e meus irmãos, e pediu a Merlin que nos levasse para Avalon.

— Merlin realmente salvou você? — Morgana não conseguia acreditar.
— A história não terminou ainda. Minha mãe estava fraca, tentando me manter viva, e Karin precisou ajudá-la a destruir Brocéliande, antes que o pior acontecesse ao poder que um dia foi das fadas. Ela criou a Escuridão e jogou os feiticeiros invasores lá, pouco antes de desaparecer. Minha mãe se evaporou na natureza e hoje ela está em tudo o que nos cerca. Sua essência e o que lhe restou de poder estão neste mundo, o mundo dos homens, o mundo do meu pai. Nossa rainha tenta manter os portais para os mundos mágicos protegidos, afinal, são mundos criados por ela, pelos quais tem imenso carinho. Ela sempre foi a Deusa a quem vocês honram, mas, há quase trinta anos, passou a habitar entre vocês sem que percebessem. Ela vive em cada manifestação da natureza.
— Lilibeth fechou os olhos ao tocar a grama e ser acariciada pela brisa. — Meus dois irmãos desapareceram, assim como os dois piratas que estavam com os feiticeiros. Nunca mais os senti e, se estivessem vivos, eu saberia... — Sua voz embargou. — Já Karin não resistiu e morreu naquele dia, mas, antes de ir, me fez prometer que cuidaria para sempre de seu filho, Lancelot.

O cavaleiro levantou-se e se aproximou de Lilibeth.

— E você cuidou. — Ele a abraçou, acariciando seus cabelos. — Você cuidou.
— Eu não deveria ter confiado, não deveria. — A dor da lembrança cortava seu corpo.
— E o feiticeiro? — perguntou Marcos, zangado por ver a amiga em sofrimento.
— Colin Hook. — Lilibeth fez uma pausa antes de prosseguir: — O homem que me ensinou que não é seguro entregar meu coração. Seu pai e o irmão eram os piratas envolvidos na destruição do meu mundo.
— Hook? Como o Capitão Gancho? — Marcos surpreendeu-se com as conexões da magia.
— Sim, James Hook. Meu irmão mais novo foi o responsável pelo gancho.
— Seu irmão é o Peter Pan?
— Ele foi o Peter Pan. — A fada enxugou uma lágrima. — Annabeth Pan, minha irmã, também se foi nesse dia. Eu deixei de usar o Pan, nome que marca a primeira linhagem das fadas. Não fazia mais sentido, já que não havia mais uma família.
— Por isso você nunca aceitou ser chamada de rainha das fadas — concluiu Morgana.
— Não sobrou nada para reinar. — Lilibeth baixou os olhos.
— Então, você e Lancelot são primos... — Marcos mudou de assunto. Era evidente que sua amiga ainda carregava a dor da perda.

— Sim, meu pai e a mãe de Lancelot eram irmãos — explicou a fada. — Mas eu mantenho isso em segredo para protegê-lo — acrescentou, como se o cavaleiro ainda fosse um bebê indefeso. — Se as pessoas descobrissem o quanto ele significa para mim, ele correria perigo. Lancelot é tudo o que me restou.

— Como eu nunca soube disso, Lancelot? — perguntou Morgana.

— Porque até recentemente nem eu sabia dos detalhes. Cresci com Lilibeth em minha vida, mas pensava que Viviane havia me encontrado no reino destruído de meu pai. Lili evitava falar sobre seu passado pelas razões que acabou de explicar e outras. Ela só se abriu recentemente.

— Com Gabriel — completou a feiticeira, e viu o cavaleiro assentir.

— Quando Merlin conseguiu me curar, meu primeiro feitiço foi dar a Lancelot imunidade à magia. Tentei levá-lo para seu pai, o Rei Ban, mas seu reino foi atacado e todos morreram. Não quis que o ferissem e vivi com ele por uns meses escondida em cada uma das Estações. Não permitia que ninguém chegasse perto de nós, nem mesmo Merlin. Até que Viviane chegou à ilha e eu sempre a via chorando pelo filho que não pôde criar. Eu não podia criar Lancelot escondido na floresta. Ele precisava de laços, então deixei que Viviane se tornasse sua mãe, enquanto me mantive escondida, mas sempre perto, protegendo-o.

— E onde meu pai estava? — perguntou Melissa.

— Seu pai foi criado sob a proteção do Rei Geoffrey, que me recebeu em seu reino como uma filha. Owain cresceu sem saber que eu era sua mãe e, quando ele tinha catorze anos, eu o deixei — a voz de Viviane tremia — e vim para Avalon. Foi quando encontrei Lilibeth pela primeira vez.

— Lancelot cresceu chamando Viviane de mãe. Às vezes eu sentia ciúmes. — Lilibeth sorriu docemente para ele. — Agora vendo esse tamanho todo de homem, acho melhor. Já pensou você me chamando de mãe? — A fada tocou seu rosto barbado. — Nessa época, Merlin partiu. Ele já usava seus poderes a fim de criar realidades para salvar Arthur, mas eu nem imaginava. Minha mãe prometeu a ele, antes de morrer, que o ajudaria a salvar esse mundo. Então, um tempo depois, ele me pediu ajuda com a profecia, que, na verdade, nem podia ser chamada assim, porque ninguém tinha profetizado nada, nós apenas manipulamos o tempo.

— Como assim? — perguntou Morgana, ouvindo atentamente.

— Merlin me contou tudo o que estava fazendo. As mulheres haviam parado de nascer em Avalon, quase não havia mais jovens feiticeiras, e ele não sabia se era algo relacionado ao fim de Brocéliande. Vi que Merlin morreria em breve por exaurir sua magia criando realidades que nunca davam certo e pedi ajuda a minha mãe. Ela disse que daria aos humanos uma chance derradeira, palavras dela. Que um dia, a última filha de Avalon retornaria e que, com ela, o Grande Rei unificaria o povo e venceria seus inimigos, mas que, se ela o abandonasse, o reino cairia. Até aí, tudo lindo. Eu queria que Lancelot tivesse um mundo para viver e concordei em ajudar Merlin no que fosse necessário. Para isso, minha mãe permitiria que os quatro poderes elementais voltassem ao mundo, nascendo da realeza e do filho do poder.

— Filho do poder? — Gabriel estranhou.

— Seu pai.

— Sei que é ele, mas não entendi. Que poder?

— O poder ancestral de Avalon.

— Viviane?

— É — continuou a fada, sem dar mais detalhes. — Comecei a desconfiar de algo errado quando Owain veio para cá. Ele ficou quase um ano. Estava desolado e solitário, vagava pelas Estações com sua expressão melancólica, e eu o espiava entre as árvores, sempre escondida. Até que um dia criei coragem e me aproximei. Foi o primeiro homem com quem falei depois de tudo, além de Lancelot, que era um menino, na época. Ele me contou quem era e o que acontecera. Foi quando vi que Merlin não se importaria em passar por cima das pessoas para salvar Arthur e comecei a me preocupar. Na última noite de Owain aqui, nós, bem... Vocês sabem. Eu lhe prometi que protegeria seus futuros filhos e não permitiria que eles fossem forçados a nada. E foi o que fiz. Aí, fim, pronto — declarou Lilibeth, de repente, claramente não querendo contar mais nada.

— Você precisa contar a eles — aconselhou Viviane.

— Não quero, não. — Agitada, mexeu nas pontas dos cabelos, que exibiam vários tons degradê de anil.

— Você precisa. Não pode mais guardar esse segredo.

— O que está havendo, Lili? — A voz grave de Lancelot cortou o ar.

— Ain, eu digo. Quando Morgana chegou, tive certeza de que precisaria agir. Ela teve uma visão que entrelaçava o destino da última filha de Avalon a Lancelot. Na visão, ela se casaria com Arthur, Lancelot a conheceria e eles se apaixonariam, trairiam Arthur, e Lancelot morreria em uma batalha, tomado pela culpa de ter traído o melhor amigo.

— Eu nunca tive essa visão — afirmou Morgana, assustada.

— Teve, sim — insistiu a fada.

— Não tive.

— Eu posso ter apagado sua memória — disse Lili, bem rápido, querendo que ninguém escutasse.
— O quê? Como pôde? — Morgana estava revoltada.
— Não podia deixar que você contasse a Merlin. Tinha que proteger Lancelot.
O cavaleiro levou a mão ao rosto, chocado, porém sem conseguir ficar zangado com ela.
— Você sabia disso? — perguntou Melissa a ele.
— Da visão, não, mas imaginava que Lilibeth tinha trazido você antes do tempo. Agora entendo o porquê.
— Vocês se apaixonariam de qualquer forma, então pensei que, se era para ser, que fosse antes de conhecer Arthur, assim não haveria traição.
— Você sabe que não acredito em destino. — Lancelot passou a mão pelos cabelos.
— Não é destino, Lancelot. Quando se trata de você e Melissa, é conexão supersônica do além. Vocês se encontram mesmo quando são separados. Basta ver o que aconteceu, nem a falta de memória os impediu. — Ela observou os dois darem as mãos e continuou: — Então eu a trouxe antes e... foi tão lindo. Depois de ser traída como fui, não imaginava o que era o amor. Com vocês, vi que não conhecia nada de nada. — A fada baixou os olhos. — Eu ficava pelas Estações, observando vocês.
— O quê? — Melissa corou.
— Não nessa hora. Não era de propósito, pelo menos não era sempre. — Ela não conteve uma risadinha. — A conquista, o seu jeito com ele, o jeito dele com você. Aprendi bastante, Mel. Nunca te agradeci por isso. — Tentou conter a expressão travessa.
— Você nunca conversou comigo. Por quê? — perguntou Melissa.
— Eu não confiava em feiticeiros, e você era uma.
— Mas falou com Gabriel.
— Porque ele estava solitário, como Viviane e Owain se sentiram um dia. Tenho um fraco por pessoas solitárias. Reflexo de mim mesma, talvez. E eu via você e Lancelot juntos... Não demorou muito para querer ter algo assim também. Era mágico, muito além de qualquer magia conhecida. — Ela deixou-se levar um momento pela lembrança. — Infelizmente, trazê-los antes teve um custo grave... Morgana e Malagant ficaram inconscientes.
— Malagant? — perguntou Morgana. — Meu primo?
— Sim, Malagant, um dos trigêmeos da sua tia, era um feiticeiro. Ele e Gabriel trocavam impressões, assim como você e Melissa. Gabriel sempre

acreditou em magia, então tinha muito mais vivência em Avalon do que sua irmã, e acreditar abria a porta para ele sem precisar de Owain ou um incentivo meu.

— O que houve com Malagant? — perguntou a feiticeira outra vez, chamando a atenção de Gabriel para si. Todos sabiam da morte repentina do primo, mas ninguém nunca soube o que acontecera de fato. — Sequer pudemos dar um funeral digno a ele.

— Viviane e eu escondemos vocês dois na caverna dos lobos, no Inverno. Criei um feitiço de proteção. Não sei como aconteceu, mas alguém quebrou meu feitiço e um dia cheguei para verificar como vocês estavam e havia um punhal no peito de Malagant. Morgana não exibia nenhum arranhão. Depois, quando Melissa teve aquela visão de Gabriel morrendo, da qual só fiquei sabendo mais tarde, estranhei e achei que alguém poderia ter plantado a visão em seus sonhos. Juntei as peças e creio que...

— Merlin matou Malagant para me prender aqui. Não acredito — murmurou Gabriel.

— Não posso afirmar isso. — A fada hesitou. Não queria ser injusta com o velho feiticeiro.

— Como assim prender você aqui? — perguntou Melissa.

— Minha ligação com esse lugar era Malagant, assim como a sua é Morgana. Eu ainda não sabia fazer a travessia entre realidades sozinho, então, depois que ele morreu, fiquei preso. Não podia deixar este século. Quando você retornou, levou o corpo de Malagant enfeitiçado por Merlin para se parecer comigo.

— E como você foi parar em Quatro Estações? — perguntou Marcos, querendo desviar do assunto, a tristeza dos amigos era evidente. A vida que conheciam nunca mais seria a mesma.

— Quando Gabriel se feriu e Melissa, pensando que ele morreria, fez um acordo com Merlin — retomou Lilibeth —, eu quis consertar as coisas outra vez. É só o que quero desde o início: consertar tudo. Primeiro, curei Gabriel, que conseguiu ter um vislumbre de Morgana na Escuridão. Aí nós a salvamos, ela teve uma visão com os pais morrendo e foi com Lancelot até Camelot. Gabriel queria ir atrás dela, só que ele ainda não havia se recuperado dos ferimentos, fiquei preocupada e...

Gabriel balançou a cabeça, finalmente compreendendo o buraco em sua história. Apertando a mão dela, disse:

— Está tudo bem, Lili. Não precisa dizer.

— Acho que eu preciso.

— Não precisa. Estou liberando você. Só diz respeito a mim.
— E à Ruiva. — Apontou para Morgana.
— O que é? — A feiticeira quis saber.
— Eu apaguei a memória de vocês — disse, baixinho.
— O quê? — As mãos de Morgana queimaram em chamas.
— A lembrança de vocês na Escuridão, eu apaguei. Tive medo de que ele saísse de Avalon e se ferisse outra vez. Não foi um feitiço forte nem nada, era para passar conforme o tempo, por isso vocês se sentiam tão conectados, como me contou em Quatro Estações.
— Você não tinha o direito. — Morgana estava magoada.
— Sei que não. Feitiços de memória são um problema. Você começa a usar, achando que está ajudando e, quando vê, bagunçou tudo.
— Você não é diferente de Merlin. Está nos manipulando — acusou Morgana.
— Eu tenho uma dúvida. — Marcos levantou a mão. Não estava gostando do rumo da conversa. Esse pessoal medieval se exaltava rápido demais. — Essa parada de apagar a memória do povo é interessante e tal, mas me soa como um vira-tempo.
— Como o quê? — perguntou Lancelot, confuso.
— Era um treco que fazia voltar uma história no tempo e que, na minha mão, resolveria todos os problemas. Agora, voltando, se todo mundo pode apagar a mente de todo mundo, como é que sabemos a verdade? Vocês todos podem estar desmemoriados agora mesmo.
— Não são todos e não é bem assim — intercedeu Viviane. — Inicialmente, esse era um poder exclusivo da nobreza das fadas. Merlin ganhou esse presente ao salvar a vida do pai de Lilibeth.
— Mas você pode apagar memórias também — acrescentou Gabriel.
— Sim, Eris, a rainha das fadas, achou prudente que mais alguém entre os feiticeiros tivesse a habilidade.
— E a gente? É porque somos seus netos? — Gabriel seguiu questionando.
— Não, é porque vocês são os elementos.
— Isso explica quem tem o poder, mas não por que não resolvem logo a situação. Não é mais simples pegar o vilão e apagar a mente dele? — perguntou Marcos.
— Não, menino. Vocês são jovens e inconsequentes, por isso, usam e abusam desse poder, mas, como já disse muitas vezes a Gabriel, há um risco. Toda a fraqueza que o levou ao estado de inconsciência e que poderia ter tirado sua vida foi causada por feitiços de memórias ou pela tentativa de quebrá-los. Quando se apaga a memória de alguém, parte da pessoa também se apaga.

Se você passa muito tempo assim, deixa de ser quem é. Tristan e Melissa estão aqui como prova. Sim, seria muito simples apagarmos a memória dos nossos inimigos, mas teríamos que estar frente a frente com eles, e não é tão fácil como parece. Sem contar que um inimigo normalmente é composto de muitas pessoas. Ninguém é poderoso sozinho e ninguém é simplesmente um vilão – há apenas propósitos diferentes. Se tentássemos apagar a memória do mundo ou criar novas realidades, como Merlin insiste em fazer, morreríamos e não adiantaria nada. Esse poder não pertence à nossa natureza, é um dom das fadas. Penso até que Lilibeth deveria bani-lo de todos nós.

— Eu o farei — declarou ela. — Tenho pensado nisso desde que cheguei a Avalon. Quando tudo terminar, se ainda estivermos vivos, podem dar adeus a esse poder.

— E como você pega um poder de outro? — perguntou Morgana.

— Não posso pegar, vocês terão de me entregar, mas eu posso forçá-los e garanto que sou muito boa nisso.

— Boa sorte com Merlin — ironizou a feiticeira.

— Merlin é o menor dos nossos problemas no momento — disse a fada. — Tudo o que ele fez, inclusive manter Melissa sem memória por tanto tempo, tem um custo. Ele está morrendo. Seu poder está escorregando pelos dedos. Ele sempre soube que isso aconteceria, por isso preparou vocês e precisa que dê tudo certo desta vez. É a última realidade que ele teve forças para criar. Quando descobriu todas as alterações que eu vinha fazendo na profecia, ficou revoltado, mas ele nem sabe tudo. E foi assim que deixei Avalon. Gabriel e Lancelot acharam que era seguro me mandar para Quatro Estações até Melissa voltar. Eu achei que ia para proteger Mel, mas, não, era para minha própria proteção. Gabriel apagou minha mente e...

— Como ele apagou sua mente? Você não é mais forte? — perguntou Morgana.

— Sou. Eu estava... vulnerável. — Tentou encerrar o assunto.

— Como podia estar tão vulnerável?

— Ruiva. — Era a voz de Marcos, que levantou a sobrancelha para ela, fazendo-a entender.

— Ah — murmurou e se calou, entendendo que Gabriel e Lilibeth provavelmente tiveram uma ligação muito próxima.

— E você e Merlin vêm disputando poderes desde então. — Gabriel entendeu bem a situação.

— Sim, porque ele vê o lado dele e eu vejo o meu. Arthur e Lancelot. Desde o início, é disso que se trata. Merlin me ajudou a salvar Lancelot quando ele era um bebê, e, como ele diz, o bebê cresceu e se tornou uma pedra em seu caminho.

— No fim, é um jogo de poder entre fada e feiticeiro — murmurou Morgana.

— Não, cada um de nós está tentando proteger quem ama. Ninguém pode negar que Merlin ama mesmo Arthur. Ele pode ser, sim, manipulador, mas acredita que é o caminho correto e abriu mão de muito para isso. Coisas de que eu jamais conseguiria.

— O quê? — perguntou Melissa.

— Esse segredo não é meu, Mel. Cabe a Merlin contar a vocês. Agora vocês conhecem toda a história de como essa fada idiota achou que estava apaixonada, confiou em quem não devia, permitindo que destruíssem seu mundo. — Sua voz denotava tamanho arrependimento que todos, inclusive Morgana, sentiram pena. — Depois, quando já não tinha mais nada, meu mundo se tornou um bebê de expressivos olhos azuis com uma marquinha castanha no esquerdo, e tudo o que faço desde então é lutar para que ele seja feliz.

— Como disse no começo da conversa, você cuidou bem de mim. — Lancelot tocou-lhe o rosto.

— E você, de mim, mesmo quando era só um bebê lindo. — Ela sorriu para ele, depois voltou-se para os outros. — Há algo que ainda não contei: como a profecia age nas pessoas que estão ao redor de Melissa e a realidade do que ela implica. Eu tenho um poder... Sou capaz de fazer as pessoas à minha volta se tornarem suscetíveis a mim, uma espécie de influência. Quando Owain estava aqui, naquela noite, dei parte desse poder a ele para ser transferido a Melissa. Da mesma forma que seu bebê é imune à magia, Mel, se ele quiser, graças a Lancelot. No seu caso, o poder faz com que qualquer rei e o primeiro herdeiro na linha direta do trono sejam leais a você. Rola até uma paradinha de jurar fidelidade e tal.

— Só o rei e o primeiro herdeiro? — Lancelot franziu o cenho.

— Sim.

— Isso explica muito. — Tristan falou pela primeira vez.

— Na verdade, confunde — declarou Lancelot.

— Por quê? — perguntou Tristan, e, em seguida completou, entendendo.

— Gawain jurou fidelidade a Melissa, e ele é o caçula.

— Exatamente. — Lancelot coçou o queixo.

— Impossível. — Lilibeth foi categórica. — Meu poder é certeiro.

— Ele é o caçula, Lili. — Lancelot reforçou — Não é o herdeiro.

— Bem, se ele jurou fidelidade e há irmãos mais velhos, está claro para mim que os outros não são filhos do rei. Alguém pulou a cerca.

— Mais respeito com minha tia Morgause, Lilibeth — advertiu Morgana.
— Quem? — perguntou Owain, num impulso, e Melissa o viu empalidecer.
Gabriel trocou um olhar com a irmã e voltou suas atenções para o pai. Melissa arregalou os olhos ao constatar o que vinha se agitando em sua mente, com quem Owain se parecia.
— Por favor, não me diga que você a conhece? — perguntou o filho, chegando à mesma conclusão.
— Eu conheço.
— Há uns vinte e quatro anos mais ou menos, certo? — perguntou Gabriel, passando as mãos pelo rosto e, pasmo, viu o pai assentir.
— O que está havendo? — indagou Morgana, sem entender.
— Mordred e Gaheris são nossos irmãos — respondeu Gabriel, rindo, incapaz de acreditar na maldita ironia.

26

— Meus primos são seus irmãos? — perguntou Morgana, pausadamente.

— É o que parece — confirmou Viviane. — Merlin e eu suspeitávamos, mas nunca chegamos a confirmar, apesar de Mordred ser exatamente como Owain era nessa idade e Gaheris ter seus olhos.

— Tenho mais dois filhos? — Owain estava chocado. — Vocês me fizeram abandonar Morgause grávida? — A indignação o tomava quando ele se levantou, apontando para Viviane.

— Eu não sabia. — Viviane se defendeu.

— Vocês sempre sabem de tudo, estão há anos criando essa profecia para salvar o mundo, sem se importar com as pessoas que são atropeladas no processo. Estou aqui, calado, ouvindo toda essa história, procurando um meio de salvar meus filhos, e vejo que minhas preocupações dobraram em um segundo. Como Morgause deve ter se sentido? Eu fui embora porque Merlin me garantiu que seria o melhor para ela. Como isso é possível?

— Infelizmente, alguns de nós foram escolhidos... — Viviane tentou dizer, mas ele a interrompeu.

— Pouco me importa! Na noite em que... Quando nós... — Ele cruzou olhares com Lilibeth. — Viviane me disse que Morgause estava casada havia meses, eu pensei que nosso romance não tivesse significado nada. Parti acreditando que ela jamais me amou, e agora descubro que provavelmente se casar foi a única alternativa segura que lhe restou. Você sabia disso, Lilibeth?

— Não — garantiu a fada, balançando a cabeça.

— Ela deve me odiar, e com razão.

— Era para ser. — Viviane se levantou, tentando tocar-lhe o braço, mas ele se afastou. — Você precisava reconstruir sua vida e ter os filhos da profecia.

— Que vida? — A revolta ecoou na pergunta. — Sofri para superar o amor que senti por Morgause, depois me apaixonei por Gayla, mãe de Gabriel e Melissa. Tivemos que fugir para outra realidade, tentando salvar nossos filhos. Eu vi minha mulher definhar até a morte por usar seus poderes para protegê-los e, ainda assim, aqui estão eles, sendo usados por vocês. E já falhei, porque o rapaz que morreu... Malagant, certo? Era meu filho também. Já comecei essa luta falhando. — Ele andava sem parar, a raiva contida explodindo perante todos, que o olhavam chocados pelo rompante de quem até então consideravam o mais calmo entre eles. — Agora preciso salvá-los. Mas me diga? Como darei conta de proteger quatro pessoas? Chega! — Ele chutou um suporte de madeira usado para acender as tochas durante a noite, quebrando-o e derrubando-o no chão. — Juro por Deus! Sim, por Deus — frisou ele, e viu o espanto passar pelos olhos de sua mãe. — Se Gabriel não estivesse preso neste lugar, eu os levaria embora agora mesmo, não estaria nem aí se essa realidade explodisse ou não. Assim como meus outros filhos, que provavelmente também são joguetes nas mãos de alguém. Maldita Idade Média e sua magia!

— Você precisa se acalmar, menino. As coisas são como são, e essa explosão não muda nada — disse Viviane, conciliadora.

— Me acalmar? Hoje eu vi esses jovens brigando por algo que não é culpa de nenhum deles. O que Gabriel disse é a verdade: o culpado é Merlin. E você permitiu que ele manipulasse nossas vidas sem dizer nada. Por que nunca se opõe a ele? Por que permite que ele continue a manipular todos nós? É tão responsável quanto Merlin por cada dor que nos atinge. Além do tempo que passou ausente em minha vida, também é vazia emocionalmente. Não se importa com nenhum de nós.

— Opa! — disse Gabriel, ficando de pé, quando percebeu que Lancelot levantou-se e se colocou na frente de Viviane, achando que Owain havia passado dos limites.

— Você tem razão em todos os seus argumentos, mas cuidado com o que diz — avisou Lancelot, a expressão fechada.

Melissa olhava a situação aflita, concordando com o pai e temendo o que a discussão traria.

— Preciso pensar, vou caminhar um pouco. — Owain passou as mãos pelos cabelos, nervoso.

Virou as costas e saiu, deixando todos em silêncio por vários minutos até que Lilibeth disse:

— Bem... Descobrimos algumas coisas hoje, entre elas que o pai de vocês tem a mania de caminhar quando está nervoso, como Mel; que há dois irmãos que eu não conheço ainda — sorriu, maliciosamente — e que alguém precisa explicar a Benjamin que existem métodos contraceptivos.

— Com base em tudo o que foi dito hoje — retomou Viviane, enquanto notava que uma revoada de pássaros rompia o céu —, é preciso que vocês saibam o seu papel daqui para a frente. Inimigos estão cercando Camelot, isso vocês já sabem. O que ainda não descobriram é que há magia sombria entre eles e que sabem da profecia, só não sabem exatamente quem vocês são. Por isso tantos feiticeiros foram mortos ao longo dos anos. Owain tem razão: Malagant foi apenas nossa primeira perda. Na noite passada, eu tive uma visão, não nos resta muito tempo. Amanhã, quando chegarem a Camelot, o destino será lançado, traçando suas linhas e tentando impor seu caminho. Como eu já disse uma vez, se Melissa abandonar Arthur, ele morrerá e todos pereceremos. Vocês têm mais esta noite. Seja para fazer a coisa certa ou a errada. Então, sejam lá quais forem as pendências que tenham, é hora de resolvê-las.

Todos se levantaram, ainda em silêncio, analisando cada palavra de Viviane.

Melissa observou Marcos ajudar Morgana a se levantar. Queria muito que a situação entre elas não estivesse tão tensa. Mesmo contrariada, reconhecia a razão na postura da irmã de Arthur. No lugar dela, se comportaria do mesmo modo, ou pior.

Lancelot se afastou com Tristan, e Gabriel estendeu a mão para guiar Melissa até o vilarejo.

— Eu consigo andar, Gabriel. Estar grávida não me tornou de açúcar — brincou ela, aceitando seu braço mesmo assim, passou muito tempo longe do irmão, e agora qualquer contato era uma dádiva. — Espero que vocês não comecem a me tratar diferente.

— Tentarei. — Gabriel abriu um meio sorriso enquanto passavam sob uma árvore, que chacoalhou suas folhas como se dançasse para eles. — Lembre-se de que agora você terá mais dois irmãos para cuidar de você. — Ele foi irônico. — Se a mãe deles não nos matar antes, não é?

— Podemos dizer tudo sobre a vida, menos que ela não é surpreendente. Perdemos um irmão que sequer chegamos a conhecer.

— Eu sinto como se o tivesse conhecido. Minhas impressões deste mundo eram dele. É uma pena que o tenhamos perdido. Ele era bom. — Os dois se abraçaram por um instante. — Ainda não sei o que pensar sobre os outros. Até pouco tempo, Mordred e eu nos odiávamos — disse Gabriel.

— Eu gosto dele.
Gabriel levantou uma sobrancelha.
— Não acredito que vou perder o posto de irmão preferido? — brincou ele, tentando aliviar a tensão.
— Ah, não sei, Gaheris é tão cínico às vezes que é impossível não se apaixonar por ele. — Ela suspirou, sonhadora.
— Idiota. — O irmão empurrou-a com o ombro e a amparou rapidamente ao se lembrar da gravidez.
— Está vendo? Duvido que meus novos irmãos me empurrem assim.
— Não é que eu não goste deles. Nunca tive nada contra Gaheris, mas, sempre que eu via Mordred, sentia um desejo absurdo de provocá-lo.
— Coisa de caçula pentelho.

Melissa riu, feliz por a intimidade entre eles não ter se perdido nos dois anos em que se mantiveram distantes. Mesmo quando ainda achava que era Galahad, conversar com seu irmão era simples como respirar.

— Só que você é a caçula pentelha. Eu nasci primeiro. Aliás, como filho preferido, acho que eu deveria falar com nosso pai — continuou brincando, até que a seriedade chegou.
— Ele tem razão em tudo o que disse.
— Eu sei, mas se o tivéssemos deixado continuar, teria sido pior. Lancelot já estava com a espada em punho.
— Eu vi.
— Parece que todos estamos fadados a brigar entre nós.
— Cabe a nós não permitirmos.
— E então, quando vai falar com ela, Gabriel? — perguntou Melissa, referindo-se a Morgana e mudando de assunto.
— Talvez mais tarde, ainda não me decidi.
— Você precisa.
— Para que, Mel? — questionou, resignado. — Nunca pensei que fosse dizer isso, mas não tem como ficarmos juntos agora.
— Por quê?
— Não sei como será daqui para a frente.
— Ela está certa em tudo que diz. — confessou, desconfortável. — Acho que devo desculpas a ela, se quer saber. Se fosse o contrário, se alguém ameaçasse machucar você, ainda que sem querer, eu odiaria essa pessoa. Estou com um mau pressentimento. Agora que recuperei meus poderes, é questão de tempo voltar a ter visões, não é? E elas nunca são claras o bastante, são cenas cortadas, pequenos vislumbres. E se os pressentimentos já

forem sinais? — Ela tocou o peito para mostrar a ele. — Passei a manhã com Lancelot na Primavera, e algo me diz que eu estava me enganando, não há como dar certo. Poderíamos fugir, mas aí não teríamos um reino onde viver, segundo a profecia.

— Você não pode estar falando sério. — Ele não se conformava.

— Eu estou, mas isso não vem ao caso agora. Quero que fale com Morgana, que se entendam. Não ficarei entre vocês. Já o perdi uma vez, Gabriel, e foi insuportável. — A voz saiu embargada ao relembrar a sensação da perda.

— O medo dela é esse: perder o irmão. Não posso culpá-la por algo que me assombrou por tanto tempo. Ela quer evitar que Arthur sofra. É perfeitamente compreensível.

Levando a mão à testa, Gabriel duelava com seus sentimentos, por mais que quisesse, tinha consciência de que era impossível no momento.

— Não posso... E não é por não entender o lado dela, é porque você é a minha família, e família vem em primeiro lugar.

— Ser sua irmã não me dá o direito de ficar entre vocês. É tão claro que você a ama. Percebi muito antes de saber que você era meu irmão, ainda como Galahad. O jeito como fala dela. É amor, Gabriel. Você me pede para lutar por Lancelot quando você desiste dela. Não faz sentido.

— É diferente.

— Não vejo onde.

— Não quero falar sobre isso, Mel. Preciso pensar um pouco mais.

— Fale com ela, por favor — insistiu Melissa. — Você ouviu Viviane, só temos esta noite.

27

Sentados à mesa da cabana de Lancelot, Tristan e o cavaleiro conversavam sobre o acampamento inimigo.

— Há algo que você ainda não sabe, o nome do Gabriel surgiu no Assento Perigoso — informou Tristan.

— É uma surpresa, mas creio que ele esteja preparado para ser um de nós. Precisamos de homens leais e Arthur precisa de alguém em quem possa confiar, se tudo der errado.

— E você realmente acha que há um traidor entre os cavaleiros da Távola? Isso significa que Kay e os outros tiveram seu sangue derramado por um de nós. — Tristan bateu a mão na mesa, incapaz de conter sua revolta. — Quero esse traidor! Ele é meu, Lancelot. Quero o direito de matá-lo.

As chamas das velas tremularam com o impacto e o cavaleiro balançou a cabeça, revoltado com uma traição tão vil.

— Se ele não cruzar meu caminho antes, é seu. Para que espiões possam entrar e sair no castelo, um de nós deve encobri-los. Adair falava com muita tranquilidade com seu comparsa na cozinha. Há alguém grande por trás.

— Você desconfia de alguém? — Tristan sentia-se tomado pela ira. — Adair era homem de Bors, mas só o pensamento de que ele possa ser o traidor me enoja. Arthur decidiu consagrar Jamal e Zyan como cavaleiros. Acha que é um risco?

— Confio na decisão de Arthur e precisamos de bons cavaleiros por perto, mas ficamos de olho. No meu último dia no acampamento, Breogan, o líder inimigo, disse que estava aguardando uma resposta sobre a lealdade dos filhos da bruxa.

— Não é possível. — O cavaleiro empalideceu.

— Se formos pesar o que achamos possível, seremos incapazes de apontar para alguém próximo. — Lancelot pegou a jarra de vinho e serviu uma taça a cada um deles.

— Ela é tia de Arthur. É difícil de acreditar, mas seria uma grande jogada de nossos inimigos.

Tristan bebeu todo o conteúdo e se serviu de mais, sob o olhar preocupado de Lancelot. Era como ele agia quando se sentia solitário.

— Sim, e com base no que ouvimos hoje, ela tem motivo. Pode ser parte de uma vingança contra Merlin. Ou talvez seja apenas uma questão de perspectiva. Ela pode pensar que está protegendo o reino.

— O pai de Melissa ficou bastante abalado quando o nome de Morgause veio à tona.

— Eles se amavam e foram separados. É muita raiva acumulada. Mas a questão para nós é outra. — Ele cortou uma fatia de pão e estendeu ao amigo, que entornava sua terceira taça. — Coma.

— Descobrir se Mordred, Gaheris e Gawain são leais a Arthur ou à mãe. O que pretende fazer?

— Contar a Arthur, assim que chegar a Camelot. Eu pedi a um dos cavaleiros emboscados que contasse parte do que descobri, mas ele ainda não sabe nada sobre Morgause. Pretendia investigar mais, porém acabei sendo guiado até aqui.

— Então não pode contar sobre Melissa. — O semblante de Tristan ficou sério. — Lancelot, sei que agora ela está grávida, mas, se Arthur descobrir sobre vocês, qualquer informação que passar a ele será inútil.

— Eu sei. Se descobrir, deixará de confiar em mim.

— Enquanto estivermos em Camelot e não soubermos exatamente onde estamos pisando, você precisa se afastar dela. Não sei o que conversaram, não sei o que ficou decidido entre vocês, mas, se resolver voltar, precisará escolher entre o homem e o cavaleiro.

— Fiz uma promessa a ela, Tristan, que não a abandonaria mais.

— E antes fez uma a Arthur, jurou protegê-lo. Entendo seu dilema, meu amigo, entendo melhor que qualquer outro, porém preciso de você para vencer os inimigos de nosso rei. Fui o primeiro a aconselhá-lo a partir com ela e não olhar para trás, mas, como eu, você não conseguiu. Enquanto estou aqui, estou desesperado, pensando em Isolde, se ela está bem, se meu tio já definiu uma data de casamento. — Desespero que justificava a quinta taça. Tristan passaria a noite em agonia por perder mais uma vez a mulher que amava. — Sinto que ela está mais distante de mim a cada dia e penso que talvez minha realidade seja essa, passar a vida sofrendo por uma pessoa que não pode ser minha. Eu o conheço. Sei o que fez nessa manhã. Sei o que as horas que passou com Melissa significam. Por mais que você queira ficar com ela, sabe muito bem que a probabilidade é pequena. Essa promessa que fez é o que deseja cumprir, como um dia prometi a Isolde que ficaríamos juntos. Prometemos o que desejamos, e infelizmente a realidade nos agride com a verdade, que nem sempre é o desejo de nosso coração. O que enfrentaremos agora é maior do que qualquer luta que já travamos. Para homens como nós, a vida não dá escolhas, ela impõe responsabilidades. Por mais que haja alternativas, sabemos que só há um caminho a seguir. É hora de definir qual será o seu nessa batalha: homem ou cavaleiro.

Lancelot suspirou longamente. Tamborilava na madeira da mesa, tenso. Duas promessas. Dois caminhos. Duas formas de partir um coração. A quem ser leal?

— Cavaleiro. Salvarei Arthur primeiro, não posso abandoná-lo. Melissa pensa da mesma forma. Ela só não tem noção exata do que enfrentaremos para mantê-lo vivo.

— E você está ciente de tudo o que implica salvar Arthur?

— Sei. Duas possibilidades: no fim, estarei morto ou seremos inimigos, porque, se sobrevivermos, levarei Melissa comigo.

28

Gabriel andava de um lado para o outro em frente ao Outono, quando Marcos se aproximou dele.

— Pretende fazer um buraco no chão ou está guardando a porta? Me falaram que a entrada é para esse lado. Entrei pelo lago, então não sei direito. Parece que tem um negócio de sentir o cheiro do seu momento mais feliz. Aí fiquei pensando, vai que teve um vazamento de gás ou alguém com a barriga ruim na hora, seu momento mais feliz pode ter tido um cheiro horrível.

Como esperava Marcos, Gabriel gargalhou tanto que levou as mãos à barriga.

— Senti tanto sua falta nesses dois anos, Marcos.

— Idem. Agora, me diga: por quanto tempo pretende evitar a Ruiva? — Foi direto.

— Melissa pediu que viesse falar comigo, certo?

— Eu viria de qualquer forma.

— Você ainda está apaixonado pela minha irmã — soltou Gabriel, enquanto os dois caminhavam pelo Outono, as folhas vermelhas, laranja e amarelas despencando das árvores.

Ao cruzarem uma ponte de madeira escura, as árvores tornaram-se um pouco mais floridas, o que era raro naquela área, e agora os dois eram banhados por uma chuva de pétalas brancas e azul-claras.

— Elementar, meu caro Gabriel. Antigamente você não dizia coisas tão óbvias. — Ele sorriu, mas o amigo enxergou além.

— Está magoado.

— Ah, para. Se for falar o que eu já sei de novo, vou para outra Estação. Cara, é demais isso! — Marcos girou o corpo olhando ao redor.

— Não desconverse. — Gabriel parou sob uma das tochas acesas, observando bem seu amigo.

— Você sabe que amo Melissa e sabe que ela ama outro. Ou seja... Arthur e eu estamos na mesma. Pelo menos, eu não tenho um reino para cuidar.

Gabriel ria. Fazê-lo rir era o plano de Marcos para convencê-lo de que estava tudo bem, e teria funcionado se Gabriel não o conhecesse tão bem.

— Sinto muito, Marcos.

— É... Eu também. — Ele cedeu e assumiu o que sentia. — Não era para ser. Agora me esquece e foca em você. Quando falará com Morgana?

— Eu sei como será a conversa, então estou adiando.

— Como pode saber? De repente, vocês se entendem — argumentou Marcos.

— Isso não vai acontecer. A conversa vai confirmar por que não quero criar expectativas. Não há um "nós" possível neste momento. Ainda não sei nem o que teremos de fazer para que Lancelot e Melissa permaneçam juntos. E cada passo que os aproxima me afasta de Morgana. É natural. Não sei como não tinha pensado nisso até agora. Fui inocente. — A melancolia embalava suas palavras.

Marcos observou o amigo por alguns segundos.

— Você está diferente. Deve comer fermento puro no café da manhã para ter crescido tanto. Mas não falo apenas da aparência. Por trás da tranquilidade e do sorriso fácil, você parece mais orgulhoso, mais duro. Foi muito ruim ter ficado preso aqui, não foi?

— Foi — admitiu, desviando o olhar. — Principalmente depois que Mel partiu. Eu sabia que vocês tinham me enterrado, pensava no meu pai, na Mel, em você. Depois Lilibeth foi para Quatro Estações, e o que era ruim ficou pior. Você a conheceu. Com ela por perto, não dá tempo de ficar muito triste.

— É como abrir uma latinha de refrigerante após chacoalhar bem.

— Exato. Ah, refrigerante. — Ele suspirou com a lembrança. — Aquele velho safado trouxe uma série de modernidades para cá. Não poderia ter trazido refrigerante?

— Morgana ficou viciada. Só faltou dormir com a garrafa.

Dessa vez, foi Gabriel que observou o amigo.

— Você fala muito o nome dela — observou.

— Ficamos amigos, é normal. E o assunto é sobre ela. Como não vou falar? — Deu de ombros.

— Não é só isso.

— Claro que é. Você sabe que sou apaixonado pela sua irmã. Acabei de admitir. Não vou pular de um amor impossível para um amor complicado e provavelmente impossível também.

Entrelaçando os dedos atrás da cabeça, Gabriel olhou à sua volta, pensando nas palavras certas.
— Talvez você devesse tentar, Marcos.
— Não fala besteira!
— Não é besteira. Morgana precisará de alguém ao seu lado nestes tempos incertos, e, infelizmente, não posso ser essa pessoa. Você merece alguém, já que com Mel não dará certo. Ninguém conseguiria ficar entre ela e Lancelot.
— Não, não vai rolar. Para com isso. Para agora. Você está desestabilizado. É muita coisa acontecendo ao mesmo tempo. Dá uma acalmada aí. Sou seu amigo, mesmo que estivesse completamente apaixonado por ela, não tentaria nada. Ainda mais sendo apaixonado por outra. Vocês precisam rever esse código de cavaleiro aí. Todos vocês estão loucos. Parem de ceder as mulheres que amam para outra pessoa só porque acham que é o certo. Elas merecem mais do que altruísmo. Parem de tirar o direito de escolha delas.
— Só quero que ela fique bem. — Gabriel foi sincero.
— Então fique com ela. É o que ela quer.
— Não posso ficar com Morgana e contra Arthur. Morgana não pode ficar comigo e contra Melissa. Consegue entender a inviabilidade disso?
— É muito Shakespeare para mim, mas entendo. Você não quer que ela o odeie, nem quer odiá-la.
— Exato, e isso acontecerá, mais cedo ou mais tarde. Se pudéssemos fugir para um lugar onde só nós existíssemos, seria diferente, mas não podemos. Lancelot e Melissa precisam de mim aqui.

ಜ಼

Gabriel afastou-se de Marcos. Certo de sua decisão, caminhou para a fonte central do vilarejo, onde encontrou a feiticeira bebendo água. Aproximou-se sem que ela o visse, e cada passo em sua direção parecia uma agulhada no peito. Um pequeno aviso do quanto sofreria quando dissesse tudo que precisava.
— Podemos conversar?
Morgana ouviu a voz de Gabriel atrás de si, e o sangue que borbulhava em suas veias congelou. Sua respiração acelerou e ela se virou devagar para encará-lo.
— Sim. — Não foi mais do que um murmúrio.
Eles caminharam lado a lado, a passos lentos, enquanto Gabriel olhava em volta, decidindo qual Estação ele marcaria para sempre com o pior momento

de sua vida. Decidiu seguir Morgana, e ela caminhou para o Inverno. Não adentraram muito e pararam sob um enorme salgueiro, cujos ramos estavam desnudos, completamente congelados, à espera de uma primavera que jamais chegaria àquela parte da ilha. Frente a frente, a um passo um do outro, a respiração marcada por pequenas nuvens brancas. Iluminados por duas tochas próximas, que bruxuleavam com o vento frio.

Gabriel olhou para Morgana, admirando-a. Os olhos azuis expressivos, que denunciavam tudo o que ela queria esconder. A postura ereta, tão nobre, que ocultava a garota meiga e frágil que habitava dentro dela. Os dedos entrelaçados, encostados na barriga, enquanto ela tentava não demonstrar o quanto a proximidade dos dois a afetava. O queixo levantado, com uma discreta covinha que dava a ela um ar ainda mais altivo. A respiração contida. Morgana era capaz de revelar um vulcão de sentimentos apenas por sua forma de respirar. Os singelos cachos de cabelos vermelhos caíam sobre os ombros dela, emoldurando o rosto mais doce que ele já viu.

— Você se lembra da primeira vez que nos vimos em Camelot? — perguntou Gabriel.

— Um pouco — respondeu Morgana.

— Eu me lembro de cada detalhe. Cheguei a cavalo, você estava na muralha, admirando o horizonte. O tempo estava agradável e você usava um vestido azul bem clarinho. Uma delicada tiara de flores prendia seus cabelos. Você usava também um xale branco por cima dos ombros, era fino e gracioso. Um vento repentino o fez deslizar um pouco, o suficiente para que eu visse mais da sua pele. Eu não conseguia parar de olhar para você. Como mágica, você me notou lá embaixo e nossos olhares se cruzaram. E então eu me apaixonei por você, sem imaginar que já o havia feito antes, na primeira vez que a vi na Escuridão.

— Por que nunca me disse? — perguntou Morgana, baixinho, sem conseguir acreditar.

— Eu tentei, mas você não falava com os cavaleiros. Sempre tão altiva, tão fria, tão diferente de quem realmente é. Procurei mil oportunidades para conversarmos, e nada. Você só falava com Lancelot, Tristan e seus primos.

— Arthur não gosta que eu passe muito tempo entre seus homens — explicou Morgana, querendo ouvir mais.

— Sim, eu sabia. Então segui admirando-a de longe, sem que você percebesse. Muitas noites, quando eu estava de guarda nas muralhas, em vez de vigiar os portões, olhava para o alto, para sua torre, e a via ali, perdida entre milhares de pensamentos. Meu único desejo era que me visse. Até que, sem poder resistir, eu a vi passando pelo pátio, muito atribulada, e pensei: "é agora ou nunca", então permiti que trombasse em mim.

— Foi de propósito? — Ela parecia surpresa.

— Foi — admitiu ele, sorrindo com a lembrança. — Naquele dia, ao tocar você, mesmo que por breves instantes, nossa conexão aumentou e passamos a sentir que nos conhecíamos de outro lugar.

— E era verdade.

— Era. Quando toquei sua mão, naquela última noite, antes de tudo mudar, senti como se nossas almas estivessem ligadas. Como se, de todas as mulheres, você fosse a única que poderia ser minha.

Morgana recordou-se da sensação confusa que sentiu quando as mãos se tocaram. A intensidade que os percorreu e a própria incompreensão daquele sentimento, antes de partir para Quatro Estações.

— Queria ter tido a certeza que você teve — confessou ela, apertando mais suas mãos. — Mas não entendia. Era confuso e eu nunca...

— Tinha se apaixonado antes, eu sei.

Os olhos dela brilharam, atraindo Gabriel. Ele se perdeu naquela imensidão azul, querendo-a mais do que nunca.

— Será ainda mais difícil do que pensei. — A voz dele saiu embargada, enquanto ela permanecia em silêncio, esperando. — Queria dizer que entendo você. Tem razão em querer proteger seu irmão.

Morgana deixou transparecer o choque que suas palavras lhe causaram, não imaginava que ele concordaria com ela.

— Você entende?

— Sim, seu sentimento tem razão de existir. Infelizmente, Arthur sofrerá, e é natural que você queira protegê-lo, assim como eu preciso proteger minha irmã do que ainda virá.

Os olhares conectados diziam muito mais do que as frases pronunciadas.

— Defendemos causas opostas — murmurou ela, dando-se conta do que a conversa significava. — Arthur é meu irmão, não posso ficar contra ele.

— E Melissa é minha irmã, provavelmente terei de ficar contra ele. — O pesar era evidente.

— Mesmo sendo ele seu rei?

— Em minha terra, a família vem primeiro. Quero encontrar um meio de manter Arthur e Melissa bem, mas, por enquanto, é impossível, e, se nós dois tentássemos ficar juntos, nós...

— Nos odiaríamos — completou ela, sentindo seu coração se partir.

— Sim. E, mesmo querendo muito ficar com você, sei que o certo a fazer é deixá-la seguir outro rumo. Talvez nosso tempo tenha se perdido. Você tem o direito de ser feliz sem mim.

Sem conseguir resistir, Morgana tocou os próprios lábios, contendo um soluço.

— Quero que entenda que não é culpa da Melissa. Isso que você sente agora, essa dor agoniante que parece que vai rasgá-la ao meio e deixar um buraco onde deveria ficar seu coração — ele colocou a mão no próprio peito, deixando claro que também sofria —, é exatamente o que minha irmã sentiu ao abrir mão de Lancelot para que eu pudesse viver. Um sacrifício que lhe custou a felicidade, mas que ela fez duas vezes por mim.

— Terminará antes mesmo de começar — constatou ela outra vez, desolada.

— Nunca terminará, mas é mais seguro nos afastarmos — respondeu ele, ao mesmo tempo que se aproximava mais para tocar-lhe o rosto, sentindo uma lágrima cair.

— Viviane disse que essa é a nossa última noite de tranquilidade. — Ela implorava por um meio de ficarem juntos.

A dor dilacerava cada célula do corpo de Gabriel, sem poder evitar, encostou a testa na dela, ainda segurando-lhe o rosto.

— Desde que percebi que você era tudo o que eu queria, jamais toquei outra mulher, jamais pensei em outra, sequer olhei para outra. Tudo o que queria agora era beijar você. Era amá-la a noite inteira.

— Por que não faz isso? — As palavras escaparam, uma última tentativa.

— Porque, se eu beijá-la, se eu tocá-la como quero, não conseguirei abrir mão de você e não quero que essa conexão tão intensa que há entre nós termine em ódio.

— Eu amo você. — Morgana tocou-lhe o rosto, a voz marcada pelo choro que ela segurava.

— E eu amo você, por isso estou liberando-a. Quero que viva e que encontre um amor sem tanta dor. Não posso prendê-la a mim, não agora, quando cada ato meu a magoará.

Morgana soluçou, deixando as lágrimas correrem livremente, descobrindo o quanto amar podia ser doloroso. Em meio a toda mágoa e desespero, ela entendia o que Gabriel estava fazendo. Era a maior prova de amor que alguém poderia lhe dar. Estava tentando protegê-la. Então por que parecia que arrancava um pedaço seu?

Com o coração explodindo em seu peito, Gabriel a puxou para si, em um abraço tão forte que suas almas se tocaram, impossibilitadas de se desligarem.

Beijou-lhe a testa, sem esconder que também chorava e se afastou, virando as costas para ela e parando por um momento, enquanto Morgana desabava de joelhos sobre a neve, sem ocultar sua fragilidade.

— Um dia, Morgana. De hoje em diante, viverei com a esperança de que um dia essa guerra terminará e nós dois deixaremos de defender lados opostos.

E partiu, sem olhar para trás, enquanto Morgana deitava aos prantos na neve fria. Não resistindo, o salgueiro descongelou seus galhos, dos quais pingos caíram sobre a feiticeira. A natureza chorava com ela, partilhando da dor intensa que fazia seu corpo tremer.

29

De cabeça baixa, Gabriel saiu do Inverno e encontrou Marcos agachado perto de um montículo de pedras que alguma criança devia ter empilhado, mexendo nele como se estivesse muito entretido. O feiticeiro percebeu que o cura-vidas estava disfarçando, preocupado com o resultado de sua conversa com Morgana. Não deu chance para que o interpelasse e partiu para sua cabana, observado de longe por Lilibeth.

O povo de Avalon preparava-se para dormir e poucos ainda perambulavam pelo vilarejo. Melissa estava sentada ao lado do pai, no banco em frente à Primavera.

— Não quero que se deixe controlar por essa profecia — declarou ele.

O perfume das lavandas chegou até eles e, mais uma vez, Melissa teve um mau pressentimento.

— Não quero deixar, mas às vezes me pergunto se realmente tenho uma escolha.

— Isso é terrível. Eles sabem onde nos tocar para que cedamos. Quero que venha até mim, se precisar. Não importa a hora ou a razão. Eu a ajudarei. Farei o que tiver de fazer para protegê-la.

— Sinto muito por tudo o que foi tirado de você e pelo tempo que passou na Escuridão. Parece que teve algo importante com Morgause. — Ela sorriu, tocando-lhe a mão, observando Tristan sair de sua cabana com uma jarra de vinho, levemente cambaleante, observado por Lancelot à porta.

— Vá descansar, Melissa. — O pai tocou-lhe o ombro. — Gabriel me contou sobre a importância desta noite. Vá ficar com Lancelot.

Ela se levantou e parou para olhar para o pai, que parecia muito triste. Ele passou anos de sua vida controlado pela profecia. Um destino trágico que poderia estar próximo de seus filhos também.

— Posso ficar mais, se quiser. É bom conversar com você. — Melissa sorriu, enquanto o viu ficar de pé.

— Sinto o mesmo, mas pode ir. Caminharei até o sono vir. Preciso colocar os pensamentos em ordem.

Assentindo, ela virou as costas e começou a andar em direção à cabana, detendo-se no meio do caminho e correndo de volta para dar um abraço apertado no pai.

— Fique bem. — Ela beijou-lhe o rosto e caminhou.

Melissa passou por Marcos, que estava sentado em frente ao Inverno. Ela o vira abraçar Morgana um pouco antes, confortando-a. Como sempre, era um excelente amigo.

Antes de dormir, Marcos precisaria lidar com os próprios sentimentos. Morgana havia se tornado alguém especial, e ele queria que ela não estivesse sofrendo tanto. Não conseguia compreender a atitude de Gabriel, mas, ao mesmo tempo, considerava-o muito corajoso. Não era fácil abrir mão de quem se amava. Observando Melissa atravessar o vilarejo e abraçar Lancelot, Marcos sentiu-se triste por si mesmo e alegre por ela. O dilema de quem amava demais, mas era incapaz de querer menos do que a felicidade do outro.

※

Lilibeth nadava nua no Verão. A água morna tocava seu corpo como uma carícia agradável. Pequenas ninfeias e flores de lótus das mais variadas cores boiavam à sua volta e peixes alaranjados nadavam. Suas roupas estavam jogadas sobre uma longa manta na margem do riacho. Pensava em um meio de resolver todos os problemas, quando ouviu ruídos na mata.

— Quem está aí? — A fada jogou outra bola de luz para o alto, que ficou flutuando acima de sua cabeça, iluminando o lugar.

— Sou eu. — Ela ouviu a voz de Tristan, seguida do barulho de folhas farfalhando e um tropeço. — Que droga! Quem deixou essa raiz jogada aqui? — murmurou ele, caindo no chão, perto da margem, fazendo com que a jarra de argila se espatifasse no chão. — Bastardos!

— Ainda com esse costume idiota, Tristan? — perguntou ela, apenas com a cabeça para fora da água.

— Que costume? Eu jamais caio. — O cavaleiro virou-se de barriga para cima, olhando para as estrelas.

— Engraçadinho. Ainda acha que beber até cair vai ajudá-lo? E olha que eu apoio o consumo de álcool, mas não como remédio para o sofrimento.

— Apagar a memória não funciona. Ir para longe não funciona. Beber não funciona... Esse maldito amor não sai daqui. — Ele deu dois murros no peito. — Tinha de sair. Tinha de me deixar sozinho. Tinha de desaparecer.

— É isso mesmo que você quer? — perguntou a fada baixinho, enquanto mexia as pernas embaixo da água.

— Não. — Ele soluçou, um pouco tonto. — Quero Isolde. — Agitou o braço. — Quero Isolde agora! — Então se virou de barriga para baixo a fim de estudar Lilibeth, os cabelos completamente bagunçados. — Você pode fazer isso? — pediu, suplicante.

— Você sabe que não — respondeu ela, entristecida. — Gostaria de poder.

Ele sentou-se, chutando pedrinhas que estavam à beira do riacho. Seu coração sofria pela ausência da mulher que amava.

— Queria saber com que finalidade o amor nasce quando não podemos ficar com a pessoa amada.

— É uma boa questão.

— Quando eu voltar a Camelot, direi que a amo e que sem ela não há vida. Depois partirei com ela e o pequeno. Não posso mais viver assim. Não aguento mais. Tive medo de me aproximar quando Kay morreu. Tive medo de parecer que eu desejava a morte dele, que estava feliz. Não estava, a culpa me consumia. Kay morreu porque não pude protegê-lo. Ele era meu melhor amigo. Minha culpa. Sufocante e agonizante culpa. Fugi de cada sentimento que me levava até Isolde, e agora é com meu tio que ela se casará. Perdi duas vezes. Sofri duas vezes. Morri duas vezes. É como se meu destino fosse perdê-la sem parar, arrancando um pedaço meu de cada vez.

— Esse não é seu destino — garantiu Lilibeth. — Nem beber até cair.

— A dor me consome. — Ele caiu de costas outra vez, sobre as roupas da fada.

— Sinto muito. — Ela foi sincera, queria que ele pudesse ser feliz. — Eu sairia para te dar um abraço, mas estou nua e você está bêbado. Combinação perigosa e não faço nada de que me arrependa pela manhã.

— Não. Você é linda, mas não é Isolde. É ela quem eu quero. Só Isolde. Sempre Isolde. As pessoas deveriam ter o direito de ficar com quem amam.

— Deveriam. Quando são correspondidas, deveriam, sim.

— Prometi a ela, Lilibeth, prometi que ficaríamos juntos, e não pude cumprir a promessa — resmungou ele, pouco antes de desabar em um sono profundo.

Lilibeth aguardou um pouco na água, até que a respiração do cavaleiro ficasse pesada, saiu do riacho e caminhou até ele, a água respingando de seu corpo. Ele dormia profundamente sobre suas roupas. Tentou empurrá-lo para o lado e nada. Era pesado para ela. Pensou em usar pó de fada, mas teve pena. Ele acordaria e começaria a sofrer por Isolde outra vez. O que faria?

— Ain, Tristan! Isso são horas?

Puxando com força seu vestido, sentiu-o rasgar em suas mãos, caindo sentada no chão.

— Que ótimo! Só vou ter um novo quando o sol nascer. Como é que vou voltar agora?

❦

Depois que sua filha se afastou, Owain entrou no Verão. Andava pelo caminho de pedras douradas, iluminado por tochas que não se manteriam acesas por muito tempo. Um neto. Além de todas as surpresas, também teria um neto.

O dia seguinte prometia dar um novo rumo às suas vidas, e ele buscava desesperadamente um meio de manter os filhos fora de perigo. Lamentos vindos de trás do arbusto chamaram sua atenção.

— Lilibeth?

Ouvindo a voz de Benjamin atrás de si, ela deu um gritinho agudo e tentou tampar seu corpo.

— Oh, me desculpe — pediu ele, certo de que interrompia algo, e virou-se para partir.

— Owain, espera. Não é o que pensa. Preciso de ajuda. — A fada pediu. — Tristan dormiu em cima das minhas roupas, fui puxar e o vestido rasgou.

— Hum... Se bem me lembro, outra nova só com o nascer do sol, não é? Muda no corpo se estiver vestida ou surge em algum lugar perto de você.

— É... — choramingou. — Pode me dar sua camisa? Não vai durar muito, mas...

— Claro. — Owain tirou-a e entregou à fada, que a vestiu rapidamente. A camisa a cobria até o início das coxas. — Quer que eu a ajude a tirá-lo daqui?

— Não. Deixe-o dormir. — Ela abaixou-se para dar um beijo na testa de Tristan e acariciar seus cabelos. — Boa noite, Tristan. Não posso lhe dar

Isolde, mas posso fazer com que tenha uma noite repleta de sonhos lindos com sua amada. — Então espalhou um pouco de pó de fada sobre ele.
— Mais um coração partido? — perguntou Owain atrás dela.
— Parece que o destino dos cavaleiros da Távola Redonda é ter corações partidos.
— Quer que eu a acompanhe até sua cabana?
— Não, não é necessário. Viviane disse que é a nossa última noite tranquila em muito tempo.
— Ouvi dizer. O que pretende fazer?
— Nadinha. Já tem confusão demais nessa ilha — respondeu ela ao caminhar pelo vilarejo, sem notar que Viviane a observava de sua janela.

A velha feiticeira sorriu, lembrando-se do tempo em que fizera as maiores loucuras por amor. Tão jovem, e uma entrega tão arrebatadora. Uma felicidade plena que durou tão pouco e terminou em tragédia.

O amor é uma força avassaladora que invade vidas e leva tudo que encontra pelo caminho. É impossível resistir ou lutar contra ele.

Olhou para o céu estrelado. Parecia o mesmo céu de mais de quarenta anos antes, e ao mesmo tempo era tão diferente.

Por amor, Viviane seguiu cada palavra do que Merlin disse. Por amor, desistiu de uma vida comum, mas que poderia ter sido muito feliz. Por amor, se deixou levar e se permitiu entrar em um caminho sem volta. Por amor, deixou que seus familiares fossem envolvidos em uma profecia que poderia salvar o mundo.

De todas as perdas, Owain fora a maior. Sentia a dor e indignação do filho, por ser mais um peão na história de Camelot. Queria dizer a ele que lamentava muito, que, se pudesse, voltaria no tempo, que seu maior desejo era vê-lo feliz, assim como a seus netos e bisneto, e Lancelot, seu filho do coração.

Já não sabia mais se estava certa e se valeria a pena pagar um preço tão alto. Assentindo e enxugando uma lágrima teimosa do rosto, Viviane entendeu: por amor, ela havia errado.

❀

Perdidos nos problemas que enfrentariam, Melissa e Lancelot adormeceram abraçados. Era madrugada quando ela se aconchegou em seu peito, envolvendo sua cintura com o braço, entre dormir e acordar.

Um sonho permeava seus pensamentos e ela se deixou levar por ele. A beleza e alegria foram mudando e um ambiente sombrio a tomou. Sangue, dor, morte vinham aos borbotões, fazendo-a sufocar.

Acordou sobressaltada, contendo um soluço com a mão. Lancelot assustou-se com o movimento e se virou para ela.
— Ei, o que houve, amor?
— Um pesadelo... — murmurou, tremendo.
— Vem cá. Farei o pesadelo ir embora. — Ele puxou-a para si e a envolveu com o braço. Os corpos se tocaram, quentes.

Logo em seguida, o cavaleiro adormeceu outra vez e, em meio ao frescor da madrugada, Melissa constatou seu maior temor: não era um pesadelo, era uma visão. Se escolhesse ficar com Lancelot, ele morreria.

Velando por seu sono, Melissa sentou-se na cama e observou Lancelot na penumbra, através dos raios do luar que entravam pela janela. Tocou seu rosto, passando os dedos por sua barba, e subiu até o contorno das sobrancelhas, acariciando-o com ternura. A respiração profunda e tranquila. O suspirar entre um momento e outro. Tão vulnerável, tão amado, tão necessário.

Colocou a mão em sua barriga, parte dele crescia dentro dela. A consumação do amor que sentiam um pelo outro. Amava-o tão profundamente que não restava dúvida do rumo a seguir. A visão insuportável queimava em sua mente. O mau pressentimento era um sinal. Ele morreria. Lancelot morreria. Seu amor morreria, caso permanecessem juntos.

Enquanto o cavaleiro dormia, sem imaginar as decisões que Melissa tinha de tomar, ela beijou seus lábios e lágrimas escorreram por sua face, caindo sobre ele. Jamais permitiria que ele morresse. Aninhando-se em seus braços, respirou seu perfume e tocou-lhe a pele, tomando a única decisão possível: ela o salvaria.

30

Avalon não foi a única a ter um dia e uma noite atribulados. Em Camelot, a situação se agravava a cada momento. Ainda que parte da população seguisse alheia ao que acontecia no castelo, a corte de Arthur estava preocupada. Eles descobririam o traidor a tempo de evitar a queda do reino?

Merlin jogou suas cobertas para longe e levantou-se da cama, irritado. Sentia-se sonolento, como se, em suas veias, corresse um calmante em vez de sangue.

— Quando eu pegar aquele moleque... — murmurou o feiticeiro, pedindo a um de seus servos que lhe preparasse um banho.

Dentro da tina, enquanto lhe esfregavam as costas, admirou as próprias mãos, abrindo e fechando o punho. Ainda estava fraco, mas sentia suas forças retornando. Era o preço. Jamais se recuperaria completamente.

Vestiu-se e deixou seus aposentos, decidido. Não tinha a mínima noção do que estava acontecendo no castelo desde que havia tomado aquela xícara de chá trazida por alguém que julgou ser seu servo. Porém, só um feiticeiro engenhoso o enfeitiçaria com suas próprias ervas sem que percebesse. Não havia dúvida, era obra de Gabriel.

Essa constatação muito o preocupava. Gabriel devia estar sedado e, se fora capaz de ludibriá-lo, era porque havia acordado e recuperado plenamente seus poderes.

A pergunta que o atormentava era: o que mais aquele garoto impertinente havia aprontado?

Sem pensar mais, saiu à procura de Arthur e o encontrou na área de treinamento, dando instruções a Bors.

— Merlin, é um prazer vê-lo bem. — O rei aproximou-se para cumprimentá-lo. — O que houve? Ninguém conseguiu mantê-lo lúcido por muito tempo nos últimos dias. Estava prestes a pedir que chamassem Viviane.

— Um pequeno mal-estar. — Ele fez um gesto com a mão, menosprezando o que havia passado. — Precisamos...

— Majestade, majestade! — Ele foi interrompido pelo bispo Germanus, que se aproximava correndo, ignorando a presença do feiticeiro. — Precisamos discutir os últimos detalhes sobre...

— Ora, ora, eu passo dias como um sonâmbulo e, quando finalmente estou de pé, descubro que a falta de educação dos homens de Deus persiste. Não viu que eu estava falando primeiro? — Merlin o interrompeu, sarcástico.

— Deus tem prioridade sobre o diabo — rebateu o bispo.

— Ah, é? Comece a rezar e vamos testar sua teoria — pediu o feiticeiro, cínico.

— O quê? — O bispo estava chocado, a mão sobre o próprio peito.

— Merlin... — advertiu-o Arthur.

— Certo, não reze. A escolha é sua. Direi apenas uma vez, estou nervoso e não quero explodi-lo, então, saia do meu caminho.

— Você não ousaria.

— Sim, ousaria — disse o feiticeiro, encarando-o.

— Ele pode fazer isso? — perguntou o bispo, apavorado, a Arthur.

— Não — respondeu o rei, e, ao ver o olhar desafiador de Merlin, acrescentou: — Talvez ele possa, mas definitivamente não vai. Vamos. — Arthur balançou a cabeça, zangado por mais uma vez presenciar uma situação assim.

— Mas, majestade, o assunto é muito importante. É sobre aquilo que pediu que eu preparasse.

— Volto em breve, bispo.

— Não tão breve — ironizou o feiticeiro, e o rei o ignorou enquanto caminhava a seu lado para dentro do castelo. — O que aquele infeliz queria? — perguntou Merlin, enquanto subiam os degraus para o Grande Salão.

— Conversar sobre os preparativos do casamento, e não fale assim dele.

— Você se casará com Melissa? Ótimo, pelo menos a situação não desmoronou.

— Não, não me casarei. — O rei observou o feiticeiro arregalar os olhos.

— Eu pretendo, mas o casamento em questão é de Mark. Um mensageiro chegou ontem. Mark está vindo para se casar com Isolde.

— Ah, esse casamento — desdenhou Merlin. — Não me diga que Mark se converteu a essa religião?

— Não. Apenas aproveitei para conversar com o bispo sobre meu futuro casamento. Agora que Roma não nos apoia mais, preciso saber como será para conseguir uma autorização do Papa a fim de me casar com Melissa.

— Autorização para amaldiçoar o casamento? — O feiticeiro estava chocado. — Não é possível que você deseje ter um casamento cristão com a última filha de Avalon. Quer que a igreja pegue fogo?

— Claro que não. Ela não pegaria fogo realmente, pegaria? — Arthur hesitou e, notando o olhar enfurecido do feiticeiro, julgou ser melhor não esperar uma resposta. — Como pode ter descansado por tanto tempo e acordar com esse humor?

O feiticeiro respondeu com outra pergunta:

— E por que não aproveita o momento? Não na igreja, obviamente. Eu poderia casá-los segundo a fé dos seus pais e do pai de Melissa.

— Seria impossível — afirmou o rei.

— Por quê? Não me diga que ela está relutante ou que você pretende renegar suas raízes.

— Ela desapareceu — admitiu Arthur, desolado.

— O quê? — Os medos do feiticeiro transpareciam na pergunta. — E Galahad?

— O cavaleiro? O que ele tem a ver com ela? Nós o encontramos desmaiado no lugar onde Melissa foi vista pela última vez. Morgana estava com ele — respondeu o rei, cogitando se não havia muito mais que ele não sabia.

— Morgana — repetiu Merlin, tentando se recuperar do impacto. — Como isso pôde acontecer?

— Não sei. Na verdade, esperava que você soubesse.

Merlin sentou-se a uma mesa perto do Grande Salão enquanto raciocinava.

— E onde está o garoto?

— Avalon.

— Por quantos dias exatamente fiquei... doente? Quase três, é isso?

— Não, cinco.

O feiticeiro levou a mão à testa e observou Arthur sentar-se a seu lado. O rei aguardava uma resposta, acreditando que ele poderia trazer Melissa de volta. Infelizmente, isso seria muito difícil se, como parecia, ela tivesse se lembrado dos seus poderes. Teria de agir rápido.

— Preciso conversar com Viviane, mas só a noite é capaz de levar minhas mensagens, então passaremos o resto do dia sem notícias.

— Você trará Melissa de volta? — perguntou o rei, esperançoso.

— Sim. Nem que para isso seja necessário meu último suspiro.

— Espero que não chegue a isso, seu velho teimoso. — Arthur sorriu diante da obstinação do feiticeiro e tocou-lhe o ombro.

A dureza do olhar de Merlin, que o feiticeiro mantinha tão fervorosamente perante os outros, dissolveu-se ao retribuir o sorriso de Arthur. O menino que aprendera amar. O rei que jurara proteger. Uma promessa que o afastou de todos aqueles que amava, deixando-lhe apenas seu pupilo, que precisava dele para sobreviver ao caos que enfrentariam.

— Também espero. — O feiticeiro deu-lhe dois tapinhas nas costas da mão e suspirou. — Às vezes sinto falta de quando você era criança e todo o meu tempo era usado para instruí-lo.

— Apesar da saudade que eu sentia do restante da minha família, foram bons tempos. — O rei fechou os olhos ao lembrar-se de uma vida tão tranquila que parecia um sonho.

— Farei o possível para que os bons tempos retornem.

— Tenho lutado muito para isso. Há fortes indícios de que temos um traidor no reino.

— Decerto que temos. — Foi tudo o que o feiticeiro respondeu.

— Você desconfia de alguém?

— Desconfio de todos.

31

Arthur entrou na sala de reuniões com a mão na testa. Sua cabeça latejava. Problemas e mais problemas. Parte de seus homens se preparava em segredo para emboscar os inimigos nas montanhas do norte. Eles deveriam partir em breve. Merlin andava exasperado pelo castelo, amaldiçoando qualquer cristão que cruzasse seu caminho, e o bispo Germanus choramingava por um apoio mais veemente de Arthur. A conversa com ele ainda ardia em sua mente.

— Você deixará de ter Deus no coração agora que Roma se foi? — acusou Germanus, mais cedo.

— Claro que não — assegurou o rei. — Roma pode ter me mostrado o caminho, porém Deus habitará em meu coração, com o apoio romano ou sem.

— Deus está radiante ao ouvir essas palavras. — Sentados no primeiro banco da capela, o homem segurou a mão de seu rei. — E, mesmo não tendo mais o apoio do exército, o Papa e nosso amado Pai jamais abandonariam os seus.

— Você permanecerá entre nós, pregando a fé para aqueles que a quiserem, bispo — determinou Arthur. — As pessoas têm de chegar a Deus por seus próprios corações, não por política ou imposição.

— Creio que esse não seja o melhor caminho. Seguir a Deus não deveria ser uma escolha. É o certo.

— Deus deu aos homens o livre-arbítrio, meu caro. Meu povo não será subjugado. Ele escolherá no que e em quem acreditar.

— Como quiser, meu rei — respondeu o bispo, contrariado.

— Quanto ao que havia me pedido...

— Sim, a autorização para me casar com Melissa.

— Fiz a solicitação, porém duvido que consiga, majestade. — Germanus demonstrava uma desolação que não sentia realmente.

— Por quê?
— Ela precisa se converter ao cristianismo.
— Mas ela é cristã, você a ouviu.
— Mulheres são engenhosas, majestade, eu já lhe disse, são como o diabo. Sinto que ela esconde informações de nós. E, tendo em vista que ela desapareceu no lugar onde sua irmã surgiu, produzindo — ele fez o sinal da cruz — um raio de fogo, pressinto que ela é uma feiticeira. Não posso fazer esse casamento. Ela não é boa para você. E é preciso que se atente com Morgana. Ela é uma bruxa, e elas não entram no reino dos céus. Talvez ainda haja tempo para arrependimento, mas precisamos cuidar disso já.

Arthur olhou para a imagem da cruz que havia no pequeno altar, no átrio da capela, pensativo. Às vezes se cansava de tanta burocracia para servir a Deus. Não bastava que as pessoas O adorassem e desejassem Lhe dar o melhor de si, a Igreja queria mais, sempre mais. Para ele, que sempre acreditou que o homem deveria ser julgado pelo valor de seu coração, o dilema crescia a cada dia, em vias de se tornar insuportável. Em momentos assim, seus pensamentos corriam para Lancelot e todos os conselhos que o cavaleiro lhe dera durante a vida: "Sempre haverá alguém querendo um pedaço seu, Arthur, e usarão todos os argumentos para convencê-lo. Seja você mesmo e se imponha."

— Bispo Germanus, se não é possível um casamento cristão, terei um na antiga religião. Quanto à minha irmã, tome cuidado. Da próxima vez, posso me esquecer de que você é um homem de Deus. — Ele despejou as palavras com sua tão conhecida tranquilidade e se levantou, deixando o bispo abismado e completamente atônito.

Quando Mordred entrou na sala de reuniões, Arthur estava olhando pela janela, ainda refletindo sobre as palavras do bispo. O sol do meio-dia brilhava em Camelot, e algumas jovens passavam pelo pátio carregando cestas de maçãs — a fruta preferida de Morgana —, fazendo com que Arthur pensasse na irmã. Por alguma razão inexplicável, sentia que ela estava triste e precisava dele. Se não tivesse notícias de Avalon até a manhã seguinte, mandaria buscá-la.

— Arthur, preparei os homens para atacarem o acampamento inimigo. Separei cento e cinquenta, todos soldados de confiança, eu creio, porém, depois do que me contou, já não sei mais de nada. Gaheris vai liderá-los, como solicitou, e ficarei para ajudá-lo no que precisar. Eles partirão agora. Mesmo que haja um traidor entre eles, o que esperamos não ser o caso, ele jamais conseguiria avisar nossos inimigos a tempo.

— Obrigado, primo. Com essa sombra de traição pairando sobre nós, não há muitos em quem eu possa confiar plenamente.

— Por falar em traição, Lucan veio conversar comigo sobre...

— Lancelot — completou Arthur, sentando-se à Távola Redonda e apontando a cadeira para que o primo o fizesse também.

— Não acredito nisso. — Mordred colocou sua espada sobre a mesa e passou a mão sobre a barba curta, parecendo apreensivo. — Sendo sincero, a acusação de Lucan me incomodou um pouco. Não concordo em disseminar essas informações em nosso meio a menos que tenha certeza.

— Também não creio que Lancelot me trairia. Não seria lógico, afinal só soubemos dos inimigos acampados nas montanhas graças a ele — ponderou o rei. — Temos perdido tantas vidas nos últimos dias.

— Sim, infelizmente. — Mordred olhou ao seu redor, para as cadeiras vazias.

— Quero fazer o melhor para o reino.

— Você fará. Tenho certeza de que Camelot ainda verá o seu momento de glória.

— Queria ir com Gaheris, mas um pressentimento me prende em Camelot. Estranho, não? — Arthur passou a mão sobre a Távola, quase como se pudesse se conectar com o poder que ela possuía.

— Pressentimentos salvam pessoas como nós há milênios.

Arthur fechou os olhos por um momento e lembrou-se do pressentimento que o levara a encontrar Melissa no lago. Parecia que havia se passado tanto tempo. Pensar nela era quase como se pudesse sentir seu perfume, ver seu sorriso e tocar-lhe a pele.

— Você já se apaixonou, Mordred? — Arthur mudou bruscamente de assunto, surpreendendo o primo, que se virou para ele.

— Já.

— E nunca pensou em se casar?

Observou-o enquanto ele parecia considerar. Mordred tinha uma beleza clássica. Fazia muito sucesso entre as mulheres, porém Arthur nunca o vira se envolver seriamente com alguém.

— Bem, quero ter filhos e honrar a mãe deles, então, sim, pensei.

— O que o impede?

— Não sei se algo me impede de fato — desconversou o cavaleiro.

— Estou apaixonado por ela — admitiu o rei mais uma vez.

— É visível. Case-se com ela. Homens como nós estão destinados a morrer jovens, normalmente em batalhas, e teremos muitas ainda. Aproveite a vida. Ainda não encontrei a mulher que mexeu comigo a ponto de me fazer deixar todas as outras. — Ele riu, seguido pelo rei, que percebeu que Mordred não havia sido tão sincero assim na última frase, porém desconsiderou.

— Encontrará.

— Espero que sim.

※

Arthur acordou sobressaltado durante a madrugada e passou o resto da noite em claro. Melissa e Morgana tomavam conta de seus sonhos. Por que elas pareciam seguir rumos tão diferentes?

Pouco depois, seus pensamentos foram silenciados por Mark e o exército que o escoltava, que chegaram ao primeiro raio de sol. A expressão preocupada de Mark aos poucos contagiou o rei de Camelot. Assim que ficaram a sós na sala de reuniões, Mark disse:

— Encontramos alguns saxões enquanto vínhamos para cá, Arthur.

— Sofreram perdas?

— Não. Era um número pequeno. O que me preocupou é que estavam espalhados, como se estudassem a área — explicou Mark, com sua voz tranquila, baixa e rouca.

O rei da Cornualha dificilmente elevava sua voz, o que sempre trazia tranquilidade ao ambiente, não importava o quanto o mundo estivesse em guerra à sua volta. Arthur apreciava sua presença; além de um bom amigo, era também um excelente estrategista, capaz de sentir o perigo e se armar contra ele com antecedência. Tristan havia herdado essa capacidade do tio e era muito útil como cavaleiro da Távola Redonda.

— Pretendem cercar o reino. — Arthur pronunciou as palavras que o afligiam.

— Pretendem cercar o reino — repetiu Mark, pausadamente, demonstrando a gravidade da questão.

— Há rebeldes nas montanhas do norte. Na verdade, havia. Enviei soldados para atacá-los. Eles deverão retornar até o fim do dia — revelou Arthur.

Mark assentiu, olhando seriamente para ele.

— E Tristan?

— Está em Avalon. Morgana precisou ser levada, e ele é um dos poucos homens de confiança que me restaram.

— Lancelot?

— Ninguém sabe ao certo onde está. Ele se infiltrou entre os inimigos, nos enviou as coordenadas e ainda não retornou.

— Bem, precisamos dos dois aqui — declarou Mark. — Em crises como essa, Arthur, você aprenderá o quanto um homem extremamente leal pode fazer a diferença em uma batalha. Uma diferença entre vida e morte.

— Eu sei. Por isso espero que ambos retornem. Há fortes evidências de que existe um traidor entre os cavaleiros da Távola. Não posso mais fechar os olhos.

Mark inspirou e expirou profundamente, observando a mesa sagrada em torno da qual os cavaleiros se reuniam. Coçou o queixo vagarosamente, pensativo. Viera com duzentos homens para se casar e levar sua noiva e o filho em segurança para a Cornualha, porém os rumos de suas decisões mudavam perante seus olhos.

— O casamento? — questionou Mark.

— Amanhã, ao entardecer. Merlin disse que os casará se você estiver de acordo — informou Arthur.

— Muito bem.

— Pretende partir em seguida?

— Não. Ficarei por um tempo — respondeu Mark, decidido.

— E Isolde? Se formos sitiados, como tudo indica, ela correrá riscos.

— Todos correremos. Se Camelot cair, todos os reinos da Britânia cairão. — Mark tocou o cabo de sua espada. — Sem contar que o portal para o mundo mágico, que meu amigo Uther protegia tão vorazmente, estará em risco.

— Lutará comigo. — Arthur entendeu o apoio velado.

— Algo me diz que é hora de matar saxões e traidores.

🌿

O movimento no pátio aumentava conforme as horas se passavam. Os soldados de Mark misturavam-se aos de Arthur, assim como aos acampados em frente ao castelo.

Mordred saía de seus aposentos quando encontrou a mãe, provavelmente esperando por ele.

— Finalmente. — Ela sorriu. — Quero falar com você e seu irmão há dias e não consigo.

— Talvez porque a estejamos evitando — respondeu Mordred, a contragosto.

— Por que está tão ranzinza, menino? Tenho meus direitos como mãe.

— O que você quer? — perguntou ele, incomodado, sem entender por que a mãe ainda permanecia em Camelot.

— Podemos entrar no seu quarto? Não é algo que eu possa dizer no corredor.

Ele abriu a porta e esperou que ela entrasse. Sua postura aparentemente doce lhe trazia uma mensagem clara: problemas.

— O que você quer? — insistiu Mordred.

— Onde está seu irmão? — perguntou a mãe, sentando-se na cadeira e colocando as mãos sobre os joelhos.

Ela já sabia a resposta. Acabara de receber uma mensagem informando que seus aliados haviam sido traídos, levando à morte quatorze homens de Breogan, que foram encontrados na floresta, onde tentaram sequestrar Morgana. Apenas o corpo de Adair não apareceu, o que os levou a desconfiar que ele fosse o traidor, porém nada fazia sentido. Ela mesma recrutara o homem de Bors e assegurara sua lealdade, aproveitando-se da paixonite que o rapaz nutria por ela. Ao terminar a mensagem, tudo se esclareceu quando leu as palavras de Breogan sobre jamais confiar em um homem com uma mancha castanha nos olhos azuis. Foi o suficiente para que Morgause percebesse que o tempo todo era Lancelot; o maldito cavaleiro continuava atrapalhando seus planos. Ele tentava descobrir mais informações. Querendo ou não, acabaria retornando ao castelo. Jamais abandonaria Arthur, não importava o quanto isso pudesse lhe custar. Pelo menos em relação a Arthur, eles queriam o mesmo: protegê-lo.

Por sorte, o mercenário-líder partiu com poucos homens, deixando os outros para levantar acampamento. Esses últimos enfrentariam os soldados liderados por Gaheris e provavelmente perderiam.

Tentando esconder sua irritação, a rainha se questionava por quanto tempo mais conseguiria evitar que seus filhos e sobrinhos fossem mortos se não se aliassem a ela. Se continuassem tão teimosos, colocariam tudo a perder.

— Por aí — respondeu Mordred, displicente.

— Por aí onde?

— Numa missão.

— Não me falará qual? — Havia súplica na expressão de Morgause. — Já me contou antes.

— Falei antes, quando eram assuntos simples. Agora o reino corre perigo. Aliás, você me assusta mais quando está um poço de candura do que quando parece prestes a cravar um punhal nas minhas costas. — Ele tocou a maçaneta da porta. — Terminamos?

— Não. Você me ignorou por dias, quando tudo o que eu queria era falar sobre um assunto importante para a segurança do reino. Seu irmão concorda comigo.

— Qual deles? Se for Gawain, não é de muita serventia. Você está manipulando o garoto — disse Mordred.

— Há um traidor no castelo. — Ela o encarou, demonstrando preocupação. Talvez a verdade os salvasse, afinal.
— Do que está falando? — Finalmente, a mãe conseguiu sua atenção.
— Tenho ouvidos, meu filho, e olhos. Sabe muito bem que sou observadora.
— Sei, sei. Só para que eu possa dormir em paz, quem você acha que é o traidor?
— Ora, mas é tão claro, filho. Eu realmente pensei que você fosse meu filho mais inteligente.
— Se disser o que penso que dirá, sairei do quarto e a deixarei falando sozinha.
— Por que é tão absurdo que ele seja o traidor? — Ela o viu tocar a maçaneta e girá-la. — Posso pelo menos justificar? Se seu primo morrer, a culpa será sua. Quer viver com isso?

Mordred parou, de costas para ela, impaciente. Virou-se lentamente e cruzou os braços. Por mais que duvidasse, precisava ouvir o que ela tinha a dizer.
— Convença-me.
— Não contei a ninguém antes porque queria ter mais certeza, até que infelizmente tive. Lancelot está apaixonado pela mulher escolhida por Arthur.
— Você está louca — disse Mordred, entre dentes.
— Não, não estou. É por isso que ele foi embora justamente quando seu primo estava chegando. Eu vi o jeito que os dois se olhavam. Vi os dois juntos — mentiu. — Ela o ama também. — Ela aumentou o que julgava ser verdadeiro. Havia se enganado antes, pensando que Melissa estava apaixonada por Tristan, agora todas as peças se encaixavam.
— Se é verdade, por que não contou a Arthur? — perguntou ele, desconfiado.
— Porque Lancelot partiu, então achei que Melissa seria fiel a seu primo. Vejo o quanto Arthur a ama e fui incapaz de magoá-lo dessa forma.
— O que mudou? Lancelot continua desaparecido e, pior, Melissa também... — Mordred franziu o cenho, emudecendo, chegando exatamente à conclusão que sua mãe esperava. — Não, não é possível. — Balançava a cabeça negativamente.
— Mas não é impossível — sugeriu Morgause, levantando-se devagar e caminhando para perto do filho. — Reconhece o que pode ter acontecido?

Mordred afastou-se dela e aproximou-se da janela, com o cenho franzido.
— É loucura. Ele jamais cometeria uma traição dessas.
— Nós não escolhemos a quem amar, não é, meu filho? — A pergunta foi cruel, ela o conhecia demais.

— Não, não escolhemos.
— Você não acha que é perfeitamente aceitável que um homem apaixonado fuja com a mulher que ama? — sugeriu ela, brandamente.
— Não se ela for a mulher do rei.
— E então? — instigou Morgause.
— E então que você está enganada.
— Como pode ter certeza?
— Se ele tivesse roubado Melissa de Arthur, jamais voltaria ao castelo.
— O que quer dizer? — perguntou ela, desconfiada.
— Quero dizer que Lancelot retornou. — Ele apontou para baixo, vendo o cavaleiro atravessar o jardim de Morgana.

Deixando a mãe sozinha, Mordred saiu do quarto e desceu correndo as escadas do castelo enquanto Morgause bufava. Como proteger alguém que sequer a escutava?

32

Em Avalon, havia chegado o momento da partida. Não era possível mais fugir do papel que cada um deles precisava desempenhar a fim de sobreviverem à guerra que se aproximava.

Melissa tinha um brilho triste no olhar; Lancelot julgou que era por partirem de Avalon, e ela permitiu que pensasse assim. Todos estavam parados em frente ao lago de onde saíram quando vieram de Nova Camelot à espera de Viviane. Marcos observava Lilibeth, seu vestido era diferente. Verde-claro, justo ao corpo, sem mangas e outros detalhes. A barra era em forma de pequenos triângulos. Parte dos cabelos, que agora eram loiros com mechas azuis, estava presa em uma trança, formando um arco, e o restante caía solto sobre suas costas.

— Você está igualzinha à Sininho.

— Ain, para. Sou muito mais bonita. — Ela deslizou os dedos pelo braço, exibindo sua cor preta, que contrastava com o tom retinto da pele de Marcos. — Odeio essa roupa por esse motivo.

— Então por que usa?

— Não tenho escolha. As roupas novas aparecem sempre que o sol nasce, assim como meus cabelos mudam sozinhos de vez em quando.

— Ora, algumas pessoas adorariam tanta praticidade — zombou ele.

— Eu adoraria se pudesse escolher.

— Entendo. E suas asas? Elas somem também?

— Não, eu arranquei — respondeu a fada, displicente.

— O quê?

— É, nem dói. Relaxa. Tipo tirar um curativo.

— Você não precisa delas?

— Eu não voo aqui, só em casa, e não tenho mais casa, ou seja...
— desdenhou.
— Elas vão nascer outra vez?
— Sim, as malditas sempre nascem, mas vai demorar algumas semanas.
— Hora de partir — disse Viviane atrás deles.
— E por que estamos aqui? — perguntou Melissa.
— É por aqui que vocês irão para Camelot. — A feiticeira apontou para o lago.
— Também posso fazer isso? Achei que só conseguia abrir portais entre mundos e realidades.
— É um pouco diferente — explicou Viviane. — Você pode abrir portais entre mundos sozinha, mas, para fazê-lo dentro de um mundo, precisa de todas as forças da natureza. Pelo menos, até que seu poder pleno se manifeste — completou, enigmática.
— E estamos todos aqui — concluiu Gabriel, tocando o ombro da irmã.
A água parecia se agitar só com a proximidade de Gabriel, o que chamou a atenção de Viviane, que lhe lançou um olhar sério.
— Estou bem — afirmou o jovem, sem que ela precisasse perguntar.
— Certo. — Viviane parecia insegura. — Quanto ao lago, é simples. Basicamente o mesmo processo que usou para chegar a Avalon, Melissa. A natureza é fiel a você. Morgana, Gabriel e seu bebê terão apenas que amplificar esse poder. E Lilibeth pode se encarregar de mantê-los secos, agora que se lembra de como fazer. Vamos começar?
— Você vem conosco? — perguntou Owain a Viviane.
— Não. Se falharem, o primeiro lugar a cair depois de Camelot será Avalon. Preciso estar aqui e fazer o que puder para que as barreiras do portal continuem de pé.
— E o que nós temos de fazer exatamente? — perguntou Gabriel. — Por favor, não diga unir Melissa a Arthur, porque não estou disposto a deixar isso acontecer — avisou, recebendo um olhar indecifrável de Morgana.
— Bem, é isso e manter Camelot de pé — avisou Viviane, levemente desconfortável por lhes colocar esse peso.
— Simples assim? — Marcos intrometeu-se com uma pitada de ironia.
— Apesar das visões e da profecia, não sabemos de tudo — explicou a feiticeira.
— Isso torna o poder de vocês meio inútil — argumentou o garoto, já cansado de tantos enigmas.

— Vocês nasceram para proteger nosso reino e Avalon. Todos saberão o que fazer quando chegar a hora. Inclusive você, Marcos.

— Ah, não, me tira dessa. — Fez um sinal negativo com os dedos. — Sou leal aos meus amigos e tenho minha ligação com a Ruiva, um poder que veio de um povo que eu não entendo, mas só.

— Não é um povo que você não entende. É o seu povo.

Ser um cura-vidas não era uma escolha. Marcos sabia disso, mesmo sem entender bem o poder que salvou a vida de Morgana. Ele sabia que teria que lidar com isso em algum momento, mas, desde que Melissa retornara à sua vida, era uma informação nova a cada segundo. Sua decisão, como amigo, era simples; primeiro descobriria um modo de libertá-la da profecia e, depois, poderia descobrir a própria origem ou o que quer que Viviane esperava que fizesse.

— O Marcos do futuro vai resolver isso. — Ele deu de ombros. — Já o Marcos do presente vai resolver essa outra encrenca que vocês arrumaram.

Ciente de que não seria tão fácil quanto o garoto esperava, Viviane apontou para o lago.

— Agora vamos, já é hora.

Morgana e Gabriel posicionaram-se ao lado de Melissa enquanto ela estendia a mão sobre a água, que começou a borbulhar. Com a mão livre, ela tocou a barriga, lembrando-se do que teria de fazer ao chegar a Camelot. Desistir para salvar. Abdicar para manter vivo. Partir um coração para que ele pudesse continuar batendo.

Sem poder evitar, abaixou o braço e deu um passo para trás, esbarrando em Lancelot. Suas costas chocaram-se contra o peito do cavaleiro, e ela virou-se para ele, beijando-o com urgência, enquanto seu coração guardava cada detalhe do beijo que em breve se tornaria apenas uma lembrança.

Minutos depois, todos foram jogados no meio ao silencioso jardim de Morgana. A queda de Melissa foi a única amparada com delicadeza pelo vento, provavelmente fruto do poder da criança em seu ventre.

Lancelot se aproximou dela, ainda com a cabeça no beijo tão intenso que trocaram antes da travessia. Era visível que Melissa não estava bem. O cavaleiro tocou-lhe o braço, fazendo-a virar-se para ele.

— Está tudo bem? — perguntou ele, vendo-a assentir, incapaz de falar. — Ei... — Ele tocou o rosto dela. — O que está havendo?

— Precisamos ir. — Ela pronunciou as palavras com dificuldade. — Prefiro que vá na frente. Não quero que nos vejam juntos. — Melissa afastou-se antes que pudesse dizer qualquer outra palavra.

Assim que Lancelot se distanciou, Gabriel olhou para ela, preocupado.
— O que está havendo? — Ele ecoou a pergunta do cavaleiro, barrando o caminho da irmã.
— Nada — respondeu Melissa, sem olhar para o irmão.
— Conheço você.
— Gabriel, me deixa. — Ela pegou Lilibeth pela mão e caminhou para longe, virando-se apenas para falar com Tristan. — Proteja Marcos e meu pai até que saibam quem eles são, por favor.

Sem esperar por ninguém, Morgana cruzou seu jardim apressada, passando até mesmo por Lancelot, sem parar. Avistou seu irmão descendo as escadas para o pátio e, sem se conter, disparou em direção a ele.

Arthur mal pôde acreditar que era a irmã quem cruzava o pátio. Ele a abraçou apertado, tirando-a do chão.

— Morgana — ele deu um beijo em sua face —, como chegou aqui?

Ainda que dessa vez tivessem passado menos dias separados, talvez pela tensão do momento que viviam, parecia que não se viam havia anos.

— Senti tanto a sua falta. — Ela o abraçava. — Tanto, tanto, tanto.
— Eu também, pequena. Senti falta dessa recepção da outra vez. — Ele sorriu, desceu o dedo por sua testa até a ponta do nariz, encantado por tê-la de volta. — Agora, me diga, como voltou?
— Magia — respondeu, surpreendendo-o. Embora conhecesse seu poder, Arthur não imaginava que pudesse chegar a esse ponto.
— Voltou sozinha? — Antes que ela respondesse, Arthur avistou Lancelot.
— Lancelot! Hoje definitivamente é um grande dia. — Andou rápido até seu amigo, abraçando-o. — Você retornou! Que momento feliz. Minha irmã, meu melhor amigo, só faltou...

E então o rei a viu. Melissa caminhava devagar, como se suas pernas a preparassem para o momento que mudaria o rumo de sua vida. Queria correr para longe, mas seguia em frente. Arthur não viu nada além dela. Nada além da garota que fazia seu coração bater mais rápido. Deixando Lancelot de lado, disparou para ela, tirando-a do chão, girando-a e, sem que ninguém pudesse impedi-lo, beijando-a.

Sentindo que morria por dentro, Melissa permitiu ser beijada. Quanto mais rápido destruísse Lancelot, mais rápido o salvaria.

Lancelot sentiu o baque da visão, mesmo ciente de que não havia muito que ela pudesse fazer para evitar, e manteve-se impassível, conhecendo cada perigo. Trocou um olhar com Gabriel, cuja expressão ficou sombria.

Sem que ninguém reparasse nele, Mordred surgiu na escada que levava ao pátio, contemplando a cena. Não queria aceitar que sua mãe estivesse certa, contudo parte dele se incomodava por todos terem reaparecido juntos no castelo. Ao ver Melissa beijando Arthur tão intensamente, no entanto, seus pensamentos se confundiram. Não parecia possível que ela estivesse apaixonada por outro homem. Decidindo que os observaria atentamente, o primo do rei desejou que fosse apenas mais uma das intrigas sem fundamento de Morgause.

Arthur beijava Melissa como se não houvesse amanhã e não estivessem no meio do pátio. Não pretendia largá-la tão cedo, mas foram interrompidos por uma voz masculina alta que chamou a atenção de todos:

— Mas que porcaria é essa? Entrei em uma realidade paralela? Vai todo mundo ficar olhando sem fazer nada? — Alguém empurrou Arthur para longe de Melissa, e o rei, chocado, sacou sua espada. — Pode soltar a Mel, e solte agora! — Era Marcos.

33

Em um piscar de olhos, um alvoroço se formou no pátio. Arthur apontou a espada para o peito de Marcos, chegando a tocar-lhe a camisa. A sequência de acontecimentos foi ainda mais veloz. Mordred desceu os degraus com a espada em punho e outros cavaleiros surgiram, cercando-os. Marcos não se moveu um milímetro. Melissa e Morgana se colocaram na frente do jovem, fazendo com que Arthur recuasse um pouco, ao mesmo tempo que Lancelot, Gabriel e Tristan erguiam as mãos pedindo calma, e Owain e Lilibeth colocavam-se ao lado deles.

— Quem você pensa que é? — bradou Arthur. — Prendam-no — ordenou aos guardas.

— O melhor amigo — respondeu Marcos, como se dissesse algo tão óbvio que Melissa não conseguiu conter um pequeno sorriso orgulhoso.

— Arthur, fique calmo — explicou ela, permanecendo entre os dois. — Esse é o Marcos.

O rei franziu o cenho tentando se lembrar do nome.

— Seu amigo de Quatro Estações? — perguntou, pensativo.

— Sim.

— O que ele faz aqui?

— Retornou comigo, para me proteger — disse as palavras, esperando que o rei pudesse simpatizar com essa atitude.

— Foi ele que ficou com Morgana enquanto ela esteve lá? — perguntou o rei.

— Sim — respondeu Morgana, antes de Melissa. — Arthur.

— A feiticeira apenas virou a palma da mão esquerda discretamente para cima, fazendo com que o irmão visse a marca em

meia-lua em seu punho. Ele compreendeu a mensagem velada de que a vida da irmã estava ligada à do jovem petulante.
À exceção de um breve empalidecer, o rei manteve-se altivo e imponente. Não permitiria que alguém fora da sua confiança descobrisse que a vida de sua irmã estava ligada à de outro. Não a faria correr um risco dessa proporção.
Arthur olhava de um para o outro. A expressão desafiadora de Marcos o incomodava, e o modo veemente com que sua irmã o defendia o intrigava. Ela parecia muito envolvida.
— Morgana, você e esse rapaz... — Ele não precisou completar a pergunta ao vê-la ruborizar. — Vou confiná-lo às masmorras — decidiu-se, calmo, balançando a espada.
— Arthur, pare. — Melissa sentia a irritação se avolumando.
— Não aconteceu nada entre nós. — Morgana enfrentou o irmão.
— Chega. — Lilibeth se intrometeu, colocando a mão sobre a espada de Arthur. — Abaixe isso antes que eu a derreta ou a transforme em borboletas.
— Você não pode fazer isso com Excalibur. — O rei a contestou.
— Ah, você se lembra — zombou a fada, com um sorriso radiante.
— Claro — assentiu, cumprimentando-a com a cabeça. — Lilibeth.
— Ótimo. Então sabe que posso chutar sua bunda se não virar essa espada para lá.
— Isso você poderia fazer, se eu permitisse. — A expressão de Arthur se suavizou. — Mas ainda se lembra de quem eu sou, certo? — Devolveu a pergunta, sem conseguir conter um meio sorriso diante do comportamento petulante típico da fada.
— Sim, o rei. O todo-poderoso Arthur Pendragon. — Ela revirou os olhos. — E eu sou a filha da Deusa. Lilibeth Pan. — Ela usou o nome de sua linhagem, evidenciando ainda mais seu poder. — Provavelmente a única pessoa na face desta terra miserável, sem internet e água encanada a quem você não pode dar ordens.
— Bem, se analisarmos a situação... — começou ele, e a viu levantar uma sobrancelha, colocando as mãos na cintura, impertinente. — Sendo filha da Deusa ou não, teremos de conversar depois e estipular quem obedece a quem, mas, já adianto, não serei eu. — Ele a viu estreitar os olhos.
— Arthur, o garoto não fez por mal. — Tristan decidiu interceder. — Ele está cansado e confuso. — Marcos abriu a boca para falar e o cavaleiro deu-lhe um tapa no ombro. — Veio de outro lugar, ainda não sabe como se portar aqui e certamente não sabia que você é o rei e que lhe deve respeito. — Ele frisou as últimas palavras, olhando para o jovem.

— Na verdade... — começou Marcos, recebendo um cutucão no braço vindo de Gabriel. — É, eu não sabia — mentiu.

O rei refletia sobre o impasse, Melissa havia acabado de retornar e não queria problemas. Se decidisse prender seu amigo, ela se afastaria outra vez. Sem contar que o garoto era um cura-vidas, o que ainda precisava ser esclarecido.

— Está tudo bem — avisou Arthur a seus homens, embora ainda não estivesse muito convencido. Os curiosos aos poucos foram se dispersando.

— Há algo mais que eu deva saber? — perguntou o rei, estranhando o outro homem que permanecia ao lado de Melissa, não parecendo disposto a deixá-la.

— Esse é meu pai, Arthur. Benjamin Owain. — Melissa apresentou-os.

Mordred virou-se bruscamente ao ouvir o nome do homem que sua mãe havia mencionado na história de seu passado. O cavaleiro percebeu que Benjamin o encarava atentamente, assim como Melissa também se admirava ao constatar a semelhança gritante entre seu pai e o irmão, que ainda não sabia do laço que os ligava.

— É mais seguro conversarmos em um lugar com mais privacidade — disse Lancelot pela primeira vez desde o beijo, e Melissa encontrou seu olhar, do qual desviou rapidamente.

— Lancelot tem razão. — Arthur ofereceu o braço a Melissa, que prontamente aceitou, ouvindo Marcos praguejar baixinho. Felizmente, o rei não conhecia a palavra e não pareceu notar o tom, ou pelo menos fingiu.

— Vamos para o salão, Lilibeth está chamando muita atenção. Com essas vestes tão características, todos no reino já devem saber que ela retornou — provocou o rei.

— Você sabe muito bem que eu não escolho. Amanhã uma mais discreta deve surgir. Até lá, qualquer roupa que eu tente colocar vai se dissolver em poucas horas. Tive um trabalhão ontem porque meu vestido rasgou. Por sorte, era noite, estava em um lugar seguro e as cobertas me esconderam quando a camisa virou fumaça — explicou a fada, recebendo um olhar chocado de Morgana. — É essa ou ficar nua. Não creio que seus cavaleiros se concentrariam dessa forma, correto? — Ela piscou para um grupo que a admirava abertamente e mandou-lhes um beijo.

— E acabamos de descobrir qual foi a verdadeira causa do fim da Idade Média — murmurou Marcos, enquanto caminhavam para o castelo. — Uma fada safada.

— Moleque, eu vou transformar você em um sapo! — Ela fez o pó de fada reluzir em sua mão.

— Duvido. — Ele seguiu provocando.
— Aguarde!
— Tem certeza de que está tudo bem, Arthur? — Era Mordred, que mantinha a expressão preocupada e atraiu a atenção de Lilibeth.
— Sim, está — garantiu o rei, já dentro do salão.

Enquanto Arthur saía para dar instruções para que ninguém entrasse no salão enquanto conversavam, Lancelot tentou falar com Melissa, porém percebeu que ela o evitava, usando Marcos como escudo.

Lilibeth aproximou-se de Mordred, analisando-o e trocando um olhar rápido com Owain.

— É ele, não é? — perguntou a fada, e viu Melissa assentir. — É realmente assustador. — Ela se referia à semelhança com o pai que o cavaleiro nem sonhava ter.

— Ele quem? — perguntou Mordred, desconfiado.

— Um dos famosos cavaleiros da Távola Redonda. Um que não se lembra de mim, como sempre. — Lilibeth piscou e desconversou, tocando seu colete de couro. — Espero que não se choque com minhas roupas. — Ela fingiu que estava triste enquanto Mordred, por respeito, tentava não encarar suas coxas descobertas.

— Não, está tudo bem — garantiu ele.

— Sabe quem eu sou?

— Ela vai perguntar isso para cada cara que encontrar? — perguntou baixinho Marcos a Gabriel, que os observava, quieto.

— Imagino que seja Lilibeth, a última fada. — Eles ouviram Mordred responder.

— Cavaleiro esperto. Não se lembra, mas sabe. Muito bem. — Ela sorriu, encantadora. — Por ser a última, preciso ser protegida.

— Jogou um feitiço de memória em mim?

— Em todos os cavaleiros que me conheceram ao longo do tempo. Salvo um ou dois. Vai me proteger?

— Sim, vou — afirmou Mordred.

— Ain, ótimo. — Ela suspirou. — E seu irmão, onde está? — A fada viu Gabriel balançar a cabeça sem acreditar no que ela fazia.

— Fora, por enquanto.

— Acho que dois protegem melhor que um. — Ela piscava rapidamente, como se fosse um poço de inocência.

— Tire essas mãos encantadas do meu filho. — Eles ouviram a voz de Morgause atrás de si. — Afaste-se dessa fada, Mordred. Ela é uma bruxa.

— Eu? — Lilibeth sorriu, apontando para si mesma e contendo o sarcasmo. — Há livros inteiros baseados em sua adorável pessoa no outro mundo, Morgause. Não me surpreenderia se você tivesse um espelho que fala — disse a fada, deixando a outra sem entender a que se referia. — Mas, caso tenha, já adianto: a mais bela sou eu. — E rodopiou.

— Vocês se conhecem? — Melissa estranhou.

— Sim, nos conhecemos depois que seu pai foi embora — contou a fada. — Quando a Rainha Má aí podia entrar em Avalon, antes de romper laços com Viviane.

— Que pai? — perguntou Morgause, autoritária, e chocou-se ao ver o pai de seus filhos mais velhos sair do lado de uma das várias armaduras que enfeitavam o salão. — Owain. — Ela levou as mãos aos lábios, em choque.

Para ele, os sentimentos eram contraditórios. A doçura do amor que viveram e a culpa por tê-la abandonado grávida, ainda que sem saber. Arrependia-se de ter ouvido Viviane e Merlin sem questionar mais. Ele não apenas a magoara, como colocara seus filhos em risco.

Para ela, o impacto abalou seu corpo inteiro, mas não podia desmoronar. Dentro de si, viu-se voltar no tempo e tornar-se a garota frágil que se apaixonou pelo belo rapaz que vivia entre os serviçais de seu pai. Agora, ele estava ao alcance de suas mãos, e ainda assim parecia mais inatingível que nunca. No pior momento possível, seu único ponto fraco ressurgia à sua frente. Senhora de seu autocontrole e respirando pausadamente, sua expressão impassível jamais mostraria a Owain, ou a qualquer outro, o quanto ele ainda podia afetá-la. Durante todos esses anos, amor e ódio se digladiaram em seu coração por causa de Benjamin Owain, que permitiu que fossem separados.

— Sim, Morgause, Melissa é minha filha.

Foi o que Arthur ouviu ao retornar ao salão e, confuso, notou o clima carregado. Olhou para sua tia, depois para Mordred, que seguia calado, observando. Por mais que Morgause tentasse se manter inabalável, a informação a chocou.

— Você está bem, tia? — perguntou o rei, tocando-lhe o braço. — Está pálida.

— Um mal-estar. Estou assim desde que acordei — respondeu, deixando seu filho ainda mais intrigado, pois sabia que ela estava mentindo.

— Nós precisamos conversar — decretou Owain, sua voz grave.

— Não há nada para conversarmos.

— Eu já sei sobre eles — avisou ele, fazendo-a arregalar os olhos. — E, mesmo que não soubesse, é impossível não notar.

— Sobre eles quem? — Mordred estava perdendo a paciência.

Morgause percebeu que era analisada por todos. Não podia permitir que a expusessem para Arthur. Não depois de tudo o que fizera para manter todos a salvo. Sentindo-se encurralada e sem alternativa, simulou um desmaio.

34

Uma comoção se instaurou no salão, e Arthur pediu que todos aguardassem por ele e Mordred na sala de reuniões. Também pediu para que um servo procurasse Merlin, que, mais uma vez, não pôde ser encontrado em lugar nenhum do castelo.

Assim que percebeu que estavam sozinhos na sala de reuniões, Lancelot deu ordens para alguns deles:

— Gabriel, fique do lado de fora e avise caso alguém venha. Tristan, feche a porta e a bloqueie. Lilibeth, mantenha seu pó em mãos e impeça Owain e Marcos de nos interromperem. Morgana, apenas não diga nada, por favor. — O cavaleiro apontou para eles, e então se dirigiu a Melissa: — O que está havendo?

— Eu não pretendia impedir nada — informou Marcos, cruzando os braços.

— Marcos! — Melissa estava chocada.

— É isso aí, Mel, pode tratar de falar o que está acontecendo — endossou o amigo, surpreendendo os dois. — Ah, abrir mão de você para que fique com alguém que ama é uma coisa, mas para ficar com um rei metido a besta é outra — explicou, olhando para Lancelot. — Tem algo errado aí. Desde que você não a machuque, é livre para tirar a verdade de Melissa.

Owain hesitava entre se intrometer ou não, porém conhecia a profecia e como ela agia para fazer com que todos os envolvidos cedessem, então resolveu observar a cena e ver o que sua filha diria.

Morgana sentou-se na cadeira no canto da sala, sem acreditar nos próprios olhos. Melissa havia de fato beijado seu irmão, e agora parecia querer se afastar de Lancelot. Estaria ela brincando com os dois?

— O que está havendo? — repetiu o cavaleiro.
— Nada. — Melissa apressou-se em responder. Como diria a ele que tudo era um plano para salvar sua vida?
— Como nada? Eu vi como beijou Arthur, foi como se realmente quisesse beijá-lo. O que eu perdi? — Ele se aproximava cada vez mais, a tensão preenchendo o ambiente, enquanto ela andava para trás até se chocar contra a parede.
— Lancelot, não quero conversar sobre isso — disse ela, enquanto o cavaleiro colocava os braços na parede e a prendia entre eles.
— Não teremos outra oportunidade tão cedo. Quero que me fale agora o que está acontecendo. Conheço você. — Lancelot percebeu que ela evitava olhar para ele. — Olhe para mim.
— Me deixa sair. — Ela tentou empurrá-lo, porém, como uma rocha, ele não se moveu.

Tentou usar o poder do filho para afastar Lancelot, e nada aconteceu. Era como se nunca tivesse manipulado o Ar. Recordou-se de que Lancelot era imune à magia e sentiu que, mesmo que não fosse, a criança que crescia dentro de si jamais ia feri-lo. Precisava encontrar um meio de fazê-lo entender que, por mais que o amasse e quisesse ficar com ele, preferia que vivesse. Não arriscaria sua vida por mais momentos juntos.

— Olhe para mim — ordenou ele, segurando seu queixo e fazendo-a encará-lo.
A respiração de Melissa se acelerava enquanto sentia seus olhos arderem. Não queria pensar no que fazia e no quanto afetaria Lancelot, queria salvá-lo. Precisava salvá-lo.
— Lancelot, por favor — implorou.
— Não prometemos que lutaríamos para ficar juntos?
— Sabe que não é tão simples.
— Não quero saber se é simples, quero você e apenas você.

Cedendo, ela permitiu que os olhares se cruzassem e bastou um segundo para que ele a beijasse. Sôfrego, intenso, avassalador. Lancelot queria marcá-la.

Sem controle de si mesma, Melissa envolveu-o pelo pescoço, permitindo que aprofundasse o beijo e a fizesse se desmanchar em seus braços. Enquanto Lancelot pudesse tocá-la, jamais conseguiria dizer não. Tinha de haver um meio de mantê-lo vivo. A dor que sentiu ao ter a visão quebrantava seu peito.

Ciente de que ela lhe escondia segredos, o cavaleiro queria lhe mostrar que nada poderia ficar entre eles. Puxou-a pela cintura, depois tocou seu rosto e pressionou-a novamente contra a parede.

— Lancelot. — Os dois ouviram a voz de Tristan às suas costas. Gabriel batia na porta. O tempo havia acabado.

Ainda segurando o rosto de Melissa entre suas mãos, Lancelot sussurrou em seu ouvido:

— Seja lá o que estiver pretendendo fazer, lembre-se desse beijo e de que só eu sou capaz de fazê-la sentir o que sentiu agora, mesmo em uma sala repleta de pessoas. — Ele se afastou, permitindo que o frio intenso a envolvesse.

Melissa olhou para a frente e todos os outros estavam de costas para ela, dando-lhes privacidade, menos Morgana. A feiticeira os observava com atenção, parecendo notar, pela primeira vez, a intensidade do sentimento que os unia.

A porta se abriu e Mordred entrou certo de que o clima era tenso. Melissa estava parada, perto da janela, parecia apoiada, quase como se não pudesse andar naquele momento. Os demais revezavam entre expressões preocupadas e de falsa tranquilidade. Não bastasse as suspeitas que nutria em relação à própria mãe, teria de lidar com uma sala onde todos pareciam esconder algo.

— O que quer falar com minha mãe? — perguntou Mordred a Owain, aproveitando-se da ausência de Arthur. — E onde vocês estavam? Por que tantos segredos?

— É particular — informou Owain, tentando não levantar mais suspeitas. Precisava conversar com Morgause primeiro.

— Não sei como funciona em sua terra, mas aqui homens não conversam em particular com mulheres casadas — advertiu ele, tentando controlar o nervosismo.

— Mordred. — Melissa tocou-lhe o braço, finalmente se aproximando do cavaleiro. — Eu contarei a você, está bem?

Mesmo sabendo que seu pai tinha o direito de questionar Morgause e chegar a um entendimento com ela, Melissa não poderia deixar o cavaleiro com tantas desconfianças. No tempo que permaneceu em Camelot, ele sempre cuidou dela, mesmo sem saber que eram irmãos.

Melissa tocou-lhe a mão e analisou seus olhos verdes, que contrastavam com os cabelos pretos e curtos como os do pai. Mordred parecia triste, quase como se soubesse a verdade e tentasse negá-la dentro de si.

— Melissa — advertiu seu pai.

— Ele saberá de qualquer forma.

— E deveria ser a mãe dele a contar.

— Ela teve anos para isso.

— Do que estão falando? — Mordred se incomodava mais a cada frase.

— Eu...

— Estão dando uma festa e não me convidaram? — A voz brincalhona de Gaheris preencheu o ambiente quando ele cruzou a porta.

Melissa não conteve a sensação de familiaridade ao olhar para ele, os olhos do pai estavam estampados naquele rosto. O cavaleiro parecia cansado, ainda usava a cota de malha, e seus cabelos longos e loiros estavam bagunçados.

— Quando chegou? — Mordred se surpreendeu por ter se distraído a ponto de não ouvir as trombetas.

— Agora. Me disseram que você estava aqui.

— Você está ferido. — Mordred viu um corte no queixo do irmão.

— Não é nada. Mais um para a coleção de cavaleiros com cicatrizes no rosto. Não é tão feia quanto a de Lucan nem tão discreta quanto as de Bors e Percival. Ficarei charmoso e chamarei a atenção das mulheres. — Gaheris levantou o queixo, provocante, e notou Lilibeth pela primeira vez.

— Uma fada — constatou ele, ao vê-la reluzir levemente, e andou até ela, encantado. Esquecendo-se de qualquer assunto sério que precisava tratar. — Gaheris, seu escravo. — Então se ajoelhou, beijando-lhe a mão.

— Esse sabe chegar em uma mulher — disse a fada, sorrindo e abanando-se. — Lilibeth — apresentou-se. — Podemos conversar, porém jamais serei sua escrava. Natureza indomável, sabe? — Ela tocou uma mecha azul dos próprios cabelos enquanto Marcos simulava um acesso de tosse.

— Assuntos importantes! — disse o garoto, entre uma tosse e outra.

Gaheris voltou a si, cumprimentando os outros. Ficou exultante ao encontrar Tristan e Lancelot, apesar de achar que ambos estavam calados demais. Depois dirigiu as atenções para seu irmão.

— Parece que nossa excelentíssima mãe voltou a aprontar. Gawain está com ela.

— Ela simulou um desmaio tão falso que ainda me surpreendo por Arthur e Gawain acreditarem — explicou Mordred, com ceticismo no olhar.

— E esse é... — Gaheris estendeu a mão para Owain, percebendo que ainda não havia falado com ele. — Vocês são muito parecidos — disse, refletindo. — Quem é ele? Um primo distante?

— Não, é o pai de Melissa.

— Melissa? Ela é nossa parente? Mordred, você é igual a ele. — Gaheris coçou a barba.

— Ele é Benjamin Owain — admitiu o cavaleiro, temendo que o irmão chegasse à mesma conclusão que ele.

— Owain? O homem que conheceu nossa mãe na juventude.

— Sim. — Mordred continha sua revolta, finalmente compreendendo por que sua mãe evitou muitos detalhes do papel de Owain em seu passado.

— Há provavelmente vinte e quatro anos? — Gaheris olhava para o irmão e para Owain, comparando-os, até que deu dois passos em direção ao pai de Melissa, ficando frente a frente, e notou seus olhos tão vivos quanto os próprios. — Seja forte, irmão — tocou o ombro de Mordred —, mas parece que somos bastardos.

35

Quando Arthur entrou no salão de reuniões, Mordred estava visivelmente zangado, pronto para sacar sua espada.

— O que está havendo aqui? — perguntou o rei de forma ríspida, para que todos percebessem que não admitiria outra comoção.

— Primo — Gaheris o abraçou —, derrotamos todos. Darei mais detalhes depois. Trouxe alguns prisioneiros para interrogatório. Deixei-os com Mark, ele disse que gostaria de se encarregar das perguntas.

— Fico feliz que tenha retornado bem. Mark conversou comigo previamente. Agora, e aqui?

Mordred apertava os lábios, passando a mão pelos cabelos, indignado.

— Nossa mãe é a rainha das manipuladoras — explicou Gaheris, tranquilamente.

— Gaheris! — O rei o repreendeu.

— Deixe-o falar. — Mordred levantou as mãos.

Arthur se surpreendeu. Por mais problemas que Mordred tivesse com a mãe, jamais permitia que alguém a ofendesse.

— Sejam claros, por favor. O que está havendo aqui?

— Parece, meu caro, que, além de primos, seremos cunhados. — Gaheris deu-lhe um sorriso irônico. — Somos bastardos, filhos de Owain. — Ele entrelaçou as mãos atrás da cabeça. — Creio que nosso pai, digo, Rei Lot, nem imagina o tamanho do segredo que aquela mulher guardou por tanto tempo.

— Meu Deus... — murmurou Arthur. — Vocês têm certeza disso? É uma acusação muito grave.

— Sim, Arthur. Além de tudo o que sabemos, a semelhança é clara — disse Melissa, olhando para Mordred, que parecia ainda mais decepcionado.

— Nós já suspeitávamos — admitiu Gaheris, parecendo não se abalar. Ele via a vida de uma forma diferente do irmão, então era muito mais fácil aceitar. — Quando ela nos contou sobre a profecia, ficaram lacunas na história, principalmente sobre Owain... e ela desconversava quando perguntávamos. Nenhum de nós nunca teve qualquer semelhança com nosso pai, e deve ter sido por isso que ela nos enviou para Sir Hector quando ainda éramos meninos, logo depois que a mulher que havia sido nossa ama de leite perguntou de onde vinha a cor de nossos olhos. Pouco convivemos com Lot, provavelmente mais uma artimanha de Morgause para que as pessoas não procurassem semelhanças inexistentes.

— Bastardos — repetiu Mordred, colocando a mão na testa. — Depois de tudo, somos realmente malditos bastardos.

Devagar, Melissa tocou-lhe as costas, conhecendo a dor de ver sua vida virar de ponta-cabeça.

— Sinto muito — disse ela, constrangida.

— A culpa não é sua. Você sabia?

— Soube ontem.

— É horrível, acredite, mas a parte boa é que você tem um irmão agora.

— Mordred tentou sorrir, mas não conseguiu.

— Dois — afirmou Gaheris.

— Bem, na verdade... — tentou corrigir Melissa.

— Três. — Gabriel levantou a mão, surpreendendo os dois. — Melissa e eu somos irmãos, mesmo pai e mãe.

— Ah, claro. Tinha de vir esse moleque impertinente no pacote — ironizou Mordred, porém o tom não era ofensivo, e sim mais conformado do que qualquer outra coisa. — Como ficamos, Arthur? Não pode haver bastardos entre seus cavaleiros. — A mágoa transparecia em cada palavra.

Arthur caminhou até eles, colocando uma das mãos no ombro de Gaheris e a outra no de Mordred.

— Nada muda. Vocês são meus primos, meus cavaleiros, meus homens de confiança.

— Mas...

— Mas nada, Mordred, ainda sou o rei, não se esqueça. Tudo permanece como está. Pouco me importa que digam que é preciso ter sangue nobre para ser um cavaleiro escolhido pelo rei. Vocês são nobres em seus corações, e isso basta para mim. Meu pai não se importou com isso quando sagrou Bors como cavaleiro, nem eu me importarei ao sagrar seus irmãos. Você sabe que avalio os cavaleiros por seu coração, nada mais.

Os irmãos assentiram, emocionados e honrados com o carinho do primo e rei.

— Agora, acredito que poderemos conversar sobre como todos vocês — referiu-se aos outros — saíram do jardim da Morgana. — Arthur começou e foi interrompido pela porta que se abria.

— Soube que me procurava, Arthur — começou Merlin, calando-se ao ver todos reunidos ali, empalidecendo enquanto o pai de Melissa caminhava até ele.

— O que está fazendo aqui? Ainda não é hora. — A voz do feiticeiro tremia.

Owain o encarou, depois, repleto de ironia, surpreendeu a todos, dizendo:

— Também senti sua falta, pai.

36

A frase de Owain causou um burburinho entre os presentes e vários começaram a falar ao mesmo tempo. Indignada, Melissa tentou acertar um tapa em Merlin e foi agarrada pela cintura por seu pai.

— Me solta porque eu vou matar esse maldito!

— Quietos! O que está acontecendo aqui? — Arthur aumentou o tom de voz, querendo controlar e entender melhor a situação.

— O que acontece é que esse homem — Owain apontou para Merlin — é o ser mais manipulador da face da Terra, e tudo o que passamos hoje é fruto de uma ação dele para controlar a todos nós — acusou com veemência.

— Não fale do que não sabe. — Merlin se defendeu.

— Esse monstro é meu avô? — Melissa estava furiosa.

— Ele é mesmo seu filho? — perguntou Arthur, ainda surpreso.

— Sim — admitiu Merlin.

— Melissa, acalme-se. Quero entender a situação — pediu o rei ao vê-la agitada.

A jovem se afastou deles, indo para o canto do salão e cruzando os braços, irritada.

— Faz sentido ela ser nossa irmã — observou Gaheris. — Ela explode, como eu, e vai para o cantinho, emburrada, como você, Mordred. Olha lá, nariz para cima e braços cruzados. É, não há dúvidas, é nossa irmã.

— Você vai mesmo me provocar agora? — O irmão não conseguiu acreditar quando viu o outro conter um sorriso.

— Por que não nos contou? — Melissa os interrompeu e questionou o pai.

— Não é um assunto de que eu goste de falar — respondeu Owain.
— Preciso dizer que desconfiava — disse Gabriel.
— E não me falou nada — censurou a irmã, odiando mais uma vez se sentir no escuro.
— Viviane nunca confirmou, e eu pensei estupidamente que, se fingisse que não era real, não seria. Tudo o que você vem fazendo... — Gabriel virou-se para o pai. — E somos sua família. Como pode ser tão desprezível?

Arthur observava-os, tentando entender a ebulição de acontecimentos que eclodia à sua frente. Lancelot era o único que permanecia quieto, ao lado de Tristan, analisando cada informação com a expressão tensa, como se esperasse pelo pior.

— Merlin, explique-se — pediu o rei.
— Há pessoas demais aqui para que eu possa falar. — O feiticeiro apontou ao seu redor. — Os filhos de Owain podem ficar, Lilibeth também, o restante deve sair. — Ele coçou a ponta da orelha ao perceber que Mordred e Gaheris não se moveram. — Ah, vocês já sabem. — Deu de ombros. — É ótimo descobrir que não fui o único a chegar a essa conclusão tão óbvia que me fez maldizer minha própria mediocridade e lentidão. Mas vocês devem sair também.
— Prefiro ficar. — Mordred cruzou os braços e se encostou na parede.
— É, vamos ficar. — Gaheris o imitou.
— A situação os envolve, Merlin — intercedeu o rei. — Acabamos de saber que esse homem é pai deles. Creio que meus primos devam ficar. Todos que estão aqui devem permanecer até que eu saiba exatamente onde estou pisando.
— Parentesco está longe de ser sinal de lealdade — argumentou Merlin.
— Essa parte já ficou evidente, Merlin. Ou fala na nossa frente ou não fala — acrescentou Mordred em voz baixa, porém foi ouvido por todos. — Se minha vida pode mudar em um piscar de olhos, quero, pelo menos, saber a razão. E, se você está envolvido, é claro que há um motivo, não pode ser coincidência.

O feiticeiro entrelaçou os dedos e levou-os ao queixo, pensativo, decidindo o que poderia falar perante todos e o que guardaria para mais tarde.

— Como você tem um filho e eu nunca soube? — questionou Arthur, cansado dos subterfúgios de Merlin.
— Porque Merlin não o criou. Ele foi criado com minha mãe e a sua, Arthur. Viviane é a mãe dele — explicou Mordred, vendo o silêncio do outro.
— Lembra quando eu lhe disse que Morgause me contou sobre a profecia?

Pensei que você soubesse. Ela deixou algumas lacunas, e preferi não falar nada enquanto não as preenchesse. O que aconteceu hoje.

— Sim, Benjamin Owain é meu filho. Sim, omiti essa informação. Sim, há uma explicação, e, não, não a revelarei diante de toda essa plateia. — O feiticeiro se sentou, próximo à mesa, tamborilando no tampo, visivelmente agitado.

Antes que mais alguém o pressionasse, ouviu-se uma batida à porta, e Percival entrou em seguida. O cavaleiro usava uma túnica gasta e mantinha os longos cabelos pretos presos, como costumava fazer quando estava prestes a interrogar um prisioneiro.

— Arthur, desculpe interrompê-lo — disse, examinando a sala. — Rei Mark alega que você permitiu que ele fizesse o interrogatório dos inimigos.

— Sim, permiti.

— Essa sempre foi minha função, há algo que eu deva saber? — perguntou, com a voz calma, mas era visível o ego ferido.

— Não, Mark pediu e permiti. — Arthur foi enfático, deixando claro que não queria debater sobre o assunto. — Conversaremos depois.

Percival percebeu e, mesmo em silêncio, não parecia querer sair, hesitando entre ir e ficar.

— Precisa de algo mais? — perguntou Arthur, sério.

— Cavaleiros, vamos sair — declarou Lancelot, levantando-se, por mais que quisesse saber o que Merlin diria, ainda temia pela lealdade de todos os outros. Não podia arriscar que informações importantes escapassem da sala. — Apenas Galahad ficará. — Usou o outro nome para se referir a Gabriel, pelo menos até Arthur saber que ele era o jovem que se sentaria no Assento Perigoso.

Merlin acenou com a cabeça para o cavaleiro, percebendo que, apesar dos últimos acontecimentos, ele não deixava de se preocupar com o bem-estar do reino.

— E ele? — O velho apontou para Marcos.

— Ele fica. Algo me diz que Marcos terá reações parecidas com as minhas, caso você faça o que não deve — disse Lancelot.

— Pode ter certeza disso — afirmou o garoto. — Acho que até poderia deixar sua espada comigo.

Mordred e Gaheris relutaram, porém Arthur endossou o comando e cada um deles cruzou a porta, assim como Percival. Antes de sair, Lancelot virou-se para Arthur e avisou:

— Tenho de conversar com você assim que possível. Há algo que precisa saber e tem de ser por mim. — O tom urgente despertou o interesse do rei, fez Merlin franzir o cenho e Melissa congelar por temer pelo resultado dessa conversa.

— Conversaremos.

⚜

Arthur pediu que todos se sentassem à mesa menor, que ficava no canto da sala. Era dia, e o sol derramava seus raios sobre a madeira.

— E então? — perguntou a Merlin.

— Bem — seus cotovelos estavam apoiados na mesa e ele abriu as mãos —, vocês realmente me acham tão ingênuo a ponto de deixar uma profecia dessa grandeza se realizar fora do meu alcance?

— Você é maquiavélico, é isso o que eu acho — declarou Melissa, irritada.

— Como você conseguiu fazer com que ela recaísse sobre os seus? — continuou Arthur, lançando um olhar à jovem, pedindo paciência.

— Minha mãe, não é? — respondeu Lilibeth. — Em troca de ter salvado a mim e a Lancelot.

— Você me contou essa história. Lilibeth se apaixonou por um traidor... — Arthur deixou escapar ao se recordar dos fatos que o feiticeiro lhe contara.

— É, parece que me apaixonar não dá muito certo para mim.

— Sinto muito. Não pretendia magoá-la — afirmou o rei, tocando sua mão, que estava sobre a mesa.

— Está tudo bem. Lido bem com isso. — A fada deu um sorriso triste.

— Como salvei você e Lancelot — retomou Merlin, revirando os olhos —, ela me disse que era minha escolha carregar esse peso ou não.

— Que peso você carregou? — perguntou Owain, ferino.

— Perder minha família.

— Como se isso importasse... — ironizou Gabriel.

— Pois importava. — Para surpresa de todos, a voz de Merlin soou trêmula. — Lidei com o peso de minhas escolhas. Abri mão do meu filho, de sua mãe e de qualquer laço com quem viria depois. — Ele apontou para Melissa e Gabriel.

— Você teve escolha. O restante de nós, não — insistiu Gabriel.

— Sim, tive. Optei por fazer o mais difícil por um bem maior.

— Eh... Vai começar a ladainha do "bem maior". Olha, não se usa a família para um bem maior. Sério mesmo — acrescentou Marcos, chamando a atenção de todos.

Não conseguindo mais ficar parado, Merlin caminhou pela sala, ignorando completamente o garoto.

— Já está feito. Não adiantará procurar desculpas ou motivações. Todos temos um papel a cumprir para salvar o reino; nada mudará. Será mais fácil se me virem como um aliado. O que eu sou, de fato.

— A questão é que não confiamos em você. — Gabriel se levantou, apontando para ele. — Não depois de tudo o que nos fez. Além do mais, já sabemos tudo o que temos de fazer. Sua participação é inútil.

Novas batidas soaram à porta, e Gawain entrou, aflito.

— Arthur, minha mãe pediu para buscá-lo.

— O que houve? — O rei ficou de pé, em prontidão.

— Não sei ao certo. Meus irmãos chegaram e ela pediu que eu viesse imediatamente.

Hesitando, o rei caminhou até a porta e olhou para trás.

— Contarei tudo a você depois, pode ir — assegurou Merlin, e viu-o sair. — É a primeira vez, em toda a minha vida, que Morgause vem a calhar. Preciso aproveitar para falar com vocês a sós. Se conheço bem aqueles garotos, ela deve estar ameaçando se jogar pela janela neste momento. Que não caia em cima de ninguém. Me escutem. — Sua voz assumiu um tom sério. — Arthur não pode saber sobre Melissa e Lancelot. — Todos ficaram em silêncio. — Não sou cego, crianças. Vi como ele a olhava. Já Arthur, por outro lado, parece ser, mas infelizmente não será para sempre. Vocês chegaram juntos, então presumo que tenham vindo de Avalon, e sei o que o lugar significa para Melissa e Lancelot. Seja lá o que aconteceu, deve permanecer lá. Arthur não pode saber. Ele morreria.

— Você não pode nos pedir para mentir para ele — disse Morgana, taxativa.

— Pretendia contar? — perguntou Gabriel, chocado.

— Não. Lancelot disse que contaria. — Ela se defendeu.

— Certo. — Merlin bufou ao vê-los interagindo. — Mais tensão. Como se já não tivéssemos o suficiente. Enfim, não importa o que vocês queiram fazer, se Arthur souber, morrerá, e não estou inventando essa parte, não é, Melissa?

A jovem baixou os olhos ao ouvi-lo. Esse pressentimento viera junto com a visão da morte de Lancelot. Era como se a profecia estivesse viva e cercasse todos os seus caminhos.

— Espera aí. O velho está manipulando a Mel, é isso? Cadê minha espada? — Marcos se indignava. — Vai se acalmando, tio, porque agora eu estou aqui e as coisas serão um pouquinho diferentes.

— De onde saiu esse moleque? Quem autorizou que vocês trouxessem alguém de outra realidade para cá? — perguntou Merlin, zangado.

— De onde eu saí não importa, e ninguém precisa me autorizar a nada. — Marcos se levantou e tocou o peito do feiticeiro. — Respeito os mais velhos e tal, mas pode parar. Acabou a palhaçada de apagar memória e mudar o destino das pessoas que eu amo.

— Marcos no modo "vou matar todos" é muito amor, gente. — Lilibeth se abanava.

Gabriel não conseguiu conter uma gargalhada, seus amigos conseguiam deixar mais leve até o momento mais tenso. Balançando a cabeça, voltou-se para a gravidade da situação.

— Muito bem, vovô — Gabriel foi irônico —, chegou a hora de você parar. Afinal, é o que acontecerá, não é mesmo? É por isso que, durante todo esse tempo, eu fico mais forte na mesma proporção que você fica mais fraco.

— E por que você acha que isso está acontecendo? — Merlin levantou o dedo para Gabriel. — É o meu poder que corre no seu sangue. Meu! Abdiquei dele para que você pudesse ser mais forte e protegê-la. E é assim que você me paga, me enfeitiçando. Foi isso o que fez, não foi? Passei dias como um morto-vivo.

— Você mereceu. E o que fez comigo, com Mel e Lancelot? E como a enganou duas vezes? — defendeu-se Gabriel. — E pouco me importa se está enfraquecendo. A escolha foi sua. Não é isso o que não para de repetir, seu bastardo manipulador?!

Merlin ergueu a mão, revoltado, prestes a dar um tapa no rosto do neto, quando Owain segurou seu braço, antes mesmo que Gabriel reagisse.

— Não se atreva a encostar nos meus filhos. Seja com suas mãos, seja com seus poderes. Não faça isso outra vez — avisou Owain, encarando o feiticeiro.

— Estou cansado de todos vocês fazendo pouco caso do que está acontecendo — suspirou Merlin, se desvencilhando da mão de Owain.

— O que você quer de nós, Merlin? Não adiantará nada ficarmos questionando suas razões para destruir as nossas vidas. Você fez o que fez porque é um miserável — explodiu Melissa, impaciente. — Temos seu sangue. Saber disso não muda nada. Só o torna pior.

— Precisamos encontrar quem controla o Ar, creio que seja um dos seus novos irmãos.

As palavras de Merlin pareceram congelar todos eles. Ninguém abriu a boca ou sequer se entreolhou, receosos de que pudessem entregar a verdade ao feiticeiro. Até mesmo Morgana permaneceu quieta. Ele percebeu a reação, porém o bebê escondia-se do bisavô.

— Viviane já nos disse que precisamos evitar que Camelot caia. É o que faremos. Boa sorte na busca pelo Ar. Agora você faça o favor de sumir da minha frente. — Melissa encerrou o assunto e saiu, deixando todos assombrados.

# 37

— Lot tem ideia de quem é a mulher com quem se deita? — Era Gaheris, chocando a mãe com a afronta. — Quero dizer, com quem se deitava, não é? Afinal, parece que você não deixará Camelot.

Morgause estava parada perto da janela, olhando para os filhos, inconformada com a ousadia de ambos. Por um instante, ela perdeu o fôlego.

— Por favor, não seja dramática. — Mordred balançou a cabeça e permaneceu parado longe dela. — Estou cansado de seus jogos.

— Como podem acreditar nesse homem, e não em mim?

— Fica impossível não acreditar em alguém que é quase um reflexo de mim — ironizou Mordred. — Tudo bate. A história, o tempo, as semelhanças entre ele e nós, a razão de você ter nos mandado embora tão cedo, permanecido mais tempo com Gawain. Não era por ele ser o caçula, era por ser o único filho de Lot, o herdeiro do trono.

— Isso não é verdade. — Ela sentou-se na cama, apertando a saia de seu vestido verde entre as mãos. — Eu tentei protegê-los.

— Tínhamos o direito de saber quem éramos — afirmou Mordred, baixo.

Respirando profundamente, Morgause ficou ereta, como a rainha que era, e forçou as feições em uma expressão neutra.

— Não sejam medíocres. Vocês nunca suportariam a verdade.

— Ora, nossa mãe voltou. — Gaheris zombou do tom gélido. — Será que teremos a verdade agora?

— Vocês não têm noção do que tive de enfrentar para mantê-los vivos e com um teto acima da cabeça. Não se lembram da história? Alguém surgiu para buscar Owain. Foi Merlin, aquele

maldito. Não sei o que o feiticeiro lhe disse, mas ele partiu. Quando descobri que estava grávida, o único caminho era me casar com o primeiro que aparecesse. Lot era rei e poderia nos proteger. Tudo o que fiz foi para protegê-los.
— Pare com esse sentimentalismo que não cai bem em você e retorne à história — disse Mordred, interessado. — Como Lot nunca desconfiou?
— Porque ele sempre soube.
— Impossível. Um homem não se casaria com uma mulher que não fosse donzela, ainda mais com o filho de outro na barriga — argumentou Gaheris.
— Ah, é? Você concorda com isso, Mordred? — Ela foi ferina.
— Não se atreva — avisou o filho.
— O que está acontecendo aqui? — Gaheris se irritou. — Quantos segredos possui essa família?
— É assunto meu.
Mordred vestiu a máscara de frieza que a mãe usava com maestria e não deixou que percebessem o quanto aquelas palavras o afetaram. Era a segunda vez em poucos dias que Morgause usava seu passado para tentar desestabilizá-lo.
— Aceitarei seu silêncio por hora, irmão — anuiu Gaheris.
— É lindo como vocês se protegem — disse, irônica. — Eu tinha essa relação com Igraine, mas ela foi arrancada de mim, como tudo nessa vida. — A dor transparecia em suas palavras. — Como eu disse, Lot sempre soube porque meu excelentíssimo pai contou a ele quem era Owain e que um dia ele teria participação na profecia que salvaria a Britânia. Todos confabularam o quanto poderiam ganhar com isso. Lot achou que seria conveniente mantê-los na família e se tornou rei após a morte do meu pai. É claro que nunca cogitou passar o reino a vocês.
— E o que ele pretendia fazer conosco quando chegasse a hora? — perguntou Mordred, com o cenho franzido.
— Vocês são cavaleiros. Lot não esperava que durassem tanto — confessou ela, sabendo que os atingiria, olhando para as unhas e demonstrando total descaso, sem paciência. — Vocês dois jamais estiveram do meu lado. Tento explicar o que está em jogo, e vocês não escutam. Às vezes, parece que Gawain é o único filho que tive.
— Você se superou nessa, Morgause. Jamais nos considerou de fato. Nem mesmo Malagant, nosso irmão feiticeiro — declarou Gaheris, fazendo-a estremecer. Era claro que o único caminho para Gawain ser rei era a morte dos outros dois. — Estou espantado e sempre pensei que soubesse tudo o que você era capaz de fazer com suas tramoias e alianças, porém jamais

imaginei que fosse tão longe. É uma bruxa, realmente. Agora me questiono sobre o que mais anda fazendo escondida de nós.

Morgause colocou a mão nos lábios, possessa. Pegou o primeiro vaso que encontrou e o jogou na direção de Gaheris, que se esquivou rapidamente e viu o objeto se espatifar contra a porta atrás de si.

— Não se atreva a falar comigo assim!

— Vai matar seus filhos agora? — perguntou Gaheris, irônico. — Se eu descobrir que você ou Lot tiveram algo a ver com a morte de Malagant, não sei o que serei capaz de fazer.

— Não me surpreenderia — acrescentou Mordred. — Quando tudo vier à tona, seremos sua vergonha. Além das nossas, é claro. — Ele ainda não se conformava.

Arthur pôde ouvir os gritos de Morgause do corredor. Empurrou a porta, que estava entreaberta, e avistou-a com o rosto vermelho, coberto de lágrimas.

— Como vocês ousam falar dessa forma comigo? Gerei vocês dois em meu ventre, sofri com as dores do parto, criei-os bem, para que agora venham até aqui me tratar dessa forma? Fiz o que tinha de fazer! Quem pensam que são?

— Bastardos, é o que somos — provocou Mordred.

— O que está havendo? — perguntou Arthur, ao entrar.

Morgause conteve um sorriso. Gawain havia trazido Arthur na hora certa.

— Arthur. — Ela se jogou em seus braços.

— O que vocês fizeram? — O rei encarou os primos.

— Ela está fingindo. — Mordred pressionou a própria cabeça, sentindo uma dor de cabeça se formar. — Acabou de confessar tudo.

— Viemos questioná-la, primo. É nosso direito — esclareceu Gaheris.

— Meu querido — murmurou Morgause no peito de Arthur —, eles não acreditam que isso é uma intriga contra mim.

— Tia, não há...

Ela o cortou, quanto mais rápido encerrasse o assunto, melhor.

— Não, juro pela Deusa, eles são filhos de Lot. Não sei que bruxaria fizeram para esse homem ser parecido com Mordred, mas não tive nada com ele. Fomos criados juntos, apenas.

— Arthur, ela acabou de dizer que somos filhos de Owain e que Lot sabe disso. — Mordred falou baixo, cansado demais do jogo psicológico.

O rei olhava para os primos. Os mais velhos continham a raiva e o desprezo, enquanto o caçula não entendia nada.

— Quem é esse Owain, mãe? O que ele fez? — perguntou Gawain, protetor, tocando-lhe os cabelos.

— Por favor, Arthur, não permita que me façam uma calúnia dessas, por favor — implorou ela, enquanto lágrimas escorriam por seu rosto. Sua dor não era fingida, sabia que não havia mais chance de ter os filhos ao seu lado.

— Pode enganá-los o quanto quiser, você está morta para mim — afirmou Mordred, enojado.

— E para mim — completou Gaheris.

Morgause sentiu seu corpo todo tremer. O último que lhe dissera essa frase fora Malagant. Nenhum dos filhos de Owain era capaz de ouvi-la. Ela não devia tê-los deixado nascer.

— Chega. Ela terá outro colapso nervoso. Gawain, vá buscar o médico, e vocês dois estão proibidos de tocar nesse assunto com ela até que eu averigue a situação.

Assim que a acomodou na cama, Arthur deixou-a aos cuidados da serva até que o médico chegasse, então saiu com seus primos. Morgause se levantou no segundo seguinte, mandando a mulher embora de seu quarto.

Sozinha, sentiu a ira contra Owain crescer dentro de si. Ainda mais decidida, soube que se vingaria. Graças a ele, seus filhos estavam contra ela e a situação fugira de controle. De um jeito ou de outro, o plano seguiria. Ela libertaria Camelot e sua linhagem.

38

— Melissa, você sabe que não pode se esconder aqui para sempre. — Era Isolde, ao perceber que anoitecia.

Melissa havia corrido para os aposentos da jovem viúva e contado a ela tudo o que lhe havia acontecido nos últimos dias, incluindo sua decisão de se afastar de Lancelot e a gravidez.

— E o que você fez o dia todo, Isolde? — perguntou Melissa, enquanto acariciava os cabelos macios de Wace.

— Me escondi de Tristan — confessou ela, sentando-se ao lado da amiga. — Bela dupla nós formamos. E o bebê, como está? — Tocou-lhe a mão. — Você não comeu muito hoje, quase não mexeu na comida que pedi para trazerem.

— Não estou com fome, mas comi um pouquinho por ele.

— O que fará?

— Se eu ficar com Arthur, ambos se salvarão. Então esse será o caminho, mas preciso contar a ele sobre a gravidez — afirmou, resoluta.

— Não, não pode. — Isolde foi enfática.

— Não posso enganá-lo, nem a meu filho.

— Melissa, você precisa entender que não nasceu aqui. Você veio de um lugar diferente e talvez não entenda a gravidade de estar grávida fora de um casamento.

— Mas não posso mentir.

— Se contar, haverá dois caminhos: Arthur saberá que o traiu, mesmo que não tenha havido de fato essa traição, é assim que ele verá; e o outro, ele aceitará, mas não se souber que é de Lancelot, e, nesse último caso, ele assumirá seu filho. Mas não consigo ver isso se realizando. É um menino, Melissa. Ele seria rei. Um rei ilegítimo. É impossível pensar em tudo o que pode acontecer.

— Não quero mentir. Esse bebê é de Lancelot. Já não basta quebrar a promessa que fizemos um ao outro, tirar seu filho é demais.
— Promessas não devem ser feitas quando estamos apaixonados. Nosso coração faz afirmações que atropelam a razão. — Isolde acariciou os cabelos do filho enquanto dizia as palavras, e uma melancolia a envolveu.
— O que você faria?
— Se essa fosse a única maneira de proteger quem amo, eu mentiria. Não sinto orgulho em admitir. É contra tudo em que acredito, mas não vejo outra solução.
— Você e Tristan... Sua história é bem pior do que imagino, não é? — Ela viu a amiga assentir rapidamente.
— Fui criada para ser uma donzela indefesa e sempre achei que fosse o correto, nunca questionei. Era a caçula de três irmãs, todas tão frágeis, delicadas e submissas. Quando vi Tristan pela primeira vez, foi como um lago recebendo uma tempestade. A calma e a tranquilidade se vão e o encontro das águas é turbulento e intenso. Depois, quando a tempestade vai embora, o lago volta a mostrar sua superfície tranquila, mas ele nunca mais será o mesmo, porque parte da tormenta se misturou às suas águas. Tristan desperta uma força avassaladora em mim.
— Você é forte de qualquer forma. Tudo o que enfrentou esses anos, e continua firme.
— O que mostro às pessoas é o que elas desejam ver, apenas ele me viu por baixo da superfície — confidenciou.
— Como conseguiu viver sem ele? — Melissa se surpreendia a cada palavra. — Deve ter sido muito infeliz.
— Não o tempo todo. Kay era bom e encantador. Não era culpa dele que meu coração pertencesse a outro. Eu tentava não o magoar e escondia meus momentos tristes.
— Mostrando apenas a superfície...
— Sim. Kay me deu Wace. — Ela apertou a mãozinha do filho. — E nada é maior que um filho. Nada. Você verá. O amor que sinto por Wace cura parte do meu coração ferido. Não completamente, mas fica mais fácil aceitar.
— Como consegue se manter tão firme? — perguntou Melissa, com o coração esfacelado. — Tudo o que quero é procurar Lancelot, fugir e criar meu filho com ele.
— Você sabe que Lancelot morrerá. Com Tristan, sempre foi o mesmo. Nunca tive uma visão em que ele pudesse morrer, mas o medo do que poderia acontecer se ficássemos juntos. Nós nos enganamos, nos arriscamos e

fizemos promessas que não pudemos cumprir. Fui prometida a Kay e agora a Mark, seu tio. Creio que Tristan e eu estejamos fadados a um amor impossível.

— Mas, enquanto ainda não está casada, como resiste ao desejo de procurá-lo?

— Pequenas e efêmeras fugas mais machucam um coração do que o confortam. Tristan e eu já fomos tão feridos pelo destino que não sei se valeria a pena, mas confesso que, às vezes, penso em ceder ao desejo, porém sempre acabo recuando. — Sua expressão era a face da tristeza.

Duas batidas à porta foram ouvidas e ambas se sobressaltaram. Isolde a abriu e viu Arthur entrar, olhando diretamente para Melissa.

— Aqui está você. — Ele sorriu.

A antessala parecia ainda menor com a presença de Arthur. Melissa continuou sentada, com Wace no colo, sem saber como agir.

— Podemos conversar? — sugeriu o rei.

— Sim.

A viúva pegou o bebê, que parecia relutar em sair do colo de Melissa, como se fosse sua obrigação protegê-la, e se dirigiu para o outro cômodo, fechando a porta e dando-lhes privacidade.

Melissa se levantou e Arthur tocou-lhe o rosto, sorrindo.

— Merlin me contou que você é uma feiticeira também. Terra, não é? — Ela assentiu. — Sempre vi que havia algo a mais em você. E o garoto, Gabriel, é seu irmão. Quando o nome dele surgiu no Assento Perigoso jamais imaginei que pudesse ser Galahad.

— Foi uma surpresa para mim também.

— Ele me disse que você tem uma influência sobre os animais também.

— Tenho.

— Quando você estava longe, vi um pássaro típico de Avalon. Foi você que o enviou para mim?

— Foi — admitiu ela. — Queria que você não se preocupasse com Morgana.

— Foi muito gentil. — Ela desviou o olhar. — Minha esperança se renova. Sinto que, com vocês por perto, tudo dará certo. Agora que Lancelot e Tristan retornaram, sei que tenho em quem confiar. Vamos vencer.

— Você não conversou com ele ainda? — Não conteve a pergunta.

— Não. Mark solicitou a ajuda dos dois no interrogatório e precisei resolver algumas pendências.

— Sua tia.

— Sim, mas ainda preciso averiguar essa história. Conversarei com seu pai mais tarde.

— Os inimigos das montanhas... Ouvi Gaheris e Mordred conversando e soube do acampamento por Lancelot. Vocês os derrotaram?
Arthur estranhou a pergunta, porém não conseguia esconder nada de Melissa.
— Derrotamos. Trouxeram alguns prisioneiros, não encontraram o líder, mas resolveremos tudo. Tente não se preocupar mais do que deve.
— Tentarei.
Um silêncio caiu sobre o ambiente. Arthur segurou-lhe a mão e a levou aos lábios.
— Senti sua falta.
Melissa tentou sorrir, incapaz de retribuir o carinho que ele lhe oferecia. Se Arthur percebeu não comentou, e continuou:
— Queria lhe fazer um pedido.
— Pode fazer.
— Amanhã pela manhã, Mark se casará com Isolde. Decidimos adiantar o casamento em virtude de tudo o que ainda iremos enfrentar.
— Ela me contou.
— Sei que estava confusa antes de desaparecer no jardim de Morgana. — Tocou-lhe o rosto outra vez, aproximando-se mais. — Espero que esse tempo distante possa tê-la feito reconsiderar. Melissa, quer se casar comigo amanhã?
Respirando fundo, Melissa procurou as palavras. Era como se tudo tivesse se evaporado. Casar com Arthur era a resposta para tudo. Lancelot se afastaria e sobreviveria, assim como o rei. Apavorada, deu-se conta de que não poderia falar sobre seu filho. O medo do que poderia acontecer a assolava. Sem saída, ela assentiu, incapaz de dizer a palavra que colocaria um fim em seu relacionamento com o cavaleiro.
Arthur também não disse mais nada, apenas a puxou para um beijo. Os lábios mal chegaram a se tocar porque uma ventania forte irrompeu pela janela, fazendo a madeira bater contra a parede várias vezes. O rei correu para fechá-la e quase machucou a mão com a intensidade do vento.
Sem acreditar no que via, Melissa tocou sua barriga. Era visível, seu bebê sentia seu pesar.

39

Era noite e Marcos perambulava pelo castelo à procura de Melissa. Já havia se perdido três vezes. Ele a havia visto no jantar, ao lado de Arthur, que fez questão de que Lancelot também se sentasse ao seu lado. Marcos observou a cena e, pela primeira vez, sentiu pena do cavaleiro, pois estava numa situação pior. Tivera Melissa e agora precisava lutar para mantê-la.

Compadecer-se do outro não anulava o sentimento de Marcos, porém havia um conformismo em seu coração. Tudo que ele queria era vê-la feliz, e, pelo que notava, isso seria bem difícil.

Caminhando pelo pátio, passou pelo alojamento dos cavaleiros e, curioso, seguiu até encontrar o que julgou ser — pelos grandes bonecos presos em estacas no chão e os alvos, alguns com flechas presas — a área de treinamento.

Várias tochas estavam acesas, e ele pôde ver um arqueiro treinando. Apesar da iluminação não ser das melhores, ele era excelente. Não errava uma vez. Marcos permaneceu nas sombras, espiando. Era tão bom quanto Tristan. Tinha o rosto parcialmente coberto por um capuz, mas era baixo e magro. Talvez um aprendiz, já que todos os outros que ele vira eram grandes e fortes.

Movendo-se devagar, Marcos pisou em um pedaço de madeira no chão, que parecia um pedaço de escudo, provavelmente usado para treinamento. O objeto rangeu e o arqueiro apontou a flecha para onde o jovem estava.

— Opa! — Marcos saiu das sombras com as mãos levantadas. — Sou amigo. Tristan está me treinando — repetiu as palavras que o cavaleiro lhe pediu que dissesse em situações assim.

O outro abaixou o arco e apressou-se em juntar todos os seus pertences, como se quisesse sair dali o mais rápido possível. Marcos estranhou a atitude e lembrou-se das conversas que havia ouvido sobre um traidor. Resolveu se aproximar mais para ver melhor.

— Meu nome é Marcos. — Ele reduziu a distância com alguns passos, ficando a um metro do rapaz misterioso.

Com o rosto ainda encoberto, o arqueiro tentou passar por Marcos, que deu um passo para o lado, bloqueando o caminho. Irritado, o arqueiro misterioso virou-se de costas e pretendia sair pelo lado oposto quando trombou com um dos bonecos e derrubou sua aljava, fazendo com que as flechas se espalhassem.

Marcos abaixou-se, ajudando-o a recolhê-las, e tentou saber mais.

— Você por acaso não é mudo, certo? — perguntou, sem resposta — Ah, meu Deus, será que é surdo? — O tom sincero do garoto fez o arqueiro conter uma risada. — Aqui estão suas flechas. — Marcos se levantou e o viu erguer a cabeça, devagar, para pegá-las.

A tocha brilhou nos olhos azuis do arqueiro e Marcos pôde ver parte do rosto um pouco melhor, antes que ele puxasse o capuz para baixo. Traços delicados e pele clara. Apenas um vislumbre antes que ele arrancasse as flechas da mão de Marcos e se afastasse.

— Ei! — Marcos correu atrás do arqueiro, que agilmente virou-se, pegando-o desprevenido, e o derrubou no chão, depois correu antes que o garoto pudesse se levantar. — Que falta de respeito com as visitas. — Ele se ergueu um pouco, apoiando-se nos cotovelos, e sentiu um suave perfume de lírio do vale.

40

A noite parecia tranquila, entretanto Lancelot caminhava, preocupado, até a muralha frontal. Precisava dar um recado a Tristan.

— Arthur quer falar conosco nos aposentos de seu tio — avisou ele a Tristan, quando o encontrou.

— Justo hoje? — Ele lançou-lhe um olhar triste.

— Você já soube. — Lancelot referia-se ao casamento de Mark e Isolde.

— Erin me contou.

— Sua irmã está no castelo?

— Sim, veio com Mark para o casamento.

Erin era a irmã caçula de Tristan e foi criada pelo tio desde bebê, quando seus pais foram mortos em uma emboscada. Mark amava os dois sobrinhos como se fossem seus filhos, embora não tivesse idade para ser pai do cavaleiro.

— E o que ela disse?

— Disse que eu deveria falar com Mark, como deveria ter falado com Kay. Você sabe que não é assim que funciona.

— Sei. O que fará?

— O que mais posso fazer? Nem posso me embebedar, já que sou responsável pelas muralhas hoje.

— Eu ficarei nas muralhas.

— Só para que eu possa ficar bêbado? — Tristan ergueu as sobrancelhas, surpreso, enquanto cruzavam o pátio em direção ao castelo.

— Não, para que você vá atrás de Isolde e, pelo menos, se despeça como deve. A partir de amanhã, ela será a mulher de seu tio. É hoje ou nunca mais, você sabe.

Tristan parou, encarando o amigo. Agradecera aos deuses quando foi escalado para as muralhas porque temia ir atrás dela. Agora, Lancelot sugeria que fizesse exatamente isso. Passou as mãos pelos cabelos, agoniado. E se fosse até ela e não conseguisse mais deixá-la?

— A decisão é sua quanto ao resto — disse Lancelot. — Ficarei nas muralhas.

— E Melissa?

— Posso falar com ela depois. Estou retribuindo muitos favores que você já me fez, amigo. Além do mais, ela não se casará amanhã.

— É verdade. Conseguiu falar com Arthur? — Tristan aproveitou para perguntar enquanto caminhavam.

Os dois falavam baixo, quase aos sussurros, sempre atentos ao seu redor.

— Simplesmente não consigo encontrá-lo a sós, e, quando digo que é urgente, ele responde que preciso esperar porque, ao que parece, o castelo está ruindo. Morgause nega que os filhos sejam de Owain; Mordred e Gaheris renegaram a mãe; o casamento de Mark; o perigo iminente. O pior é que Morgause é suspeita. Não sei se ela chegaria ao extremo de querer ver a queda do reino, mas há dedo nela nessa história — explicou Lancelot, quando começaram a subir as escadas.

— Ela é engenhosa. Você pode plantar a dúvida na cabeça de Arthur, mas, se Morgause for culpada, pode ser tarde demais.

— Arthur confia demais nela.

— Sabemos que sim.

Os dois trocaram um olhar significativo.

— Hoje, quando ele segurou a mão de Melissa no jantar, senti-me de fato um traidor querendo sua mulher.

— Você sabe que não é. É difícil lidar com esse sentimento. Melissa está diferente. Há algo que não sabemos. Conseguiu falar com ela? — perguntou Tristan.

— É outra que está fugindo de mim — respondeu Lancelot.

Ficaram em silêncio ao se aproximarem dos aposentos de Mark e baterem à porta.

※

Guinevere caminhava pelo acampamento inimigo. Não aguentava mais ter de mudar constantemente de lugar para que não fossem encontrados.

Irritada, entrou na tenda onde Breogan contava sobre o espião a seu pai, iluminados por velas brilhantes em candelabros.

— Um espião entre nós. Quão irônico é isso? Um único homem levou vários dos meus. — Ele erguia as mãos enquanto falava. — Por sorte, escapei a tempo. Precisamos agir o quanto antes. Arthur deve estar se preparando para nós. Quero surpreendê-lo.

— E eu quero Lancelot — avisou Guinevere, sentando-se sobre uma pilha de almofadas.

— E você o terá, minha filha, como lhe prometi — disse Leodegrance ao tocar-lhe o rosto, incapaz de lhe negar qualquer capricho.

— Espero que sim. — Ela sustentou o olhar do pai. — Tenho feito tudo o que me pediu até aqui. Seduzi cavaleiros e reis, consegui informações para que pudéssemos chantageá-los. Estou disposta a fazer qualquer coisa que possa nos ajudar a ter acesso ao poder que a magia esconde. — Ela fingiu-se magoada.

— Você é mais leal à causa que muitos de nossos homens. Pode ter qualquer um. O que há nesse cavaleiro de tão especial? — perguntou Breogan.

— Quando o vir, saberá. — Ela deu de ombros, mordendo um pedaço de queijo. — Não é qualquer cavaleiro, é o meu cavaleiro. O único que não cedeu aos meus encantos e que não pude conquistar. E ouvi dizer que ele é imune à magia. Precisaremos de alguém assim entre nós.

— Quando atacaremos? — O mercenário insistia.

— Ainda não será a batalha final, mas nós atacaremos um vilarejo perto de Camelot pela manhã. Já enviei meus homens — revelou Leodegrance ao coçar a barba, cinzenta como seus cabelos cacheados. — Vamos abrir uma ferida em Arthur.

※

Arthur, Mark, Lancelot e Tristan conversavam nos aposentos do rei da Cornualha.

Todos haviam participado da reunião dos cavaleiros mais cedo. Discutiram assuntos como a fuga do mercenário do acampamento nas montanhas, além da sagração de cavaleiros pela manhã, antes do casamento. Alguns nomes foram discutidos, além dos irmãos de Bors, mas a falta de confiança que permeava a todos dificultava qualquer outra decisão. Ninguém mencionou a paternidade de Owain, nem que Galahad era Gabriel. Arthur decidiu manter essa informação em segredo por mais tempo.

Agora, em particular, discutiam os rumos da guerra.

— Enviei batedores em todas as direções. Se estivermos cercados, como imaginamos, confirmaremos em breve — declarou Arthur, bebendo um gole de vinho.

Mark estava ao seu lado, com o queixo apoiado nas mãos, sentado à mesa quadrada da antessala. Arthur havia mandado preparar um dos melhores aposentos do castelo para ele; com cortinas grossas e ornamentadas, e móveis de madeira nobre.

— Arthur, preciso confessar algo — disse Mark, em voz baixa.
— O quê? — perguntou Arthur, preocupado com o que ouviria.
— Passei informações falsas a todos os cavaleiros da Távola, exceto os presentes, inclusive a seus primos. Conhecendo-o, sei que não conseguiria lidar com esse ardil sem se sentir mal por suspeitar deles, mas precisamos saber onde pisamos.
— Eu entendo — admitiu Arthur, apesar de sentir-se incomodado.
— Peço que me perdoe por invadir seu espaço.
— Está tudo bem. Não conseguiria realmente. Ou confio, ou não. Tem razão.
— Você confia demais, Arthur. — Lancelot aproveitou a brecha.
— Essa é minha postura, meu amigo, confiar nas pessoas até que me traiam. — Ele tocou-lhe o ombro.
— Eu sei. E precisamos conversar.

Lancelot e Tristan se entreolharam, e Mark estreitou os olhos, reconhecendo a cumplicidade e aguardando.

— Sobre o quê? — perguntou Arthur, sentindo a tensão nas palavras do cavaleiro.
— Quando eu estive no acampamento inimigo — começou o cavaleiro, acreditando que seria o melhor momento —, Breogan me disse que, naquela noite, saberia a quem os "filhos da bruxa" eram leais.
— O que quer dizer com isso? — Arthur retesou-se, franzindo o cenho.
— Só há uma pessoa no castelo que é conhecida como bruxa pelas pessoas — disse Lancelot, pausadamente.
— Não. Você está insinuando que meus primos estão contra mim?
— Não foi o que eu disse. E, particularmente, acredito na lealdade deles. É visível que fariam qualquer coisa por você e Melissa, ainda mais agora.
— O que quer dizer, então? — O rei cruzou os braços, na defensiva.
— Não confio em Morgause — confessou Lancelot, olhando-o nos olhos. — Seu passado com Owain lhe dá motivo para querer se vingar de Merlin, e o feiticeiro, manipulador ou não, preza pelo seu bem.
— Não acredito nisso. — Arthur meneou a cabeça, decidido.
— E se a vigiássemos? — sugeriu Tristan.
— Não me sinto confortável com isso — declarou Arthur, parecendo seguro, mas em seu íntimo sabia que deveria averiguar. — Pensarei a respeito. —

O rei de Camelot foi enfático, então se levantou, dando a reunião por encerrada. Se não pudesse confiar na própria família, em quem mais confiaria? Mark anuiu, com a expressão impassível. Pouco se importava se Arthur autorizava ou não, ele a vigiaria da mesma forma. Era o destino de todos que estava em jogo.

— Preciso de ajuda — disse Tristan a Gabriel, que estava no alojamento dos cavaleiros, ensinando Marcos a arremessar punhais.

O cavaleiro estava tenso, porém decidido. Se era sua última oportunidade, precisava passar um tempo com Isolde.

— Do que precisa? — perguntou Gabriel, acertando o alvo na mosca pela sexta vez e deixando seu amigo de Quatro Estações abismado.

— Parecer outra pessoa — respondeu Tristan.

— Certo. — O feiticeiro arrancou o punhal, ciente do que o cavaleiro pretendia fazer. — Quando?

— Agora.

— Pois bem. Vamos. Vem, Marcos.

— Aonde?

— Terei de passar parte da noite vigiando um corredor. Você virá comigo e fará um resumo de todos os filmes e séries que foram lançados enquanto eu estive aqui.

— Ah, você vai sofrer — avisou o amigo.

— Eu sei. — Gabriel sorriu, enquanto os três se encaminhavam para os aposentos de Isolde.

Após o jantar, Morgause se lavou em uma tina de água fria, colocou ervas sobre os olhos. Estava cansada. A guerra batia à porta e ela permaneceria do lado em que acreditava. A Britânia merecia ser libertada das garras dos que a invadiram anos antes, por meio de Uther Pendagron. Se Uther não tivesse atravessado o portal e se apaixonado por Igraine, Morgause não precisaria lutar e ferir quem amava. Contudo, a escolha não havia sido dela. Desde que seres mágicos passaram a habitar entre os humanos, muito sangue havia sido derramado.

Assim que se vestiu e retornou para seu quarto, ouviu o sobrinho a chamar, depois de bater à porta. Arthur entrou, seu semblante parecia aflito.

— Tia, está de pé? Está tão pálida. O médico não pediu que repousasse? — Ele se admirou e ao mesmo tempo ficou confuso, a dúvida se agitando em sua mente.

— Precisei sair para tomar um ar. Ficar fechada entre quatro paredes estava me sufocando.

— Será que podemos conversar?

Aceitando, permitiu que ele entrasse em seu quarto e sentou-se à mesa perto da estante, iluminada por velas.

— Pode dizer, sobrinho.

— Sabe que a tenho como uma mãe e a quero da melhor forma. Entretanto, conversei com Owain e, principalmente, com Merlin, e ambos me disseram que Mordred e Gaheris são mesmo filhos de Benjamin.

Morgause já esperava por essa reviravolta, decidiu ser sincera, pelo menos em parte.

— Merlin explicou tudo o que houve? — Ela tentou soar neutra.

Vendo-a admitir a verdade, o rei sentiu-se mais inclinado a confiar na tia.

— Explicou.

Arthur não concordava com a atitude da tia. Na verdade, parte dele relutava em desprezá-la pelo que fizera. Ao olhar para seu rosto, era Igraine, sua mãe, que ele via, tornando muito difícil ser imparcial. Ela não podia ser culpada pelo desaparecimento do homem que amava.

— Você não imagina o quanto tive medo. Eu era uma menina, Arthur. Uma menina grávida que fora abandonada. Quando meu pai acertou tudo com Lot, pareceu-me certo manter a identidade dos meus filhos em segredo. Agora que sabe, você me mandará embora? — Morgause demonstrou um temor que estava longe de sentir. Ela não era mais uma menina indefesa.

— Jamais. Camelot sempre será sua casa — garantiu ele, tocando-lhe a mão.

Aproveitando-se da confiança que o rei depositava nela, Morgause aproximou-se dele, colocou a cabeça em seu peito e permitiu-se chorar. Suas lágrimas não eram falsas. Ela não sabia como continuar sem derramar o sangue daqueles que amava. Talvez não fosse tão diferente de Uther assim.

Não era possível que ela o traísse, decidiu ele. Não sendo ela a irmã de sua mãe.

— Eu amei Owain de verdade. Perdê-lo me destruiu.

— O amor nos entorpece e perdemos a razão, mas não se sinta destruída, tia. Sua família ainda está aqui.

— Como se sentiria se perdesse Morgana e Melissa? Foi isso o que tiraram de mim: minha irmã e meu amor. — Morgause se sentou, ereta, lembrando-se de quem era. Arthur ficou em silêncio, observando-a. Não era capaz de responder a essa pergunta. Ele era um rei e sabia de suas responsabilidades com o reino e com a magia, mas nem imaginava o que seria capaz de fazer se lhe tirassem Morgana e Melissa.

— Se quiser que eu converse com seu marido... — Decidiu interceder pela tia. — Ou até mesmo com Owain.

Morgause sabia que parte do carinho que Arthur tinha por ela vinha do fato de ser a exata cópia de sua mãe. Ela apelava às lembranças do menino que havia no rei. Em contrapartida, ela amava o sobrinho, embora seguisse uma ideologia diferente.

— Se você pudesse trazer sua mãe de volta, você o faria? — perguntou ela, sem olhar para ele.

— Minha mãe? É claro. Se eu pudesse traria ambos de volta: meu pai e minha mãe.

Do pai, Morgause queria distância. Ele foi o caminho por onde o mal se apossou da Britânia. Fora por ele que parte do povo padecera. Fora por causa dele que aqueles a quem ela amara estavam mortos. Arthur era um bom homem e estava tentando agir da melhor forma, mas, como tudo aquilo que carregava magia, ele precisava partir. Então, fez o que precisava fazer:

— Não cometa o mesmo erro que eu. — Ela se levantou e caminhou até a janela.

— O que quer dizer?

— Não confie em um descendente de Merlin. Melissa partirá seu coração.

— Seja clara, minha tia. — Arthur ficou de pé, um mau pressentimento o tomando.

— Observe-a, Arthur. E preste atenção a como Lancelot olha para ela.

— Lancelot jamais me trairia. — Ele foi tão enfático na defesa do cavaleiro quanto fora ao defender a tia.

Morgause virou o rosto lentamente até encará-lo e dizer em voz baixa:

— Observe-os, meu sobrinho.

Mudo, Arthur parecia completamente abalado, sem querer acreditar no que a tia dissera. Duas pessoas de sua extrema confiança haviam acusado um ao outro. A questão agora era: "Quem estava certo?" O coração do rei seria destruído independente da resposta.

Morgause sabia que a semente da incerteza havia sido plantada e se enraizava no peito de Arthur. Agora só precisava dar continuidade ao plano.

41

Arthur andava de um lado para o outro em seu quarto. Pedia ajuda a Deus para que ambos os acusadores estivessem errados. Se Morgause ou Lancelot o tivessem traído, teria que agir com firmeza.

Pensou em procurar Merlin, contudo se lembrou de que, depois de contar ao feiticeiro o que acontecera no quarto de Isolde com a ventania, ele dissera que passaria a noite meditando para tentar sentir de onde vinha o poder, já que não podia ser de Melissa e era improvável que pertencesse a Isolde ou Wace. O ancião dissera que poderia ser o próprio Arthur, sem que se desse conta.

Sentando-se na cama, o rei passou a mão pela cabeça. E se procurasse Morgana? Novamente, recordou-se de vê-la indisposta no jantar, após conversarem sobre o cura-vidas. Arthur sentia-se grato por Marcos ter salvado a vida da irmã. A última vez que ouvira falar de um cura-vidas fora quando era criança, em uma das aulas de Merlin sobre o mundo mágico e as criaturas que deveriam proteger. Não fazia muito sentido que um deles estivesse daquele lado do portal, mas Marcos não soubera explicar. Aliás, sequer se lembrava de uma vida no mundo mágico.

O rei tampouco poderia falar com Lancelot. Jamais o acusaria sem provas e colocaria sua amizade com ele em risco. Ele acreditava na honestidade do cavaleiro. Não era ingênuo. Às vezes sentia que sua tia lhe escondia informações, mas acreditava que fazia parte de sua personalidade controladora. Ele a deixava pensar que o influenciava. Contudo, em Lancelot, sempre sentiu sinceridade. Era evidente que não conhecia todos os seus segredos, mas em seu íntimo sabia que o cavaleiro jamais o prejudicaria deliberadamente. E nada possuía mais força do que a vontade de Lancelot. Arthur não conseguia nem pensar no que seria preciso para que ele o traísse. Não, não era possível.

Sem alternativa, levantou-se e seguiu para a porta. Iria direto à fonte, conversaria com Melissa e passaria a noite com ela. Caso se negasse, mesmo depois do que haviam compartilhado e de estarem com o casamento marcado para o dia seguinte, ele saberia a verdade. Se ela o recusasse, não a forçaria jamais, mas saberia que, fosse Lancelot ou não, havia outro.

❦

Tristan, Gabriel e Marcos seguiam pelos corredores até o quarto de Isolde. Iam calados, cientes do perigo. Isolde estava acomodada no mesmo andar de Melissa, três portas antes.

— Ela abrirá a porta e o verá como a Mel. Assim que fechá-la, você voltará à aparência normal. Nós estaremos esperando no corredor, para o caso de alguém aparecer. Já sei o que dizer se nos pegarem.

— Tem certeza de que é seguro ficarem aqui? — Tristan hesitava, pensando na segurança dos amigos.

— Tenho. Agora vá. — Passou a mão na frente do cavaleiro, transformando-o em Melissa.

— Caramba, Gabriel! — exclamou Marcos, admirado. — Você precisa me mostrar tudo o que pode fazer.

O cavaleiro bateu à porta, que foi aberta rapidamente. Entrou, e ela foi fechada.

— Agora é esperar — avisou Gabriel, quando Arthur surgiu na outra ponta do corredor, caminhando na direção deles. — Marcos, se controle — pediu ele.

— O que estão fazendo aqui? — perguntou o rei, a voz tensa, chamando a atenção de Gabriel imediatamente.

— Você está bem, Arthur?

— Passarei a noite com Melissa. Preciso conversar com ela — disse Arthur, ao se dar conta de como os dois o olhavam, de como Gabriel apertava o braço de Marcos para que ele não dissesse nada, temendo pela reação do rei, que parecia alterado. — É verdade. Ela é sua irmã. — Arthur entendeu que era um problema de honra. — Não pretendo desonrá-la e abandoná-la, se é o que pensa. Pretendo me casar com ela em breve. — Ele omitiu a data. Seria melhor que Melissa contasse.

— Como é? — Marcos deixou escapar.

— Ela não me disse nada. — Gabriel o interrompeu, queria chamar a atenção para si.

— Melissa me disse que deveríamos manter segredo por causa de tudo o que está havendo. Como sei que seria um risco para ela, concordei, mas pensei que você e seu pai soubessem. Preciso informá-lo. Ele é o pai e deve saber por mim.

Constatar que Melissa estava ciente e que consentira deixou os dois sem palavras.

— Ainda não me responderam o que estão fazendo aqui — insistiu Arthur.

— Viemos vigiar a porta da minha irmã — declarou Gabriel.

— Onde está Lancelot? — O rei sentiu um calafrio, pensando que o cavaleiro pudesse estar lá dentro.

— Nas muralhas — respondeu Gabriel. — Trocou de turno com Tristan.

— Certo. — O alívio e a culpa invadiam seus pensamentos. — Não precisam ficar, já que eu estarei com ela lá dentro.

— Majestade — disse Marcos, floreando as palavras e surpreendentemente calmo —, se não se importar, ficaremos da mesma forma. Ela é como uma irmã para mim — mentiu ele, descaradamente —, e me sinto na obrigação de protegê-la.

Tamanha candura quebrou os argumentos do rei, que, surpreso, concordou e seguiu, batendo à porta do quarto de Melissa e entrando em seguida.

— Melissa concordou em se casar com ele — repetiu Gabriel, incrédulo.

— Ah, mas não vai mesmo — disse Marcos. — Acha que devo chamar Lancelot enquanto você toma conta de Tristan?

— Não, não podemos — respondeu Gabriel, magoado, porém resoluto.

— Como não?

— Se Lancelot souber, ele virá até aqui e colocará a porta abaixo. E onde Arthur está agora?

— Lá dentro. — Marcos entendeu o que ele quis dizer. — Se ele vier, alguém morrerá. O que faremos?

— Eu contarei a ele quando Tristan estiver livre para nos ajudar. — Ele passou a mão na testa, preocupado. — Conheço minha irmã. Você também. Só há um motivo para ela estar se sujeitando a um casamento sem amor com Arthur.

— Salvar alguém a quem ama.

— Sim.

— Gabriel, é tudo muito simples: só precisamos descobrir quem é a vítima em questão, mudar os planos, salvá-lo e impedir o casamento.

— Marcos, tenho de repetir: como senti sua falta! Quando eu dava essas ideias por aqui, todo mundo me achava louco. Mas é tão simples.

— Não é? — O rapaz fechou a mão e a estendeu para o amigo, que deu um soquinho de volta. — E, quanto a Arthur estar no quarto dela, não se preocupe. Não vai ficar lá por muito tempo — disse Marcos, resoluto.

— Como sabe? — Gabriel estranhou.

— Quando é que vocês todos vão entender que estou aqui para tomar conta dela? Então, eu tomei. — Ele cruzou os braços, orgulhoso. — Dou cinco minutos para ele sair.

42

Assim que Isolde fechou a porta e virou-se, foi Tristan que viu à sua frente. Tristan e seus olhos cinzentos, nos quais poderia se perder como em uma intensa tempestade.

— Tristan... — murmurou.

— Isolde... — Ele sussurrou e fechou rapidamente os olhos, absorvendo a voz doce e baixa que dizia seu nome.

— Como você... É um feiticeiro também? — questionou, admirada.

— Não, Gabriel me ajudou.

— O irmão da Melissa?

— O próprio. E o bebê?

— Está dormindo no berço que...

— Eu fiz para ele. — Um sorriso triste brotou nos lábios do cavaleiro.

— Sim, toda vez que o coloco para dormir me recordo de você — confessou ela, ainda parada no mesmo lugar. Dois passos os separavam.

— Sinto muito por isso. Kay me pediu que fizesse o berço graças à minha habilidade na carpintaria. Ele quis que eu fizesse o símbolo do rei a quem servimos, para mostrar o caminho a Wace desde pequeno.

— Eu sei, e não precisa se desculpar. Me lembraria de você mesmo sem o desenho — revelou ela, sem contar que tocava a madeira e os vincos muitas vezes.

— Kay me odiaria. — Ele não conseguiu evitar as palavras.

— Não, jamais. Você sempre o respeitou. Manteve-se longe, até pediu que fizessem um feitiço para se esquecer de mim.

— Você sabia?

— Não na época, mas Melissa me contou recentemente.
— Ela é uma boa amiga.
— Você me viu uma vez, de relance, e não voltou a olhar para mim, e você sempre volta. Ainda que seja por mais um segundo. Acho que nem se recorda.
— Não. Eu fui um idiota.
— Depois, você visitava a minha casa e parecia me olhar como uma estranha. Apenas a esposa de Kay, o que eu deveria ser. Isso me partia em mil pedaços, e eu pensei que você estivesse querendo me dizer que o que tivemos não importava mais.
— Dessas vezes, eu me lembro. Quis morrer quando recuperei a memória e me lembrei das coisas que fiz.
— E houve vezes, uma, em especial, como se um lampejo de verdade passasse pela sua mente e você me visse pela primeira vez.
— Eu me lembro. Quase não resisti, mesmo com Kay a poucos metros de nós, no cômodo ao lado. — Ele balançou a cabeça, sem acreditar no que estivera prestes a fazer.
— E foi há pouco tempo, quando você começou a se lembrar.
— O tormento voltou e, em vez de me encontrar, me perdi outra vez. Eu achava que estava me apaixonando pela mulher do meu melhor amigo. Não entendia que já a amava. Sentia culpa pelo Kay. Agora ele está morto por minha causa.
— Não é verdade. Arthur me contou o que houve. Sei que jamais faria mal a ele.
— E se eu tiver causado a morte de meu amigo? E se inconscientemente escolhi salvar Gawain para perder Kay e deixá-la livre? — A dor vibrava em cada palavra. — Isso me aflige desde quando o vi caído no meio daquela batalha.
— Arthur pediu que salvasse o primo. Ele sequer tinha visto que Kay estava em risco. Não foi você. — Ela caminhou até ele e tocou-lhe o rosto, perdendo-se em seus olhos cinzentos, deixando-se levar por eles. Sua névoa tão amada. — Não foi você.

O cavaleiro não conseguiu mais se conter e a beijou, envolvendo sua cintura. Isolde tocou seu pescoço e não se opôs nem quando o sentiu correndo as mãos por seu corpo, voraz. Estavam tão próximos que os corações se confundiam, disparando juntos.

Tristan se afastou apenas o suficiente para colar a testa na dela e perguntar:
— O que estamos fazendo?

— Retomando o que nunca terminamos — respondeu ela, temendo o que isso poderia significar.
— Dois anos lutando contra a minha vontade. Apaguei minha memória para não roubar você para mim. Bebi até cair para esquecê-la. Estou cansado. Estou tão cansado. — O estado de Tristan era de total desolação. — Não sou mais nem digno de você.
— Não diga bobagens. Você sente dor e procura formas de extingui-la. Eu o vejo passando às vezes, e sinto sua tristeza tocar a minha.

O cavaleiro reconhecia que não importava o quanto se amassem, seria apenas mais um momento.

— Como você chamava os nossos encontros às escondidas?
— Pequenas e efêmeras fugas — responderam juntos.
— Sim — disse ele, tocando-lhe novamente o rosto. — Era como se você soubesse que nunca daria certo.
— Não, eu sabia que a vida queria para nós um destino diferente do que desejávamos.
— Tão prudente, tão meiga, tão linda. — Ele a beijou novamente, aspirando seu perfume de lilases e atormentando seus sentidos com aquela essência.
— Amo tanto você, tanto que só me sinto vivo com você em meus braços.
— Também amo você, Tristan. Esse amor me atormenta e me consola, me destrói e me dá vida, me salva e me condena.
— Se minha condenação tiver de ser amar você eternamente, ainda que seja de longe, eu me sentirei abençoado todos os dias. Ter você, Isolde, ainda que seja uma pequena e efêmera fuga, traz de volta o homem que um dia fui, aquele que morre sem você e renasce quando você o toca.
— Ah, Tristan, meu único amor. Você é esse homem. Sempre será o cavaleiro leal, valente e honrado por quem me apaixonei. — Ela tocou-lhe os lábios com os dedos, antes de permitir que ele a beijasse outra vez.

Segurando sua camisa, Isolde desejou entrar no coração de Tristan e cuidar dele até que voltasse a acreditar em si mesmo. Casar-se com ele era o seu único desejo, além do bem-estar do filho, porém eram dois caminhos opostos e, depois de amanhã, estariam separados mais uma vez.

— Acha que ele acordará? — Ele se ouviu perguntar, referindo-se ao bebê, e a viu negar com a cabeça. — Isolde, sei que se casará amanhã — disse, como se pudesse ler seus pensamentos —, e que mais uma vez não cumprirei minhas promessas...

— Você não foi o único a quebrá-las — admitiu ela, ainda o encarando, morrendo aos poucos por não poder tê-lo para sempre.

— Sei que não devo, mas queria fugir com você e Wace.
— Sabe que não posso — sussurrou ela, com o coração ferido. — Wace precisa ser protegido.
— Eu sei. E, sozinho, por mais que eu queira, não poderei protegê-lo — constatou, devastado.
— Nossa tragédia. — Uma lágrima escorreu-lhe pela face.
— Não chore. Pelo menos esta noite, não chore, meu amor.
— Você ficará? — perguntou ela, em um murmúrio, sentindo seus sentimentos explodirem como se quisessem saltar do peito.
— Se me quiser — respondeu ele, entre um beijo e outro. Não conseguia parar de tocá-la.
— É quem eu sempre quis. — Isolde sorriu, baixando os olhos, então puxou-o pela mão em direção ao quarto.
Ao menos essa noite, eles esqueceriam tudo o que acontecia fora dali. Seriam apenas Isolde e Tristan. O lago e a tempestade.

※

Arthur entrou no cômodo e surpreendeu-se ao encontrar Lilibeth enrolada em um lençol.
— Arthur! — exclamou ela.
— O que você está fazendo aqui, desse jeito? — perguntou, chocado.
— Noite das garotas. — A fada sorriu, radiante.
— Está tudo bem, Arthur? — perguntou Melissa, atrás dela, devidamente vestida. — Lilibeth rasgou outra vez sua roupa de fada e sabe que não há nada que ela possa vestir até amanhã, então se enrolou no lençol. Já vi dois vestidos virarem poeira.
— Quero falar com você. Será que poderia dormir no meu quarto hoje? — Era mais uma ordem do que um pedido.
Antes que Melissa pudesse encontrar uma desculpa plausível, Lilibeth disse:
— Jura? Poxa, a Mel ficou todo esse tempo em Camelot. Senti tanta saudade de dormir no mesmo quarto e passar a noite conversando. Por favor, me deixa ficar com ela — implorou a fada.
Arthur parecia hesitar, realmente sem saber como proceder. Sentia-se cansado, e sua roupa estava longe da aparência usual.
— Está tudo bem? — repetiu Melissa.
Seu olhar sincero o confundia.
— Acho que sim. — Ele começava a ceder.

— Podemos conversar, se quiser, mas, se não se incomodar, gostaria de passar a noite com minha amiga. — Melissa media as palavras, temendo revelar mais do que devia de seus sentimentos. — Esta noite apenas. — Ela segurou-lhe a mão, sentindo-o perdido e confuso.

Lilibeth franziu o cenho, pensando no que Melissa quis dizer com as últimas palavras.

— Nós nos casaremos amanhã? — perguntou o rei, o que fez a fada arregalar os olhos, quase soltando o lençol com a surpresa.

— Como? — Ela piscou enquanto se ajeitava.

— Você não contou? — Arthur melindrou-se.

— Pretendia contar agora, no momento em que bateu à porta. E, sim, nos casaremos amanhã — assegurou ela.

— É o que você quer? — Ele aproximou-se mais. Não conseguiria bancar o rei com ela. Se não o quisesse, teria que deixá-la ir.

Melissa mordeu o lábio inferior, começando a se afligir e tentando não deixar transparecer. O que acontecia com Arthur? Teria Lancelot contado a ele?

— É o que quero — respondeu a jovem, buscando todas as forças para sorrir.

— E não há outro?

Sentindo-se congelar e não querendo mentir tão descaradamente, Melissa tomou a única atitude que poderia. Antes que ele percebesse que estava prestes a desmoronar, ela o beijou.

Tocando sua cintura, ele a puxou para si. O medo de perdê-la parecia cada vez maior. Melissa sentiu seu temor, era como se ele pudesse transmiti-lo através do beijo.

Lilibeth tossiu atrás deles quando Arthur, esquecendo-se da sua presença, tocou um dos seios de Melissa.

— Desculpe-me. — Ele se afastou. — Você pode ficar. — Deu um beijo breve nos lábios da noiva, acenou com a cabeça para a fada e saiu do quarto.

Sem poder se conter mais, Melissa sentou-se na cama e contou a Lilibeth tudo sobre sua visão e suas decisões.

❧

Gabriel e Marcos estavam sentados no corredor, falando de séries e filmes. O cavaleiro não se conformava com tantos lançamentos que havia perdido.

— Não disse? — sussurrou Marcos, quando Arthur saiu do quarto de Melissa e passou por eles, calado.

— O que você fez? — Gabriel estava curioso

— Rasguei a roupa da Lilibeth. — Ele riu, malandro. — Com a permissão dela, é claro. Ela disse que só surgiria outra de manhã, então cortei o vestido com uma faca até deixar sua bunda de fora. Não sabia se Arthur procuraria Melissa, mas achei melhor prevenir.

Gabriel colocou a mão na boca e conteve uma gargalhada, imaginando a cena.

— E Lilibeth concordou mesmo?

— Ela riu. Quem você pensa que me deu a faca? — Ele continuava rindo.

— Nossa! Preciso contar uma coisa.

— O quê? — Gabriel estranhou a mudança no tom.

— Vi um arqueiro suspeito na área de treinamento mais cedo.

— Suspeito como?

— Eu disse meu nome e ele ficou me evitando.

— Os homens de Arthur costumam ser fechados.

— Esse cara não era apenas fechado, ele não queria que eu o visse... se esquivava.

— Como ele era? — perguntou Gabriel.

— Vi pouco, porque a luz não ajudava muito, mas tinha olhos azuis, pele clara, traços delicados e era bem perfumado.

— Quanta precisão — provocou o amigo, levantando uma sobrancelha pela descrição tão detalhada e diferente para um cavaleiro.

— Quando eu o encontrar outra vez você verá — decidiu Marcos.

✧

Gawain entrou no quarto da mãe e fechou a porta atrás de si. A penumbra era cortada por uma vela no criado-mudo.

— Mãe, mandou me chamar? — perguntou, preocupado. — Ainda não sei o que houve entre você e meus irmãos. Eles se negam a me dizer. Quer me contar?

— É uma longa história, e eu não gostaria de falar sobre isso agora. Prometo contar amanhã, está bem? Há assuntos mais sérios de que precisamos tratar — acrescentou, enigmática.

— O quê?

Morgause colocou a mão no peito, fingindo ter dificuldade para respirar.

— Você se lembra de quando me contou que achava que Morgana e Lancelot estavam apaixonados um pelo outro?

— Eles estavam. Não sei o que aconteceu depois.

— Meu filho, há muito neste mundo que você ainda desconhece, principalmente sobre magia.
— Há um feitiço capaz de fazer duas pessoas se apaixonarem?
— Não, não há. Amor é mais poderoso que magia, por incrível que pareça. Não dá para ser fabricado nem esquecido por muito tempo. Se for forte e verdadeiro, retorna.
— Então o que era?
— Já lhe contei a história de minha irmã Igraine, não contei? De como Merlin ajudou Uther a se passar por Gorlois.
— Sim, contou. — Ele começava a entender.
— Há um feitiço parecido... Por meio dele, duas pessoas podem trocar de alma e, com o tempo, de lugar. Poucos feiticeiros são capazes de fazê-lo. Creio que tenha sido criado por mais de um feiticeiro. É quase impossível executá-lo sem ajuda.
— Era outra pessoa no lugar de Morgana. — Gawain ajeitou-se na cama, tenso.
— Era. Você sempre foi o mais esperto. — Deu dois tapinhas na perna do filho.
— Quem?
— Aí é que está, meu filho, quem era vai magoar demais seu primo.
Compreendendo, Gawain enrijeceu.
— Não é possível.
— É, sim. Infelizmente é possível. Era Melissa.
— Como não percebi? Vi seus olhos verdes, a voz rouca, jurando por Deus. Era como se não fosse mesmo Morgana. E no lugar de Lancelot? Era ele mesmo?
— Sim.
— Então Lancelot conheceu Melissa antes de Arthur? — Ele balançou a cabeça, confuso.
— Conheceu, porém ele sempre soube que Melissa era prometida a Arthur.
— Você tem certeza disso? Porque, se tiver, é traição.
— Ele é um dos cavaleiros da Távola Redonda. Precisa ir a julgamento primeiro.
— Então eu o levarei. — Ele caminhou até a porta. — Vou denunciá-lo a Arthur agora mesmo.
— Mais uma vez, você não pode. Já falei com seu primo, ele não acreditou.
— Claro que não. Ele ama Lancelot como a um irmão. Mas me diga, mãe, e ela? Melissa não é culpada, é? Ela sabia também?

— Não, filho, Melissa é inocente. — Ela teve de ceder quanto a isso. Sabia que Gawain estava ligado à jovem pela profecia e jamais ia feri-la.

— E como faremos para que Arthur entenda? Sinto que devo ser leal a ela.

— Eu entendo, mas também deve lealdade a seu rei. Não se preocupe. Quando chegar a hora, cuidarei dela como se fosse minha filha. Garanto que Melissa e Arthur serão muito felizes. — Ela enganou Gawain descaradamente.

— Ótimo. — O filho assentiu, feliz. — É o que desejo.

Morgause sorriu, o rosto encoberto pelas sombras. Gawain era o cúmulo da ingenuidade. Se ela dissesse que o traidor era Mordred ou Gaheris, provavelmente aceitaria sem questionar muito. Mantê-lo dessa forma fora um trabalho exaustivo e exercido desde que ele era apenas um bebê. Sabia manipulá-lo com a mesma facilidade com que cortava manteiga. Ao afastá-lo dos irmãos e ao criar rivalidades, conseguiu destruir até mesmo os laços profundos de irmandade que havia entre ele e os gêmeos.

— Se quisermos ajudar seus primos, precisamos ter calma. Primeiro, Morgana. Você precisa fazer com que ela beba essa poção. — Entregou-lhe um frasco com um líquido viscoso e escuro. — Apesar da aparência, não tem gosto. Basta misturar ao chá dela. — Morgause suspirou, encolhendo-se.

— Quem fez isso? Você tem magia?

Gawain crescera ouvindo pessoas do vilarejo chamando sua mãe de bruxa, embora soubesse que ela não tinha sangue mágico.

— Não. Não tenho. Apenas descendentes da magia a têm. Mas há pessoas nos ajudando, embora precisemos ser discretos. — Ela não lhe contou sobre os feiticeiros aprisionados na masmorra do castelo de Lot, que eram forçados a colaborar para manter vivos quem amavam. — Você deve fazer sua prima beber, mas é melhor que não conte a ela. Você a conhece. É impetuosa e pode se meter em encrenca.

— Cuidarei para que Morgana beba a poção. Se isso a manterá segura, é tudo o que preciso saber.

— Ótimo, meu menino. Sabia que poderia contar com você. Agora sobre provar a traição de Lancelot...

— Como pretende fazê-lo?

— É simples: faremos com que Arthur os flagre juntos. É a única forma de fazer com que ele acredite.

43

— Hum, Mel, não concordo com isso. — Era Lilibeth, com a expressão séria e preocupada, algo raro para a fada. — Apesar de eu ter esse corpinho jovem e lindo, Lancelot é como um filho para mim. Não vai rolar aprovação.

Elas conversaram durante boa parte da madrugada. A fada tentando fazê-la entender que seu sacrifício era desnecessário.

— Eu sei que nenhum de vocês aprovaria, por isso não contei. Estou decidida, Lili. Preciso proteger Lancelot.

— Esse amor de vocês é tão lindo. Vivo um pouquinho dele, sabe? O máximo que fiz nessas centenas de anos foi achar que estava apaixonada por um feiticeiro que só queria roubar o poder das fadas. Não pode abrir mão da sua história. Está na hora de parar de tentarem salvar um ao outro. Foquem no amor e pronto.

— Era o que eu pensava antes de saber que ele morreria.

— Visões mudam, Mel. Nunca lhe explicaram? Se agirmos de forma diferente, podemos mudar os caminhos. Toda visão pode mudar pelo menos uma vez. A gente pode tentar. E a outra opção não precisa ser se casar com Arthur.

— Tenho medo.

— Deixe de ter — insistiu a fada.

— Não. Estou decidida.

— Então deve contar a ele — avisou Lilibeth, tocando-lhe a mão.

— Ele não aceitará.

— Não, mas é o mínimo que pode fazer. Pense no seguinte, ele virá tirar satisfações com você e alguém o verá. Lancelot morrerá de qualquer jeito sem você, a menos que termine tudo com ele, da forma correta. Você o destruirá, mas eu o tirarei daqui antes que o pior aconteça.

— Você promete cuidar dele?

— Cuidaria mesmo sem prometer.

— Então tudo bem. Nós nos encontraremos no quarto dele, assim que ele puder.

— Ótimo — disse a fada, ao notar que a madrugada se ia para o dia chegar com sua nova roupa.

Era uma calça verde-escura e blusa de mangas compridas verde-clara. Seu cabelo também mudou para um rabo de cavalo no alto da cabeça, decorado com um chapeuzinho verde no tom da calça e uma pena vermelha. O conjunto se completava com um sapatinho de camurça laranja que combinava com as mechas que surgiam em seus cabelos.

— Isso é brincadeira, não é, mãe? — murmurou Lili, enquanto se vestia. — Não dá para mandar uma roupa preta com algumas caveirinhas? Estou com saudades das minhas. Eram tão estilosas.

Melissa não conteve um sorriso ao olhar para ela.

— Você está linda.

Colocando a cabeça para fora do quarto, Lilibeth não precisou de muito tempo para encontrar seus amigos, já que ambos estavam sentados no corredor, enrolados em duas mantas.

— O que estão fazendo aqui? — Ela viu Gabriel apontar para a porta do quarto de Isolde e entendeu. — Certo. Será que ele vai demorar?

— Creio que não. Combinamos à alvorada. — Gabriel sorriu.

— Temos um problema.

— Já sabemos. Melissa e Arthur vão se casar. Estamos esperando Tristan sair para irmos até Lancelot — explicou o cavaleiro.

— Vocês sabem que dia?

— Não. Ele não disse. Espera. — Marcos arregalou os olhos — Hoje?

— Sim, hoje.

Os dois se levantaram de um pulo e ouviram a porta de Isolde se abrindo. Tristan saiu e os encontrou. Um momento incômodo se passou entre o casal, o cavaleiro não parecia muito feliz. Talvez por reconhecer que não era um início, mas uma despedida.

— O que aconteceu? — perguntou o cavaleiro, ao ver a expressão dos três.

— Arthur e Melissa se casarão hoje também — respondeu Gabriel.

— Vamos contar a Lancelot — disse Tristan, seguindo pelo corredor.

— Como sabe que não contamos? — Marcos estranhou.

— Se tivessem contado, eu o teria ouvido derrubando a porta do quarto de Melissa.

Quando os quatro chegaram ao pátio, as pessoas se levantavam para o novo dia. O tempo mudava como se pudesse prever os acontecimentos que assolariam Camelot. O cheiro de pão fresco se espalhava e parecia invadir todo o castelo, assim como o aroma de várias carnes que começavam a ser assadas para o casamento.

Lancelot avistou seus amigos enquanto descia das muralhas. Seu turno chegara ao fim. Estranhou ver todos juntos e caminhou em direção a eles.

— Lembrem-se do que eu disse: é a Mel quem deve contar. Só vamos marcar o encontro entre os dois no quarto dele para daqui a pouco — avisou Lilibeth, agradecendo a sua mãe em pensamento pelas roupas: um vento cortante começava a cruzar o pátio do castelo e o céu estava acinzentado, como se uma chuva fosse desabar a qualquer momento.

— Ele perceberá que há algo errado — argumentou Tristan, olhando para o outro cavaleiro. — Ele já percebeu.

— Qual é o problema? — questionou Lancelot, ao se aproximar. — Melissa está bem?

— Está, mas quer falar com você. — Lilibeth correu para dizer antes dos outros. — Você já terminou suas coisinhas de cavaleiro? Se já, ela pode encontrar com você no seu quarto para conversarem — falou, apressada, sob o olhar atento do cavaleiro.

— E vocês não têm nada para me contar?

— Temos — admitiu Gabriel. — Mas Melissa prefere contar pessoalmente, e nós respeitaremos sua decisão.

— Irei para meu quarto agora. Diga a ela que a estarei esperando. — Quase podia sentir a energia ruim no ar. Teria problemas.

※

Conforme o pedido de sua mãe, Gawain vigiava a ala dos aposentos de Melissa. Na noite anterior, após tomar um chá com Morgana e se certificar de que ela bebera a poção que a protegeria, ele havia visto os dois garotos sentados no corredor e, de onde estava, ouviu quando duas portas foram abertas e fechadas, sem poder ver quem era para não denunciar sua presença.

Assim que os ouviu se afastando, caminhou até o quarto de Melissa e bateu à porta, precisava saber se ela ainda estava lá.

— Gawain? — perguntou ela, estranhando, enquanto apertava a capa em volta do corpo. — Está tudo bem?

O cavaleiro não conteve a sensação de devoção que sentiu quando a viu. Um pouco de culpa se infiltrou em seu coração pelo que estava prestes a fazer e precisou de toda sua força para dominar seus sentimentos.

— Sim, está tudo bem. Arthur pediu que eu viesse ver se precisava de algo — mentiu ele.

— Estou bem. — Ela não entendeu a razão daquilo.

— Você está sozinha? — perguntou, displicente.

— Sim.

— Certo. Pode voltar a dormir. Terá um dia cheio hoje. — Ele tentou sorrir. — Ah, Melissa — chamou, segurando a porta, quando já estava quase fechada. O movimento a fez soltar a capa, e ele percebeu que ela estava completamente vestida, e não com suas roupas de dormir —, desejo do fundo do meu coração que seja muito feliz.

Viu-a agradecer e retomou seu posto na esquina do corredor. Sua mãe tinha razão, era muito cedo para Melissa estar vestida. Pesaroso, Gawain quase teve certeza de que ela se encontraria com Lancelot. Um último encontro furtivo antes do casamento. E era sua função segui-la e entregá-la ao rei.

44

Morgana acordou sobressaltada, um grito ficou preso em sua garganta. A morte rondava o castelo. Tenebrosa e dolorosa morte. Lancelot e Arthur. Seus rostos se alternavam na visão, como se o passo de um pudesse alterar o destino do outro.

Levantou-se correndo, lavou-se rapidamente e escolheu um vestido que pudesse amarrar sozinha. Desde que voltara de Quatro Estações, decidira dispensar de vez a ajuda de alguém para se vestir e fazer outras tarefas.

Colocou a capa vermelha de camurça sobre a roupa, deixou o quarto e seguiu em direção aos aposentos do irmão. Uma angústia a afligia, e ela apertou tanto os passos que, percebeu, estava correndo.

Arthur não conseguira dormir durante a noite e esperara ansiosamente pela manhã para que pudesse conversar com Morgana. A apreensão crescia, quase um sinal de que o dia não terminaria bem. O rei não era como sua irmã e nunca havia tido visões, porém os pressentimentos sempre o perturbaram. Era como se pudesse captar o perigo à espreita.

Terminou de se preparar e, quando saiu de seu quarto, encontrou Morgause e Gawain prestes a chamá-lo.

O barulho alto de passos chegou até eles e puderam ver Morgana dobrando o corredor, a mão no peito e a respiração ofegante.

❦

Tocando a maçaneta da porta de Lancelot, Melissa respirou profundamente. Ciente de que tudo mudaria, procurava forças para entrar e enfrentar o cavaleiro, que certamente não veria seu sacrifício com bons olhos. Sentia que esse dia mudaria suas vidas. A agonizante certeza se formava em seu coração. Teria problemas.

Fechando a porta atrás de si, Melissa se virou e encontrou Lancelot próximo à janela, com as mãos apoiadas no peitoril, como se estivesse entretido com o que via. O cavaleiro parecia hesitante, pressentindo que algo estava errado. Ambos continuaram parados, um duelo silencioso. A tensão tomava cada espaço do ambiente.

— Vou me casar com Arthur hoje — disse ela, de um só fôlego.

— Não, não vai! — Ele rompeu a distância entre eles e a beijou, deixando-a ofegante, depois soltou-a e se afastou. — Repita.

— Vou me casar com Arthur hoje. — Ela obedeceu, em um fio de voz, ainda respirando com dificuldade.

Ele deu um passo na direção dela, e a jovem correu para o outro lado da cama, colocando uma distância segura entre os dois.

— Por quê? — questionou ele, o cenho franzido, uma expressão típica do cavaleiro.

— É o melhor a ser feito e o mais seguro.

— Para quem? — A voz de Lancelot soava calma, mas o rosto traía sua agitação.

— Para todos nós.

— Merlin disse algo a você?

— Não. Eu tive uma visão — confessou ela, não adiantaria prorrogar as desculpas. Era melhor ser sincera.

— Quem morrerá se ficar comigo?

— Você. — A desolação transpareceu na única palavra.

— Se sou eu, decido correr o risco. Morreria estando com você. É o que desejo.

Para Lancelot, parecia cristalino: era Melissa ou a morte.

— Não posso permitir. Você faria o mesmo por mim.

— Faria — concordou ele. — Fiz e não deu certo. — Ele pulou sobre a cama em um impulso, pegando-a desprevenida. Desceu do outro lado e segurou-lhe os braços. — Você não se casará com ele — sussurrou, a boca perto dos seus lábios.

— Já disse, eu preciso. — Ela se debatia, mas ele a mantinha presa.

— Me dê um único motivo racional, além dessa visão.

— O filho que estou esperando é de Arthur — mentiu Melissa, esperando que isso pudesse afastá-lo, mas tudo o que ouviu foi uma gargalhada.

— Mel, quer me salvar tanto assim que precisa mentir? — Sua voz era doce e sedutora ao passar os dedos por seu rosto.
— Você precisa viver.
— Preciso amar você.
— Precisa viver. — Ela tentou se desvencilhar, e ele apertou-a mais.
— Preciso amar você. Morrerei mais cedo ou mais tarde e, quando o dia chegar, quero ter a certeza de que aproveitei cada momento que pude com você. É o que quero.
— Me solta, Lancelot! A escolha é minha.
— Como, se o seu coração me pertence? — A delicadeza em suas palavras a comovia. Em vez de se irritar, ele se mantinha firme, quebrava suas barreiras com calma.
— Preciso ir. — Ela tentou puxar o braço.
— Você não para quieta. — Ele pegou-a no colo e colocou-a na cama, deitando-a e se ajoelhando sobre seu corpo, colocando-a entre suas pernas e voltando a segurar-lhe os braços. — Não sairá daqui enquanto não entender que não desistiremos mais um do outro. Escute. Desistir de você por não ser o meu destino, ou por uma visão dizer que devo, é o mesmo que desistir da minha vida por alguém dizer que não devo mais viver.
— Não quero que você ou ele morram por uma atitude minha.
— Arthur é meu irmão e vou salvá-lo. É uma promessa.
— E quem vai salvar Lancelot?
— Você. Como fez desde que a conheci. Só não diga mais bobagens. — Ele afrouxou a pressão das mãos. — Soltarei seus braços. Por favor, não tente me derrubar ou qualquer outra coisa estúpida. Não quero que se machuque.
— Não vou tentar nada. — Ela começou a ceder, enquanto ele mexia em seus cabelos.
— Contarei a Arthur o que sinto, sobre nossa ligação, como é anterior ao primeiro encontro de vocês. Vamos resolver tudo.
— Acha mesmo que ele aceitará? — O receio a queimava internamente.
— Ele terá de aceitar — afirmou ele, mesmo temendo não ser tão simples assim. Queria apenas passar segurança a ela.
— Mas e a visão? E se o seu destino for a morte por ficarmos juntos? — Ela queria acreditar que havia uma saída, mas o pavor de ver Lancelot sem vida a atormentava.
— O que eu sempre disse sobre isso? — perguntou ele, deslizando as mãos sobre os braços que segurara com força havia pouco.

— Que um homem faz o seu destino, mas o destino é incapaz de fazer o homem, a menos que ele permita. — Ela tocou-lhe o rosto, vendo-o fechar os olhos, apreciando o simples contato.

— Pois então farei o meu destino, e será com você, amando-a todos os dias. Ficaremos juntos. Você, eu e esse bebê. — Ele tocou sua barriga, carinhosamente. — Meu bebê, e de nenhum outro.

— Sabia que vir aqui não adiantaria. Você jamais seria convencido — acrescentou Melissa, desiludida.

— Então por que veio? — perguntou ele, petulante.

— Porque amo você, idiota. Amo e sei que, por mais que eu tente, jamais conseguirei deixá-lo — respondeu, quando ele se deitou sobre ela, beijando-lhe o pescoço. — Para com isso. — Ela pediu, amolecendo. — Preciso voltar para o meu quarto.

— Só voltará quando eu terminar — murmurou ele, enquanto desamarrava seu vestido.

— Praga — gemeu ela, baixinho. — É perigoso.

— Diga o que quero ouvir — determinou ele, tocando um de seus seios e acariciando suas pernas por baixo do vestido. Ele aprofundou o toque e a beijou. — Diga!

— Não vou me casar com ele. — Ela ajeitou o corpo, procurando mais contato.

— Por quê? — Lancelot arqueou uma sobrancelha e sorriu para ela.

— Porque amo você.

— E o que mais?

— Não vou me casar com ele porque já somos casados, seu bobo. Era isso que queria ouvir?

— Aham... — sussurrou o cavaleiro, tomando-lhe os lábios outra vez.

45

Alheios ao que estava prestes a acontecer dentro do castelo, Marcos, Lilibeth e Gabriel conversavam no pátio, discutindo um meio de impedir o casamento, caso Arthur relutasse, o que provavelmente aconteceria.

— Não seria bom vigiarmos o corredor, como fizemos com Tristan? — sugeriu Marcos.

— Em dia de festa? Impossível. Há patrulhas o tempo todo e servas correm para lá e para cá. Quanto mais gente estiver naquele corredor, pior. Ficamos por Tristan porque ele não consegue criar a ilusão de que é outra pessoa, como Melissa. Não há como ela ser surpreendida. Mesmo que alguém chegue ao quarto, encontrarão Lancelot com outra pessoa no lugar da minha irmã. Pensei em me passar por um dos dois, o problema é se justo o verdadeiro aparecer. Tudo fica pior durante o dia.

— Acho que agora é a hora de sermos objetivos. Arthur terá um treco quando souber, mas é melhor assim. Esse castelo está me dando arrepios. É como se alguém pudesse sair das sombras e causar um grande mal — explicou Lilibeth.

— Temos de estar preparados — avisou Gabriel.

— Galahad? — Ouviram uma voz jovial atrás deles.

Ao se virarem, avistaram uma garota de pele bem clara, olhos azuis brilhantes e cabelos pretos como o ébano, caindo sedosos até o meio das costas. Usava um vestido lilás, repleto de bordados prateados, que se ajustava lindamente ao corpo, e uma capa de pele cinza reluzente que a protegia do frio, tão elegante quanto uma princesa.

— Erin! — cumprimentou-a Gabriel. — Você já pode me chamar pelo meu nome real, porém não em público — disse ele, ao curvar-se levemente perante ela.

— Ai, como você está linda! — exclamou Lilibeth, abraçando-a e fazendo-a rir. — Seu cabelo cresceu como o esperado. Nada que uma fada não pudesse resolver, e, por favor, jamais o corte outra vez daquele jeito.

— Erin é irmã de Tristan. Esse é Marcos. — Gabriel apresentou-os e percebeu que ela foi cordial, mas se manteve distante.

Um silêncio constrangedor envolveu-os e foi quebrado pelo cura-vidas, que perguntou:

— E como vocês se conheceram? Juntos ou separados?

— Separados — respondeu Gabriel. — Acho que foi uns quarenta dias depois que a Mel foi embora. Fui com Tristan e Lancelot a um casamento na Cornualha. Foi um pouco antes da Lilibeth ir para Quatro Estações. Tristan tinha algumas dúvidas quanto ao caráter do noivo e pediu que Lancelot e eu fôssemos ajudá-lo a averiguar.

— Casamento de quem? — Marcos seguia com as perguntas.

— Meu — respondeu Erin, com um sorriso discreto.

— É casada? Tem quantos anos? — Ele estranhou, afinal, ela parecia bem nova.

— Acabei de completar dezenove, e, não, não sou casada.

Marcos olhava sem entender e com receio de perguntar se era viúva, então aguardou que Gabriel retomasse a conversa.

— Erin estava prometida ao tal duque e não queria de jeito nenhum se casar com ele. No dia do casamento, ela cortou os cabelos...

— ... como um menino, o duque idiota disse. — Ela riu, travessa, tampando a própria boca ao se lembrar, e seus olhos brilharam com a excitação. — Uma mulher pode ter os cabelos como quiser, assim como os homens.

— Sim — concordou Gabriel e olhou para Marcos, dando-se conta de algo que o garoto não parecia sequer notar por não conhecer a real natureza de Erin. — Misturou-se aos guardas do castelo e fugiu.

— O duque se revoltou e, sentindo-se humilhado, mandou seus homens atrás de mim, para me trazer viva ou morta; e que fizessem parecer, em último caso, um acidente. Gabriel ouviu a conversa e, sem ter tempo de avisar ninguém, foi até a floresta próxima ao castelo de meu tio para me encontrar primeiro.

— E a encontrei. — Ele sorriu.

— E me salvou. — Ela retribuiu o sorriso.

— Isso é relativo. — Ambos riram, como se compartilhassem um segredo.

— E nós só nos encontramos depois — explicou Lilibeth —, quando Tristan e Lancelot saíram para procurá-la. Lancelot consegue me chamar, por causa de nossa forte ligação, não importa onde ele esteja, mas só consigo chegar a ele se houver água por perto, o suficiente para abrir um portal. Aí apareci para auxiliá-los e ajudei essa mocinha a recuperar suas lindas madeixas. — Ela pegou uma mecha de cabelo entre os dedos.

— Quando Mark soube que os homens do duque nos enfrentaram na floresta, ficou furioso. O medo que ele sentiu durante os dois dias em que Erin ficou desaparecida o fez prometer que jamais a obrigaria a se casar e que ela poderia escolher, se esse fosse o seu desejo — concluiu Gabriel.

— E aqui estou, ainda sem um marido. — Ela ergueu as mãos. — Felizmente.

— Você é realmente diferente das garotas medievais que eu imaginava. Achei que todas quisessem se casar, ter uma família e filhos — confessou Marcos.

— Nem todas. Há tanto para se fazer além disso — argumentou Erin, misteriosa. — Bem, preciso conversar com meu irmão antes do casamento. Eu os deixarei agora.

— Tristan está organizando as patrulhas do dia. Você o encontrará no alojamento dos cavaleiros, conversando com o administrador do castelo e o chefe da guarda.

A jovem passou por eles no momento em que uma brisa fez seus cabelos voarem, e o perfume de lírio do vale atingiu Marcos, que a esperou se afastar para dizer:

— Cara, acho que essa Erin está pegando o arqueiro misterioso, e pegando com vontade. Só digo isso. — E ouviu Gabriel gargalhar.

❦

Arthur olhou para Morgana, cuja mão esquerda ainda segurava a saia do vestido, pois correra até seu quarto. Os cabelos estavam bagunçados e ela tremia, ainda sem conseguir controlar a respiração ou as emoções. A cor voltava ao seu rosto, dando-lhe um tom ruborizado.

— Irmã, você está bem? — perguntou Arthur, ignorando Morgause e Gawain, focando-se em Morgana e tocando-lhe o braço.

Vendo-o tão próximo e vulnerável, Morgana mordeu o lábio inferior, contendo sua aflição. Precisava encontrar um meio de salvá-lo.

— Podemos conversar? — pediu ela.

— Estava indo procurá-la agora mesmo.

— Sobrinhos queridos, sinto muito, mas terei de interrompê-los — disse Morgause, a voz traindo que tinham um grande problema a resolver.

— O que houve? — perguntou o rei, sem desviar os olhos da irmã.

— Aquilo que lhe contei ontem. Infelizmente, não era um desvario, eu tinha razão e posso provar.
— Tem certeza? — Arthur trincou os dentes, a tia não faria uma acusação que não pudesse provar.
— Sim. Gawain os viu juntos. — Ela exagerou, mas o filho não negou.
— Quem ele viu? — perguntou Morgana, insegura, temendo pelo pior.
— Melissa e Lancelot — respondeu Morgause, não dando tempo para Arthur hesitar, então viu a sobrinha arregalar os olhos, entregando sua culpa. — Você sabe de algo, Morgana? Sabe e não contou ao seu irmão? Que tipo de lealdade familiar é essa? — As perguntas soavam como reprimendas.
A jovem feiticeira sentiu-se perdida. O que poderia fazer? Como protegeria os dois agora? Havia chegado o momento que ela mais temia: escolher um lado.
— Morgana — Arthur parecia magoado e saber disso quebrou o coração de sua irmã em mil pedaços —, isso é verdade? Lancelot e Melissa juntos... Você sabia?
Deu um passo atrás e cruzou o olhar com o do irmão, desejando voltar no tempo e colocá-lo em um lugar seguro. Não conseguiu dizer as palavras que deveria, porém ele soube, seu semblante era a resposta.
— Não é como pensa. — Ela tentou dizer, contudo Arthur não queria mais ouvir. — Não é assim.
— Como pôde não me contar? — acusou ele, a revolta evidente. — Sou seu irmão e preferiu proteger Lancelot.
— Arthur, por favor, deixe-me explicar — implorou ela.
— Agora não, Morgana. Onde eles estão? — questionou o rei, com autoridade.
— Eu direi. — Gawain abriu a boca pela primeira vez. — Lancelot deve ser responsabilizado, não ela.
— O quê? — perguntou Morgana, em um sussurro.
— Ele a seduziu, tenho certeza — insistia o primo.
— Arthur, você não pode... não pode feri-lo — implorou a feiticeira, segurando as mãos do irmão. — Lembre-se de quem ele é.
— Quem ele é, minha irmã? Se Lancelot estiver com Melissa, ele é um traidor — constatou Arthur, frio. Era como se parte dele não existisse mais.
— Onde eles estão?
— Nos aposentos de Lancelot — revelou Gawain. — Mas precisamos de magia. Melissa pode criar a ilusão de que é outra pessoa. Talvez devêssemos chamar Merlin.
— Não. — Morgause foi taxativa. — Morgana pode neutralizá-la.

— Não, não posso. — Ela apressou-se em responder, lembrando-se de que neutralizar Merlin quase custara a vida de Gabriel.

— É claro que pode. Se ela é a última filha de Avalon, controla um elemento, assim como você. Ela estará fragilizada quando for pega de surpresa. Você só precisa neutralizá-la a ponto de perder a consciência. Para alguém com o seu poder, será fácil.

— Não posso. — A ruiva estava apavorada.

— Se não o fizer, ela machucará seu irmão para salvar Lancelot. Permitirá isso?

— Melissa jamais feriria Arthur. — Estranhamente, Morgana tinha essa certeza.

— Ela já feriu, irmã. — O breve momento de fragilidade a tocou.

— Não vou ferir ninguém.

— Você fará o que tiver que fazer por sua família. — Morgause ofereceu um sorriso enigmático, pretendendo usar a magia da sobrinha. — Você é a chave para a prisão de Lancelot.

Hesitante, Morgana deu a única resposta que poderia, mesmo sabendo dos riscos, já que Melissa não tinha apenas o poder de um elemento.

— Eu a neutralizarei. — E baixou os olhos, arrasada, pensando no que poderia fazer para ganhar tempo. Seu mundo ruía e ela caminhava para as profundezas.

※

A caminho dos aposentos de Lancelot, Arthur ordenou que um dos servos chamasse Mordred, Gaheris e Percival. Precisaria de homens para prender o cavaleiro traidor. À porta do quarto, aguardou e, em seguida, viu seus cavaleiros surgirem na direção oposta.

Os sentimentos de Arthur estavam turbulentos, quase não podia administrá-los e entender o que se passava. Por enquanto, a ira intensa explodia, sobressaindo-se a qualquer outro sentimento. Ser enganado dessa forma por pessoas em quem confiava varria toda sua calma e capacidade de raciocínio. Ele fechava os olhos para pensar melhor e, quando os abria, tudo o que via era sangue.

— Pediu que nos chamassem? — perguntou Mordred.

— Sim, encontramos o traidor — explicou Arthur.

— Quem? — O cavaleiro trocou um olhar com a mãe, que estava atrás do rei, temendo o que viria a seguir.

— Lancelot — respondeu Arthur, em tom baixo e grave.
— Não é possível. — Gaheris se envolveu. — Ele jamais nos trairia.
— Ele está com minha mulher aí dentro. Acha mesmo que essa é a única traição dele? Tenho certeza de que ele é capaz de nos vender para nossos inimigos também.
— Tem certeza? — indagou Percival, parecendo inseguro.
— Morgana confirmou, e Gawain os viu juntos. Nós teremos mais uma prova agora. Quer, por favor, arrombar essa porta? — pediu ele a Percival, o mais corpulento de seus cavaleiros.
— Arthur, espere. — Era Mordred. — Nenhum de nós permitirá que Melissa seja ferida — informou, sustentando o olhar do primo.
— É para isso que Morgana está aqui.
Mordred encarou a prima e seus olhos tristes, dividida entre fazer o certo e o que seu coração pedia.
— Você realmente pretende machucá-la? — O primo não acreditava.
— É claro que não. Morgana a tirará do caminho, apenas isso, Mordred. Pare de questionar e me obedeça. Percival, arrombe a porta. Agora! — ordenou o rei, e viu o cavaleiro tomar impulso e quebrar as dobradiças com a força de seu ombro.

46

Alerta, Lancelot percebeu o perigo antes mesmo que alguém se chocasse contra a porta. Ele estava sem camisa, o vestido de Melissa aberto, e não daria tempo de fechá-lo. Porém conseguiu amarrar as calças e dar a capa a ela para que pudesse se cobrir. Trocaram um rápido e intenso olhar, e ele se levantou de um pulo, a espada em punho, ao mesmo tempo em que as dobradiças cediam e Arthur e os outros entravam no quarto.

Melissa sentou-se na cama, ainda amarrando o vestido e tentando criar a ilusão de que era outra pessoa, mas sentiu uma forte dor de cabeça. Olhou para a frente e viu Morgause segurando a mão de Morgana, ambas a encarando, enquanto a feiticeira mais jovem parecia fazer muito esforço.

A rainha mal conseguia disfarçar seu contentamento. A sobrinha caíra em seu plano e, julgando que Morgause a ajudava, não percebeu que era a feiticeira mais velha quem canalizava a própria magia sombria e usava contra Melissa. A poção fizera o efeito esperado. Essa era a forma mais eficaz de ferir um dos feiticeiros portadores dos elementos, usar a energia de outro feiticeiro contra ele. Provavelmente, ela exauriria todo o poder de Morgana no processo, mas era um preço justo a pagar. Tinha chegado o momento de fazer sacrifícios pela causa e, se tivesse de perder a sobrinha para ver Camelot livre, ela o faria.

Morgause só teria de insistir até que os poderes de Melissa fossem neutralizados. Sem saber o quanto, Morgana a ajudava na tarefa mais difícil de sua longa lista.

Os cavaleiros, sendo leais a Melissa, tentaram se aproximar para ajudá-la, mas o poder de Morgana os mantinha afastados. A feiticeira tentava se libertar do comando da tia, mas em vão. A magia sombria corria em suas veias.

Arthur passou a mão pelo rosto e balançou a cabeça, incapaz de crer no que seus olhos lhe mostravam. A mágoa tomou sua face para, em seguida, dar lugar à ira.

— Prendam-no — ordenou a seus homens.

— Não! — gritou Melissa, tentando se aproximar do cavaleiro, mas não conseguiu dar um passo. Sua cabeça latejava, como se fosse explodir.

Um vento entrou pela janela, empurrando todos os invasores do quarto, e depois perdeu a força ao mesmo tempo que Melissa levava as mãos à barriga, caindo de joelhos, e olhava assustada para Lancelot, que soltou a espada e correu para acudi-la. Detalhe que não passou despercebido por Morgause, que precisou controlar um sorriso exultante. Não apenas se livraria da filha de Avalon, como conquistaria o Ar que crescia em seu ventre.

— Lancelot — murmurou Melissa, quase perdendo a consciência quando ele a amparou.

— Pare com isso, Morgana! Você vai matá-la. Eu me entregarei, mas pare com isso — gritou ele, aflito.

— Prendam-no — repetiu Arthur, ignorando suas súplicas. — Mordred, pegue-a — ordenou, e Morgause focou o poder de Morgana apenas em Melissa, para que o filho pudesse alcançá-la.

Ainda chocado com cada acontecimento que se desenrolava à sua frente, Mordred aproximou-se de Lancelot e Melissa.

— Deixe-me pegá-la, Lancelot. — Sua voz soou triste, jamais imaginou passar por essa situação.

Em desespero, Lancelot abraçou-a, trazendo-a mais para perto ao notar que ela perdia completamente a consciência, desmoronando, gelada, em seus braços.

Percival e Gaheris seguraram Lancelot, que lutou, acertando Gaheris no estômago e o outro no queixo. Antes que pudesse se mover outra vez, viu Excalibur apontada para seu peito, a ponta tocando-lhe a carne, enquanto os outros dois finalmente conseguiram dominá-lo.

— Como pôde permitir que a ferissem assim? — Lancelot acusou o rei.

— Vocês me traíram — justificou, com frieza. — Traíram Camelot e a Britânia.

Lancelot lançou um olhar para Morgana, conectando sua tristeza ao desespero da feiticeira.

Ela fora levada até ali sem querer ferir nenhum deles, nem mesmo Melissa, porém sentia cada força sendo sugada do corpo, sem entender o que acontecia. Tentou puxar a mão e percebeu que a tia a apertava mais. Enfraquecendo, lembrou-se dos ensinamentos de Merlin, apenas uma energia poderia fazer um feiticeiro definhar dessa forma: magia sombria.

— Arthur... — tentou dizer a jovem, entretanto já não enxergava mais nada, seus olhos viraram um breu e tornaram-se sombrios, assim como sua vida. A Escuridão voltara a invadi-la.

— Morgana. — O rei assustou-se por um momento, tocando-lhe a face gelada.

— Foi muito esforço. — Morgause ajudou Gawain a ampará-la.

— Como pode ser tão cego? — Lancelot zangou-se com Arthur, vendo cada pessoa importante para ele cair devido à inocência do rei.

— Como ousa falar assim comigo, traidor? — questionou Arthur, revoltado.

— Morgause destruirá seu reino e, provavelmente, acaba de matar sua irmã — argumentou o cavaleiro, balançando a cabeça, de mãos atadas.

— Eu? — defendeu-se a rainha, indignada. — Cavaleiro, por favor, se quiser fazer alguma acusação contra mim, encontre provas, como eu fiz com vocês dois.

Arthur parecia convencido, mas Mordred e Gaheris trocaram um olhar, preocupados. Nada no quarto parecia ser o que realmente era.

— Gawain, leve Morgana até Merlin. Ele saberá o que fazer. — Arthur beijou a testa da irmã antes de liberar o primo. — Mordred, leve Melissa para meus aposentos. Ninguém entra e, se ela acordar, não sai.

Antes de partir com a jovem inconsciente em seus braços, seguido pela mãe, o primo do rei virou-se para Lancelot. A dor evidente marcava sua face. Ele era um homem derrotado e, infelizmente, um traidor.

— Se realmente a amasse, jamais deixaria que a ferissem. — Lancelot enfrentou o rei, indignado por ver Melissa tão vulnerável e preocupado com o destino de seu filho. Mal conseguia raciocinar, queria apenas atacar Arthur. — Ela veio aqui me dizer que se casaria com você. Veio desistir de tudo o que tínhamos.

— Não foi o que eu vi.

— Porque a convenci do contrário. — Ele levantou o queixo, enfrentando Arthur. — E eu estava certo. Ela é só mais uma conquista para o Grande Rei.

— Maldito! — Arthur deu um soco no rosto de Lancelot e um filete de sangue escorreu por seu queixo.

— Peça que me soltem antes de me bater outra vez, covarde. — Lancelot cuspia sangue entre as palavras.

— Eu deveria matá-lo agora, Lancelot. — O rei tentava se conter.

— E eu preferia morrer a ver Melissa machucada.

— Eu lhe dei liberdade demais. Irmão... Procurei minha própria desgraça. Como é lindo o amor — ironizou. — Meu irmão e minha mulher.

— Ela é minha mulher! — explodiu o cavaleiro, chamando a atenção de todos. — Nós nos casamos há dois anos.

— Impossível. — A incredulidade tomava o rei. — Ela teria me dito.

— É verdade. Pergunte a Merlin.

— Por que ela nunca me disse nada? Por que nenhum de vocês nunca me disse nada? — perguntou ele, exasperado.

— Porque Merlin apagou a mente de Melissa para que não se lembrasse de mim e pudesse se casar com você. Foi nessa época que você a conheceu. Tudo não passa de mais uma das manipulações do velho, nas quais você cai toda vez, sem questionar. Quando me disse que havia enfrentado o bispo, pensei que tivesse mudado.

— Você está mentindo. — Arthur ignorou o comentário. — Quem os casou? — A curiosidade o venceu.

— Ninguém. Sabe que não creio em nada e não preciso que outra pessoa celebre minha ligação com a mulher que eu amo.

— Não se casou em nenhuma das religiões? — O rei abriu um sorriso cínico.

— Não — confessou o cavaleiro, ciente do que aconteceria.

— Então eu anulo a união entre vocês. Não só anulo como me casarei com Melissa.

— Você não pode fazer isso. — Lancelot desesperou-se enquanto os outros dois cavaleiros o arrastavam para fora do quarto.

— Eu posso fazer o que quiser. — Arthur foi mordaz. — Joguem-no nas masmorras enquanto aguarda seu julgamento. Avise a Mark que o casamento está suspenso por enquanto. Em vez disso, acredito que teremos uma execução — disse o rei, ríspido, ao mesmo tempo que os sinos da Camelot começavam a tocar.

O reino estava sob ataque.

47

Merlin saiu de sua torre, aflito. Passou a noite meditando e sentiu uma forte carga de magia sombria no castelo. Não devia tê-la notado antes por estar fraco demais. Começava a compreender que havia riscos no caminho a ser seguido e que não havia certeza da vitória. Desceu rapidamente as escadas de sua torre e, quando virou à esquerda para chegar à escadaria central, viu Gawain carregando Morgana desfalecida.

— O que houve? — perguntou o feiticeiro, ao tocar a pele da jovem e senti-la fria, quase como se estivesse morta.

— Não sei. Arthur pediu que eu a trouxesse para você. — Como sua mãe o orientara, Gawain disse uma meia verdade. Morgause suspeitava de Merlin, e não seria o cavaleiro quem a entregaria.

— Me acompanhe.

— Não é melhor levá-la para seus aposentos?

— Não posso fazer nada por ela agora. Preciso de ajuda. Vamos. — E desceu os degraus, depressa, com o cavaleiro em seu encalço.

Assim que os sinos começaram a tocar, um alvoroço se formou no pátio. Soldados corriam para todos os lados, preparando-se para a batalha.

Uma fina linha de fumaça subia pelo céu, sinal do perigo iminente.

— O que está havendo? — perguntou Marcos, intrigado.

— Parece que algum lugar ao leste de Camelot está sendo atacado — respondeu Gabriel, e virou-se na direção do grande salão, prestes a entrar, quando trombou com Merlin.

— Garoto, preciso da sua ajuda. — A urgência era evidente.

Apesar da voz agoniada do feiticeiro, Gabriel pretendia ignorá-lo, até ver Gawain carregando Morgana.

— O que houve? — perguntou, preocupado, e percebeu Marcos e Lilibeth atentos a seu lado.

— Magia sombria, creio eu — explicou Merlin. — Não há outra justificativa. A menos que um de vocês a tenha atacado.

— Jamais faria isso. — Gabriel se defendeu.

— E sua irmã?

— Está ocupada — respondeu ele, pensando que ela estava segura com Lancelot.

— Precisamos levar Morgana para Avalon imediatamente.

— Não posso abandonar minha irmã. — O jovem feiticeiro hesitava.

Merlin não disse uma palavra, apenas levantou as pálpebras de Morgana para que pudessem ver seus olhos completamente pretos. Lilibeth soltou um gemido e levou a mão aos lábios, temerosa.

— Se não formos agora, Morgana morrerá. Ela foi infectada por magia sombria. Só o poder de Avalon e vocês dois podem salvá-la de ficar presa para sempre na Escuridão. — Merlin referia-se ao feiticeiro e à fada.

Assentindo e sem poder deixar que nada de ruim acontecesse à jovem, Gabriel decidiu partir.

— Marcos, vá buscar Melissa. Não a deixe sozinha até que eu volte. — Ele pediu ao amigo enquanto pegava Morgana de Gawain e a aconchegava em seus braços.

Vendo-a tão vulnerável, sentiu-se estúpido por ter desistido da jovem tão rápido. Mesmo ciente de que estava certo, dava-se conta de que poderia estar prestes a perdê-la. O sentimento era devastador.

— Vamos salvar você — sussurrou em seu ouvido, beijando-lhe a face, sob o olhar atento de Marcos e Lilibeth.

— Merlin, você sabe que não terei energia suficiente para atravessar o portal com vocês. É uma viagem que sempre faço sozinha. Sem todos os elementos será muito desgastante. — Lilibeth mostrou-se preocupada.

— Terá energia, sim. Usará parte da minha — esclareceu Merlin, decidido.

— Você já está fraco — argumentou a fada, demonstrando preocupação e vendo-o se espantar com o carinho. — Por que a surpresa? Você pode ter se tornado um manipulador miserável, mas ainda me lembro de tudo o que fez por mim. Não me sinto bem sabendo o que pode lhe acontecer.

— Correrei o risco. Se um dos elementos cair, todos cairão. — Foi taxativo.

— E você, garoto — apontou para Marcos —, faça exatamente o que lhe foi dito, proteja Melissa. Agora, vamos. Morgana não viverá por muito tempo. Aliás — o feiticeiro encarou o jovem, lentamente —, se não a salvarmos, a ligação de vocês o levará com ela.

※

Arthur parou, em prontidão, assim como os cavaleiros que guiavam Lancelot. O rei correu para a janela e observou o horizonte. Fumaça. Um dos vilarejos próximos estava sendo atacado.

— Levem-no para as masmorras e retornem, precisamos partir já.

— Arthur, me deixe ver como Melissa está e ir lutar. Não terei serventia nas masmorras. Você precisa de mim — pediu Lancelot, porém foi ignorado.

O rei passou por eles e correu em direção ao pátio, enquanto os outros cavaleiros cumpriam as ordens de escoltar o prisioneiro.

Ao terminar de descer os degraus para o pátio, Arthur avistou Gawain e Morgause. Ficou incomodado ao ver Marcos passar correndo por ele, nas escadas do segundo andar, mas tinha certeza de que Mordred saberia como cuidar do garoto, que certamente era mais um cúmplice da traição.

Morgause estava no pátio desde que ouvira os sinos e entendera que chegara a hora de agir. Decidida. Deixara Mordred com Melissa e saíra para procurar o rei onde sabia que o encontraria em situações de emergência.

Chegou ao pátio pouco antes de ver Merlin se afastando com Morgana, a fada e o outro feiticeiro, exatamente como previra. Com a sobrinha inconsciente e os três partindo para Avalon, seria simples prosseguir com o plano.

Infelizmente, não tinha mais o poder de Morgana em seu corpo. O ponto fraco da magia sombria era só funcionar ao ser canalizada por alguém, de livre e espontânea vontade. A sobrinha serviu para neutralizar Melissa e apenas isso. Ainda assim, Morgause comemorava e estaria quase exultante, se o amigo miserável da jovem não tivesse passado por ela como um raio, fazendo-a se chocar contra a parede sem nem ao menos se desculpar. Precisava neutralizá-lo assim que possível.

༄༅

Mordred observava da janela todos os homens que se preparavam para partir e defender o vilarejo, antes que os inimigos pudessem se aproximar do castelo.

Seu instinto lhe dizia para descer e acompanhá-los, mas o dever o obrigava a ficar com Melissa até que Arthur pudesse retornar.

Na cama, desfalecida, estava sua irmã. Mal tivera tempo de a reconhecer como tal, e parecia que a perderia. Tocou sua face gélida e temeu por sua vida. A respiração era tão fraca que praticamente nem se via o peito subindo e descendo.

— Não é estranho que eu sinta que falhei com você? — Ele cobriu-a bem com a manta. — Mesmo sabendo o quão errado é você ter ficado com Lancelot, sinto que deveria tê-la protegido melhor. — Ele falava baixinho, enquanto ela permanecia imóvel.

De repente, ouviu fortes batidas à porta, como se alguém quisesse colocá-la abaixo.

Com a espada em punho, Mordred se aproximou e perguntou:

— Quem está aí?

— Marcos. Vim buscar a Melissa e descobri que ela está aí. Abra essa porta agora! — A voz, abafada pela madeira grossa, chegou a ele.

Mordred entreabriu a porta e analisou Marcos, que segurava firmemente um punhal na mão, embora não tivesse a mínima chance contra o cavaleiro.

— Ela precisa repousar.

— Não quero saber o que você acha, quero ver como ela está. — Marcos tentou empurrar a porta, que continuava bloqueada.

— Não quero discutir agora. Passamos por um momento de tensão. O lugar mais seguro para ela é aqui. Não posso deixá-lo entrar. — Sua voz soou calma, em seguida olhou para quem vinha no corredor atrás de Marcos: dois dos guardas do castelo.

— Abra! — gritou o jovem, tentando empurrar a porta.

— Prendam-no. — Julgando que era o melhor para a situação, Mordred deu a ordem aos guardas, que facilmente desarmaram Marcos, mesmo quando ele se debateu e lutou. — Não o machuquem. Apenas o levem até as masmorras. Será mais seguro para você, garoto. Acredite em mim. — E fechou a porta atrás de si.

Os homens arrastaram Marcos pelas masmorras lúgubres e escuras enquanto ele se debatia, os xingava e chutava. Um terceiro homem abriu uma das celas e o garoto foi atirado lá dentro, rolando sobre a palha úmida e mofada que forrava o chão e caindo aos pés de Lancelot.

— Marcos! — O cavaleiro, ajudou-o a se levantar. — O que faz aqui?

— Eu que pergunto: o que está acontecendo nesta porcaria de castelo? O irmão da Mel, Mor qualquer coisa, mandou me trazerem para cá porque eu quis invadir o quarto de Arthur e tirá-la de lá. O que é que ela está fazendo lá, Lancelot? — As perguntas se amontoavam.

Sem muitos detalhes, o cavaleiro contou tudo o que ocorreu, desde o que presenciou até o que intuía, como Morgause manipulando Arthur e Morgana.

— A Ruiva derrubou a Mel... — Marcos estava arrasado.

— Ela não teve culpa. Não sei o que Morgause fez, mas vi nos olhos de Morgana que ela não queria ferir ninguém. Não sei nem se ela sobreviverá.

— Sentiu um aperto no peito. — Seus olhos ficaram pretos. Nunca a vi assim.

— Lilibeth, Gabriel e Merlin partiram com ela para Avalon.

— Claro. — Lancelot percebeu a ironia da situação. Para tentar salvar Morgana, deixaram Melissa desprotegida. — Morgause é ainda mais esperta do que eu pensava.

— O que faremos?

— Não podemos fazer nada enquanto eles não voltarem. Lilibeth perceberá que há algo errado comigo. Ela sempre percebe, ainda que eu não possa me comunicar com ela preso aqui. Creio que ela não tenha percebido na hora por causa da quantidade de magia sombria conjurada por Morgause.

Marcos percebia que o cavaleiro tentava controlar seus sentimentos, tentando ser prático e pensando na melhor saída, mas era evidente que, sob a superfície, ele estava desesperado. Havia visto a mulher que amava desfalecer em seus braços e não tivera mais notícias.

— Vamos salvá-la — garantiu Marcos, colocando a mão no ombro do cavaleiro.

Não contendo um suspiro, Lancelot assentiu em meio às dúvidas.

— É só o que quero.

※

Em Avalon, Viviane aguardava em frente ao lago, na Primavera. Havia sido guiada pela Deusa com um mau pressentimento. Observou o portal se abrir e todos saírem absurdamente molhados, a travessia fora complicada.

Lilibeth ajudou Gabriel a se levantar com Morgana no colo, e todos seguiram para o local do ritual, que precisaria começar imediatamente se quisessem salvá-la.

Caminhando mais atrás e visivelmente cansado, Merlin respirou fundo, buscando energia para estar vivo até o final da grande batalha, que já despontava no horizonte. Um enorme temor se apossava dele, e não tinha mais tanta certeza da vitória.

48

Cento e cinquenta cavaleiros seguiam a galope, comandados por Arthur. Mark cavalgava ao lado do rei, guiando os próprios homens. Os outros estavam a postos, no castelo, preparados para um eventual ataque surpresa à grande edificação.

Nem todos os cavaleiros da Távola Redonda acompanharam seu rei. Um deles se aproveitou da confusão para seguir ordens de Morgause. Era arriscado, e ele provavelmente seria descoberto no processo, mas era sua melhor chance e não poderia desperdiçá-la. Antes que Arthur pudesse notar, Melissa não estaria mais no castelo, não importava quantas pessoas tivessem que morrer.

Mesmo com a batalha se aproximando, Mark analisava atentamente os cavaleiros de Arthur, assim como a Tristan. O rei aproximou seu cavalo do sobrinho e disse, alto o bastante para ser ouvido em meio ao trote:

— Onde está Lancelot?

— Não sei.

— Não é estranho?

— Muito.

— Assim que chegarmos ao vilarejo, você voltará ao castelo — disse Mark.

— Não posso. Preciso proteger Arthur, ainda mais agora, sem Lancelot aqui — respondeu Tristan.

— Eu cumprirei sua função e o protegerei.

— E quem protegerá você?

— Eu também, é claro. — O rei soltou uma risada rouca. — Sobrinho, sinto cheiro de traição e não estou errado.

Tristan hesitava. Mark não costumava estar errado quando se tratava de deslealdade, porém deixar Arthur em uma batalha o incomodava.

— Algo me diz que esse ataque ao vilarejo é uma distração — falou o jovem.
— É a minha certeza também. Tristan, você será mais útil no castelo do que aqui. Quando a cavalaria descer aquela colina — apontou à frente —, quero que volte e descubra quem é o traidor entre os cavaleiros. Se é que há apenas um. Ele ficou lá por algum motivo. Justificarei sua ausência para Arthur.

❦

Morgause subiu as escadas, apressada. Gawain estava seguindo suas instruções e preparando uma carruagem para que partisse com Melissa. Outro de seus aliados cuidava de liberar sua passagem pelos portões, dando a autorização que provavelmente o revelaria como traidor. A rainha deu de ombros, perderia o brinquedo, mas levaria a última filha de Avalon. Batendo à porta dos aposentos de Arthur, viu seu filho abri-la e olhar para ela, desconfiado.
— Não pode entrar. — Ele foi taxativo.
— Ora, menino, não me venha com essa.
— Não ouviu o que Arthur disse? Ninguém entra, ninguém sai. Costumo respeitar as ordens dele.
— Obviamente eu sou uma exceção. Vim trazer um chá para ela — mostrou a bandeja —, como pode ver.
— Você trouxe essa bandeja sozinha? Não acha que vou acreditar que está bancando a tia zelosa, acha?
— Arthur mudou os planos e não pôde avisá-lo. Não ouviu os sinos? — A pergunta deixou Mordred em dúvida.
— Ouvi.
— Então, Arthur partiu com seus homens e não pôde verificar como Melissa estava. É só um chá, Mordred. O que acha que farei? Envenená-la?
— Isso me passou pela cabeça.
— Arthur não tem mais em quem confiar, Mordred. Só na família. Ele está arrasado.
Refletindo, o filho permitiu que a mãe entrasse, mas vigiou cada movimento. Temia pelo estado da irmã, e talvez Morgause tivesse respostas. Colocando a bandeja sobre a mesa de cabeceira, tocou a testa de Melissa, fria como gelo.
— O que você e Morgana fizeram? — perguntou Mordred.
— Eu não fiz nada. Não tenho poderes e você sabe. Foi sua prima. Creio que a menina tenha perdido o controle. Pobrezinha. É provável que percamos Morgana. — Ela sentou-se na cama ao lado de Melissa. — Filho, me passe a xícara de chá, vou tentar dar um pouquinho a ela.

Mordred olhava para Morgause sem saber o que fazer. Sempre que ela era gentil, deixava-o confuso, porque queria acreditar que fosse um estado de espírito real. Poderia ser por causa de Arthur. Mordred pegou a xícara e foi entregar à mãe, porém ela sinalizou para que a colocasse de volta na bandeja, e, com o movimento brusco, parte do conteúdo entornou sobre a mão do cavaleiro.

— Está louca? — perguntou ele.
— Não, não. Apenas desisti. Ela está inconsciente, então não vai conseguir tomar a bebida.
— Assim como estava quando me pediu para pegá-la.
— Mordred, acalme-se. Eu estava preparando você.
— Para quê?
— Levarei Melissa embora do castelo hoje, e você me atrapalharia.
— Você não sairá com ela deste quarto — afirmou ele, sem compreender a linha de pensamento. — Tem certeza de que não enlouqueceu de vez?
— Tenho de levá-la.
— Melissa ficará. Quando Arthur e ela se entenderem, talvez haja um casamento.
— Isso não acontecerá.
— Por quê?
— Ela está grávida de Lancelot.
— Não, não é possível.
— Mordred, não alonguemos esta conversa. Afinal, não temos tempo. Você sabe que nem todos os homens são idiotas a ponto de aceitar uma mulher com o filho de outro na barriga — alfinetou.
— Lot aceitou — respondeu ele, brusco, apesar de abalado com as lembranças que Morgause parecia fazer questão de trazer à tona.
— Ele tinha algo a ganhar. E esse *algo* é ela, sua doce e vulnerável irmã. Não é uma ironia? — perguntou, sádica, olhando para o filho e vendo-o apertar os olhos, tentando se concentrar em suas palavras.

Cambaleando, o cavaleiro apoiou-se na parede.
— O que você fez? — murmurou ele, caindo de joelhos. — O chá nunca foi para ela. — Mordred constatou, sentindo-se estúpido.
— Não, foi para você. Pensa que não percebo como olha para sua irmãzinha? O trauma com seu amor impossível o faz querer ajudá-la. Você não entende o que precisamos fazer e seria um grande empecilho aos meus planos. Tive de derrubar chá em você, já que não beberia, porque me conhece, mesmo quando tem esperança de que eu seja uma mãe gentil e amorosa. Acho que

é o homem em vocês, é quase como se julgassem que todas as mulheres são indefesas e precisam ser protegidas. Veja Melissa, por exemplo, é uma mulher muito poderosa. Sozinha será capaz de colocar a Britânia abaixo. Vocês, filhos, esperam demais. Às vezes simplesmente não nascemos para amá-los.

— Envenenar o próprio filho é demais até para você.

— Você não é meu filho, é um obstáculo. Pense pelo lado positivo, você não bebeu. Só derramei um pouquinho na sua pele. Talvez você não morra. Tudo o que tiver relação com a magia morrerá, se depender de mim.

— Lancelot tinha razão. Você nos traiu.

— Não, meu querido. Uther Pendragon e seu sangue mágico nos traíram. Eu vou purificar e retomar a Britânia. — Ela sorriu enquanto ele perdia a consciência, caindo no chão.

Batidas soaram à porta, e Morgause levantou-se para abrir.

— Sempre pontuais. — Ela sorriu, vitoriosa e, quando levantou os olhos, sentiu-se congelar. Não era nenhum de seus aliados.

— Aonde pensa que vai com a minha filha? — Era Owain.

49

Desde que os sinos começaram a tocar, Owain saiu à procura dos filhos, bastante angustiado. Vestido como qualquer um dos homens de Arthur, o que incluía a espada na cintura, continuou sua busca. Toda a sua vida o preparou para aquele momento. Mesmo quando se viu preso em outra realidade, nunca deixou de treinar como um soldado medieval. Até inseriu técnicas contemporâneas ao seu estilo de luta.

No pátio, ao longe, observou Morgause conversar com Arthur e percebeu, pela postura da rainha, a tentativa de manipular o sobrinho. Desde o instante em que havia chegado a Camelot, Benjamin procurara oportunidades de conversar com ela, mas Morgause o evitava, chamando ainda mais atenção para si.

O sentimento de desconfiança cresceu quando Lancelot contou a ele suas suspeitas, pouco depois, no jantar da noite anterior. Owain resolveu permanecer discreto no castelo, caminhando entre as sombras e tentando descobrir mais informações. A mulher de hoje era muito diferente de quem ele amou um dia.

Mantendo a distância, ele seguia Morgause quando a ouviu dar uma ordem a um dos cavalariços. Estava se preparando para partir, o que era suspeito, levando em conta o momento que enfrentavam.

Com a preocupação se intensificando, Owain ouviu boatos de que Lancelot estava preso nas masmorras, assim como Marcos, e não havia sinal de seus filhos e de Lilibeth.

Quando escutou a conversa entre Morgause e Mordred à porta do quarto de Arthur, soube o que a rainha pretendia. Ela levaria Melissa.

Agora, diante dela, Owain se perguntava como a garota gentil e doce que havia amado podia ter se tornado a rainha fria e calculista que enganava com perfeição todos à sua volta.

— E, então? O que pretende fazer com minha filha? — Ele passou por Morgause, que, atônita, não o impediu, cruzou a antessala e encontrou Melissa inconsciente na cama e Mordred no chão. — O que você fez? — Checou a pulsação de ambos; estavam fracos, porém vivos. — O que houve com você nesses anos? Perdeu a razão?

— Nunca estive mais sã. — Ela encostou a porta do quarto, mas não a trancou, seus aliados deveriam chegar logo. — Owain, vá embora. Arthur me pediu para cuidar dela, Mordred desabou sem explicação e, como pode ver, sua filha está desmaiada. — Ela continuou com a encenação.

— Ficarei com ela até que Arthur chegue — decidiu Owain, usando sua força para apoiar Mordred nos ombros e colocá-lo na cama também. — Vá chamar o médico — pediu ele, ciente de que ela não lhe obedeceria.

— Vá você. Preciso permanecer aqui. Ordens do rei. — Morgause deu de ombros, ainda tentando passar uma imagem de inocência.

Owain ajeitou Mordred e aproximou-se de Morgause o suficiente para vê-la estremecer; encontrou seu olhar, um espaço mínimo entre eles.

— Por que, Morgause?

Uma pergunta simples e não tão clara para qualquer um, porém a rainha havia entendido. Ele sabia. Máscaras não a ajudariam mais.

— Aquele cavaleiro maldito andou falando com você — praguejou ela.

— Se está se referindo a Lancelot, sim, ele me contou.

— Fiz o que tinha de fazer. — Ela levantou o queixo. No fundo, estava apenas ganhando tempo.

— É uma vingança por terem nos separado?

— Não seja pretensioso. É muito maior que eu ou você. Sim, a princípio tudo o que eu queria era trazê-lo de volta, mas me lembrava de que você não se opôs tanto assim a partir, não foi?

— Merlin me disse que você correria riscos se eu ficasse, e jamais imaginei que estivesse grávida.

— Pelo que eu soube, você não demorou muito a engravidar outra. — Ela arqueou uma sobrancelha, cruel. — Enquanto você recomeçava sua vida, Owain, eu fiz o que precisava fazer para sobreviver.

— Pouco antes de ir embora de Avalon, soube que você havia se casado. Não estou me justificando, entenda. — Ele tentava parecer calmo, apesar de corroído pela revolta de encontrar dois de seus filhos desmaiados no cômodo.

— Eu era um garoto e parecia que você tinha seguido em frente com um homem rico e importante. Senti ciúmes, errei, mas nada disso é suficiente para que destrua um reino inteiro.

Atenta aos passos no corredor, Morgause se preparou.

— Owain, antes de saber de sua relação com a mulher da profecia, juro que esperava que voltasse e, como uma jovem sonhadora, cogitava um futuro para nós dois. Estupidez minha, confesso. O amor é uma fraqueza. Veja o que amar fez à minha irmã. Nós todos crescemos juntos. Acha justo que ela não esteja aqui? Acha justo sua vida ter se perdido tão cedo por causa das guerras de Uther e sua magia?

— Sinto muito por Igraine. — Owain foi sincero. — Ela não merecia o fim que teve.

— Não merecia — concordou Morgause, encarando-o. Parte dela desejava que ele entendesse seus planos e facilitasse as coisas. — Quero que tudo volte a ser como antes.

— Como assim?

— Sem magia.

— Isso é impossível.

— Não, não é. — Morgause ergueu o queixo, vitoriosa. Mal terminou de pronunciar as palavras e ouviu a porta do quarto se abrindo.

O momento de distração custou a Benjamin: quando ele sacou a espada, Morgause já estava com um punhal encostado à garganta de Melissa.

— Se a ferir, eu matarei você — avisou ele.

— Se você se mexer, eu matarei sua filha — zombou ela, enquanto três soldados entravam no quarto. — Eu seguirei com meus planos e exterminarei a magia deste mundo.

Atrás deles, surpreso ao ver o desenrolar da cena, estava Lucan.

50

Quando os homens maus chegaram ao vilarejo, Maddox pegou a espada de madeira que seu pai fizera para ele, mas, quando saiu de casa, avistou o caos. Olhando ao seu redor, procurava por sua mãe e sua irmãzinha. Deveria protegê-las.

Os cavalos trotavam entre as pessoas e muitas eram pisoteadas. O menino assustado notou que o ancião da vila estava morto, com vários ossos expostos. Aproximou-se para tocar seu rosto e ouviu um grito:

— Maddox! — Era sua mãe.

Ela disparava ao seu encontro, carregando a bebê no colo. Um cavaleiro inimigo vinha a toda velocidade e, antes que o pequeno pudesse abrir a boca para avisar a mãe, viu-o perfurá-la com uma lança.

Sem acreditar, Maddox aproveitou-se de sua baixa estatura para não ser notado e se arrastou até onde a irmã chorava. Então pegou-a no colo e fechou os olhos arregalados e já sem vida da mãe.

Escondendo-se atrás de carroças, chegou o mais próximo que pôde da sua casa e finalmente encontrou o pai matando um dos homens com sua velha e enferrujada espada.

— Onde está sua mãe? — perguntou ao filho, quando conseguiu se aproximar dele.

— Morta — respondeu Maddox, o choque ameaçando tomar-lhe o corpo.

— Pegue Lynnet e se esconda no baú de roupas. Só saia de lá quando eu for buscá-lo, entendeu? — Ele segurava seus braços com força.

E, então, Maddox se escondeu dentro do baú, tentando confortar sua irmãzinha, que soluçava. Pouco depois, viu o pai ser atravessado por uma espada.

Ele não queria desobedecer-lhe. Não queria não atender seu último pedido. Começou a ficar cada vez mais quente e ele decidiu abrir apenas um pouco a tampa do baú, surpreendendo-se ao ver sua casa em chamas.

Ainda com Lynnet no colo, sentiu um rápido alívio ao ver a cavalaria do rei chegando, para em seguida se apavorar. Não adiantaria nada. A porta estava em chamas, e eles não tinham como sair.

❦

Os moradores do vilarejo estavam em pânico. Mulheres corriam com os filhos, muitas vezes, tropeçando e perdendo os pequenos em meio a fumaça, fogo e morte.

Os cavaleiros de Arthur partiram para o ataque, enfrentando seus inimigos e protegendo seu povo. Pulando de seu cavalo, o rei empunhou Excalibur, olhando atento ao seu redor. Ele avistou pela janela de uma das casas duas crianças tentando sair. A porta bloqueada pelas chamas. Derrubando cada homem que surgia à sua frente com golpes de espada, Arthur aproximou-se o suficiente para perceber que o telhado ruiria.

Mark levou apenas um segundo para perceber o que o rei de Camelot faria, mas não foi rápido o suficiente para impedi-lo. Cobrindo-se com a capa, Arthur chutou a porta repleta de labaredas e entrou.

O bafo quente das chamas chocava-se contra sua armadura. Arthur transpirava. Dentro da casa, era praticamente impossível respirar. Tossindo, passou os olhos pelo cômodo pequeno e viu uma mesa de madeira virada, prestes a se incendiar, como todo o resto. Um choro baixinho vinha de trás do tampo. Usou seu escudo para arrastá-la e encontrou as duas crianças tentando cobrir a boca. Um menino de uns seis anos e uma garotinha, pouco mais que um bebê. Ele a segurava de forma tão protetora que o rei se lembrou de Morgana e do quanto havia sido imprudente em usá-la em seu momento de ira. Tirando a capa, ele a enrolou nos dois e correu para fora antes que a casa desabasse.

— Onde estão seus pais? — perguntou ele, abaixando-se à altura do menino, enquanto Mark cortava a cabeça de um inimigo que surgiu às suas costas.

— Foram mortos quando os saxões chegaram. Não temos mais ninguém — explicou o menino, tentando ser mais maduro do que realmente era. — São eles, não é? Os saxões.

— Não são. Infelizmente, há homens maus também na Britânia. — Arthur tocou-lhes os cabelos carinhosamente e tentou sorrir mesmo em meio ao caos, com a intenção de tranquilizar o menino e sua irmãzinha, que fungava com o rosto enterrado em seu peito. — Eu cuidarei de vocês. Estão sob minha proteção agora. É uma promessa. — O rei levantou-se ao notar o inimigo que se aproximava. — Fique atrás de mim e proteja sua irmã.

O rei girou o braço perante o olhar admirado do menino, movendo Excalibur com exímia perfeição, e bloqueou cada golpe do inimigo até atingi-lo mortalmente. O mesmo se repetiu algumas vezes com outros homens até que Mark se aproximou.

— Arthur, você deve retornar ao castelo.
— Eu sei. — O rei enxugou a testa. — Há poucos homens atacando o vilarejo. Não parece que vieram para vencer. Quiseram nos atrair até aqui.
— Exato.
— Voltarei com Tristan e Bors. Percival, Gaheris e os outros podem cuidar dos poucos inimigos que ainda restam de pé e levar os sobreviventes para Camelot. — Ele se afastou do centro do vilarejo, avistando seu cavalo.
— Tristan já foi.
— Sem minha autorização? — perguntou ele, levemente irritado.
— A culpa é minha — admitiu Mark. — Senti cheiro de traição e, você sabe, quando sinto...
— É porque existe.
— Sim.
— Muito bem. Voltarei com Bors, você e mais alguns cavaleiros.

Arthur virou-se para o lado e viu que o menino, ainda segurando sua irmã, o encarava.

— Devo ficar e proteger minha vila? — perguntou o pequeno ao rei.
— Não. — Arthur sorriu ao ver tanta coragem em alguém tão pequeno. — Qual é o seu nome?
— Maddox, e minha irmã é Lynnet.
— Muito bem, Maddox. — O rei montou em seu cavalo e estendeu a mão para o menino. — Você e sua irmã vêm comigo.

51

Gabriel e Lilibeth entraram na Escuridão para salvar Morgana. Nunca o lugar pareceu tão assustador e mortal. Era como se o ambiente estivesse prestes a engolir qualquer um que se aventurasse por ele. As paredes escuras soltavam uma fumaça espessa, sufocante e de coloração preta, que tentava penetrar no inconsciente do feiticeiro e da fada.

— Por que parece pior do que já era? — perguntou ele, segurando a mão de Lilibeth.

— Porque é — respondeu, receosa, enquanto produzia outra bola de luz. — Uma vida pela outra, lembra? E nós não deixamos ninguém aqui da outra vez. Mais cedo ou mais tarde, esse placar terá de ser igualado. A magia sombria em Morgana contaminou o lugar. Se não encontrarmos uma forma de tirá-la daqui logo, ficaremos presos.

Mesmo caminhando devagar, Lilibeth escorregou em um pedaço de lodo e Gabriel a amparou antes que caísse. Quanto mais o tempo passava, mais sombrio e carregado ficava o ar.

— Vê-la inconsciente abalou você, não foi? — perguntou a fada, enquanto ambos davam alguns passos atrás para saltar um buraco que parecia não ter fundo.

— Você sabe que sim. — Ele não se estendeu. — No três? — Ele indicou o buraco e a viu assentir. — Um, dois, três.

Pularam.

A garota escorregou e seu pé desceu, mas, antes que caísse, Gabriel a puxou para perto de si, afastando-a do perigo. Um líquido brilhante e pegajoso escorria pela perna da fada.

— Que estranho... — murmurou ela. — Este lugar não devia me ferir.

— Tecnicamente, não era para estar acontecendo dentro de nossas cabeças, capaz de nos enlouquecer, mas não de nos machucar de verdade?
— Exato. A magia sombria alterou tudo. Vamos logo. É ali. — Ela apontou para a pequena porta por onde um fio de luz amarela passava. — Morgana está lá dentro.

Os gemidos agonizantes dos feiticeiros aprisionados chegavam até eles. Um calafrio percorreu o corpo da fada e ela apertou a mão do cavaleiro, enquanto cruzavam a soleira.

No centro do salão, adormecida e presa entre milhares de pesadelos, estava Morgana. Ao seu redor, uma densa e escura neblina se espalhava.

✿

— Reunião de família, Morgause? — perguntou Lucan, aproximando-se da cama e tocando os cabelos de Melissa.
— Tire as mãos dela! — gritou Owain, sendo ignorado.
— Querido, punhal, garganta, adeus, filha. Preciso repetir? — A rainha suspirou, fingindo enfado, enquanto o cavaleiro dava ordens aos soldados para que desarmassem Benjamin.

O pai de Melissa analisava a conversa entre os dois, calado. De nada adiantaria reagir agora ou se indignar por descobrir quem era o traidor entre os cavaleiros da Távola Redonda. Se estivesse sozinho, poderia lutar, mas jamais arriscaria a filha. Era visível a intimidade entre Morgause e o jovem cavaleiro. A postura da rainha e a subserviência do rapaz indicavam um relacionamento fora dos padrões medievais.

— Tudo pronto para partirmos? — perguntou Morgause.
— Você encontrará todas as portas abertas, porém, quando Arthur retornar, saberá que eu dei a autorização. Preciso partir ou serei preso por traição — informou Lucan.
— Pobrezinho, terá de deixar a lendária Távola Redonda. — Ela fingiu pesar.
— Toda escolha tem seu preço, e o meu foi alto. — Ele sorriu, misterioso. — O que devo fazer com ele? — Ele apontou para o pai de Melissa.
— Masmorras, como os outros?
— Não. Ele virá comigo. Muito bem amarrado, vigiado e provavelmente desacordado. Quanto a Lancelot e ao outro moleque, mate-os, depois pode partir. Ainda teremos um homem importante no castelo e é questão de dias para tudo acabar. Você — apontou para o soldado baixo e forte —, cubra o corpo dela com uma capa, sem deixar nada à vista, e coloque-a na carruagem.

Evite sufocá-la, por favor — zombou, provocando Owain. — Não se esqueça de manter um punhal apontado para o coração da mocinha, assim manteremos seu pai calmo.

Enquanto os outros saíam, Morgause olhava para o filho pela última vez.

— Ele viverá? — perguntou Lucan.

— Não sei e não me importo. — Era mentira. No fundo, ela se importava, mas sangue mágico corria nas veias do filho, então não havia nada o que ela pudesse fazer.

— E o local para onde irão é o mesmo?

— Sim, as cavernas subterrâneas de Tintagel. Lugar onde só a magia sombria funciona, perfeito para escondermos a garota.

O grupo desceu as escadas tranquilamente e Owain pensou em pedir ajuda, mas o receio de não saber em quem confiar o tomou. Teria de ver Melissa consciente primeiro. Não a arriscaria assim.

Ao cruzar o pátio, ainda em polvorosa pelo ataque ao vilarejo, não foram notados. Morgause deu uma última olhada ao redor antes de entrar na carruagem simples que a levaria embora com o mais precioso tesouro da Britânia. Acomodou-se no banco, como a rainha que era. Owain estava amarrado ao seu lado e continuou com o olhar fixo na filha, que jazia no banco da frente, devidamente amarrada.

Preocupado, ele analisava sua impotência diante da situação. Não poderia agir precipitadamente. Todas as suas esperanças estavam em Lilibeth e sua capacidade de encontrar as pessoas que amava. Ele só precisava manter sua filha bem e tirá-la com vida das garras de Morgause.

A carruagem começou a andar e passou pelos guardas sem dificuldade. Camelot abria a porta para seus inimigos sem se dar conta da gravidade do que acontecia.

A rainha suspirou, agitada. Assim que entrassem na floresta, seriam escoltados por homens de Leodegrance. Nem Arthur nem Lancelot jamais veriam sua amada Melissa outra vez. Em breve, ela pertenceria ao exército inimigo e aos saxões.

Entrelaçando os dedos sobre o colo, Morgause sorriu, enquanto a carruagem cruzava as fronteiras do castelo e eles se afastavam sem qualquer oposição. Era o primeiro passo para sua vitória.

52

Cavalgando a toda velocidade, Tristan chegou ao castelo. Desmontou, entregou o cavalo ao cavalariço e avistou Erin e Isolde caminhando pelo pátio, em direção ao canil.

— Isolde. — Por um segundo, ele se deu conta de que o casamento havia sido adiado, mas logo a mente de cavaleiro tomou a frente e ele percebeu que estavam sendo observados de perto por homens de seu tio que cuidavam da segurança de sua futura rainha. Mark jamais a deixaria desacompanhada em meio a essa crise. — Erin — acrescentou ele —, vocês estão bem?

— Sim — responderam, juntas.

— Ótimo. Posso conversar com minha irmã por um instante, por favor? — pediu Tristan a Isolde.

A jovem viúva sentiu seu corpo se arrepiar ao som da voz de Tristan. Tinha certeza de que ainda trazia seu cheiro na pele. Respirou algumas vezes e, com seu jeito tranquilo, respondeu:

— É claro. Vejo você mais tarde, Erin. — E afastou-se com o bebê, que dava passinhos incertos ao seu lado.

Pegando gentilmente o braço da irmã, Tristan a guiou até os estábulos. Precisavam de privacidade.

— O que houve, Tristan? — perguntou a garota, curiosa.

— Sabe de Lancelot?

— Sei. — Sua expressão denotou tristeza. — Foi preso.

— Não. — O cavaleiro levou a mão à cabeça, espantado.

— Sim. E o outro garoto, amigo do Gabriel, também.

— O que ele fez? — Tristan estranhou.

— Não sei. Ouvi dois guardas comentando. Há boatos de que Lancelot...

— Eu sei. — Não a deixou completar. — E Lucan, você o viu?

— Vi! — A jovem começou a ficar agitada, como toda vez que percebia que havia algo por trás das perguntas do irmão. — Estava com Morgause, preparou uma carruagem para a rainha. Achei suspeito também, tentei verificar e...
— Carruagem para quê?
— Para ir embora, oras.
— Morgause deixou o castelo?
— Irmão, bateu a cabeça na batalha? — Ela tocou-lhe a testa, querendo checar seu estado. — Acabei de dizer que sim.
— Ela foi sozinha? — Tristan afastou a mão da irmã de sua cabeça.
— Não. Havia um homem com ela. — Pensou um pouco. — Muito parecido com Mordred.
— Owain. Por que ele iria com ela? — ponderou consigo o cavaleiro. — Melissa, a jovem que Arthur apresentou a você no jantar de ontem, você a viu?
— Não. Vi Morgause, esse homem e, espere... Um dos soldados colocou um pacote, quer dizer, achei que era um pacote, mas, pensando bem, era grande demais. Poderia, sim, ser Melissa. Há boatos pelo castelo de que ela desmaiou e... — Erin se perdia na própria torrente de pensamentos.
— Erin, quieta! — ordenou o irmão.
— Mas só estou tentando ajudar. — Ela ofendeu-se.
— Não é isso. Vem vindo alguém. Lucan. — Tristan reconheceu a voz. — Saia.
— Não vou, não. — Erin fincou os pés no chão.
— Erin! — Bastou um simples contato para que a garota percebesse o que a névoa nos olhos de Tristan queria dizer. — Sabe o que fazer. Vá! — Ele empurrou-a pela porta aberta e entrou na baia mais próxima.
Liberdade bufou ao perceber que invadiam seu espaço e acalmou-se ao notar que era Tristan. Quase imediatamente, Lucan e outros três homens entraram pelo outro lado do estábulo.
— Sigam as ordens e matem Lancelot e o garoto. Depois voltem aos seus afazeres. Eu partirei já. Depois que descobrirem que ajudei Morgause a sair com Melissa do castelo, minha cabeça estará a prêmio.
— Você não irá a lugar nenhum, traidor. — Era Tristan, que enfim se fazia notar.

※

A sala que prendia Morgana parecia ficar cada vez menor, e o ar, mais rarefeito.

— Isso já aconteceu antes? — perguntou Gabriel a Lilibeth.
— Não. — Sua voz saiu baixa, sentia a perna queimar no lugar do ferimento e não queria contar a ele.
— Vamos tirá-la logo daqui e ir embora.
Lilibeth percebia sua garganta se fechando, como se estivesse cheia de poeira. Confusa, tentava clarear a mente e resistir à tontura. Era quase como se pudesse sentir o mal lhe infiltrando a pele.
Quando ambos cruzaram a neblina preta e densa que envolvia Morgana, a massa de ar escura passou a envolver a fada, que, assustada, teria soltado sua mão se ele não a segurasse com mais força.
— Calma, Lili. Estou aqui. — Trocou um olhar com ela e percebeu que seus olhos normalmente cristalinos estavam enevoados. — Você está bem?
— Não — confessou. — Estou com medo. — Era a primeira vez desde que ele a conhecera que a via admitir tal sentimento.
— Lili — ele tocou-lhe o rosto, fazendo com que a névoa, para sua surpresa, se dissipasse —, está tudo bem. — Ele passou o braço em volta de sua cintura e percebeu que ela tremia. — Vamos pegar Morgana.
Estranhamente, a fada sentiu-se melhor com aquela proximidade, então, com a mão livre, Gabriel tocou a face da feiticeira, que continuava imóvel e fria como uma pedra de gelo. O garoto deslizou os dedos por seu rosto, lábios e queixo, deixando um rastro de calor que parecia devolver a vida a Morgana. Contudo, quando ela abriu os olhos, escuridão era tudo o que podia ser visto.
— Morgana — sussurrou ele ao ouvido dela —, acorda. Quero levá-la para casa.
Nada. O frio se intensificava no ambiente, e os gemidos aumentavam.
— Precisamos levá-la de volta. — Lilibeth estava agoniada.
— Mas nunca foi assim. Era só chegar aqui e voltar, não era?
— Sim, os pesadelos nunca funcionavam comigo por perto. Agora é diferente. — Ela sentiu um calafrio. — É quase como se eles quisessem me atingir.
— Isso não acontecerá — garantiu o feiticeiro.
— Ela precisa querer acordar, Gabriel. É como se ela tivesse medo de sair daqui, porque a realidade pode ser pior do que seus pesadelos.
O feiticeiro assentiu e, ainda segurando a mão da fada, usou a outra para afastar uma mecha de cabelo de Morgana da testa. Abaixou-se outra vez, próximo a seu ouvido, e disse:
— Sei que pode me ouvir e que está com medo. Eu também estou. Dói ter de fazer uma escolha, é assim que se sente desde que descobriu o triângulo amoroso entre Lancelot, Arthur e Melissa. — As pontas dos dedos tocavam

seus olhos novamente fechados. — Morgana, não posso deixá-la aqui. Jamais conseguiria, sabendo que vive um pesadelo constante. Jamais conseguiria desistir de você. Sei que, de certa forma, foi o que fiz, mas não era para você se ferir. Quando abri mão, foi para não a machucar mais.

Um formigamento corria pelo corpo da feiticeira, como se pudesse trazer o calor de volta aos poucos.

— Precisa ir mais rápido — avisou Lilibeth, tensa.

— O que você quer que eu diga, Morgana? Que estou morrendo por dentro por vê-la ferida? Que me sinto um idiota por não ter passado aquela noite com você? Que eu devia ter ignorado toda a confusão à nossa volta e simplesmente beijado você sob aquele salgueiro? — Gabriel inspirou e expirou, decidido. — Volta para mim. — Ele beijou os lábios da feiticeira, devagar.

Sentindo a boca de Gabriel sobre a sua, Morgana abriu seus olhos azuis límpidos, surpresa, sem entender onde estava e sentindo-se envolvida por uma brisa morna e agradável.

— Ah, não... — murmurou Lilibeth, olhando para a própria mão.

Como uma teia, linhas pretas subiam pelas pontas dos dedos e corriam pela extensão do braço, avançando pelo rosto.

— O que é isso? — perguntou Gabriel, confuso.

Morgana se sentou, ainda fraca.

— Magia sombria — respondeu a feiticeira, reconhecendo os sinais e desolada com as consequências. — Saiu de mim e foi para ela.

Gabriel amparou a fada, que perdia o controle das pernas.

— Lili, olha para mim.

— Gabriel, me escuta. — A voz de Lilibeth saía com muito esforço. — Vou abrir o portal e vocês vão embora.

— Não! — Ele foi taxativo. — Só saio daqui com você.

— Morgana tem razão. É magia sombria. Uma forte, complexa e destruidora dose de magia sombria. Mal posso controlar os pesadelos. Estou entre o sono e a vigília. Daqui a pouco, não vou conseguir mais enviá-los de volta, e você não vai poder ficar se alternando para beijar as duas, gato. — Ela tentou sorrir.

— Para, Lili — pediu ele, puxando-a mais para perto e sentando-se com ela no chão, enquanto a fada desmoronava de vez. — Tem de haver um meio. Pense. Sua mãe construiu a Escuridão. Ela jamais a deixaria presa.

— A Escuridão não deveria funcionar assim. Os poderes não deveriam agir dessa maneira. A magia sombria mudou tudo. Vá embora, por favor. Alguns dos meus pesadelos serão sobre a sua morte. — Ela acariciou a própria mão, cada vez mais fraca. — Não precisa morrer de verdade. Você precisa deixar uma de nós, e acho que serei eu. — Lilibeth fungou, enxugando as próprias lágrimas. Seu corpo inteiro se contraía em dor, um desespero que a sugava para a inconsciência.

— Não deixarei nenhuma das duas.

— É preciso. — Ela chorava, mal abrindo os olhos, ciente de que em breve se perderia.

— Não. Não se escolhe entre a melhor amiga e a garota com quem você quer passar a vida. Você salva as duas ou morre tentando. — Ele beijou a testa da fada enquanto Morgana os observava.

A feiticeira sentiu a intensidade do amor de Gabriel, o mesmo amor que a guiou para fora de seus pesadelos. Não havia diferença para ele, queria que ambas vivessem. Era incapaz de abandonar qualquer uma delas. Lilibeth desfalecia, tão fraca quanto um botão de rosa perdido no inverno. Nada parecia ser o mesmo na Escuridão. Se era assim, não custava tentar.

Arriscando-se, Morgana soltou a mão de Gabriel e estalou os dedos, produzindo uma labareda de fogo.

— Gabriel, fogo. — Ela mostrou as chamas. — Jamais consegui produzir fogo sozinha na Escuridão.

— E o que isso... — interrompeu a própria pergunta, entendendo.

Se Morgana tinha poder, ele também tinha. Só precisava da fonte, e ela estava ao alcance de seus dedos, nas lágrimas que caíam de seu rosto sobre a face da fada, misturando-se às dela.

— Salvarei você. — Ele fez um movimento circular com o indicador, juntando cada gota do líquido salgado que conseguiu. — Salvarei as duas.

As lágrimas lambiam o corpo da fada, apagando cada traço de magia sombria presente em seu sangue. Uma bola de água preta se formou, conforme Lilibeth parecia voltar a si. Gabriel a lançou para longe, e ela estourou contra a parede.

— O portal, Lili, agora. — Ele puxou Morgana para perto deles. — Vamos para casa.

❧

— O que está fazendo aqui, Tristan? — perguntou Lucan, espantado.

— Ao que me parece, matando um traidor. — O cavaleiro mostrou a espada erguida.

— Vocês dois, vão já fazer o que ordenei. — Ele apontou para seus homens, que se retiraram. — Os outros, fiquem comigo. Não era assim que eu queria que fosse meu último dia em Camelot, mas você não me dá escolha. — E sacou a espada, avançando sobre Tristan.

Os cavaleiros eram igualmente treinados, brandiam e chocavam suas espadas veloz e vigorosamente.

— Como pôde nos trair? — A indignação explodia em Tristan.

— Motivos de força maior — zombou o outro.

— Por quê?

— Arthur está entre as duas religiões. Era questão de tempo até tudo ruir. Com a aproximação dos saxões, ficou evidente que não havia lógica em ficar em cima do muro, então escolhi um lado.

— Você é o culpado pela morte de Kay e dos outros. Eu o matarei. Não esperarei Arthur para um julgamento. Eu o matarei agora mesmo.

O espaço pequeno, dentro do estábulo, não lhes dava boa mobilidade, mas ambos sabiam superar a dificuldade e usá-la contra seu opositor. Contudo, Tristan era o mais motivado. Com ímpeto e golpes incisivos, não demorou muito para que conseguisse derrubar Lucan no chão, mas, antes que Tristan lhe cravasse a espada, um dos traidores atirou com uma besta em seu ombro esquerdo, desequilibrando-o. Ágil, antes de cair no chão, o cavaleiro ainda conseguiu lançar um punhal no peito do arqueiro.

— Covarde! — gritou Tristan, apoiando-se no outro braço para se levantar.

Era tarde demais. Lucan o desarmara e tinha a espada encostada em seu peito.

— Últimas palavras? — ironizou o traidor.

— Maldito, pelas minhas mãos ou não, você morrerá.

— Um desperdício de palavras, em minha opinião. Vá ver se os outros conseguiram matar Lancelot — ordenou Lucan ao homem que lhe restava. — Onde estávamos? Ah, claro. — Ele levantou a espada com um sorriso vitorioso no rosto e, quando começou a abaixá-la com força, uma flecha atravessou-lhe a cabeça, e ele caiu morto.

— O que falei sobre brincar com arcos? — reclamou Tristan, fingindo seriedade, ainda caído no chão. Não era preciso olhar para saber quem havia atirado.

— Eu salvei você, seu tolo. — Era Erin e seu sorriso radiante e peralta.

— Estava com tudo sob controle.

— Eu vi — ironizou ela, estendendo a mão para ajudá-lo a se levantar. — E não sei por que está reclamando, você disse que eu sabia o que fazer, e seus olhos se anuviaram. Tempestade chegando, sabe? Então fui lá e fiz.

— Chamar um guarda, um cavaleiro, sair gritando pelo pátio histericamente, entre outras coisas. Escolheu logo o mais difícil. — Ele ignorou a comparação que Erin havia feito com seus olhos.
— Foquei no que sou melhor. Quer ajuda para arrancar isso? — perguntou, apontando para a flecha presa no ombro do cavaleiro. — É muito ruim?
— Não. Um arranhão.
— É sempre um arranhão para vocês cavaleiros. — Ela tocou o ferimento e o viu puxar o ombro.

Tristan trincou os dentes, quebrou a ponta da flecha e a arrancou, fazendo o sangue jorrar.
— Me dá um pedaço do seu vestido.
— Está louco? Tio Mark me matará e depois me obrigará a fazer aulas de costura. É o preferido dele. Não vou arrancar, não. — Ela abaixou-se para cortar uma tira grossa de tecido da roupa de Lucan e apressou-se em amarrá-la em volta do ferimento, fazendo um curativo no irmão.
— Acabou de matar um homem sem pudor algum, mas não pode rasgar o vestido?
— Uma coisa não tem nada a ver com a outra, irmão.
— Afinal, por que demorou tanto?
— Porque não posso carregar um arco com esse vestido, oras! Então precisei roubar um. — Ela piscou, eufórica. — Vamos salvar Lancelot agora?

※

Como um raio, Arthur subiu as escadas do castelo, com Mark em seu encalço. Havia deixado as duas crianças aos cuidados de uma das servas da cozinha.
Quando chegou ao seu quarto, a visão o chocou. Mordred estava inconsciente em sua cama, e Melissa havia desaparecido. Antes que pudesse dizer qualquer palavra, observou Zyan entrar correndo no quarto enquanto Mark cheirava o líquido na xícara sobre a mesa de cabeceira, franzindo o nariz.
— Meu senhor — disse Zyan, irmão caçula de Bors —, sua tia nos deixou.
— Explique.
— Ela simplesmente entrou em uma carruagem com o pai de sua noiva e partiu.
— Sem escolta? — Arthur gelou. A tia devia estar louca. Louca ou traidora?
— Sim, apenas Gawain seguiu cavalgando ao lado deles.
— E quem autorizou sua saída?
— Lucan.

O rei levou as duas mãos à cabeça, parecia que o dia estava disposto a trazer apenas notícias ruins.

— Onde está Melissa? — questionou ele, já com um mau pressentimento apertando seu peito.

— É sobre isso que gostaria de falar. Um dos meus sobrinhos garante que viu o homem de confiança de Lucan colocando-a na carruagem, coberta por uma capa. — O pesar era palpável, Zyan percebia a gravidade.

— Há muito tempo? — Mark intrometeu-se.

— Duas horas, pelo menos. Tomei a liberdade de enviar dois homens em seu encalço, para que não perdêssemos o rastro. Mas eles foram atacados assim que entraram na floresta, segundo mais dois homens que enviei depois. E peço perdão pela ousadia, senhor.

— Você agiu bem. Pode ir. — Arthur o dispensou.

— Um momento — chamou Mark. — Leve essa xícara e jogue seu conteúdo na terra. Não deixe que toque sua pele ou que alguma criança beba. É veneno. Creio que sua tia envenenou seu primo, Arthur.

Arthur fechou os olhos e respirou fundo, estava cercado por traidores.

53

Arthur informou a Bors que Lucan era um traidor e ordenou que o procurasse, missão compartilhada pelos homens de confiança de Mark, que também deviam proteger Mordred. O médico confirmou as suspeitas. O primo do rei havia sido envenenado e seu estado era uma incógnita. Talvez Merlin pudesse ajudá-lo, se pelo menos estivesse no castelo. O tormento pela ausência da irmã também inquietava o rei, somado ao desespero de ter sido responsável por sua perda de consciência.

Cometendo um erro após o outro, Arthur proporcionou aos traidores um ambiente propício para seu maior golpe: o sequestro de Melissa. Para completar o cenário, seus batedores haviam retornado. O reino estava realmente sob um cerco e não demoraria muito para que o exército inimigo chegasse a Camelot.

Como se não bastasse, ouvira do bispo Germanus que tudo o que assolava o reino era a mão pesada de Deus por tê-Lo contrariado e insistido em um casamento na religião antiga.

Agora, enquanto aguardava informações de Mark, tudo o que desejava era poder recomeçar o dia de outra forma.

✺

Ao recobrar a consciência, Gabriel e Morgana, ainda atordoados, abriram os olhos e despertaram em Avalon. Um carinho delicado permeava os dois quando o jovem segurou a mão da feiticeira e perguntou se ela estava bem. Depois virou-se para a fada, que permanecia deitada e imóvel.

— Lili. — Ele tocou-lhe o rosto algumas vezes, aproximando-se dela. — Lili — insistiu, sentindo a respiração fraca soprar sua mão e ouvindo-a gemer baixinho, entreabrindo os olhos.

— Estou bem. Só muito cansada — murmurou a fada, sentindo-o beijar-lhe a testa e a pegar no colo para que pudessem seguir até a cabana de Viviane e cuidar da recuperação da fada antes da partida.

Enquanto o jovem feiticeiro acomodava Lilibeth na cama de Viviane, Merlin pedia informações a Morgana sobre o que havia acontecido em Camelot.

Bastante insegura e temorosa pelo que o relato poderia causar à nova aproximação de Gabriel, ela contou tudo. Desde seus sonhos até como Arthur pediu que neutralizasse Melissa para que Lancelot fosse preso e o quanto ela havia lutado para não usar seus poderes. Enquanto a feiticeira falava, Gabriel olhava fixamente para as flores que mudavam de cor, paralisado. A culpa que Morgana sentia não só pelo que havia feito a Melissa, como também pela dor que causara a Lancelot a consumia com mais intensidade que o fogo que podia produzir.

Quando achou que não conseguiria mais se controlar, Morgana deixou a cabana, sem perceber que Gabriel corria atrás dela.

— Eu não a culpo. — Foi o que ela ouviu quando chegou ao salgueiro coberto de gelo.

Surpreendeu-se ao se virar e encontrá-lo parado atrás dela.

— Como não? Eu me culpo.

— É visível que você está precisando se controlar. Sinto sua mágoa e tristeza. O que mudou?

— Eu entendi — sussurrou Morgana.

— O quê?

— O amor de Melissa e Lancelot, eu entendi. Quando eles discutiram na sala de reuniões e ele a beijou, quase pude sentir a intensidade na minha pele — confessou, sem olhar para ele.

— Eles fazem isso. — Gabriel abriu um sorriso triste, por não saber como a história dos dois terminaria.

— Quando procurei meu irmão pela manhã, não foi para contar sobre os dois.

— Eu acredito.

— Estava assustada e queria me confortar com ele, queria mostrar que sei o quanto um amor não correspondido pode machucar. Queria protegê-lo.

— É incrível que, apesar de estarmos em lados opostos, nosso objetivo segue o mesmo: proteger a quem amamos.

Sob a brisa fria do Inverno, Morgana e Gabriel trocavam olhares repletos de calor. Ambos se queriam de forma intensa, vigorosa e profunda. Era quase como se os sentimentos estivessem em uma complexa evolução, atraindo-os, apesar da decisão de se manterem distantes.

— Precisamos voltar. — Ela constatou, responsável. Angustiada com o que encontrariam em Camelot.

— Antes de voltarmos, queria lhe pedir que não force mais seus poderes. A Escuridão nunca foi um lugar agradável e tudo é muito arriscado para nós. Não quero que se machuque.

— Está me protegendo? — perguntou ela, olhando-o de soslaio e sorrindo docemente enquanto caminhavam de volta para a cabana de Viviane.

— Sim. — Ele sorriu, acanhado. — Sempre.

Ela havia entendido.

ಎಓ

Tristan pressionou o ferimento, e as ataduras improvisadas pela irmã se encharcaram de sangue.

— Você precisa ver o médico — observou Erin, preocupada. — Posso matar os homens de Lucan sozinha.

— Claro que pode. Só não irá — argumentou o cavaleiro, saindo do estábulo e jogando a capa sobre o ombro para não chamar atenção para si. — E deixo claro que só estou permitindo que me acompanhe porque já não sei mais em quem confiar. Você será a distração.

— Como aquela vez quando mercenários chegaram ao pequeno vilarejo perto de casa? — Ela referia-se à Cornualha.

— Exatamente. Basta piscar e suspirar.

— Você também pode fazer isso — reclamou ela, enquanto ele a guiava pelos corredores atrás do castelo que levavam às masmorras.

— Até poderia, mas duvido que os homens de Lucan prestassem atenção a uma piscadela minha.

Ela deu um soco em seu braço direito, rindo, enquanto cruzavam o labirinto de corredores até onde Lancelot e Marcos estavam.

— Senti saudade, Tristan. Você passa muito tempo longe de casa.

— Eu sei, sinto muito. É preciso.

— Compreendo, mas não concordo — comentou a jovem.

— Conversaremos sobre diminuir a ausência quando tudo isso terminar, está bem? — Ele sinalizou com a mão para que ela parasse em frente à porta que os levaria direto para os homens de Lucan. — Já sabe. Haja como uma donzela indefesa.

Mesmo entre as sombras escuras do corredor mal iluminado, Erin pôde enxergar a expressão zombeteira do irmão e revirou os olhos.

— Sei ser uma donzela indefesa, Tristan! — Ela ergueu o queixo e fingiu afetação.

— Prove.

※

Ao voltarem para a cabana de Viviane, Gabriel e Morgana encontraram Merlin e Lilibeth prontos para partir. A fada ainda parecia pálida, mas recomposta, e Merlin estava indignado por nunca ter percebido o real perigo que Morgause oferecia.

— Como não notamos a magia sombria, Viviane? — perguntou o feiticeiro.

— Ela não a usou perto de nós, ou notaríamos.

— Sempre a vi como uma mulher dominadora e manipuladora, mas nem em meus piores pesadelos a vi como uma inimiga mortal. — Merlin mal podia crer. — Eu devia saber, depois do que ela fez a Malagant, mas julguei que estivesse enfeitiçada.

Merlin ainda se lembrava de ter surpreendido a rainha enquanto ela cravava um punhal no peito do próprio filho. Na ocasião, ela realmente parecia fora de si, e Merlin pensou que outra pessoa a tivesse enfeitiçado para prender Gabriel naquela realidade. Ele acreditava tanto na inocência dela que apagara a mente da rainha para que ela nunca soubesse que era a assassina do filho.

— Discutimos há uns anos sobre o destino de Morgana, e eu a proibi de retornar a Avalon depois das ofensas trocadas, mas não imaginava que fosse levar a isso — refletiu Viviane.

— Para feiticeiros tão poderosos, vocês são muito ingênuos — intrometeu-se Lilibeth. — Aquilo ali sempre foi uma cobra peçonhenta.

— Mas há algo que ela não sabe, e creio que, no momento, isso seja nosso maior trunfo. — Merlin ajeitou a capa amassada e alisou os cabelos bagunçados. — Quando a Deusa nos ofereceu a oportunidade de ligar nosso sangue à profecia, aceitamos, acima de tudo, porque seria a única forma de transmitir nossos poderes a vocês. Gabriel está cada vez mais poderoso porque abusa desse dom, mas o mesmo acontecerá com Melissa, e a fonte é Viviane.

— Você não espera que sejamos gratos a tanta benevolência, não é? — ironizou Gabriel.

— Eu não espero nada de vocês. — O velho bufou.

— Ótimo.
— Vocês precisam ter muito cuidado, crianças. Morgause só pode atacar um usando o outro. A fraqueza da magia sombria está em ter de ser canalizada, como aconteceu com Morgana. Ela não surge sozinha, como a magia que existe em vocês — explicou Viviane, fechando a porta de sua cabana.
— Vamos retornar e salvar Melissa de Morgause — decidiu Viviane.
— Vamos? — Gabriel estranhou. — Não disse que precisava ficar em Avalon?
— Isso foi antes de Morgause apagar a minha neta. Agora preciso ensinar umas coisinhas àquela bruxa.

※

Para evitar contato com quaisquer outros prisioneiros, Lancelot e Marcos haviam sido colocados nas masmorras da ala norte. Eram guardados por dois homens que papeavam sobre os últimos acontecimentos enquanto se alimentavam de nacos de queijo e jogavam dados sobre uma mesinha baixa.

Lancelot passava aflitamente as mãos nos cabelos, agoniado por não ter notícias de Melissa e Morgana.

Marcos estava sentado ao seu lado, com os cotovelos nos joelhos e batendo os dedos uns nos outros, incapaz de ficar parado. Foi inevitável pensar em Quatro Estações e em como estaria a vida na pequena e tranquila cidade. Todos os livros que já lera passavam em sua mente, cada filme de fantasia se amontoava em seus devaneios. Analisando cada possibilidade, constatou o óbvio: era impossível que todos saíssem ilesos. Evidentemente, sofreriam perdas.

A porta da ala norte se abriu com um rangido, dois homens entraram e puxaram conversa com os guardas. Parecia apenas um encontro comum, porém Lancelot os observava atentamente. Eles entraram no jogo de dados e partilharam da comida.

Quando Lancelot já desviava o olhar, julgando tratar-se de algo corriqueiro, outra pessoa surgiu pela porta e de súbito a postura dos dois homens recém-chegados mudou, sacando punhais e matando os guardas repentinamente.

Lancelot se levantou bruscamente, seguido de Marcos, e colocou o jovem, que insistia em sair, atrás de si.

— Marcos, para trás! — ordenou o cavaleiro, quando os viu procurar as chaves da cela no bolso dos mortos.

— Não. Se é o que estou pensando, vou lutar. — Ele recebeu um olhar surpreso e incrédulo. — Aqui são anos jogando videogame, parceiro.
— Jogando o quê?
— Hum... Eu disse jogando? Quis dizer estudando técnicas avançadas dos melhores treinamentos militares do mundo. É, cursei isso aí. Fica tranquilo. Só não tomei mingau de cavaleiro, então não sou tão forte, mas sou rápido. Isso conta, não é?

Os dois voltaram a atenção para o soldado que abria a cela.
— O que está acontecendo? — perguntou Lancelot, autoritário, como se não fosse ele o preso.
— Você foi julgado e condenado. — Sorriu um dos assassinos, irônico.
— Não houve tempo hábil para isso.
— Houve, sim. — Um deles entrou na cela com a espada em punho.

O cavaleiro preparava-se para lutar como pudesse, quando ouviram um gemido baixinho e Erin entrou nas masmorras com a expressão mais frágil possível. Lancelot podia jurar que havia lágrimas em seus olhos.
— Por favor... — Erin colocou uma das mãos no peito arfante, enquanto mantinha a outra escondida atrás de si, como se segurasse o vestido. — Estava brincando com minhas damas de companhia e me perdi nessas masmorras tenebrosas. Estou com tanto medo.

Os três traidores atônitos a admiraram, percebendo que era a sobrinha intocável de Mark, aquela que se negava a se casar com qualquer um de seus pretendentes.

O soldado que estava dentro da cela saiu, fazendo um discreto sinal aos outros para que vigiassem os prisioneiros enquanto se aproximava da bela dama.
— Está perdida? — perguntou ele, com falsa gentileza.
— Estou — choramingou Erin, fazendo beicinho. — Pode me ajudar? — implorou, piscando várias vezes.
— Claro — mentiu o outro. — Alguém sabe que está aqui?
— Não, me perdi e ninguém sabe. Minhas damas de companhia não me viram entrando. Vai me ajudar? Como você é gentil! — Seu sorriso iluminou-lhe a face marcada pelas lágrimas.
— Uma donzela como você merece. — Ele passou os dedos pelo colo da jovem, e Erin, fingindo espanto, deu um passo atrás.

Revoltado e notando a intenção do malfeitor, Marcos tentou sair da cela, quase chamando a atenção novamente para eles, mas Lancelot segurou-lhe o braço e levantou a mão, como se quisesse que ele aguardasse.

O soldado continuava avançando e fazendo Erin retroceder, até que ele segurou-lhe o braço bruscamente.

— Fique quieta! Agora vou ensiná-la a não rejeitar mais homem nenhum.

— Não, não vai. — A aparência indefesa desapareceu.

Com uma rapidez impressionante, a jovem sacou seu punhal e perfurou a garganta do rapaz. Gotas de sangue espirraram em sua face, que ela limpou, fazendo uma careta, então sorriu, desafiadora, para os outros dois traidores que a olhavam boquiabertos.

— Próximo?

Aproveitando-se do choque dos inimigos, Lancelot jogou seu corpo contra um deles, fazendo-o rolar no chão e perder a espada.

Erin correu e saltou nas costas do outro, que se virou para atacar Lancelot. Percebendo que teria de improvisar, afinal deixara o punhal no corpo que jazia no chão, a garota mordeu o ombro do homem enquanto Marcos jogava a espada caída para Lancelot e batia contra a parede o braço do soldado que Erin atacara até que ele soltasse a faca.

Tristan abriu a porta da entrada com um pontapé, o arco armado e a flecha apontada, tentando encontrar uma mira certeira. Ele atirou nas costas do homem que se preparava para atacar Lancelot.

Em seguida, Tristan e Lancelot observaram a cena mais estranha que já presenciaram como cavaleiros. O último traidor perdeu o equilíbrio ao levar um chute de Marcos atrás do joelho, e seu corpo cedeu com Erin ainda em suas costas, dando-lhe socos com as duas mãos.

— O que fazemos? Deixamos os dois matarem esse aí? — perguntou Tristan, coçando a cabeça com uma flecha nova.

— Precisamos de um para interrogar.

— Que técnicas são essas? — O cavaleiro franziu o cenho vendo Marcos torcer uma das pernas do pobre coitado, que nem conseguia se defender mais.

— Videogame, pelo que soube. — Trocaram um olhar confuso. — Você está ferido. O que foi isso?

— Lucan.

— Ele está vivo? — perguntou Lancelot, entendendo.

— Morto.

— Eu também o teria matado.

— Não fui eu. — Ele apontou com a cabeça para a irmã.

— Não é irônico que ela seja mais cavaleiro do que muitos de nós?

— Muito.

— Arthur sabe que você está aqui? Não quero que tenha problemas, e ele pode suspeitar que você seja um traidor.

— Ele ainda não sabe, mas não é seguro para você ficar nas masmorras. Teremos de conversar com Arthur e atualizá-lo.

— Atualizá-lo do quê?

— Bem, crianças, chega. — Tristan ignorou Lancelot e intercedeu, estendendo a mão a Erin, que se levantou, ajeitando o vestido rasgado e manchado.

— E você se negou a dar uma tira desse farrapo para o próprio irmão.

— Ah, maldição! — Ela analisou o estrago. — Posso dizer que foi culpa sua? — suplicou ela.

— Você sempre diz. Não precisa continuar fingindo ser vulnerável para mim.

— Eu disse que conseguiria. — Erin comemorou triunfante, depois praticamente sussurrou para o irmão: — Você contará a ele?

— O quê? — perguntou Lancelot, enquanto amarrava as mãos do traidor.

— É sobre Melissa, não é? — Antes mesmo de ouvir a resposta, ele já sabia. Percebeu no instante em que o amigo o ignorou.

Tristan o encarou, procurando as palavras certas para dizer a ele que a mulher que amava havia sido sequestrada.

❖

Arthur tinha as mãos apoiadas sobre a Távola Redonda e estudava um mapa do reino com Mark, decidindo a melhor forma de se preparar para a batalha iminente.

Um tropear estrondoso invadia o corredor e, antes que o rei pudesse caminhar para a porta, esta se abriu e Morgana entrou, atirando-se em seus braços. Emocionado, ele a ergueu, beijou-lhe a face e abraçou-a, quase a deixando sem fôlego. Arthur não conseguia acreditar que Deus havia atendido suas preces e trazido sua irmã de volta.

— Você está bem? — perguntou o rei, sem soltar a irmã.

— Sim. — Morgana o abraçou com toda força que tinha no corpo.

— Mesmo? — Ele afastou-se para poder olhá-la. — Me perdoa? Fui egoísta e imprudente.

— Você estava magoado, eu entendo. — Ela foi sincera, conhecia o coração do irmão e o quanto estava machucado.

— Não há justificativa. Me diga como melhorou. Saiu carregada daquele quarto.

— Gabriel e Lilibeth me salvaram.

— Merlin veio com você? Mordred foi envenenado — lastimou-se.
— Eu soube por Alana, assim que entrei no castelo. Merlin precisou de um tempo para se recuperar no jardim, ele parece bem desgastado, e Viviane foi cuidar de Mordred. — Morgana ainda estava muito triste pelo que diria, sentia-se tão traída quanto o irmão. — Arthur, tia Morgause...
— Eu sei. Ela nos traiu. Jamais enxergaria se a traição não tivesse sido esfregada na minha cara. As pessoas que mais amo me traíram.

Mark observava os dois, refletindo se deveria sair ou não, porém Morgana se dirigiu a ele:
— Sabe de Tristan? — Um vislumbre de visão surgiu em sua mente. A pergunta fora de hora e propósito causou estranhamento a ambos os homens.
— Viviane me disse que havia chegado um dos momentos na vida de Tristan em que ele teria de decidir entre o que lhe disseram que é certo e o que ele acredita ser certo. E agora vi... — Ela conteve um sorriso discreto. — Ele está bem, mas escolheu o que acredita ser certo. Você precisa ser compreensivo, irmão.

O rei da Cornualha levantou uma sobrancelha. Onde estaria Tristan?
— Do que está falando, irmã?
— Estamos entre traidores, Arthur. — Morgana se voltou para o irmão e o movimento repentino surpreendeu o rei.
— Tristan?
— Não. Jamais. — Morgana negou veementemente. — É sobre isso que preciso falar. Alguns de nós jamais traíram ou trairão você, mesmo que pareça que o fizeram.
— Morgause nos traiu e ela era como uma mãe para nós.
— Ela envenenou Mordred, não foi? Merlin nos contou que foi ela quem matou Malagant. O próprio filho. O que não faria conosco?
— Morgause teria sacrificado você. — Arthur tocou-lhe os cabelos, ainda tomado pela culpa e surpresa ao descobrir quem era a tia. — E eu teria sido o responsável.
— Não, Arthur. — Ela segurou as mãos dele entre as suas. — Eu entendo você, mas agora preciso que me escute. Morgause realmente nos traiu e quer nosso mal. Agora... Nem todos são assim, e eu acompanhei tudo. — Ela hesitava, procurando as palavras certas.
— Você não está tentando defender aquele traidor, está? — sussurrou Arthur, porém a mágoa era visível. — Sei que o ama, mas não admitirei isso.
— Não é como você vê, irmão, não é. Também me enganei com a situação. Esse amor... Sei que está zangado e que foi ferido, mas... — Ela tentou falar de Lancelot e foi impedida.

— Eu trouxe sua irmã em segurança, agora quero que me entregue a minha, por favor — disse Gabriel, obstinado, ao entrar na sala de reuniões, acompanhado de Lilibeth, sem poder se conter e aguardar do lado de fora, como Morgana havia pedido.

— Não aprecio que me dê ordens, garoto — avisou Arthur, descontando a irritação que sentia por Morgana tentar defender Lancelot.

— Eu estava aqui quando você perdeu sua irmã. — Gabriel não se calou. — Vi o quanto sofreu por não encontrar Morgana. Quando ela quase morreu porque você permitiu que sua tia a usasse — ambos ouviram o suspiro preocupado de Morgana ao ver Arthur sendo inquirido —, eu arrisquei minha vida e a de Lilibeth para salvá-la. — A feiticeira desviou os olhos. — E, antes que me entenda errado ou que pense que foi um sacrifício me arriscar, digo que morreria mil vezes por Morgana. Não me importaria de me arriscar por ela quantas vezes fosse necessário. Faria qualquer coisa por sua irmã e agora só estou pedindo que você, por favor, devolva a minha. Melissa merece ser livre.

Já não havia mais como os dois jovens esconderem de Arthur que havia um forte sentimento entre eles, mas não era algo com que ele lidaria no momento. Ainda assim, o rei se compadeceu do amor de Gabriel por Melissa. Não havia como esquecer o que padecera quando a irmã em questão era a sua. Sem alternativa, deu a resposta que o consumia:

— Não posso.

Os perigos que Melissa corria brilhavam vivos em sua mente.

— Por quê? — perguntou Gabriel, temendo pela resposta.

— Porque ele confiou nas pessoas erradas e Morgause sequestrou Melissa. — Era Lancelot.

54

— Quem soltou esse traidor? — gritou Arthur, antes que Gabriel pudesse perguntar sobre a irmã novamente, e apontou a espada para o peito de Lancelot, que levantou as mãos, demonstrando que estava desarmado.

Mark voltou sua atenção para a cena, notando o sobrinho à porta, bem como a sobrinha escondida atrás dele, evidentemente querendo retardar o momento em que o tio a veria.

— Precisamos conversar. — Lancelot manteve as mãos onde estavam, querendo que o outro entendesse sua postura.

O cavaleiro reconhecia que, quando foram surpreendidos, a revolta que o tomou por ver Melissa ferida o fez se exceder com seu rei e, principalmente, não enxergar seu amigo.

— Quem o soltou? — Arthur apertou a espada o suficiente para cortar a camisa grossa. Acreditava, inclusive, que havia ferido Lancelot, porém o cavaleiro não deu um sinal sequer. — É uma rebelião? Você é um dos traidores e pretende tomar o castelo — afirmou desgostoso. — Não permitirei.

— Lancelot jamais faria algo assim. — Morgana apressou-se em responder, tocando a ponta da espada e a tirando do peito do amigo, ficando entre os dois.

— Jamais. — O cavaleiro frisou, e Arthur pôde ver uma mancha de sangue se formando em suas vestes, realmente o havia ferido.

Arthur olhou de um para o outro. Observou Lancelot dar um breve sorriso à sua irmã, evidentemente feliz por vê-la consciente. Mesmo tendo sido ela a principal causa para que o cavaleiro tivesse sido preso, os laços entre eles ainda se mantinham.

— Quem o soltou? — insistiu o rei, seu tom reassumiu a calma habitual.

— Eu. — Tristan deu um passo à frente.

— Pensei que pudesse confiar em você — comentou o rei.

— E pode. Quando cheguei ao castelo, soube que Lancelot estava preso. Antes que pudesse tomar qualquer atitude, ouvi uma conversa incriminadora entre Lucan e quatro de seus homens, enfrentei-os e a situação não terminou bem. Ele está morto. — Indicou o ferimento, que ainda sangrava, manchando as tiras e sua roupa.

Arthur focava seu olhar em Lancelot, sem desviar, até mesmo quando conversava com Tristan. Jamais acreditaria que o cavaleiro seria capaz de traí-lo se não tivesse tido a confirmação da irmã e visto com os próprios olhos. De uma tacada só, perdera a mulher que amava e o homem em quem mais confiava. Era como se Lancelot se dividisse em duas pessoas distintas: o melhor amigo e o traidor.

Lancelot sustentava o olhar, mas não trazia revolta consigo. Mesmo ciente de que Arthur e sua vingança tinham permitido o sequestro de Melissa, Lancelot não conseguia sentir raiva. Infelizmente, sentia pena, não apenas dele, mas de ambos. Temia que a amizade tão forte que construíram durante a vida pudesse não resistir ao que tinham enfrentado e ao que ainda enfrentariam.

— Por que o soltou, Tristan? — indagou o rei.

— Porque Lucan tinha enviado os homens dele para matá-lo.

— Lucan o queria morto?

— Arthur, se me permite — aconselhava Mark —, seus inimigos certamente têm um motivo obscuro para desejar a morte de Lancelot.

Arthur compreendeu e continuou olhando atentamente para seu primeiro cavaleiro, então perguntou:

— Por que, Lancelot? — Ele queria a confirmação.

— Porque eu sou um problema para os planos deles.

— Por quê? — insistiu o rei.

— Por ser leal a você. — Em vão, o cavaleiro prorrogava a resposta que o rei já previa, embora aquilo não fosse uma mentira.

— Fora sua lealdade a mim, Lancelot — a ironia era evidente —, qual é o real motivo para meus inimigos quererem você morto?

— Morgause sabe que, enquanto eu viver, irei atrás de Melissa.

Sem poder se conter, Arthur aproximou-se de Lancelot como um raio e, segurando-o pelas roupas, empurrou-o contra a parede. Era praticamente impossível controlar suas emoções.

— Você sai das masmorras onde eu o coloquei e vem até mim para dizer que enquanto viver irá atrás da minha mulher?! — O rei transbordava de indignação.

Lancelot era ágil o suficiente para escapar. Ele percebeu o movimento do rei antes mesmo que o fizesse, ainda assim permitiu que ele extravasasse sua revolta. Sustentou o olhar e não reagiu, o que irritou ainda mais Arthur.

— Quem você pensa que é? E por que não me enfrenta?

— Não quero enfrentá-lo.

Revoltado, Arthur socou o rosto de Lancelot, esperando que ele reagisse.

— Reaja! — bradou o rei.

— Quero conversar com você — afirmou Lancelot, enquanto todos estavam estáticos e temerosos, observando-os.

— Chega, Arthur, por favor. — pediu Morgana, e foi ignorada.

— E se eu quiser que me enfrente? — O rei empurrou-o mais uma vez.

— Não o enfrentarei.

— E se eu o desafiar para um duelo até a morte? — perguntou ele, ouvindo o gemido de desespero da irmã atrás de si.

— Eu não o machucarei, Arthur. — Cada palavra saiu pausada e contida. O cavaleiro também se controlava.

— Mais do que já machucou? — As palavras foram murmuradas próximas ao rosto de Lancelot.

A mágoa era evidente nos olhos do rei, ao se afastar outra vez do cavaleiro e dar um murro na mesa mais próxima, precisando manifestar a fúria que sentia. A respiração acelerada, a ira contra Lancelot, a revolta contra si próprio por ter permitido que levassem Melissa. Tudo se acumulava e, por fim, transbordou. Incontrolável, Arthur pegou a mesa de madeira e a virou, derrubando o vaso de cerâmica que estava sobre ela, causando um grande estrondo.

— Meu Deus! Este dia só fica pior! — disse ele, apertando as mãos.

— Vocês precisam conversar — interveio Morgana, tocando as costas do irmão, tentando trazê-lo de volta à razão.

Lançando um olhar ferido ao cavaleiro, o rei refletia. Decepcionado consigo pela explosão em público.

— Creio que seja o mais prudente — ponderou Mark. — Com o cerco que enfrentamos, você não pode deixar o castelo. Precisa resgatar a moça e já não tem muitos em quem confiar.

— Ele certamente não é confiável — atacou o rei.

Gabriel começava a se desesperar com a relutância de Arthur. Entendia, porém não podiam esperar para sempre. Melissa corria perigo.

— Arthur, você é meu rei e lhe devo respeito. Peço, por favor, que converse com Lancelot — suplicou o jovem cavaleiro. — A cada hesitação, Melissa se afasta mais de nós. Merlin e Morgause são os responsáveis por essa bagunça. Lancelot é inocente. Sei que uma parte sua quer que ele seja punido por tê-lo traído, mas sei também que outra parte, talvez a mais forte, reconhece que ele jamais faria algo para feri-lo intencionalmente. Pare de jogá-lo nas masmorras. Ele poderia ter escapado agora, contudo está aqui, querendo conversar. Liberte-o e permita que ele vá comigo resgatar minha irmã. E sei que você, como eu — olhou discretamente para Morgana —, fará o que deve fazer antes de colocar tudo a perder. Neste momento, não importa quem ficará com quem. Segundo o velho safado do meu avô, essa é nossa última chance de fazermos dar certo. Então, vamos fazer. Ouça o que estou dizendo. Se há um motivo especial para o meu nome ter aparecido naquela cadeira é fazê-lo me ouvir. Foi isso que me disse quando me contou, não foi? Seja o homem que sabemos que é. Não puna Lancelot por pensar que é o que deveria ser feito e por estar com raiva. Você é o líder, o Grande Rei, e não tem que fazer o que os outros esperam que faça. Sabe o próximo passo, sempre soube.

Arthur tentava administrar as emoções e mantê-las sob controle. Como rei, precisava acertar em suas decisões. Como homem, queria matar Lancelot. Como amigo, desejava que nada disso tivesse acontecido e, pior, queria poder perdoá-lo.

Lilibeth aproximou-se dele devagar, compreendendo parte de seus sentimentos.

— Nossas vidas foram entrelaçadas há muitos anos. — A fada tocou a mão de Arthur, demonstrando apoio. — Cada um de nós foi guiado até este momento para ajudá-lo a salvar a Britânia e o portal para o mundo mágico. Você é o centro de tudo. O peso de salvar o reino está nas suas costas, mas todos nós estamos lutando. É claro que alguns de nós tivemos nosso coração partido. — Um melancólico suspiro escapou de seus lábios. — A vida é assim. Se tem algo que aprendi é que, quando uma porta se fecha na sua cara, o mínimo que pode fazer é arrombar a porcaria de uma janela à procura de um caminho melhor. Nem tudo pode ser como queremos. É como Gabriel disse, você sabe o que fazer. Você é o rei. Acreditamos em você.

As palavras de Gabriel e Lilibeth caíam a conta-gotas no coração de Arthur, mas foi o rápido vislumbre de dor que viu nos olhos da fada que o fez compreender que não estava sozinho. Outros corações haviam sido partidos.

Ciente de que era o Grande Rei, Arthur assentiu. Não poderia bancar a criança que perdeu o brinquedo. Assuntos importantes precisavam ser decididos, e Melissa tinha de ser resgatada. Talvez em questão de dias o reino fosse invadido, entrasse em guerra. Caso se tratasse de outra pessoa, seria executada. Contudo, era Lancelot, seu melhor e mais leal amigo. Tinha de haver uma explicação racional para essa traição. Conformado, cedeu, precisava ouvir seu cavaleiro.

— Conversarei com Lancelot. — Finalmente concordou.

※

Assim que Mark fechou a porta da sala de reuniões atrás de si, dirigiu-se aos sobrinhos.

— Então você matou Lucan? — perguntou o rei a Tristan.

O cavaleiro suspirou, olhando de canto de olho para a irmã, conseguindo quebrar em parte a tensão que haviam passado e fazendo seu tio levar a mão aos lábios, claramente contendo um sorriso.

— Erin salvou você?
— Aparentemente.
— Seu ego não será ferido se admitir, Tristan — provocou ela, atrás dele.
— Erin — disse Mark —, explique-se.

O tio aproximou-se dela, tocando seus cabelos, avaliando o estado da sobrinha. Sua tiara estava torta e amassada, e o vestido, rasgado e sujo de terra e sangue.

— Você me prometeu que não se meteria em encrencas enquanto estivéssemos em Camelot. — A voz rouca escondia repreensão.

— Juro pela Deusa que não procurei por problemas. — Ela tentou se justificar.

— É verdade. Se não fosse por ela, eu provavelmente estaria morto. — Tristan defendeu-a e recebeu um olhar indignado de Erin, querendo total reconhecimento. — Se não fosse por ela, eu realmente — enfatizou — estaria morto.

Mark franziu os olhos, refletindo, e perguntou:
— Na cabeça ou coração?
— Cabeça e pescoço.
— Dois deles? — Ele admirou-se.
— Dois! — respondeu a sobrinha, transbordando de orgulho.
— Muito bem. É a minha garota. — O tio pronunciou as palavras em voz baixa e piscou para ela. — Agora vá tomar um banho e passar aquele delicioso perfume de lírio do vale que dei a você. Chega de matar vilões por hoje.

— Obrigada, meu tio. — Erin fez uma reverência, segurando o vestido rasgado.

— E não se esqueça das aulas de bordado — acrescentou ele, e a viu baixar os ombros, chateada.

— Por favor, não... — suplicou ela.

— Trato é trato. Você se meteu em encrenca e agora terá algumas aulas de bordado. Estou precisando de lenços novos.

— Da próxima vez, deixarei Tristan morrer... — Ela saiu em direção aos seus aposentos.

— Quanto a você, sobrinho, alguém precisa estancar e dar pontos nesse ferimento.

— Arthur enviou todos os médicos para cuidar dos feridos no vilarejo. Posso aguentar até voltarem — assegurou o cavaleiro, apesar de pálido pela perda de sangue.

— Não — decretou Mark. — Vamos encontrar alguém ou eu mesmo darei esses pontos. Erin sabe costurar um ferimento com perfeição, não sei como ela não o obrigou a tratar disso.

— Ela tentou, enquanto vínhamos para cá, mas eu não deixei.

— Isolde tratava dos ferimentos de Kay — deixou escapar Morgana, que até então observava, e tentou não olhar diretamente para Mark quando percebeu o que tinha sugerido. — Ela deu pontos no braço de Arthur uma vez. Tão pequenos e apertados que mal deixaram cicatriz. Posso chamá-la, se quiser.

— Perfeito. Chame minha noiva para cuidar do meu sobrinho. Fica em família. Diga para levarem-na aos meus aposentos, Tristan seguirá para lá.

❦

Quando um dos guardas disse a Isolde que ela deveria se dirigir aos aposentos de Mark, a jovem viúva deixou Wace com uma de suas aias e seguiu, imaginando que ele gostaria de conversar sobre o casamento adiado, mas um pouco aflita por nunca antes ter ficado sozinha com o rei da Cornualha.

Ela bateu à porta e se surpreendeu quando Lilibeth a abriu.

— Disseram-me que o Rei Mark pediu que eu viesse — explicou Isolde.

— Sim, pediu. Ele queria ficar, mas precisava interrogar um prisioneiro, aí eu me ofereci para ficar de vela. Não que ele saiba que precisa de vela. — A fada deixou-a entrar.

— Não entendo. — Estava confusa com o jeito despojado da fada.

— Preciso da sua ajuda.

Ela ouviu a voz de Tristan, que surgiu na antessala, sem camisa e comprimindo um pano manchado de sangue no ombro.

Isolde ficou paralisada ao vê-lo machucado, querendo correr até ele e hesitando por não saber os riscos e se havia mais alguém ali.

— Pode ir, gata. — Lilibeth tocou-lhe as costas. — Sei de tudo. Vocês estão seguros. Corre lá.

O cavaleiro entrou no quarto do tio e a viúva o seguiu, ainda indecisa perto da fada. A sós, Isolde se aproximou dele, tocando o peito nu. Lembranças da noite anterior invadiam a mente de ambos.

— Está quente. A ferida está inflamando — disse ela, baixinho. — Como aconteceu?

— Encontrei um traidor. Estou bem, não se preocupe. Só preciso que costure, por favor. Um dos servos dos médicos trouxe os materiais. Estão em cima da mesa de cabeceira. — Ele apontou.

Cansado, Tristan sentou-se na cama e a observou pegar os instrumentos e se sentar ao seu lado, concentrada. Inevitavelmente, recordou-se da primeira vez que Isolde o costurou, escondida na floresta perto do castelo de seu pai.

Com delicadeza, ela limpava o ferimento, trocando palavras doces e quase inaudíveis com ele. Talvez pelo estado febril que se abatia sobre o cavaleiro, cada toque de Isolde era intensificado, como se a ponta dos dedos tivessem a capacidade de anestesiar sua pele. A dor que deveria sentir quando a grossa agulha perfurou-lhe o corpo se perdia no prazer de senti-la mais uma vez junto a si.

※

Entardecia em Tintagel, e Lot admirava o mar bravio que se chocava contra os rochedos do imponente castelo. Já perto dos cinquenta anos, trazia os cabelos cortados rente à cabeça, como os romanos. Sua roupa extremamente asseada e limpa, assim como o longo manto de peles preso às costas, denunciava seu sangue nobre. Diferentemente da maioria dos reis, Lot desprezava batalhas, porém precisava lutá-las se quisesse aumentar seu poder.

Quando Morgause lhe sugeriu uma aliança com os saxões, ele não titubeou. Sua esposa, além de cumprir excelentemente seu papel de mulher, era exímia na arte da intriga política. Ela tinha razão: os Pendragon não mereciam a Britânia.

Segundo foi informado por Guinevere, que viera escoltada por homens de seu pai, Morgause estava a caminho, com a última filha de Avalon.

Tintagel ficava a um dia de viagem de Camelot se não fizessem paradas, e não fariam porque havia homens espalhados por todo o caminho para que a escolta e os cavalos da carruagem pudessem ser trocados.

Lot mantinha um sorriso perverso no rosto. Em breve, Camelot seria destruída e ele reinaria. Queria que Uther estivesse vivo para poder ordenar sua morte outra vez.

55

Quando todos deixaram a sala de reuniões, Lancelot permaneceu quieto, aguardando até que Arthur se sentisse pronto para falar com ele; queria evitar outra explosão de fúria.

Arthur o encarou, pesaroso, a raiva e o desejo de vingança perdiam a intensidade, permitindo que a desolação assumisse. Estava cansado.

— Procuro palavras para começar essa conversa e tudo o que me vem à mente é: por que, irmão? Por que decidiu me causar tanto mal? Fico revendo nossa história e procurando justificativas, mas não encontro. Sei que tivemos rivalidades quando mais novos. Como alguns irmãos têm, não é? Era isso o que eu pensava. Nem em meus piores pesadelos poderia imaginar vê-lo com a mulher que amo. Por que abriu uma ferida tão grande assim em meu peito? — As perguntas do rei estavam repletas de dor, decepção e agonia.

O cavaleiro respirou fundo, abalado pela mágoa que via nos olhos de seu mais velho amigo.

— Sinto muito, Arthur. Jamais desejei feri-lo e sei que, do seu ponto de vista, pareço um traidor.

— Há outro modo de ver? — questionou o rei, surpreso, encostando-se à parede perto da janela.

— Há. Melissa e eu somos casados.

— Não, não são. — Arthur riu, triste.

— Quando a conheci e me apaixonei por ela, não sabia que Melissa fazia parte de uma profecia, muito menos que ela a conectava a você.

— E se soubesse? Teria se apaixonado? — Era uma dúvida compreensível.

— Teria. Irremediavelmente — confessou o cavaleiro, pensando em como havia sido fácil se apaixonar por Melissa. — Mas teria ido embora antes do pior acontecer. Eu tentei ir embora.

— Por que nunca me disse que a conhecia? Por que nunca me disse que havia se apaixonado por ela? Nós costumávamos compartilhar tudo.

— Eu não sabia como dizer e, pior, reconhecia que não adiantaria.

— Como não? Se eu soubesse... — Arthur se defendeu.

— O quê? Você não teria se apaixonado por ela quando a viu sair nua para você daquele lago? Você suspirou momentos depois, dizendo que faria dela sua rainha, enquanto eu tentava em vão contar nosso passado. Quase tive uma síncope ouvindo você falar tão apaixonadamente dela.

— Eu poderia ter me segurado se soubesse. Agora está tudo perdido. Uma só mulher, dois de nós. Amei você, Lancelot, como a um irmão.

— Você não foi o único, Arthur. Sabe o que sinto por você. Conhece muito bem até onde vai a minha lealdade.

— Até a minha mulher. Achei que o conhecia.

— Não. — Lancelot ergueu a voz, caminhando até o rei. — Você me conhece. Quando Merlin chantageou Melissa, dizendo que faria o irmão dela viver, e ela nem lembrava que ele já estava vivo, fui embora. Deixei o castelo com meu coração em frangalhos, mas parti para que ela vivesse com você e eu nunca o traísse, porque não queria jamais ser o traidor.

— E, no fim, você foi.

— Não fui. Você tem o direito de se zangar, mas sei que é um homem justo e verá que não fui um traidor, por mais que eu tenha me sentido assim muitas vezes. Eu a vi beijá-lo. Eu o ouvi contar sobre o quanto avançava com ela. O tempo todo fiquei em silêncio porque, no fundo, tinha medo de que essa profecia estúpida fosse verdadeira e não queria que nada de ruim acontecesse a você. Desisti várias vezes, pensando que você poderia ser o melhor para ela. Tudo o que quero é vê-la feliz.

— Deveria ter me contado. Não viveríamos esse dilema.

O cavaleiro suspirou. Conhecia Arthur como ninguém. Era mais fácil para o rei negar e pensar que seria diferente.

— Você se lembra de quando éramos crianças e eu o salvei daquele cavalo? — perguntou ele, parecendo mudar de assunto.

— É claro que me lembro.

— Seu pai quis me recompensar e me deixou escolher um cavalo entre os melhores. Você se lembra do que aconteceu? — perguntou ele, a voz conciliadora.

— Eu quis o cavalo que você escolheu — admitiu Arthur, cruzando os braços, na defensiva.
— E quem ficou com ele? — questionou Lancelot, arqueando a sobrancelha.
— Eu.
— E, mais tarde, quando Sir Hector, pai de Kay, quis me recompensar por bravura na batalha e mandou que forjassem uma espada nova para mim. O que aconteceu?
— Eu quis a espada.
— E...
— Fiquei com ela.
— Quantas outras histórias assim nós temos? — indagou Lancelot, elucidando a questão.
— Várias — admitiu o rei, a contragosto. — Isso não quer dizer nada — desdenhou.
— Quer dizer que você sempre consegue o que quer.
— Eu sou o rei. — Ele abriu os braços, se justificando. — Devo me sentir culpado? Há prós e contras.

Lancelot não conteve um sorriso. Aprendera a amar Arthur sendo ele exatamente daquela forma. O rei reconhecia que todos lhe faziam as vontades e não se sentia nem um pouco culpado. Ao mesmo tempo, ele era bom, capaz de ajudar o próximo e entender sofrimentos alheios em um piscar de olhos. O rei mais devotado ao povo que Lancelot conhecera.

— Não, não deve.
— Você nunca se opôs às minhas escolhas.
— Antes eu não me importava. Eram apenas presentes supérfluos e eu viveria sem eles, mas estou me opondo agora. — O cavaleiro manteve o tom baixo, porém taxativo.
— Ela está destinada a ser minha rainha, Lancelot. O que fará? — Silêncio. Nenhum dos dois pretendia abrir mão, porém Arthur era o rei e quem tinha mais argumentos. — Meu desejo era partir agora, salvar Melissa e ficar com ela. Infelizmente, minhas obrigações como rei me prendem ao reino, não posso deixá-lo neste momento.
— Eu irei — declarou o cavaleiro, querendo mais do que tudo salvá-la.

Arthur o analisava, querendo descobrir o quanto de seu antigo amigo ainda existia dentro dele. Ele ainda parecia o mesmo. Até a conversa que tinham, mesmo sobre uma questão tão delicada, era como voltar no tempo e debater com o irmão que a vida lhe dera de presente. Infelizmente para ambos, não havia um meio-termo que pudesse salvar sua amizade.

— Eu daria a minha vida por você, Lancelot.
— E eu a minha por você.
— Você ainda é leal a mim? — A insegurança abalava uma das poucas certezas que Arthur já tivera na vida.

Lancelot caminhou até Arthur e colocou a mão em seu ombro.

— Sempre serei leal a você. — A sinceridade era palpável.
— Quero sua palavra, Lancelot. Se eu permitir que vá, você a trará de volta para se casar comigo?
— Se eu não der minha palavra, você a deixará lá? — O choque gelava o sangue do cavaleiro e lhe mostrava o que, no fundo, sempre soubera: Arthur jamais cederia.
— Claro que não, mas prefiro que me dê sua palavra.

Como era comum em sua vida, outro dilema surgia. Caminhou aflito pela sala, passando a mão pelos cabelos. Havia prometido a Melissa que ficaria com ela e estava prestes a comprometer-se com o contrário para salvá-la.

— Sabe que ela é livre para se casar ou não com você, não sabe, Arthur?
— Ela poderá escolher. Não sou nenhum monstro para obrigá-la a ficar comigo, mas quero ter a chance de vê-la e continuar com o casamento. Pelo bem do reino e de todos nós. E, então, tenho sua palavra?
— Você tem a minha palavra.
— E depois você será banido para sempre. — O rei viu o choque refletido nos olhos do cavaleiro. — Apesar do que fez, você é meu irmão, Lancelot. Mesmo tomado pela ira, sou incapaz de ordenar que o executem, mas não posso permitir que fique por perto. Não posso viver com essa sombra.
— Vai teimar e ficar com ela, como fez antes com todo o resto. — A revolta transpareceu.
— Preciso dela.
— Por causa da profecia.
— Também existe sentimento entre mim e ela. Quando nós nos tocávamos, havia conexão e magia. Não foi uma ilusão. Eu lhe contei cada detalhe.
— Acredito que vocês tiveram algo especial. Por mais que me custe admitir, acredito. Mas é diferente e não posso explicar porque não tenho como mostrar o que está aqui. — Bateu no próprio peito. — Você diz que é incapaz de me condenar à morte, mas ao me fazer prometer trazê-la de volta para se casar com você é exatamente o que fez. Eu não a quero porque uma profecia nos liga, preciso dela porque sem ela não há vida. Querendo ou não, meu caro amigo, você está me condenando à morte. Ainda assim, se esse é o único meio de salvá-la, aceitarei seus termos.

— Você é livre para fugir com ela, Lancelot. Não mandarei homens procurá-los — admitiu o rei, forçando-se a dizer. — Porém, você teria de quebrar sua palavra e viver com as consequências. Terá de escolher. Se a trouxer de volta...

— Você fará o possível para se casar com ela, eu sei.

— Queria que fosse diferente. Queria que não houvesse tanto em jogo.

— Não quero disputar com quem ela se importa mais. Nunca quis ferir você. Quando ela se foi, eu morria lentamente todos os dias, esperando que voltasse, sem saber se ela se lembraria do que vivemos. Era como se eu continuasse andando sem sentir as batidas de meu coração. Como se a vida quisesse me obrigar a continuar lúcido depois que a morte levou minha essência, uma essência que eu nem imaginava possuir. — Ciente da encruzilhada a que a vida o levara, as lágrimas brilhavam nos olhos do cavaleiro. — E, quando ela voltou, mesmo sem memória, sem imaginar o quanto significava para mim, pela primeira vez em toda a minha vida, senti esperança.

Arthur recebeu o impacto daquelas palavras. Reconhecia que não havia sido uma simples traição. Lancelot realmente era incapaz de feri-lo. Pela primeira vez em toda a sua vida, Arthur percebia que podia perder seu amigo, aquele que estivera ao seu lado nos piores e melhores momentos. Era quase como se estivesse se preparando para escolher entre Melissa e Lancelot. Escolher entre duas pessoas que amava demais. Seria impossível manter os dois. Quanto mais dizia a seu coração que deixasse Melissa decidir sozinha, mais resistia por medo do que isso custaria a todos.

— Vá salvá-la, Lancelot. — O rei observou o cavaleiro caminhar, a postura triste, e acrescentou: — E não morra nessa empreitada, meu irmão.

56

Depois da conversa com Lancelot, Arthur fez o que a responsabilidade lhe exigia e deixou os problemas do homem de lado: era o momento de o rei agir.

Foi ao encontro de Mark nas masmorras e a cena que viu poderia chocar alguém com estômago mais fraco. O rei da Cornualha tinha as mangas da túnica dobradas até o cotovelo, e seus braços, assim com sua roupa, estavam repletos de sangue.

A cela onde estava o homem de Lucan parecia tingida de vermelho, o traidor caído no chão, gemendo, sem três dedos e com pequenos cortes pelo corpo.

— Sei que não concorda com esses métodos, mas não temos tempo. — Mark enxugou a própria testa, manchando-a mais.

Realmente, Arthur não aprovava, mas decidiu não se pronunciar sobre o assunto. Mark era conhecido por não ter misericórdia em caso de traição.

— Descobriu algo?

— A má notícia é que ele não sabe se há outro traidor entre os cavaleiros da Távola, a boa é que ele entregou quatro homens entre os outros cavaleiros.

— Vamos prendê-los.

— Quero interrogá-los também. — Mark estalou os dedos.

— Tudo bem. Apenas tente não matar ninguém e depois os encaminhe para o médico — orientou Arthur. — Eles devem ser julgados quando se recuperarem.

— Eu nunca mato em um interrogatório. — O outro rei piscou, limpando as mãos em um pano manchado de sangue. — Quanto aos médicos, terão de esperar. O povo do vilarejo deve ser atendido primeiro, não acha?

— Nesse ponto, concordamos, mas não deixe de encaminhá-los depois.

— Sim, bem depois.

O sol se punha enquanto Gaheris acendia as velas dos aposentos de Mordred. O irmão seguia inconsciente na cama. Viviane saíra dali dizendo que lhe dera o antídoto feito de ervas colhidas em Avalon e que ele não deveria demorar para acordar.

Gaheris tentava entender o que havia acontecido. Como a própria mãe fora capaz de envenenar seu irmão e trair Arthur? Ela era realmente maligna. Se ele a visse novamente, não se lembraria de que era sua mãe.

Tocou a testa do irmão e percebeu que a temperatura diminuía gradativamente. Sentiu-se grato pela feiticeira estar no castelo e poder ajudá-lo. Não podia imaginar um mundo em que o irmão não existisse. Por mais diferentes que fossem, suas diferenças os completavam.

— Anya... — murmurava Mordred entre gemidos, provavelmente tendo um pesadelo.

Intrigado, Gaheris se recordava da única Anya que conhecera... a filha caçula do ferreiro de Sir Hector. Era uma jovem simples, de cabelos castanhos e olhos pretos como a noite sem estrelas. Era magrinha e pequena. Pouco conversava com os cavaleiros em treinamento. Passava boa parte do tempo com um manuscrito, lendo. Na época, ele estranhou a garota saber ler e escrever. Seria ela que seu irmão chamava?

Gemendo, Mordred entreabriu os olhos. A cabeça latejava como se estivesse prestes a explodir. Tentou se sentar na cama e o peso do corpo o puxou para baixo novamente.

— Calma. — Gaheris tocou-lhe o ombro, oferecendo-lhe um pouco do chá que Viviane havia preparado. — Beba, vamos. Tia Viviane disse que você se sentiria melhor aos poucos.

— Gaheris, ela me envenenou. Nossa própria mãe.

— Creio que o que ela fez deixa claro que não merece ser chamada assim. Morgause não é nossa mãe. Arthur veio vê-lo enquanto dormia. Ele finge estar bem, mas está arrasado.

— Conseguiram levar Melissa? — perguntou Mordred, aflito, sentando-se de uma vez e sentindo a cabeça doer ainda mais.

— Levaram, e Owain também — respondeu Gaheris, pesaroso.

Cambaleante, Mordred ficou de pé, sendo amparado pelo irmão.

— Onde está Arthur?

— Você precisa deitar. O veneno ainda corre no seu sangue.

— Não ficarei deitado.

— Ficará, sim — insistiu Gaheris, e o jogou de volta na cama. — Ainda que eu tenha de amarrá-lo.
— Tinha de ser você para me vigiar? — reclamou o irmão.
— Tinha. — Ele serviu mais chá. — Já que ficaremos aqui por mais um tempo, poderíamos conversar, não é?
— Eu tenho escolha?
— Não. — Ele riu, jogando seus cabelos loiros e compridos para trás.
— Do que quer falar?
— Anya.
Mordred congelou. Todos esses anos guardando o segredo para si e, de repente, o irmão sabia o nome que ele tanto protegeu.
— Como sabe dela? Morgause?
— Aquela mulher sabe, e eu não? As indiretas que ela vinha jogando eram sobre Anya, aquela menina quietinha, filha de Urin, o ferreiro de Sir Hector? Você falou o nome dela enquanto dormia.
— Sim.
— Conte-me.
— Não há muito o que contar. — Ele hesitava. — Quando fomos morar com Sir Hector, éramos crianças. Conheci Anya quando ambos estávamos com doze anos. Nós nos aproximamos porque ela gostava de saber o que tanto aprendíamos nas aulas com o pai do Kay. Então passei a repetir cada aula para ela.
— Por isso ela sabia ler e escrever.
— Sim. — Um sorriso doce surgiu nos lábios de Mordred. — Eu ensinei. Ela adorava. Tinha a mente tão aberta, tão empolgante. Dizia que ler era melhor que magia. Aos poucos, fui percebendo o óbvio.
— Estava apaixonado. Por que nunca me contou?
— Ela era a filha do ferreiro. Já imaginou Morgause e Lot permitindo que seu filho, herdeiro ao trono, pelo menos era o que eu pensava na época, se apaixonasse por uma plebeia?
— Morgause descobriu?
— Sim, e surpreendentemente foi doce e gentil — confessou Mordred.
— Estranho.
— Muito, mas eu era um garoto ingênuo e não vi maldade. Um dia Anya não apareceu para a aula e o mesmo se repetiu por uma semana. Não resisti e fui até a ferraria falar com Urin. Ele não permitiu que eu a visitasse e me informou que ela estava doente. O homem me olhou com tanta raiva, como se eu tivesse feito mal à filha dele. Não entendi até vários meses depois.
— Ela estava grávida.
— Sim.
— Era seu? — perguntou Gaheris.

— Não. Ela havia sido abusada pelo filho de um mercador. Tentou impedi-lo de consumar o ato, mas ele a ignorou. Ela teve medo de me contar e só o fez porque sabia que a barriga cresceria e eu veria.

— E você acreditou?

— Claro. Anya era a pessoa mais doce e honesta que eu tinha visto. A verdade estava lá, estampada em seus olhos. Quando soube, não tive dúvidas, pedi-a em casamento. Falei com o pai dela e menti.

— Disse que o bebê era seu.

— E seria. Aquela criança era parte de Anya e seria parte minha também. Eu estava prestes a desistir de tudo. Seria ajudante do pai dela na ferraria, se fosse necessário. — A dor chegava em ondas, era como se Mordred tivesse voltado a ser aquele garoto.

— E foi então que ela ficou doente. — Gaheris recordava-se da aflição do irmão, mas inocentemente não ligara os dois fatos. Talvez pela postura sempre esnobe de Mordred. Era difícil imaginá-lo amando uma plebeia e arriscando perder tudo por ela.

— Foi. Em um dia estava bem, no outro, sentindo dores fortes, sangrando sem parar até que... — Mordred nem tentou esconder as lágrimas. — Eu a perdi. Tinha dezoito anos quando a enterrei e soube, naquele momento, que jamais amaria outra mulher. Jamais amei. Jamais amarei.

— Sinto muito. — Gaheris apertou-lhe o ombro. — Não acredito que permiti que meu irmão passasse por isso sozinho.

— Eu não estava sozinho. Kay me ajudou. Tentou, pelo menos.

— Kay... — Gaheris murmurou o nome do cavaleiro. — Ele sempre fazia isso, não é? Estava sempre olhando por todos nós.

— Sim. Outra grande perda.

— Sinto muito, irmão. Gostaria de ter descoberto antes para poder ajudá-los a ficar juntos.

— Ela ter partido não é o pior. Venho pensando todos esses anos, e principalmente nos últimos dias, no modo como Morgause sempre tentou me arrasar usando essa história. E, o pior, como Anya adoeceu justamente quando contei a nossa mãe que me casaria. — Gaheris arregalou os olhos, compreendendo. — Ela me abençoou, irmão. Disse que falaria com Lot, que pediria a bênção dele para nós. Como pude ser tão cego? Depois de tanto tempo, vejo com clareza, Morgause matou Anya.

※

No quarto de Merlin, Viviane olhava pela janela, pensativa.

— O que estamos fazendo, Merlin?

— Salvando a Britânia e a magia — respondeu ele, aproximando-se e tocando-lhe o braço.

O céu brilhava, intenso, repleto de estrelas, e a feiticeira pedia sinais, buscando desesperadamente um meio de diminuir suas perdas futuras.

— A que preço?

— Ao preço que ela vale. Nossas vidas e a de nossos descendentes, se necessário.

— Na batalha que se aproxima, nem todos sobreviverão. — A certeza da morte era clara, ainda que não imaginasse quem padeceria.

A culpa por ter colaborado para que todos estivessem na situação em que estavam a consumia por permitir que expusesse as pessoas que mais amava.

— Eu sei — disse Merlin. — São as consequências. Perdas são necessárias. Escolhas e sacrifícios serão feitos. Cada um cumprirá com seu destino. Ninguém morrerá antes da hora.

— Eles são jovens. Estão dispostos a enfrentar o destino. Lutar contra ele.

— Vão se machucar mais, apenas isso. Não se enfrenta o que a vida preparou para você — declarou Merlin.

— Será que não? Eles têm tanta fé — insistia a feiticeira, querendo acreditar que era possível, mesmo que a experiência lhe dissesse o contrário.

— São crianças.

— Sim, nossas crianças. Crianças que enviamos para a guerra. — Ela balançou a cabeça, angustiada.

— Eu sei. — Merlin baixou os olhos, repleto de pesar.

Quando iniciou a jornada que salvaria a Britânia, Merlin estava decidido a não ceder a sentimentos, pois eles o confundiriam e atrapalhariam seus planos, porém conheceu Viviane e, por um tempo, chegou a se perder de seu objetivo. Quando enfim recuperou o foco, o feiticeiro procurou olhar apenas para o futuro, sem se importar com quem seria atropelado no presente. Era o único meio de ser fiel a seus princípios.

— Se você pudesse voltar no tempo outra vez e recomeçar, o que faria diferente?

— Não faria nada diferente. Desta vez dará certo, há de ser assim. — Ele beijou-lhe os cabelos. — Mas eu tenho um arrependimento, e sempre terei.

— Qual?

— Ter magoado você.

57

Marcos subia as escadas em direção ao salão de inverno quando cruzou com Erin. Percebeu sua presença antes mesmo de vê-la, pelo doce perfume da jovem.

— Ora, ora, ora, se não é o arqueiro misterioso — provocou ele.

Erin sorriu, dando de ombros.

— Culpada. Desculpe-me por jogá-lo no chão ontem à noite. Meu tio me proibiu de treinar, e eu não queria ser castigada outra vez. Mas, não se preocupe, pretendo obedecer-lhe por enquanto.

— Por enquanto?

— Ah, sim. Mais cedo ou mais tarde terei de desobedecer-lhe, mas forças externas me levarão a isso, como sempre. — Ela gesticulava enquanto falava, como se quisesse provar sua inocência.

— E o que seria o castigo? Deixar os lençóis esticadinhos na cama?

— Você é o novo bobo da corte de Arthur? — perguntou ela, fingindo seriedade.

— Língua afiada. Gosto disso. — Ele mediu-a dos pés à cabeça, fazendo-a corar. — Estou indo encontrar seu irmão e os outros no salão de inverno, seja lá o que isso signifique. — Ela riu, como sempre acontecia quando ele estava por perto. Marcos dizia coisas diferentes do que as outras pessoas da Britânia. Era como Gabriel quando ela o conhecera, porém sem papas na língua, falava o que lhe vinha à mente. — Espero de verdade que não neve lá dentro, não estou vestido para isso. Quer ir comigo?

— Sabe o caminho?

— Não.

— Ótimo — disse a jovem.

— Por quê?

— Nada. Gosto quando precisam de mim. — Ela sorriu outra vez e caminhou ao seu lado.

— Anotado. Tente apenas não me jogar no chão outra vez, certo?

— Tentarei. — E deu sua tão característica risadinha.

Erin não era como as outras jovens que Marcos vira em Camelot. Ela conseguia exercer algumas funções próprias dos homens daquele tempo, mas mantinha sua ingenuidade, parecendo algumas vezes ter menos dos que seus dezenove anos. O garoto tinha certeza de que nem sempre ela entendia o que ele falava.

A jovem repetia empolgadamente como havia acertado em cheio a jugular do traidor com o punhal, até que chegaram ao salão de inverno.

Marcos olhou em volta, completamente embasbacado. O castelo inteiro era ricamente decorado, porém esse ambiente era magnífico. Havia cortinas de veludo rubras, com bordados em fios dourados, em todas as paredes. O símbolo dos Pendragon, o dragão alado, brilhava no centro de uma das paredes, imponente. O piso branco era coberto parcialmente com grossos tapetes de pele. Nos quatro cantos, viam-se mesas pequenas com tabuleiros de jogos. No centro, havia uma pequena elevação e, sobre ela, três harpas de ouro. Havia uma estante numa das extremidades, cheia de pergaminhos bem organizados. O lustre repleto de velas, içado todas as noites, e os castiçais acesos espalhados por todo o ambiente davam ao lugar uma aparência etérea, quase encantada.

A uma das mesinhas estavam reunidos seus amigos, partilhando uma generosa quantidade de comida. O aroma de pernil, bacon e batatas assadas inundava o ar.

Marcos e Erin aproximaram-se para participar da refeição. O garoto notou um mapa na mesinha ao lado, com uma bolinha de luz girando sobre ele.

— O que é isso? — perguntou ele.

— Estou rastreando a Mel — explicou Lilibeth, olhando discretamente para Lancelot, que estava sentado no outro canto do salão, com as duas mãos na cabeça, parecendo bastante preocupado.

— E por que não achou? — perguntou o jovem.

— Porque ela ainda está apagada — respondeu a fada.

— E por que não rastreia o pai dela?

— Não é assim que funciona. Localizo apenas as pessoas que amo.

— Afe... Vocês e a mania de ter poder condicional — reclamou o garoto, mordendo um pedaço de batata.

— E qual é o seu poder, Marcos? — A fada ironizou, esperando encerrar o assunto.

— Não posso te mostrar aqui. — Ele piscou, provocante. — Mas é incondicional e nunca me deixa na mão.

Todos à mesa gargalharam, menos Erin, que parecia não entender do que ele falava e se irritou com isso.

Colocando um pouco de comida em um prato, a fada aproximou-se de Lancelot.

— Coma.

— Estou sem fome, Lili. — Ele rejeitou a oferta.

— Não perguntei se estava com fome, mandei comer — insistiu Lilibeth, com o prato estendido. — Você precisa ter forças para tirar a Mel de lá.

— Quando saberemos onde ela está? — perguntou ele ao ceder e pegar o prato.

— Assim que o efeito do feitiço que Morgause jogou com a ajuda de Morgana passar. Pode durar a noite toda ainda. Precisaremos nos revezar em turnos.

— Ficarei até sabermos.

— Não ficará, não. — A fada colocou a mão na cintura, autoritária e maternal. — Ainda que eu tenha de lançar um feitiço, você vai dormir. Duvido que se mantenha imune a mim por muito tempo. E o ferimento? — Ela se referia ao corte que Arthur havia feito no peito do cavaleiro com a ponta da espada.

— Um arranhão. Morgana me obrigou a deixar Erin cuidar dele. Míseros sete pontos.

— Sempre querendo ser o mais forte. — Ela tocou os cabelos dele.

— Minha única preocupação é Melissa. Estou atormentado pelo que pode estar acontecendo a ela. Eu não deveria tê-la trazido para o castelo.

— Sabe que não é assim. Não se culpe. — A expressão da fada anuviou-se.

— Há algo que preciso dizer... — começou ela, enquanto se aproximava mais, não querendo que os outros escutassem. — Enquanto estive em Avalon, me conectei com a natureza e pude conversar com minha mãe. Como eu temia, o que está acontecendo é minha culpa.

Lancelot estreitou os olhos. Lembrava-se do dia em que Lilibeth lhe contara que temia que os amores impossíveis que rondavam todos que se aproximavam da fada fossem consequência de seu passado.

— O que ela lhe disse?

— Brocéliande foi destruída por minha causa, porque me apaixonei por um feiticeiro. — Ela recontava os eventos que Lancelot já conhecia e a dor no

olhar dela era muito mais evidente do que queria demonstrar. — Pouco antes de minha mãe deixar de existir em sua forma física, ela amaldiçoou o amor...
— Para todos?
— Todos os feiticeiros e Melissa, tecnicamente... — respondeu ela, ao se sentar ao seu lado.
— Gabriel e Morgana também. — Lancelot compreendia o peso da situação.
— Sim. E, quanto mais envolvidos com a profecia, pior. Está afetando os outros também. Basta ser humano e amar.
— A magia não pode me afetar, Lili. Há algo errado na sua teoria.
— Mas aí é que está, gato. Não é magia, é amor mesmo, em sua essência mais pura. Ela não está usando magia. A situação por si só já impossibilita a realização dos amores.
— Tem razão — concordou ele, após analisar as palavras. — É como se todos estivéssemos envoltos por redes. Entrelaçados, talvez. Bem, Lili, você sabe que não me dobro a qualquer deus. E não pretendo ceder à sua mãe, deusa ou não.
— Eu sei — a fada deu um pequeno sorriso —, e ela também. Entenda, ela não nos amaldiçoou conscientemente. Foi num momento de muita dor, no nascimento da Escuridão.
— Lili, como sempre, direi o que penso. Sua mãe não pode impedir ninguém de ficar com quem ama. É uma escolha que só cabe a nós. De fato, parece conveniente acreditar que uma maldição está me separando da mulher que amo, dadas as situações impossíveis em que somos colocados, mas me nego a acreditar que é o destino interferindo em minha vida.
— Sabia que pensaria assim. — Ela tocou-lhe a mão carinhosamente. — E está certo. É o que sempre repeti desde que você era um bebezinho: escolha o seu caminho.
— Livre-arbítrio. Você sofreu com sua escolha, mas foi sua. Vivemos as consequências hoje, mas a culpa do fim de Brocéliande não pode ser colocada apenas sobre suas costas. — Ele notou que os olhos da fada brilharam com lágrimas, algo raro. — Nós oferecemos amor a alguém e não podemos prever o que receberemos em troca. Se aquele feiticeiro não tivesse usado você, encontraria outro modo de chegar à sua terra. Não foi sua culpa. Entendeu? — Ele apertou a mão que tocava a sua. — Sua mãe pode ter se zangado e dificultado um pouco as coisas, mas cabe a nós ceder ou não. Tenho de fazer uma escolha. Dolorosa ou não, é minha e não será movida por magia. No fim, pesará apenas aquilo em que acredito — disse ele, e viu Morgana se aproximando.

A fada se afastou para lhes dar privacidade. A feiticeira observou o cavaleiro comer um pouco, depois colocar o prato sobre a mesa, sem intenção de continuar. Ela agachou-se à sua frente, apoiando-se nas pernas, e levantou a cabeça para encará-lo.

— Preciso que me perdoe — suplicou Morgana, em um fio de voz.

Lancelot segurou-lhe a mão e levou-a aos lábios, beijando-a.

— Pequena, você é minha irmã. Não há nada para ser perdoado. Você foi jogada no meio disso.

— Ela foi levada por minha culpa.

— Não. Morgause a levou, não você. Sua inocência não pode ser responsabilizada.

— Tanto mal ainda acontecerá.

Ela confessou o que sabia de suas visões.

— Nada disso será sua culpa.

Ele abraçou-a, confortando-a. Era como se o cavaleiro tivesse tirado o dia para confortar quem amava, mesmo que quem precisasse de conforto fosse ele.

Gabriel os observava, sentado perto de Tristan e dos outros. Morgana parecia carregar um grande fardo. O feiticeiro tinha certeza de que ela estava tendo as mesmas visões que ele, nem todos sobreviveriam.

※

Arthur passou pelo salão de inverno e observou todos reunidos, mas não entrou nem permitiu que o vissem. Lancelot estava desolado, e a culpa era em parte do rei. Quando decidiu virar as costas e caminhar pelo corredor, ouviu a voz da fada atrás de si.

— Não quer comer? — Ela segurava um prato cheio nas mãos e, percebendo a hesitação de Arthur, acrescentou: — Podemos dividir, e não precisa ser aqui, se preferir.

— Eu estava indo para o meu quarto. — Ele tentou escapar.

— Posso ir com você. — A fada parou ao seu lado, sorrindo amigavelmente. — Vou saber se o feitiço de rastreio funcionar, mesmo sem estar por perto. Aí é só voltar.

Sem conseguir dizer não, ele concordou e caminharam juntos.

Nos aposentos, a fada colocou o prato sobre a mesa da antessala e Arthur lhe serviu uma taça de vinho.

— Você está bem? — perguntou ela, e o viu encará-la com olhos muito tristes. — Ai, pergunta idiota. É claro que não está bem.

— Deve ser difícil para você.
— Para mim?
— Sim. Estar aqui me consolando depois do que fiz e farei com Lancelot. Conheço a história de vocês. Ele é como um filho para você.
— Bem... Um lado meu quer muito transformá-lo em um sapo — confessou ela, com ar travesso. — E o outro queria poder multiplicar Melissas.
— Seria conveniente. Eu a amo tanto. — Arthur suspirou.
— Sobre isso... — começou a fada, incerta. — Você sabe sobre a profecia, não sabe? Que reis e herdeiros ao trono são suscetíveis a se apaixonar por ela e protegê-la.
— O que está dizendo? — perguntou ele, espantado, embora tivesse entendido.
— Não sou boa em julgar sentimentos. Não sou boa em nada no que diz respeito a eles. — Ela se confundia. — Só acho que, talvez, é uma hipótese e, ain... O que você sente pode ser fruto de magia.
— Não, não é! — negou ele, resoluto. — O que eu sinto não é fruto de magia.
— Calma. — Ela tocou-lhe a mão, trazendo a tranquilidade de volta aos poucos. — Me desculpe. Não devia ter dito isso assim. Não é hora.
— Tudo bem. Entendo que queira proteger Lancelot. — Arthur se afastou dela.
— Não é isso. — Ela levantou-se e caminhou até ele. — Você também é importante, Arthur. Por favor, não se feche. Vim aqui para deixá-lo bem. Você precisa estar bem. Há muito a ser enfrentado. Não ligue para o que uma fada sem papas na língua diz. — Ela tocou-lhe o braço.
Arthur a analisava, ela parecia sincera. Não queria se indispor com mais ninguém.
— Tudo bem — concedeu ele, quando ouviram um gemido vindo do quarto.
— Precisamos falar mais baixo — avisou o rei.
— Por quê? — sussurrou Lilibeth, curiosa. A malícia faiscando em seus olhos — Está acompanhado?
— Sim.
— E me trouxe para cá? Majestade — floreou —, o senhor não presta.
Tanta espontaneidade o fez rir pela primeira vez durante esse dia tenebroso.
— Não é nada disso que está pensando.
— Ah, a clássica frase dos mentirosos. — A fada sorriu, encantadora.
— Desta vez, não é. Venha. — Ele segurou-lhe a mão e a levou para o quarto.
Apenas duas velas estavam acesas, mantendo o quarto à meia-luz. Aproximando-se da grande cama, Lilibeth pôde ver duas crianças dormindo

abraçadas. Arthur soltou-lhe a mão e ajeitou as cobertas, protegendo-as do frio. Depois, passou os dedos pela cabeça de cada uma delas, como se as abençoasse em silêncio, e guiou a fada para fora do quarto outra vez.

— Quem são? — perguntou ela, curiosa e comovida com o carinho que o rei dedicava aos pequenos.

— Órfãos. Perderam os pais e tudo o que tinham hoje no vilarejo.

— E você os trouxe para cá? — A fada estava admirada, entendia como Melissa se deixara envolver tão rapidamente.

— Primeiro os trouxe para o castelo e pedi à cozinheira que cuidasse deles, mas Lynnet não parava de chorar e, quando a peguei no colo, de repente, ela parou. Foi como mágica. Então eu os trouxe para cá.

— Você trouxe dois órfãos para dormir nos seus aposentos. — Ela estava encantada.

— Era o que eu deveria fazer, não acha? — Uma pitada de insegurança envolvia as palavras.

— É você quem tem que dizer. Acha que devia ter feito isso?

— Tenho certeza — respondeu, categórico.

— Então, pronto. — Ela sorriu, tocando-lhe a mão sobre a mesa. — Foi muito nobre.

— Eles perderam tudo. Era o mínimo. Outras crianças perderam seus pais hoje. Estou cuidando para que sejam protegidas e amadas.

— Você é um grande rei, Arthur. Espero que tudo dê certo e que chutemos algumas bundas saxônicas e traidoras.

Ele riu outra vez. Lilibeth ia da extrema meiguice para alguma frase de efeito maluca. Sem que percebesse, ela o fez comer todo o conteúdo do prato.

— Obrigado, Lilibeth. — Ele apertou-lhe a mão e se levantou, seguido por ela.

— Preciso ir. Espero ter notícias da Mel em breve.

— Eu também.

Pensativa, a fada reconheceu que era fácil gostar de Arthur e, ao mesmo tempo, complicado. Saber que ele estava dificultando a felicidade de Lancelot era ruim, já que o maior desejo de Lilibeth era ver seu cavaleiro feliz.

Sem dizer mais nada, ela saiu do quarto, querendo com todas as suas forças que tudo acabasse bem.

Arthur preparou-se para deitar, sem saber se conseguiria dormir. Lilibeth conseguira elevar seu ânimo, mas a sensação se evaporou na ausência dela. As palavras que ela dissera também pesavam em sua mente, porém tentava fingir que não as havia ouvido.

Verificou se as crianças estavam cobertas e deitou-se ao seu lado, deixando uma vela acesa para o caso de uma delas acordar. Não havia contado toda a verdade. Parte dele permitira que Maddox e Lynnet ficassem com ele porque se sentia extremamente sozinho, e as crianças conseguiam distraí-lo.

Pouco depois, o menino começou a se agitar na cama e se sentou assustado, contendo um grito. Arthur aproximou-se dele, tocando-lhe os ombros.

— Está tudo bem. Você está seguro. — Ele afagou os cabelos castanho-claros cacheados.

— Tinha fogo por toda parte — sussurrou o pequeno, tremendo. — Eu não conseguia respirar.

— Foi um pesadelo. Prometi que ninguém os feriria, lembra? Sempre cumpro minhas promessas.

— Queria acordar — disse Maddox baixinho, olhando para longe.

— Você está acordado.

— Não, queria acordar e encontrar meus pais vivos. — A tristeza que o envolvia era tocante.

— Sinto muito. Você já chorou, pequeno? — perguntou o rei, vendo o menino balançar a cabeça negativamente.

— Preciso ser forte por Lynnet.

— Você deve ser forte por sua irmã, mas também precisa mostrar a ela que não há nada de errado em sofrer. Todos nós sofremos. Às vezes precisamos deixar parte da dor sair. — Ele segurou-lhe a mão e a apertou levemente. — Se quiser chorar comigo, prometo não contar a ninguém.

— Um rei pode chorar? — A surpresa dele fez Arthur sorrir.

— Pode.

— Você está sofrendo?

— Muito — confessou Arthur, com a voz embargada.

Maddox analisou o rei, sem compreender como alguém tão poderoso podia passar por algum sofrimento, mas reconheceu a tristeza nos olhos azuis. Imitando o rei, segurou-lhe a mão e a apertou levemente.

— Se quiser chorar comigo, prometo não contar a ninguém.

Arthur levou a mão livre ao rosto, emocionado. Depois puxou o garotinho e o abraçou, permitindo-se um único e breve momento de fragilidade.

58

Era madrugada quando, exultante, Breogan recebeu a notícia de que os saxões se aproximavam de Camelot. Um homem enérgico e forte como ele não havia nascido para esperar. Queria o calor da batalha, o sangue quente espirrando no rosto ao degolar seus inimigos e, principalmente, a glória da vitória.

Reunindo seus homens, somando forças com o exército de Leodegrance, partiu para o ponto de encontro. Não demoraria muito e veria o fim do reinado de Arthur Pendragon. Contudo, havia algo que Breogan queria mais do que tudo nessa batalha: a cabeça do homem que o enganara.

※

Sentindo o corpo dolorido, Melissa recobrava a consciência aos poucos. Abriu os olhos devagar, viu o pai sentado à sua frente, completamente amarrado. Morgause estava ao seu lado e parecia cochilar.

O sacolejar da carruagem fazia a jovem bater a cabeça no banco, e seu gemido despertou a rainha.

— Ora, a doce Melissa acordou. Já estamos chegando em casa — avisou.

— Você está bem? — perguntou o pai, preocupado.

— Sim. — Ela tentou se levantar, mas não conseguiu soltar as cordas. — Lancelot! Onde ele está? — questionou ela, aflita, as lembranças golpeando sua mente.

— Morto. — Morgause saboreou a palavra.

— Não! — A jovem se debateu em vão. As cordas não rompiam, e estava fraca demais para usar os poderes.

— Sim, minha querida. Minha última ordem naquele castelo foi que o matassem e, com todos os cavaleiros ocupados no ataque ao vilarejo, não havia quem pudesse defender seu amado. — Vendo as lágrimas escorrendo pela face da garota, a rainha foi cruel. — Já que vai chorar, ofereça algumas lágrimas àquele seu amigo de péssimos modos. Mandei matá-lo também.

— Marcos? Isso não pode ser verdade. Pai? — suplicou ela, porém viu Owain baixar os olhos, pesaroso.

Anestesiada de tanta dor e ainda em choque, Melissa seguiu o restante da viagem em silêncio. Tinha apenas um objetivo em mente: recuperar seus poderes para matar Morgause.

✽

Em Camelot, todos haviam se levantado antes do amanhecer. Incapazes de permanecer inertes em suas camas. Era quase hora do almoço e esperavam o rastreamento de Melissa no salão de inverno, debatendo sobre a quantidade de traidores que Mark conseguira descobrir durante a madrugada com seus interrogatórios. Foram dezesseis homens no total.

O rei da Cornualha ainda tivera um desentendimento com Percival por seus métodos, e Arthur precisou interceder outra vez.

— Creio que pegamos todos. Se houver outro, e realmente espero que não haja, está em sua guarda pessoal, Arthur.

— O que não entendo é como não tentaram me matar, com tantos traidores no castelo — perguntou-se o rei.

— Essa é fácil, posso? — Marcos levantou a mão. — Se você for assassinado por um traidor, o povo e seu exército podem se inflamar e lutar com mais afinco ainda. Você seria um mártir e muitas guerras foram vencidas dessa forma, apenas pela figura do herói caído. Você deveria saber, é parte do preceito do Cristianismo. A morte de Jesus Cristo, traído por um de seus homens, ajudou a solidificar a religião. É diferente se você cair no meio de uma batalha. Seus aliados já estariam cansados e desestabilizados, e sua queda, provavelmente, levaria o reino junto.

— Marcos é tão inteligente quando quer. — Lilibeth suspirou.

Espantado, Arthur trocou olhares com Mark, que também parecia admirado.

— Como chegou a essa conclusão? É precisa — comentou Arthur, abismado.

— História, livros, filmes, séries e videogames... — respondeu, orgulhoso.

— Os últimos três são magia do seu mundo? — Mark cruzou os braços, curioso.
— Da maior qualidade.
— Você serve a algum rei? — Mark analisava o garoto com interesse. — Se não servir, com a bênção de Arthur, gostaria que se juntasse ao conselho da Cornualha. Sendo muito bem pago, claro. Creio que seja um jovem à frente do nosso tempo.
— Muito, muito, muito à frente. — Marcos sorriu. — Infelizmente, não posso aceitar sua oferta. Minha intenção é salvar a Mel e cair fora dessa m... — percebeu que estava prestes a praguejar e mudou a palavra — maravilhosa terra.

Antes que Mark pudesse insistir, a bolinha de energia que Lilibeth havia criado para encontrar Melissa começou a brilhar intensamente. Todos correram para perto do mapa, observando a luz intensa se agitar de um lado para o outro até parar de repente.

— Tintagel? — perguntou Arthur, surpreso. — Melissa foi sequestrada e levada para um dos meus próprios castelos?

— Se estão em Tintagel, significa que Lot é definitivamente seu inimigo. — Lancelot ponderou. — Se contarmos Pellinore e Leodegrance, é o terceiro rei que vira as costas para Camelot.

— Isso explica muito — disse Mark. — Uther e Lot vinham se desentendendo bastante nos meses que antecederam o ataque ao vilarejo perto de Tintagel que custou a vida de seus pais.

— Como eu nunca soube disso? — Arthur estranhou.

— Não pensei que fosse possível. Não com Morgause sendo irmã de sua mãe — explicou o homem.

— Morgause se supera em ousadia — disse Mordred, juntando-se a eles, seguido por Gaheris. — Quando partimos?

Todos se surpreenderam. O cavaleiro ainda parecia abatido. Os olhos fundos denunciavam as poucas horas dormidas e o cansaço.

— Pretende ir junto? Por quê? — Gabriel quis saber.

— Eu não sabia o que minha mãe estava planejando. O que é estupidez, eu sei. Sabia que ela era controladora e manipuladora, mas jamais imaginei que pudesse trair Arthur. Nem em meus piores pesadelos. Infelizmente, me dei conta de que não imaginei muitas coisas e o quanto isso me custou. — Um tom sério e sombrio permeava as palavras.

— Tem certeza de que quer ir? — perguntou Arthur. — Temos uma batalha próxima e você mal foi curado do veneno.

— Cresci vendo meu tio Uther pregar valores de lealdade, justiça, igualdade, honra e irmandade. Depois convivi anos com Sir Hector, um dos homens mais honrados que conheci, me tornei cavaleiro de Arthur e continuei lutando pelo que acreditava. Não gosto de cristãos, não gosto de romanos, mas acreditei, de verdade, que poderíamos tornar o mundo um lugar melhor, como Arthur desejava. Agora tudo pelo que lutei está desmoronando. Meu irmão caçula virou um fantoche nas mãos da minha mãe. Tornei-me um bastardo, perdi quem amava e, neste momento, a única verdade que tenho em minha vida é que preciso salvar Melissa. Não por ordem de uma profecia, mas porque ela é minha irmã. Minha mãe disse algo sobre acabar com a magia. Seja lá o que for, custará a vida de Melissa. — Ele se virou para Gabriel: — Sei que nós dois tivemos problemas e desentendimentos, mas espero que tenham sido superados. Entendo que esteja zangado por eu ter falhado em protegê-la. Se não permitir que eu os acompanhe, irei da mesma forma.

— Você pode ir — cedeu Gabriel. — Me ganhou quando disse que precisava salvar nossa irmã. Qualquer homem que queira salvá-la é bem-vindo. — Ele ouviu um falso acesso de tosse de Lilibeth e viu as expressões franzidas de Erin e Morgana. — Qualquer pessoa. Homem ou mulher.

— Não há motivo para desespero, irmão. — Gaheris colocou a mão em seu ombro. — Você não perdeu tudo o que tinha. Ainda estou aqui e você há de convir que sou excelente. Se não se importar, Arthur, gostaria de acompanhá-los. Mordred e eu conhecemos cada detalhe das entradas de Tintagel. Creio que seremos de grande ajuda.

— Vocês podem ir. Bors e Percival ficarão. Há uma batalha se aproximando e preciso deles. Posso enviar outros homens, se quiserem. Alguns de sua confiança, Lancelot. — Ele se dirigia ao cavaleiro pela primeira vez após a conversa que tiveram.

— Não seremos muitos. Iremos pelo lago. Lilibeth usará muito de seu poder para permitir que atravessemos a passagem. Quanto mais gente for, mais fraca ela ficará — explicou o cavaleiro.

— Você pretende enfrentar todos os homens de Lot com apenas quatro cavaleiros? — Arthur parecia inseguro.

— Não é nada que já não tenhamos feito antes. — Lancelot deu um breve sorriso ao se recordar de quantas vezes haviam lutado em missões que pareciam perdidas. — E temos uma fada, além de feiticeiros.

— E que Erin não se atreva a ir com vocês — decretou Mark.

— Ah, tio... — resmungou a jovem, cruzando os braços.

— Se você for escondida — ameaçou —, vou obrigá-la a passar um mês longe do arco e flecha e mantê-la sob vigilância, e ainda fazê-la costurar todas as minhas roupas, além de encarregá-la de supervisionar todas as refeições do castelo nesse período. Então pare de pensar em uma forma de me enganar.

Erin bufou, tentando não deixar evidente que pretendia desobedecer-lhe.

— Pois bem, irmãos — disse Mordred, olhando nos olhos de Gabriel. — Nós vamos ficar de conversa ou partir para salvar nossa irmã?

૪૩

Na primeira oportunidade, Morgana pediu para conversar com Arthur a sós. Eles partiriam em breve, e ela ainda não havia lhe comunicado sua decisão de acompanhá-los.

— Arthur, vou com Lancelot salvar Melissa — disse ela, determinada.

— Não! — O irmão levantou as mãos. — Não! Repito, não! — E apontou para ela, autoritário.

— Não temos tempo, não quero brigar. Não estou pedindo sua aprovação, estou apenas o informando. Sou a responsável por ela não estar aqui — insistiu Morgana, consciente da preocupação que sentia por ter se deixado enganar.

— A responsabilidade é minha.

— Parte é minha. Preciso ir. Eles podem precisar da minha ajuda. Tenho poderes. — Ela tentava fazê-lo entender que não era indefesa, que podia fazer a diferença na hora do perigo.

— Não posso permitir que vá. — O desejo de protegê-la era maior que o bom senso.

— Não pode me impedir. Não sou mais criança. — Ela levantou o queixo.

Surpreendendo-a, Arthur tocou-lhe os cabelos.

— Não é mesmo, mas não quero que se machuque — confessou o rei.

— Como você disse, a batalha se aproxima, e, se eu sou uma feiticeira, é por um motivo. Não se esqueça do que a profecia diz: você só sobreviverá com Melissa. Preciso trazê-la de volta. Essa guerra é de todos nós.

Acariciando o rosto delicado da irmã com as costas das mãos, Arthur sentiu o receio de perdê-la abater-se sobre si.

— As três pessoas que mais amei na vida são você, Melissa e Lancelot. Talvez eu já tenha perdido os outros dois. Entende que você é o meu bem mais precioso?

— Também amo você, irmão. Mais do que tudo, mais do que qualquer um. E por isso preciso protegê-lo. Você se lembra? Parece que faz tanto tempo, quando as impressões com Melissa começaram a se fortalecer. Lembra do que eu lhe disse? Preciso fazer o possível para protegê-lo.

Arthur beijou-lhe a testa e a puxou para um abraço.

— Você irá de qualquer forma, não é?

— Sim.

— Assim como Erin. Então não bancarei o ingênuo, como Mark, e a liberarei. Mas tenha cuidado. — O rei continuava a abraçá-la, a vida dos dois parecia destinada à aflição. — Ele realmente a ama, não é? — Ele se referia a Lancelot e Melissa, e sua irmã compreendeu rapidamente.

— Sim. — murmurou ela.

— E ela? Melissa o ama? — A pergunta lhe custava, por temer a resposta.

— Sim. — A palavra saiu em um fio de voz. — Sinto muito, irmão.

— Eu também, pequena, eu também. Creio que estejamos fadados à tragédia.

59

Os robustos portões de Tintagel foram abertos e a carruagem de Morgause entrou. Lot e Guinevere os esperavam no pátio, ambos com expressão de enfado. A jovem olhava para as próprias unhas, ignorando tanto Morgause, que descia da carruagem ajudada por um de seus servos, quanto a jovem amparada por guardas.

— Onde está meu filho? — perguntou Lot assim que a viu.

— Gawain está vindo. Não pude trazê-lo comigo. Seria muito complicado explicar a garota amarrada.

— Ele ainda não sabe dos seus planos?

— Nem imagina — respondeu, com desdém. — Acha que tudo o que fazemos é pelo bem de Arthur e Melissa.

— Mulher, você me surpreende. E os bastardos? — indagou o rei, enojado.

— Mortos, se tivermos sorte.

Morgause sentiu um leve aperto no coração, porém o suprimiu. Havia sido uma escolha dos filhos não a apoiar. Durante anos, tentara trazê-los para o lado correto, e infelizmente não lhe deram ouvidos. Teriam de arcar com as consequências. Não era mais mãe deles e assistiria à queda do filhos com indiferença.

— Guinevere. — A rainha pronunciou o nome da princesa com descaso.

— Morgause — retribuiu Guinevere, no mesmo tom.

— Presumo que tenha informações sobre o ataque que faremos com os saxões — perguntou ela ao marido.

— Recebemos um mensageiro de madrugada. Eles já estão perto de Camelot. O ataque começará hoje.

— Ótimo! Você fez o que o orientei por meio do mensageiro?

— Aquele ritual estúpido que me fez desperdiçar uma virgem? — reclamou ele. — Sim, fiz. Tomei banho com seu sangue.

— Agora você é imune aos encantos da última filha de Avalon.

Melissa se debatia nas mãos dos seus captores, tentando em vão arrebentar as cordas. Os homens que a seguravam foram jogados para alturas impossíveis. Ela caiu sentada no chão e sentiu que o bebê se esforçava demais para controlar seu poder e salvar sua mãe. Raízes cortavam o chão, enroscando-se nos soldados que se aproximavam e espremendo-os até sufocarem.

— Corram! Levem-na para dentro agora mesmo! Seus poderes estão retornando, ainda descontrolados. Corram! Ela precisa ser levada para as cavernas subterrâneas ou estaremos perdidos — gritava Morgause, nervosa.

Assustada, Melissa sentiu uma forte dor. Seu filho estava sobrecarregando seu poder, assim como seu irmão fizera um dia. Colocando a mão sobre a barriga, conversou baixinho com ele.

— Ei, meu menino, chega. Deixe essa luta comigo. Quero que viva, pequeno Galahad. — Ela o chamou pelo nome que seu irmão usou durante o tempo que tanto arriscou para protegê-la.

Morgause, temendo que a jovem não se rendesse, encostou um punhal na garganta de Benjamin, e qualquer magia cessou imediatamente.

— Vocês são tão previsíveis — bufou a rainha, acenando para que os guardas segurassem o homem com firmeza enquanto Lot se aproximava de Melissa, os olhos cerrados como quando queria punir alguém.

— Você matou meus homens — sussurrou ele, segurando-a pelo queixo. — Não posso matá-la, infelizmente, então... — Ele deu uma bofetada forte em Melissa, e o rosto dela bateu no chão com o impacto, deixando-a inconsciente.

O sangue que escorria do lábio cortado misturava-se à terra do pátio. Revoltado, Owain deu uma cabeçada em um dos guardas, conseguiu nocautear outro usando as mãos amarradas e estava prestes a sufocar um com as próprias cordas quando Morgause intercedeu:

— Vou apontar o punhal para ela desta vez. — Ela agiu rapidamente, temendo que Lot quisesse matar Owain antes que pudesse se vingar, e viu o pai de Melissa ser arrastado para dentro por cinco homens.

Nas cavernas, Melissa era carregada por um soldado. Sua consciência a enganava, indo e vindo, permitindo que captasse pouco do gigantesco labirinto gélido e úmido que a cercava. Já não conseguia mais sentir seus poderes, nem seu bebê, o que aumentava seu desespero.

Tochas marcavam o caminho, e Owain tentava memorizar o trajeto, mas mudavam tanto de direção que não demorou para que se perdesse. Jamais conseguiria sair.

Depois de muito tempo, desceram uma longa e estreita escadaria e chegaram a uma câmara gigantesca, com uma cratera no teto por onde entrava luz. Já não estavam mais sob o castelo. O barulho do mar chegava até eles, chocando-se violentamente contra a montanha.

— Aqui não funciona nada além de magia sombria, minha querida — zombou Morgause, enquanto desamarravam Melissa e a acorrentavam à parede de uma pequena cela, juntamente com Owain.

No chão da cela, entre os dois, havia um buraco de mais ou menos um metro de diâmetro. A escuridão nas profundezas não permitia que determinassem a profundidade.

— Então é ela? — perguntou Guinevere, analisando-a. — Não vejo nada de mais.

Lot se aproximou e abaixou-se, entrando na cela e tocando o rosto de Melissa, que cuspiu nele e levou outro tapa.

— Tire as mãos da minha filha! — bradou Owain, forçando as correntes, revoltado.

— É comigo? — Lot se fez de desentendido, torcendo o braço de Melissa, enquanto ela se debatia e o chutava. — Onde não posso colocar a mão? — Ele puxou-a pelos cabelos.

— Solte-a, Lot — disse Morgause, irritada. — Ela não é um de seus brinquedos.

— É virgem? — perguntou Lot, puxando o vestido e expondo suas pernas, despertando ainda mais a ira de Owain e se distraindo o suficiente para que Melissa mordesse seu braço. — O bichinho morde. — Ele deu outro tapa nela.

— Contenha-se, seu porco. — Morgause sentia nojo de si mesma por precisar se casar e manter uma aliança com aquele homem asqueroso. — E, não, não é. Passou longe.

— Hum... Então é da sua laia. — O rei afastou-se, bruscamente. — Se não é virgem, não me interessa. — Ele olhou para Guinevere sugestivamente.

— Nem em seus sonhos — resmungou ela.

— Como se você fosse virgem. — Morgause gargalhou.

— Preciso resolver algumas pendências — avisou Lot, antes que Guinevere pudesse responder. — Há guardas em todas as entradas, ela estará protegida. Lembre-se, porém, de tirá-la daqui antes do entardecer.

— Por quê? — perguntou Guinevere, segurando uma mecha dos cabelos cor de palha entre os dedos.
— Seu pai não lhe pagou tutores? — zombou o rei. — Ao entardecer, a maré sobe e essa câmara se enche de água, pelo menos até a minha altura. Não sei por que achou que este fosse o melhor lugar para escondê-la, Morgause.
— Você viu o que aconteceu no pátio? Os poderes dela estão retornando. Aqui — apontou para as paredes repletas de pentagramas invertidos e outros símbolos malignos —, a magia sombria é mais forte.
— Certo. A bruxa da família é você, então não a contestarei, mas mantenha a garota a salvo. Precisamos dela para acessar a magia preciosa que Arthur defende. — Ele saiu, deixando as duas sozinhas.
Morgause assentiu, complacente, fingindo respeito para não arrumar problemas. Lot que se enganasse o quanto quisesse, ela tinha os próprios planos: eliminar a magia da Britânia.

※

Em Camelot, a equipe que resgataria Melissa estava armada e preparada para partir quando vários pontos de fumaça foram avistados ao longe, e o som de tambores era trazido pelo vento. O retumbar estava baixo e distante. Apenas um aviso, o inimigo vinha até eles. Cada soldado ficou alerta, cada morador do reino sentiu o coração se acelerar e gelar. A paz tão comum a Camelot se esvaneceu, e um tom sombrio tomou conta dos céus, quase uma premonição.
— Saxões — concluiu o rei, inquieto. — A batalha está próxima.
— Arthur, se preferir, posso ir buscar Melissa sozinho — avisou Lancelot.
— Não quero levar homens de que você possa precisar.
— Eles partirão com você. Mesmo poucos, que sejam os melhores. Ainda tenho parte dos cavaleiros comigo. — Arthur virou-se para Bors. — Reforce as vigias e mande batedores. Prepare os homens, deixe-os de prontidão e diga a Mark para começar a preparar seu exército também. A batalha é iminente.
— Ele se voltou para Lancelot: — E você, vá logo. Vá e faça o que precisa fazer. — Trocaram um olhar repleto de significado.
Todos cruzavam o pátio quando o bispo se aproximou, em busca de Arthur, que acompanhava o grupo para as despedidas.
— Majestade — embora tentasse manter o tom servil, deixou transparecer dureza —, não o vi na igreja ontem, mesmo depois de o Senhor ter

lhe mostrado, por meio do que aconteceu no vilarejo, que vossa majestade escolheu as trevas. Ouço os tambores vindo até nós. Deus está lhe mandando um aviso.

— Você está dizendo que Deus matou aquelas pessoas e todas as que ainda morrerão nesta guerra para me mostrar que estou no caminho errado? — Arthur mal podia crer no que repetia.

— Exatamente — afirmou o bispo, feliz por se fazer entender. — Estou disponível para as suas orações agora.

O rei estava boquiaberto. Maddox brincava com Lynnet perto deles e arregalou os olhos ao ouvir as palavras do bispo, imaginando se seus pais haviam sido mortos para passar um recado.

— Deus jamais faria isso, e não se atreva a repetir que Ele é o responsável por aquelas mortes. O homem fez aquilo, não Deus, nunca Deus. — Arthur era incisivo. — Deus é o oposto do que está dizendo. Ele salva, não condena. Não posso fazer minhas orações com você hoje. É o momento de agir. Carrego a minha fé em meu coração e isso não mudará se eu me ausentar um dia ou dois da igreja.

— Enfrentando um bispo assim... Ah, se eu não tivesse um compromisso agora e se ele não achasse que ama outra. — Lilibeth suspirou.

— Por que não manda fazerem uma fila? Não é mais prático? — provocou Marcos.

— Quem te chamou na conversa? — A fada colocou as mãos na cintura, empinando o nariz. — Essa sua implicância comigo é só por eu nunca ter tentado nada com você? Porque, se for, a gente resolve isso já.

— Você já tentou, Lili. Algumas vezes. — Ele a chamou pelo apelido pela primeira vez, rindo de como era fácil irritá-la.

Ela pensou um pouco e depois disse:

— Eu estava bêbada... Não conta.

— Como pode se envolver com essas pessoas, Arthur? — indagou o bispo, com dissabor. — Essa jovem é obviamente uma criatura das mais malignas.

— Tio, sério, dá um tempo — retrucou Lilibeth, antes que Arthur a impedisse. Ela agitava as mãos enquanto falava, o pó de fada espirrando para todos os lados, inclusive sobre o manto do bispo. Sua roupa havia variado um pouco em relação ao dia anterior, mas ainda usava vestes que seriam consideradas masculinas pela igreja. — É o coração que importa. Ele não muda, não se perde a fé por não ir à igreja. Do jeito que você fala, parece que não conhece o homem bom que é Arthur. — A fada o defendia com tanto ímpeto que o rei não conseguiu conter um sorriso. — Ele é maravilhoso e nós vamos vencer essa guerra estúpida.

— E sua alma? — perguntou o homem de Deus, nauseado por ter que conversar com ela. — Para onde vai sua alma?

— Vai para o céu, se existir, com certeza. E, se tudo der errado — piscou —, conheço um paraíso logo ali. — Depois pegou Arthur pela mão e seguiu para o lago no jardim de Morgana, deixando o homem calvo chocado atrás de si, crente que o reino estava perdido de vez e que aquela era a criatura mais maligna que ele já vira.

Em frente ao lago, Lilibeth se preparava para abrir o portal. Tristan olhava para os lados, parecendo apreensivo.

— Está tudo bem? — Lancelot notou.

— Onde está Erin?

— Mark a proibiu de ir conosco — respondeu Lancelot.

— E é exatamente por isso que ela deveria estar aqui — argumentou Tristan.

— Você quer ficar, Tristan? — ofereceu o amigo. — Pode se ferir ainda mais.

— Não. Eu vou. É só uma preocupação boba. Ela deve estar aprontando em outro lugar.

— Vamos? — chamou Lilibeth. — Arthur, não se assuste se o portal não se fechar imediatamente. É comum demorar um pouquinho depois que o último passar.

Morgana deu um beijo em Arthur, que mais uma vez lhe pediu para ter cuidado.

Concentrando-se e de mãos dadas com Viviane, a fada abriu o portal que os levaria para um lago próximo a Tintagel, então, um a um, seus amigos pularam, deixando-a por último. Lilibeth sorriu para o rei, acenou com a mão e se jogou.

Arthur observava enquanto o redemoinho se extinguia na água, pedindo a Deus que Ele os acompanhasse e trouxesse todos em segurança.

O jardim parecia tranquilo, até que um movimento começou entre as folhagens. Antes que o rei pudesse impedir, Erin apareceu do outro lado, vestida como um rapaz, e, sem pensar duas vezes, jogou-se no lago.

Apertando a testa com as mãos, Arthur pensava no melhor modo de contar a Mark que a sobrinha havia lhe desobedecido outra vez.

60

Em Camelot, o exército estava de prontidão dentro das muralhas. Os homens de Mark, que acampavam além da muralha, recolheram seus pertences e juntaram-se aos soldados de Arthur. Pelo som dos tambores, era questão de poucas horas até que os inimigos estivessem à porta do reino.

Arthur enviara mensageiros aos seus aliados e esperava que viessem em seu auxílio. Ainda que fossem apenas alguns deles. Não adiantava dividir os exércitos e atacar em frentes diferentes. Se deixasse o castelo muito desprotegido, temia por um ataque em massa.

Os moradores de Camelot tentavam não deixar transparecer o medo que sentiam pela ameaça próxima, mas poucos permaneciam nas ruas. A maioria estava dentro de suas casas, pedindo a qualquer que fosse seu deus que os ajudasse. A temperatura caía, e o céu tornava-se cinza-chumbo. A morte os rodeava.

Sozinho, Arthur analisava os mapas da região sobre a mesa. Havia estabelecido com Mark a estratégia de batalha. Percival surgiu na sala de reuniões e aproximou-se, apontando para a bandeja com pães e queijos.

— Não tocou na comida.

— Eu me distraí, nem me dei conta de que a haviam trazido. — Arthur mordeu um pedaço de queijo. — Como estão os homens?

— Praticamente prontos. Bors está dando as últimas ordens.

— Sim. Seremos postos à prova em breve — avisou o rei.

— Bons homens são necessários. Soube que se desentendeu com Lancelot.

— Ah, sim. Você nos conhece. Discutimos, me excedi e mandei prendê-lo.

Arthur ocultou a verdade. Pretendia se casar com Melissa e não queria que questionassem sua honra. Além de, sinceramente, não querer que vissem seu melhor amigo como traidor. Estava conformado com o fato de que viviam uma desgraça, mas não o via como um inimigo. Lancelot era tão inocente quanto ele. Felizmente, Morgause se empenhara tanto no rapto que não havia disseminado a fofoca da traição pelo reino. E nenhum dos cavaleiros presentes deixou que a verdade saísse daquele quarto.

— Lancelot é um dos melhores que temos, e é seu campeão. Ainda bem que se entenderam. Ele faria falta em uma batalha — garantiu Percival.

— Certamente faria, como Lucan fará. Passou pela sua mente que ele pudesse ser o traidor?

— Jamais, mas estranhei quando ele acusou Lancelot — admitiu o cavaleiro.

— Eu deveria ter suspeitado naquele momento — disse Arthur. — Fui ingênuo. Preciso mudar. Isso não é bom para um rei.

— Mas faz parte de quem você é, Arthur. Todos sabemos.

O rei refletiu sobre as palavras e depois caminhou até a porta.

— Encontre Mark para mim. Irei às muralhas conversar com Bors.

Arthur saiu da sala de reuniões e, antes que pudesse dar um passo, sentiu seu manto ser puxado para baixo, virou-se e viu Maddox, escondendo um objeto atrás de si.

— Pequeno, o que faz aqui? — perguntou o rei, zeloso, acariciando os cabelos do garoto.

— Vim me oferecer — disse o menino, resoluto, com a postura ereta.

— Para quê?

— Para lutar. — Mostrou a espada de madeira atrás de si.

Sorrindo, Arthur agachou-se para ficar na altura de Maddox e colocou a mão em seu ombro.

— O que está oferecendo é muito importante para mim. Estou orgulhoso, mas não posso aceitar.

— Porque sou um menino. — Maddox ofendeu-se.

— Não, claro que não. Há meninos mais corajosos que cavaleiros. Você é um deles. — O rei bagunçou-lhe os cabelos. — O problema é que eu tinha uma missão para você. Agora não sei o que fazer. — Fingiu pensar.

— Missão? Que missão? — Maddox demonstrou interesse.

— Já conheceu Isolde, a noiva do rei Mark?

— Eu a vi com um bebê. Lynnet gostou de brincar com ele mais cedo. O que quer que eu faça?

— Quero que a proteja. É capaz de fazer isso?

— Claro. — Ele mostrou a espada.
— E também a sua irmã. Você e Lynnet são muito importantes para mim, não conseguiria lutar se tivesse de me preocupar com vocês.
— Somos importantes? — Seus olhos brilharam.
— Ora, é claro. Pensa que qualquer um dorme nos meus aposentos? — O menino riu. — Agora vamos buscar sua irmã e vou levá-los até Isolde. Não se esqueça de sua missão.

Arthur pegou-o pela mão e seguiu ao encontro de Lynnet, que brincava com uma das aias. Mais cedo, havia conversado com a jovem viúva e perguntado se ela se importava em cuidar de mais duas crianças enquanto ele estivesse fora. Eles estariam protegidos e Maddox se sentiria útil.

— Ah, esqueci de dizer — falou o garoto, enquanto caminhavam, sem olhar para o rei. — Você também é muito importante para nós.

※

Uma garoa fria caía sobre Camelot quando finalmente o rei conseguiu cruzar a porta do salão e se dirigiu às muralhas; o som dos tambores estava cada vez mais perto. Arthur apertou o grosso manto de peles que descia por suas costas, apreensivo.

— Não podemos deixá-los atravessar as muralhas — disse Arthur, mais para si mesmo do que para o cavaleiro.

— Não deixaremos — respondeu Bors, aproximando-se. — Estamos preparados para resistir.

— Você cuidou dos lanceiros? Transmitiu-lhes as ordens? Com a ausência de Gaheris, você os liderará.

— Acha que retornarão a tempo? — perguntou o homem.

— Creio que sim, mas precisamos estar preparados para o caso de não retornarem — argumentou o rei.

— Estaremos. — Bors apontou para seus irmãos mais novos, que, embora ainda não tivessem sido sagrados cavaleiros, estavam à disposição do rei.

— Muito bem. Que Deus nos ajude — murmurou Arthur.

— Não sei quanto a Deus, mas eu estou aqui. — O cavaleiro pousou a mão no ombro do rei, em um gesto de apoio incondicional.

— Ele também está, Bors. Ele sempre está.

— Se você diz. Mas há algo que preciso fazer e duvido que Ele aprove.

— O quê?

— Cortar algumas cabeças. — Ele riu, alisando sua espada.

— Creio que seu desejo será atendido em breve — disse o rei, observando Mark se aproximar, enquanto Bors se dirigia a dois vigias que conversavam descontraídos. Batalhas tinham um sentido completamente diferente para o cavaleiro. A adrenalina era tudo o que ele queria sentir. Com as mãos apoiadas nas muralhas, enquanto o dia se acinzentava mais e a garoa ficava mais densa, Arthur questionou Mark: — Você acredita em pressentimentos, Mark?

— Sim, eles nos salvam todos os dias.

— Mordred me disse algo parecido.

— O que está pressentindo? — perguntou Mark.

— Um traidor entre meus homens.

— Sabe quem ele é?

— Desconfio — revelou o rei.

— Mas não tem certeza.

— Não.

— E o que ele fez para despertar essa sensação?

— Nada. Não fez absolutamente nada, mas Lucan também não havia feito — argumentou Arthur.

— Os piores inimigos são os mais improváveis.

— Estava refletindo sobre as palavras de Marcos sobre a traição de Jesus e como seria conveniente se eu morresse no campo de batalha, entregue por um de meus homens. Infelizmente, não posso prendê-lo por um pressentimento. Não me perdoaria se estivesse errado.

— Vamos observá-lo.

— É o que nos resta.

Fechando o manto sobre o corpo, Arthur sentiu o coração gelar ao ouvir o som de trombetas. A expressão sombria de Mark espelhava a gravidade de seus pensamentos.

— Creio que devo agradecer aos céus por Erin ter me desobedecido e ido embora do castelo — admitiu Mark para si mesmo.

A fumaça estava mais densa e, no horizonte, era possível ver os primeiros saxões. Não havia mais escapatória. Era chegado o momento em que a história de Camelot seria reescrita... ou apagada para sempre.

61

Quando Morgause e Guinevere deixaram a caverna, Benjamin aproveitou para verificar o estado da filha.

— Você está bem, Melissa? — perguntou, abalado, arrastando-se o máximo que as correntes permitiam, tentando ficar perto dela. — Não come ou bebe nada desde aquela romã e o pouco de água na carruagem.

— Não tenho fome. Comi pelo bebê. Pai, é verdade que Lancelot e Marcos estão mortos? — Ela ainda não conseguia acreditar.

— Não sei. Ouvi Morgause dando a ordem e depois partimos. Ambos estavam presos nas masmorras. Não quero lhe dar falsas esperanças.

— Se eu não tivesse ido ao quarto de Lancelot... — Ela repreendia-se.

— Não se recrimine. Precisa se manter bem física e mentalmente. Vou tirá-la daqui. Ainda não sei como, mas vou.

— Odeio essa situação. Odeio ser a pessoa que precisa ser salva. Quero escapar daqui e colocar esse maldito castelo abaixo.

— Venha cá. — Ele pediu, incapacitado de se aproximar mais.

Melissa obedeceu. Esticou suas correntes, desviou do buraco que havia entre eles, chegando perto o suficiente para que ele pudesse abraçá-la. Era incrível como sentia falta de ser acolhida pelo pai. Depois de dois anos em coma, ele acordara e não haviam tido um momento sequer de paz.

— É absurdamente irônico, eu me preparei durante toda a vida. Pratico vários tipos de luta. Nunca deixei de treinar com arco, espada e outras armas. Coisas que você nem acreditaria se eu contasse. Achei que era imbatível, mas bastou ver minha

filha em risco que me entreguei. Não havia alternativa. — Ele acariciou-lhe os cabelos.
— Sinto muito.
— Eu também. Acho que você é meu ponto fraco. Não que isso seja ruim, é bom. Sinto o mesmo pelos seus irmãos. São parte de mim. A parte mais vulnerável.
— Também me sinto assim. É o que acontece quando amamos. — Seus pensamentos correram para Lancelot e Marcos, desejando que tivessem escapado.
Melissa apoiou a cabeça no peito do pai, exausta. Uma pequena esperança brotava em seu coração. Eles tinham de estar vivos. Precisava dos dois vivos. Buscando a força dentro de si, não se permitiu esmorecer. O pai tinha razão, precisava resistir.

Com o poder que Lilibeth pegou emprestado de Viviane, conseguiu fazer com que todos realizassem a travessia do portal sem se molhar. Quando se ergueram na margem do lago, as águas ficaram mais agitadas e outra pessoa foi cuspida pelo portal. Assustados, todos viram Erin e seu sorriso travesso.
— É isso, meu amigo — disse ela, beijando o próprio arco —, é bom você se divertir bastante, porque passaremos um mês afastados depois desta aventura.
— Sabia que você estava aprontando. — Tristan estendeu a mão para que a irmã se levantasse.
— Vocês precisam de mim. Admita — provocou ela.
— Eu preciso. — Gaheris ergueu a mão, galanteador, e Tristan lhe deu um tapa no braço.
— Nem ouse, Gaheris.
— O quê? Irmãs são proibidas agora? Até onde eu sei, minha irmã está envolvida com dois de nós. Isso é absurdo até para mim, que sou um homem liberal. Aliás, Gabriel, era sua função proteger Melissa e impedi-la de se envolver com tantos rapazes assim. A honra de uma mulher não é importante em Quatro Estações?
Gabriel abriu a boca para responder, depois se calou ao ver Marcos sorrir.
— E, outro fato importante, preciso entender por que ela estava com Lancelot — continuou Gaheris. — Não foi nada bonito, mas como não sei a história completa, não julgarei. Quem me explicará?
— É assunto deles — intercedeu Mordred.

— Não queira se envolver nisso, bonitão. Deixe sua irmã ser feliz — disse Lili.

— Ela é irmã de alguém? — Gaheris não resistiu e apontou para a fada, sorrindo.

— É minha — mentiu Marcos. — Sai pra lá.

— Chega, crianças. — Viviane interrompeu-os quando viu Lancelot olhando ao redor, apreensivo. — Temos um resgate a fazer e precisamos percorrer um longo caminho ainda.

ᘒᘓ

Morgause ressurgiu nas masmorras e abaixou-se na porta da cela para ver Benjamin e Melissa melhor. Sorriu com escárnio ao flagrá-los abraçados.

— Vocês são patéticos — caçoou.

— Qual é seu próximo passo, Morgause? — perguntou Owain, contendo a fúria. — O que pretende fazer?

— Eu? Nada. Você tem sorte de Lot ser um homem desprezível e ter se empolgado tanto com sua filha. Bastava olhar um pouquinho para você, e ele veria Mordred. Tão irritantemente iguais. Sempre odiei isso em Mordred. Tentava amá-lo, no fundo, eu o queria longe, para nunca mais ser obrigada a olhar para aquele rosto. Para o *seu* rosto.

— No fim, tudo é uma vingança, não é? Você perdeu seus propósitos nesta guerra, se é que teve algum um dia.

— Não tente me resumir a uma mulher amargurada. Ser abandonada pelo homem que amei pode ter me incentivado a percorrer este caminho, mas há algo muito maior: um propósito justo. A magia e seus frutos me tiraram tudo. Minha irmã, minha honra, tudo. Agora destruirei o que vocês passaram anos protegendo. Essa será a minha vingança: destruir a magia.

— Então me mate — argumentou ele.

— Não! — gritou Melissa.

— Me mate e deixe minha filha ir — insistiu Benjamin, estendendo-lhe as mãos acorrentadas. — É a mim que você quer machucar.

— Não, pai, para com isso — implorava a filha, puxando mais uma vez as correntes, em vão.

— Faça o que quiser comigo, Morgause. Torture, mate, me faça seu escravo ou o que quer que passe por sua mente, mas deixe meus filhos em paz.

— Você não fará nada com ele! — avisou Melissa a Morgause, já que seu pai a ignorava, tentando salvar sua vida.

— Ah, o amor. Sentimento miserável que nos faz querer morrer pelo outro. Ainda bem que enterrei essa maldição após sua partida e a morte de minha irmã. Owain, se eu liberasse sua filha, como é que eu exterminaria a magia?
— Maldita! — gritou ele, o choque das correntes fazendo um estrondoso clangor. — Você se tornou um monstro.
— Não, quando Uther cruzou o portal e decidiu ficar em nossas terras, ele me tornou um monstro. Agora todos vocês pagarão. Ao entardecer, farei exatamente o contrário do que me pediu, liberarei você e matarei sua filha. — O sorriso doce contradizia as palavras.
— Se ia me matar, por que não fez isso em Camelot? — perguntou Melissa.
— Você precisa morrer em solo profanado por magia sombria. Se morrer aqui, nesta masmorra, sua energia será sugada e toda a magia se corromperá até deixar de existir.
— Não permitirei que mate minha filha, Morgause! — Owain sentia a fúria crescendo dentro de si, como aquela mulher podia ter mudado tanto?
— E o que pretende fazer? Gritar até me matar?
— Seu marido tem planos para ela — arriscou ele, tentando ganhar tempo.
— É claro que ele tem. Todos têm. Ela é a preciosa última filha de Avalon. A última chance de salvar a Britânia, dona de um poder que homens como o meu marido estão sedentos para dominar. Acha que sou tola? Com o poder que ela exerce sobre quem tem sangue real, seria uma questão de tempo até ela se libertar e derrotar a todos nós. Homens são tolos. Querem poder e mais poder. O máximo que puderem conquistar. Eu quero este mundo livre da magia que Uther trouxe. Isso me basta.
— Você não pode matá-la — intrometeu-se Guinevere, falando displicentemente ao entrar na caverna. — Deu a palavra ao meu pai de que ela era a chave para um mundo repleto de poder e riquezas.
— Menina, não comece — disse Morgause, sem paciência. — Ela é poderosa demais para ser entregue a qualquer lado.
— Ainda assim não pode — insistiu a princesa, levantando o queixo para a rainha, enfrentando-a. — Meu pai pode se casar com ela, se é necessário um rei. Podemos entrar em um acordo. Ele é fácil de manipular, se é disso que você gosta. Posso até ajudá-la, se me ouvir e aceitar um ou dois termos.
Morgause revirou os olhos. Não desejava lidar com uma princesinha mimada.
— Ela está esperando um filho de Lancelot. — A rainha agitou a mão, como se quisesse encerrar o assunto e, pela expressão chocada da princesa, obtivera êxito. — Enquanto ela viver, ele jamais será de outra.

Guinevere conseguiu ficar ainda mais pálida, as unhas cravadas nas próprias mãos. A revolta transfigurando seu rosto.

— Lancelot é meu.

— A princesa encarou Melissa, sentindo um ciúme fervente dentro de si. — Pode matá-la. Os homens que se contentem com a retomada da Britânia. — E deu-lhe as costas, batendo os pés enquanto se afastava.

Um raio de esperança penetrou o coração de Melissa.

— Você disse que Lancelot estava morto.

— E está — afirmou Morgause. — Aquela garota insuportável não precisa saber desse detalhe. Você e seu bastardo se juntarão a ele ao cair da noite. Como minha irmã me disse uma vez, basta que um dos elementos caia para que a magia seja aniquilada e as barreiras de todos os mundos desmoronem. E, veja, matarei dois de vocês numa tacada só! A natureza é mesmo mágica.

62

No meio da tarde, Lancelot e os outros chegaram aos limites de Tintagel; guiados por Mordred e Gaheris, pararam onde não poderiam ser vistos. Uma intensa neblina envolvia a floresta e o castelo, ajudando a mantê-los escondidos.

— Vamos recapitular o plano — começou o cavaleiro. — Entraremos pelas cavernas, mais precisamente por dentro do mar. Seria impossível para homens comuns, por isso a entrada não é vigiada. Gabriel fará sua mágica e nos colocará dentro do castelo. Estamos em menor número, precisamos do elemento surpresa.

— Há um problema. — Lilibeth cambaleou, sentindo uma forte onda de energia negativa percorrer-lhe o corpo. Seus olhos se enegreceram por um instante e suas mãos começaram a tremer.

— Está absorvendo magia sombria outra vez. — Gabriel a amparou, sentando-a no chão.

— Outra vez? — questionou Lancelot, intrigado.

— Aconteceu na Escuridão. Não sabemos o motivo — explicou o garoto.

— Há uma forte concentração de magia sombria nesse castelo — revelou Viviane, inquieta. — Se Lilibeth absorver demais, não resistirá. Fadas são criaturas puras. Contudo, se a magia não for absorvida, vocês não conseguirão entrar.

Lancelot franziu o cenho, perturbado. Não era possível que tivessem chegado até ali e não conseguissem salvar Melissa.

— Irei sozinho. Sou imune à magia, a qualquer magia.

— Não foi Lilibeth que deu esse poder a você? — perguntou Marcos.

— Foi.

— E ela não é imune, certo?
— Não, ela não é.
— E ela não poderia imunizar todo mundo, não é? Tem uma pegadinha aí.
— Ela não pode. Quando ela imuniza alguém, fica incapacitada de usar seus poderes por dias. Não podemos arriscá-la assim.
— Esses poderes com condições idiotas me irritam tanto. — Marcos amparou a amiga, querendo que melhorasse logo.
— Você não pode ir sozinho, Lancelot — interveio Mordred. — O único modo de entrar é pelos túneis subterrâneos quando a maré subir. Você não conseguiria ficar sem respirar por tanto tempo. Precisa do Gabriel.
O silêncio caiu sobre eles. Tão perto e tão impossibilitados de agir.
Relembrando a conversa que havia tido com Merlin na noite anterior, Viviane se entristeceu. O feiticeiro precisara ficar no castelo para guiar e ajudar Arthur no que estava prestes a enfrentar, além disso, sentia-se fraco demais para viajar entre portais. A constatação de que teriam perdas parecia ser ainda mais evidente. Com o coração contrito, a feiticeira entendeu que teria de fazer uma escolha, teria de decidir quem morreria: Lilibeth ou Melissa e Owain.
— Há um meio. — Viviane sorriu, esperando passar confiança a eles. Sua escolha estava feita.
— Qual?
— Ajudarei Lilibeth a absorver a magia sombria, e, dessa forma, conseguirão entrar.
Lancelot hesitou, tocando a face fria da fada.
— Não haverá riscos para Lili?
— Não — respondeu a velha feiticeira. Não havia outro caminho.
— O que tenho de fazer? — perguntou Lilibeth, levantando-se.
— Segure minha mão. — Viviane amparou-a. — Vamos nos aproximar mais.
A fada cambaleou e Gabriel correu até ela, antes que Lancelot pudesse segurá-la.
— Você tem certeza de que ela não se ferirá? — perguntou o feiticeiro à avó, inseguro. — Eu estava na Escuridão e vi seu efeito. Quase a perdemos.
— Tudo dará certo — mentiu Viviane outra vez, ajudando Lilibeth a se sentar, então segurou-lhe a mão.
O cavaleiro sentou-se ao lado da fada e pegou-lhe a mão.
— Gabriel, você precisa se afastar. — A avó avisou.
— Não vou me afastar. Se ela corre riscos, e eu sei que corre, também vou me arriscar — disse, decidido.

— A carga de magia sombria que ela está recebendo é pesada. — Os caminhos pretos como teias de aranha já começavam a surgir na pele de Lilibeth.

— E é por isso que ela precisa de mim — teimou Gabriel.

Viviane ficou aborrecida, porém, se insistisse mais, daria a todos um motivo para desconfiar de que algo daria realmente errado. Lancelot a observava atentamente.

Cada vez mais fraca, Lilibeth encostou a cabeça no ombro de Gabriel. Ela sentia sua força vital se esvaindo.

— Não gosto disso — murmurou Lancelot ao lado de Tristan. — Não quero que ela se machuque.

— Não acredita em Viviane?

— Não sei. Ela é volátil no que se refere a essa profecia. Já mentiu outras vezes. — Ele levantou-se e se ajoelhou em frente à amiga.

— Lili — tocou-lhe os ombros —, se achar que é demais, quero que pare, entendeu? Não perderei você para salvar Melissa. Se achar que é demais, entro nesse castelo sozinho e arranco minha mulher de lá.

— Irei até o limite, apenas. — A fada tentou garantir, mesmo sentindo que havia passado do limite.

— Bom. — O cavaleiro beijou-lhe a testa e se afastou outra vez.

Morgana podia sentir o nível de magia sombria do castelo diminuindo gradativamente, assim como a energia de Lilibeth. Decidida, sentou-se ao lado de Gabriel e estendeu-lhe a mão. Se a fada precisava do poder de feiticeiros para se manter bem, ofereceria um pouco do dela. Jamais se esqueceria do quanto Lilibeth, ainda como Paula, a havia ajudado.

Olhando para a mão estendida, Gabriel sorriu, entendendo o que a ação significava; a feiticeira sorriu de volta. Antes de aceitar, tocou-lhe o rosto, fazendo-a fechar os olhos brevemente, esquecendo-se de que seus dois primos os encaravam, atentos. Uma simples carícia que dizia tanto. Então ele segurou-lhe a mão e entrelaçou os dedos aos seus, encaixando-os perfeitamente. Um gesto singelo, como quase tudo na relação dos dois, porém intenso.

❦

Deliciada, Morgause notou o entardecer se aproximando.

— Guardas — ela chamou os homens de confiança que selecionara para essa tarefa —, peguem-no e acorrentem-no aqui, no alto da escada. Quero que ele a veja morrendo.

— Está tudo bem, pai. — Melissa tentou confortá-lo enquanto os homens o arrastavam, mesmo ciente de que nada estava bem.

Owain se debateu e chegou a acertar o rosto de um guarda, sendo dominado logo em seguida. Melissa não gritaria ou se desesperaria. Não daria esse prazer a Morgause.

O pai foi acorrentado onde a rainha determinara. Ele estaria seguro da inundação e seria obrigado a testemunhar a morte de sua filha e da criança que ela gerava.

— Morgause, por favor — implorou Owain, ajoelhando-se aos seus pés.

— Farei o que quiser.

— Quero que sofra. Quero que chore, que morra ao vê-la se afogando. Quero que morra por dentro e continue vivo com a lembrança. Quero que pague por me abandonar e tentar refazer sua vida com outra mulher, por deixar Merlin manipulá-lo. Eu gostaria que aquele feiticeiro pudesse assistir também. É uma pena que esteja longe. Infelizmente, não posso ficar aqui e saborear sua dor. Lot desconfiaria. Preciso de um álibi. Inventarei qualquer mentira depois. Na verdade, colocarei a culpa naquela fedelha mimada da Guinevere. Direi que foi decisão dela matar a rival.

— Ele tem de ser estúpido para acreditar.

— Meu amor — ela apertou-lhe o rosto com as unhas, ferindo-o e fazendo-o sangrar —, ele é estúpido. Assim como a maioria dos homens. Aprendi a tratá-los como merecem, como mercadorias descartáveis. Vamos — ordenou ela aos guardas. — Subam comigo e tranquem todas as portas. Voltem mais tarde para libertá-lo e, então, joguem-no na floresta, mas sem feri-lo. Ele precisa viver. Depois quero as chaves para incriminar Guinevere. Adeus, Owain. Teríamos sido muito felizes se você não fosse um bastardo envolvido com magia. — Ela lhe deu as costas, imponente.

Owain se debatia e tentava, em vão, se soltar das correntes. O desespero o tomava. Finalmente livre de Morgause, Melissa permitiu que as lágrimas viessem. Chorou por Marcos, chorou por Lancelot, chorou por seu pai, chorou pelo bebê que perderia e chorou por seu irmão e sua mãe. Mesmo com o rosto encharcado, ela não soltou sequer um gemido. Não queria atormentar ainda mais seu pai.

O buraco no chão começou a transbordar de água rapidamente, alcançando-a e molhando suas roupas. "Lancelot", o nome pulsava em sua mente. Queria mais do que tudo que ele estivesse vivo.

A água começou a subir. Melissa se levantou e esperou. Não havia mais nada a fazer.

Conforme a noite se aproximava, a neblina aumentava de intensidade.
— Estou com um mau pressentimento. Um aperto no peito. — Lancelot contou a Tristan, bastante aflito.
— Lancelot — chamou Lilibeth, baixinho —, você sentiu, não foi? — Ele assentiu. — Ela está em perigo. Não sei se vou quebrar a magia a tempo.
O cavaleiro se decidiu.
— Entrarei sozinho.
— Não pode. — Gaheris tentou fazê-lo entender.
— Mas vou. A magia sombria envolve apenas o castelo, certo? Você acha que estaria seguro no mar, Gabriel?
— Sim. O mar é muito mais volumoso que a magia, mas não poderei entrar no castelo.
— Não será preciso. Permitirei que use sua magia em mim. Leve-me até o túnel sob a caverna. Aquela que se enche de água com a maré, como Mordred e Gaheris nos explicaram.
— Lancelot, o túnel é longo. Duvido que consiga segurar a respiração — aconselhou Mordred. — E você acabará dentro de uma cela inundada. Ainda precisará sair de lá.
— Melissa precisa de mim. Posso sentir. Arriscarei.
— Leve-o, Gabriel. Leve-o agora ou nós a perderemos. Parte da magia que absorvi já me permite senti-la, Melissa está se entregando, como se tudo estivesse perdido — avisou Lilibeth.
Indeciso, Gabriel apertou a mão da fada e a soltou, vendo Morgana reassumir seu lugar.
— Fique bem, Lili. — Ele tocou-lhe o rosto e se aproximou do mar com Lancelot. — Vamos.
A natureza parecia conspirar para que Melissa fosse salva. O ar se enchia de brumas e, mesmo que houvesse sentinelas nas muralhas, era praticamente impossível vê-los na areia.
Lancelot e Gabriel mergulharam na água gelada e, habilmente, o feiticeiro criou uma bolha de ar em volta deles. Como Mordred repetira várias vezes, precisavam mergulhar e entrar em uma pequena caverna entre as pedras, que era vista apenas com a maré muito baixa em pouquíssimos dias do ano. E foi o que fizeram. Depois nadaram até a entrada de um túnel vertical, o fim do caminho para Gabriel. Com um sinal, Lancelot prendeu o fôlego, saiu da bolha de ar e nadou para cima o mais rápido que conseguiu.

Gabriel saiu do mar, tremendo, e correu para perto de seus amigos a ponto de ver Lilibeth desfalecer. As marcas escuras se estendiam por todo o seu corpo e, mesmo com a fada inconsciente, pareciam se alastrar ainda mais.

— O que houve? — perguntou o rapaz, aturdido, pegando-a nos braços, molhando-a e sujando-se de areia.

— Estamos no fim. Quase toda a energia foi sugada — explicou Viviane, apertando a mão da fada. — Você precisa voltar para a água, Gabriel. A magia está diminuindo e pude ver Melissa se afogando. Ela está na caverna inundada, não há muito o que Lancelot possa fazer.

— Voltarei — disse ele, porém não se mexeu. — Ela ficará bem?

— Sim — respondeu a avó.

— Tem certeza? — Gabriel sentia que Viviane não estava lhe contando a verdade.

— Tenho. Vá salvar sua irmã.

Gabriel caminhou de costas, ainda olhando para elas, depois se virou e correu de volta para o mar.

Viviane acariciou a mão de Lilibeth, cada vez mais fria e consumida pela magia sombria. Em silêncio, fez uma prece à Deusa. Pediu pela fada, sua única filha que vagava entre os humanos. Para sua surpresa, a resposta veio, e a feiticeira notou, espantada, as teias escuras de magia sombria deixarem o corpo de Lilibeth e correrem para o seu.

— O que está havendo? — perguntou Morgana, assustada.

— Nada, menina — respondeu com sua doçura tão comum. — A Deusa encontrou uma alternativa.

✻

A água já estava no pescoço de Melissa. Owain sentia como se a morte estivesse prestes a levar a própria vida. A filha mostrava-se corajosa, querendo amenizar pelo menos um pouco do seu sofrimento, infelizmente nada poderia poupá-lo.

Ele também não gritava. Decidiu que seria pior transtorná-la ainda mais. Desolado, viu-a puxar o último fôlego antes de a água cobri-la por completo. Não resistiu e gritou seu nome várias vezes.

Contendo o ar dentro de si, Melissa preparava-se para o momento de agonia que logo chegaria. Era o fim. Depois de tudo o que vivera, depois de tudo o que enfrentara, morreria justamente pela profecia. Pela vingança de uma mulher contra a profecia que lhe destruíra a vida.

Mal conseguindo resistir, Melissa mandou seu último pensamento a seu filho e a Lancelot, desejando que seu amor não estivesse morto. Percebeu que perderia o fôlego e sufocaria. Sua garganta ardia e seus pulmões explodiam. Soltou o último resquício de ar e aguardou pelo segundo agonizante que a faria inspirar a água e se afogar. Quando suas forças se exauriram, Melissa viu algo sair do buraco e passar velozmente rumo à superfície. Confusa, cogitou se já não estava morta, sem se dar conta. Era Lancelot.

Com a respiração no limite, o cavaleiro saiu do buraco e, impactado, reconheceu Melissa presa às correntes. Desesperado, rompeu a superfície para tomar fôlego e afundou, mergulhando em direção à mulher amada, desejando que houvesse tempo.

Segurando-a pelos braços, notou que Melissa estava prestes a perder a consciência, colou seus lábios nos dela e soprou o ar para dentro de seu corpo. Melissa mal podia acreditar nos seus olhos. Era mesmo Lancelot. Tocou seu rosto sob a água, querendo se certificar de que não havia morrido. Mais uma vez, ele buscava o ar na superfície e passava para ela, enquanto tentava romper as correntes com um punhal. Já havia conseguido romper a que prendia uma de suas mãos, porém as demais argolas pareciam impossíveis de ser removidas.

Lancelot preocupava-se com Melissa. Seu coração disparou quando saiu do buraco e a viu presa sob a água. Não sabia por quanto tempo conseguiria sustentá-la daquela forma. Pelos tremores da amada, temia que estivesse no seu limite. Engolindo uma grande quantidade de água, Melissa desfalecia perante seus olhos. Ele subiu outra vez para buscar ar e retornou, chacoalhando o corpo dela e tentando reanimá-la. Era impossível sob a água.

Quando o desespero ameaçava tomá-lo, a água da caverna começou a girar, como se um redemoinho poderoso reunisse cada gota no ambiente. Gabriel saiu pelo buraco, girando a mão em círculos e direcionando toda a água para fora da caverna.

Melissa caiu no chão, inconsciente, antes que Lancelot pudesse ampará-la, e Benjamin gritou, aliviado, ao ver a água longe de sua filha, mas temia que fosse tarde demais.

— Ela precisa de respiração boca a boca — explicou Gabriel. — Eu não posso, ainda estou controlando a água. Se eu parar, vai inundar outra vez.

— O que é isso? — Lancelot estava confuso, passando as mãos pelos cabelos, desesperado pela possibilidade de ter chegado tarde demais.

— Incline a cabeça dela um pouco para trás. Isso. Tape seu nariz e sopre o ar na boca de Melissa, duas vezes. — Ele viu o cavaleiro obedecer. — Agora entrelace os dedos das mãos, as suas, não as dela — explicou —, e pressione-as sobre o peito dela, faça pressão, mas, cuidado, não vá quebrar uma costela. Duas vezes também. Agora comece de novo. — O cavaleiro tentava sem parar, e ela não se mexia. — Vamos, Mel, reaja.

Os minutos se passavam como horas enquanto Gabriel observava Lancelot tentando reanimar sua irmã. Era impossível que ela resistisse após tanto tempo sem ar.

Ela não reagia, trazendo à tona o pior pesadelo de Lancelot. Deveria ter vindo antes. Deveria tê-la protegido. Falhara e a perdera. Tomando-a nos braços, Lancelot chorou.

Melissa estava gelada e imóvel, como se sua vida tivesse sido levada para sempre. E então, de repente, seus pulmões se encheram de ar e a água dentro deles foi jogada para fora, fazendo-a tossir, engasgada.

— Mel! — Lancelot beijou-lhe a face, emocionado.

— Você está vivo. — Ela tocou-lhe o rosto. — Morgause me disse que havia matado você e Marcos. Meu Deus!

— Marcos está bem. — Ele tranquilizou-a.

Tocando o ventre da jovem, o cavaleiro interrompeu o contato e a encarou, preocupado.

— Ele se esforçou mais cedo para me salvar... E agora outra vez. Galahad me fez respirar novamente — murmurou Melissa. — Será? — A angústia apertava seu peito.

Antes que Lancelot pudesse explanar seu medo, uma brisa morna preencheu a caverna. Ele estava bem.

— Galahad? — O cavaleiro sorriu.

— É uma linda homenagem, Mel. — Gabriel sorriu, ainda controlando a maré.

— Achei que combinava — admitiu Melissa, tocando a testa franzida de Lancelot. — Já pode relaxar. Estamos bem.

Sem se conter mais, Lancelot a beijou. Não um beijo ardente, e sim uma carícia doce e tranquila, uma prova de que estavam vivos.

Ajudou Melissa a se levantar e usou o punhal para abrir o fecho das argolas que a prendiam à parede. Quando se libertou, ela abraçou o irmão, que ainda continha a água do mar, e saiu da cela com Lancelot, correndo até o pai. Os guardas não haviam se dado o trabalho de trancá-la, achando que a encontrariam morta quando retornassem.

— Bem, há dois caminhos — avisou Gabriel, enquanto Lancelot soltava Benjamin —, podemos partir, e eles sequer saberão quem levou Melissa, ou podemos ficar e acabar com essa bruxa miserável de uma vez.

Recordando-se de toda a dor que Morgause a fizera passar nas últimas horas, e que ainda faria se tivesse a oportunidade, Melissa disse as únicas palavras que podia:

— Não quero viver com medo de que ela apareça. Morgause nos odeia e nos quer mortos. — A mão correu para o ventre. — Vamos ficar e derrubar esse castelo.

— Pode ser perigoso — advertiu Lancelot, preocupado.

— Amor, há poucos minutos eu estava debaixo da água, morrendo. Já passei do limite do perigo. É hora de reagir.

63

Gabriel voltou para buscar os outros e, ao se aproximar, notou que Morgana estava de joelhos, acariciando o rosto de alguém.

— O que houve, Marcos? — perguntou ele, tenso, quando o amigo correu em sua direção.

— Ela absorveu toda a magia e... — o amigo procurava as palavras certas — ... foi intenso demais.

— Lilibeth — murmurou o feiticeiro, antes de correr.

A fada estava deitada na areia, imóvel, os olhos fechados e, ao seu lado, exatamente da mesma forma, estava Viviane. A única diferença era que o corpo da feiticeira continha as marcas da magia sombria.

— Sinto muito, Gabriel. — Morgana chorava.

— O que houve aqui? — questionou ele, ofegante, ao ver a avó e a amiga desfalecidas.

— Não sei. Viviane me disse que estava tudo bem, que a Deusa havia feito uma escolha e, de repente, as marcas de Lilibeth passaram para ela, até que a magia sombria foi completamente absorvida e... — um soluço escapou de seus lábios — ... ela se foi.

Mordred se aproximou e puxou a prima para um abraço, confortando-a, enquanto Gaheris lhe estendia um lenço.

Gabriel tocou a mão da avó, desolado, procurando sentir sua pulsação. Nada. Estava morta. Beijou-lhe a testa, decepcionado por não ter podido impedir. Depois, com o coração despedaçado, arrastou-se de joelhos até Lilibeth e puxou-a para seus braços, sentindo a pele fria. Tocou-lhe a testa, desceu a mão até o pescoço e se surpreendeu quando sentiu sua pulsação.

— Lili... — murmurou ele, e a viu abrir os olhos devagar.

— Por que está chorando? — perguntou a fada, baixinho, e o sentiu abraçá-la ainda mais forte. — Está me esmagando, Gabriel — avisou, tentando se sentar.

Lilibeth avistou Viviane deitada a seu lado. As marcas por todo o corpo tinham um significado claro.

— Ela se sacrificou por mim — concluiu a fada, pesarosa.

— Por todos nós — respondeu Gabriel, tocando os cabelos da avó. — E agora nós vamos vingá-la.

❧

Ainda nas muralhas, enquanto observava um emissário inimigo se aproximando com uma bandeira branca levantada, Merlin sentiu um forte impacto em seu peito, um elo havia se partido.

— Não... — murmurou Merlin, e cambaleou, sendo amparado por Arthur.

— O que houve? — perguntou o rei, tenso.

— Viviane se foi. — As palavras se perderam em um suspiro.

— Não é possível. — Arthur se negava a acreditar. — Como você sabe?

— Eu não a sinto mais. — O feiticeiro tentava se recompor, porém a dor era insuportável. — Jamais imaginei que me fosse cobrado esse preço. Não depois de tudo que cedi.

— Sinto muito. — O rei colocou a mão sobre a dele.

— Seja quem você deve ser e faça cada sacrifício valer a pena — disse Merlin, enigmático, e se afastou, antes que Arthur visse as lágrimas que corriam por sua face.

❧

Lancelot tocou o rosto de Melissa, pensando como quase a havia perdido. Ela tremia por causa das roupas molhadas, e Benjamin tirou a própria camisa, insistindo que ela a vestisse, quando ela notou os arranhões feitos por Morgause no rosto do pai e se pôs a limpá-los com uma tira úmida do vestido.

— Assim que sairmos da caverna, encontraremos roupas secas — assegurou Lancelot.

— E armas — acrescentou Benjamin.

— Podemos tomar dos soldados que encontrarmos pelo caminho. — O cavaleiro tirou a própria camisa molhada e puxou Melissa para perto de si para aquecê-la.

Lancelot estava inquieto com o tempo que Gabriel demorava para retornar. Quando abriu a boca para comentar, viu a água se agitar e escoar pelo buraco, seus amigos surgindo em seguida.

Melissa avistou Marcos e correu em sua direção. Abraçando-o vigorosamente. Feliz, ele a ergueu.

— Por favor, não morra nunca. — Ela pediu, sem soltá-lo.

— Farei o possível — respondeu, beijando-a várias vezes na face.

— Marcos. — Melissa permitiu que ele sentisse a apreensão dela.

— Ok. Não morrerei nunca. Nem posso morrer, ou levo a ruivinha ali comigo, lembra? — Ele apontou para a feiticeira e Melissa se lembrou do laço entre eles, ficando ainda mais apreensiva. Havia tanto em jogo.

— Ótimo. Então vocês dois tratem de ficar vivos. Aliás, todos vocês.

— Você está gelada. — Ele tirou a capa grossa das costas e a colocou sobre ela, zeloso.

— Obrigada.

— Isso não é tudo. — Marcos piscou, mexendo em seu alforje e estendendo-lhe um pedaço de pão. — Tem queijo também.

— Obrigada — repetiu ela. — Sempre cuidando de mim.

— Sempre. — O jovem passou o braço em volta de Melissa, e eles se juntaram aos outros. — Aconteceu uma coisa...

Marcos não teve tempo de completar a frase, porque Lancelot trocou um olhar com Gabriel e percebeu que havia algo errado.

— Onde está minha mãe? — perguntou o cavaleiro, erguendo uma sobrancelha.

— Quando ela disse que não haveria riscos em absorver a magia — respondeu Lilibeth, ainda pálida, porém com seus poderes de volta —, mentiu sobre as consequências para nos proteger, eu acho. Eu ia morrer, Lancelot.

— Sentiu pena ao vê-lo entender. — Ela me salvou.

Lancelot assentiu, tocando o rosto da fada. Um gesto singelo que demonstrava que ele não a culpava. Depois a abraçou, sentindo a perda por um breve momento e o toque de Melissa em suas costas, confortando-o. Viviane o criara como um filho e até em seu último suspiro tentou zelar por ele, escondendo-lhe a verdade e poupando Lilibeth, uma escolha que ele jamais poderia ter feito.

— Vamos — disse ele, decidido.

— Se precisar de um tempo. — Era Tristan.

— Não. Não posso lidar com o luto agora. Derrubaremos nossos inimigos e partiremos. Camelot precisa de nós.

Benjamin sentiu a mão da filha na sua. Mesmo que não tivessem grandes laços, Viviane era sua mãe. Era uma perda significativa.

— Então era aqui que a bruxa praticava magia sombria. — Gaheris olhou ao redor.

— Por isso quase nos matou quando descobriu que brincávamos nesta caverna quando meninos. — Mordred lembrou.

— Ainda bem que o fizemos, ou jamais conheceríamos a entrada. Pois bem. — Gaheris observou Gabriel subir as escadas até eles e liberar a água, que preencheu boa parte da caverna. — Além de em menor número, parte de nós está desarmada até que possamos tomar as armas de quem matarmos pelo caminho. Quando entrarmos, rapidamente estaremos expostos. Vamos nos dividir em dois grupos. Mordred, Tristan, Benjamin, Gabriel e Morgana vão para os andares superiores. Lancelot, Erin, Marcos, Lilibeth, Melissa e eu cuidaremos do salão de entrada e impediremos que mais guardas cheguem até vocês. Morgana conhece bem o castelo e Lancelot o visitou algumas vezes, então eles os guiarão.

— Quero ficar com o grupo que encontrará Morgause — avisou Melissa.

— Você ficará no grupo em que eu estiver — afirmou Gaheris, sem dar chance para negativas. Ela pouco conhecia dele quando entrava em modo de batalha, então não discutiu. — Se a encontrarmos, ótimo, deixo você cuidar da minha excelentíssima mãe. Mas, até lá, quero você onde eu possa ver e proteger. Está me ouvindo, irmã? — Foi duro e, mais uma vez, sem espaço para argumentos.

A jovem estava pronta para responder, mas preferiu concordar e agir como quisesse depois. Não era hora de discussões. Erin olhou para Melissa e sorriu discretamente, como se partilhassem um segredo. A sobrinha do rei sabia como ninguém contornar ordens autoritárias.

— Já que todos sabem o que fazer... Lili, sinta-se à vontade para usar o pó de fada e derrubar a porta — pediu Lancelot, deixando o sofrimento do homem para trás. Era hora de ser o cavaleiro.

※

O som dos tambores era tão intenso que o povo de Camelot quase podia sentir a terra tremer sob seus pés. Um emissário se aproximou e Arthur ordenou que o deixassem entrar. Era um dos soldados de Leodegrance.

— Meu senhor solicita uma audiência com vossa majestade. — Curvou-se perante Arthur, com o devido respeito.

— Ele pode vir. Eu o ouvirei. — Arthur, percebendo a hesitação do homem, acrescentou: — O que foi?

— Meu rei não passará pelos seus portões. Solicitou que o senhor fosse até ele.

— O que ele teme? Que eu esqueça minha honra como ele? — O rei foi mordaz. — Diga que irei. — E dispensou o arauto.

— Não acho prudente — aconselhou-o Mark, seguindo-o.

— Eu irei. Talvez haja um modo de evitarmos um massacre.

— Então irei com você. — O rei da Cornualha declarou seu apoio.

— Não. Preciso de você no castelo. É o único que saberá o que fazer se for uma emboscada, apesar de eu não acreditar que seja. Deve haver honra, mesmo na guerra. Levarei Bors, Percival e mais alguns homens.

— Mesmo com suas suspeitas?

— Principalmente por causa das minhas suspeitas — acrescentou, misterioso.

⚜

Habilmente, Mordred e Gaheris os guiavam para fora da caverna. A próxima porta estava guardada por soldados, e não conseguiriam mais passar sem ser notados.

Melissa inspirou profundamente, sentindo o poder correr pelas veias. Uma força intensa que ela não havia sentido até então. Cogitava se a morte de Viviane tinha alguma relação. Provavelmente, sim, com base no que Merlin havia lhe dito uma vez. O poder fluía rapidamente, dominando-a.

Assim que a última porta foi aberta, antes que os soldados inimigos pudessem pensar em reagir, Melissa jogou-os contra a parede com uma lufada de vento, deixando-os inconscientes.

Todos a encararam, surpresos, e Lancelot sussurrou em seu ouvido:

— Tenha cuidado.

— Você também — murmurou ela, antes de cruzarem a porta e seguirem para o salão principal.

⚜

O emissário trouxe o recado: Arthur viria até eles.

Breogan sorriu, na esperança de que o homem que o traíra escoltasse o rei. Recebera ordens para não ferir Arthur, mas ninguém lhe disse nada sobre degolar seus homens.

Observava calado a conversa empolgada de Leodegrance, Hengist e Horsa. Os dois últimos eram irmãos, líderes do exército saxão. Ambos tinham longas barbas loiras trançadas e usavam vestes de pelo animal, como se sentissem ainda mais frio do que realmente fazia. Hengist usava os cabelos longos soltos, enquanto Horsa tinha a cabeça raspada, a não ser por uma pequena tira de cabelo no centro, como um moicano trançado. Hengist era mais observador, e Horsa tinha um forte sotaque saxão.

O diálogo era entusiasmado. Os saxões agradeciam aos seus deuses pela ganância dos traidores britânicos. Teriam demorado muitos anos para avançar pelo seu território se não fosse o desejo desses homens de conquistar Camelot.

Para Hengist e Horsa, o reino de Arthur não significava nada perto da quantidade de terras que seriam cedidas a eles, como pagamento. Também poderiam ficar com espólios de guerra, e os irmãos esperavam encontrar muito ouro no castelo.

Havia boatos de uma princesa encantada, e Leodegrance garantira que Hengist, por ser o mais velho, teria o direito de desposá-la se assim o quisesse. O império saxão seguiria aumentando e, dessa vez, não havia sido necessário tanto esforço.

※

Conforme combinado, Morgana, Erin e Lilibeth entraram primeiro no salão. Os homens do grupo não queriam aceitar esse plano, mas Melissa ameaçou jogar todos contra a parede se não concordassem, depois simplesmente os ignorou, sem esperar uma resposta positiva. Era preciso analisar o território antes que todos se expusessem.

Um grupo de soldados passava pelo pátio e viu as três jovens no salão, parecendo perdidas. Um dos soldados aproximou-se.

— Ora, ora, de onde vieram essas lindas damas?

— Viemos com Morgause — mentiu Lilibeth.

— Não as vi mais cedo. — Ele estranhou.

— Não sabíamos se o castelo era seguro. — Erin improvisou, fazendo beicinho, querendo informações.

— É por isso que usa trajes masculinos? Quer se esconder? — perguntou o soldado, aproximando-se mais.

— Exatamente. Tudo o que eu quero nessa vida é me esconder. — A jovem arqueira tentou disfarçar o sarcasmo.

— Vocês não devem se preocupar — acrescentou o outro. — Mandamos alguns homens para a guerra, mas ainda restam cem de nós no castelo.

— Guerra? — perguntou Morgana, estranhando não reconhecer nenhum dos homens em Tintagel.

— Sim. É tempo de recuperarmos a Britânia e destronar Arthur. Aquele bastardo nos vendeu para a igreja e não merece viver — respondeu, acreditando que elas eram princesas aliadas, como Guinevere.

— Você não deveria ter dito isso — murmurou Morgana, as mãos esquentando.

— Por... — Antes que ele terminasse a pergunta, a feiticeira lançou uma bola de fogo no grupo.

Um rebuliço se iniciou no castelo. Vários homens correram ao encontro do barulho, e um dos lacaios de confiança de Morgause, ao reconhecer Mordred e Gaheris, saiu correndo para avisá-la.

Mordred, Tristan, Benjamin, Gabriel e Morgana subiram as escadas à procura de Morgause, enquanto os outros enfrentavam os soldados. Ou pelo menos tentavam, já que Melissa não parecia precisar de ajuda.

A magia corria pelo corpo de Melissa de uma forma praticamente incontrolável. Sem precisar pensar, criou um redemoinho, fazendo com que os guardas se chocassem. Depois elevou a pesada mesa de madeira e a arremessou contra eles.

Outros vieram pela cozinha e a jovem derrubou uma estante repleta de porcelana sobre eles. A ventania era tão intensa que todas as tochas foram apagadas e Lilibeth precisou criar bolas de luz ou se perderiam na escuridão da noite que caía.

No pátio, os arqueiros se preparavam, um deles atirou uma flecha que, por pouco, não acertou Marcos. Sentindo seu sangue ferver, Melissa fez com que gigantescas raízes brotassem do chão e capturassem os homens, esmagando-os.

— Poderia, por gentileza, deixar alguém para mim? — reclamou Gaheris, quando Melissa parou, olhando ao redor.

— Você não me deixou ir com Mordred — provocou ela.

— Eu não sabia que seria capaz de destruir tudo sozinha. Sou um guerreiro e você está acabando com o propósito da minha existência. — Ele abriu os braços, mostrando o ambiente à volta.

— Agora já sabe — disse a irmã, andando até o meio do salão, então parou na metade ao ver Guinevere atravessar correndo o pátio, tentando se esconder de quem estava atacando o castelo.

Recordando-se de que, por sua culpa, o irmão e Lancelot haviam sido capturados e quase mortos antes, Melissa não conseguiu conter a raiva e se distraiu, não notando o arqueiro prestes a acertá-la. Foi na direção do homem e parou, quando o filho, sentindo o perigo, produziu um redemoinho à sua volta, desviando a flecha. Cada vez mais, Melissa percebia que não era simplesmente o ar. A magia tornava o elemento ainda mais forte e resistente. Atenta, Erin acertou uma flecha na cabeça do inimigo.

— Melissa chamou atenção demais para si. — Lancelot recriminou-a, irritado. — Eles vão se concentrar em atingi-la.

Alheia a todos, Melissa gerou raízes no pátio, que se enroscaram em Guinevere e a trouxeram para o salão, soltando-a e retrocedendo em seguida.

— Alguém poderia trazer pipoca? — disse Marcos, entrelaçando os dedos em sua nuca. — A Mel está pegando fogo. Isso me dá ideias. Não essas ideias — justificou rapidamente quando Lancelot o encarou com o cenho franzido. — Ah, deixa para lá. Quero assistir — disse, quando as portas do salão se fecharam com um estrondo. Impossibilitando a entrada de soldados.

— Ora, se não é a princesa que ajudou a capturar meu marido e meu irmão — acusou Melissa, aproximando-se e vendo a princesa se levantar.

— Marido? — perguntou Guinevere, com a voz estridente, temerosa pela primeira vez em muito tempo.

— Sim. Lancelot é meu marido. Não era ele que você queria? — Estava furiosa.

— Você não sabe com quem está falando? — Guinevere tentava manter a postura altiva.

— E você, sabe? — perguntou Mel, com as mãos na cintura, muito próxima à outra. — Você aprenderá que não se deve trair o rei e muito menos capturar seus homens. E adivinha? Não vou nem usar magia para isso. — Melissa deu-lhe um soco no rosto, fazendo Guinevere cambalear para trás.

Lancelot observava, decidindo-se se deveria intervir ou não. Guinevere causara a morte de Bedivere, Geraint, entre outros homens. Merecia pagar. Melissa empurrou a jovem para o chão, jogou-se sobre sua barriga e a esmurrava sem parar.

— Estou começando a ficar preocupado com os modos da minha irmã — comentou Gaheris, cruzando os braços. — Não que eu os condene, muito pelo contrário, mas são realmente opostos ao esperado de uma dama. E ela anuncia aos quatro ventos que é casada com você, mesmo estando noiva de Arthur. Lancelot, alguém tem de me explicar essa história. Se não for pela honra de Melissa, que seja para satisfazer minha curiosidade.

— Uau... — murmurou Erin, extasiada, sem tirar os olhos da cena.
— As mulheres de onde vocês vêm podem lutar assim? — perguntou a Marcos e Lilibeth.

— Você não viu nada — respondeu Marcos, enquanto a fada gritava palavras de incentivo.

— Puxa... E eu não posso nem usar calça sem levar uma reprimenda.

— Chega, Mel — pediu Lancelot, agachando-se perto dela. — Os soldados derrubarão as portas e o objetivo de todos eles será matar você.

— Que venham! — sussurrou ela, os lábios praticamente tocando nos dele, um desejo absurdo de provocar Guinevere.

A princesa rendida revoltava-se por ser submetida a tal humilhação. Eles estavam no meio de uma batalha e Lancelot e Melissa se olhavam como se não houvesse mais ninguém à sua volta. Guinevere não se assustaria se o cavaleiro pegasse Melissa nos braços ali mesmo, tamanha a intensidade do olhar. A inveja e a cobiça a tomaram. Aproveitando-se da distração dos dois, alcançou a pequena adaga que trazia escondida na roupa e decidiu que mataria a feiticeira.

A velocidade do vento ao redor de Melissa aumentou e foi o suficiente para que Lancelot percebesse que ela estava em perigo. Num piscar de olhos, sacou seu punhal e cravou no peito de Guinevere, antes que ela tivesse chance de tentar ferir Melissa.

Melissa estreitou os olhos e o encarou, antes de dizer:

— Obrigada. — Ela levantou-se.

— Disponha.

Havia uma bola de luz de Lilibeth bem acima deles. Lancelot passou o polegar pela face de Melissa, percebendo uma marca arroxeada que ainda não havia visto. Provavelmente devido à pouca luminosidade da caverna.

— Quem fez isso? — A voz do cavaleiro assumiu um tom duro. Estava prestes a matar alguém.

— Lot.

— Ele pagará.

— Pode ter certeza.

— Controle esse poder. Está abusando.

— É necessário — respondeu ela, mesmo sentindo que perdia o controle em alguns momentos.

— Cuidado — insistiu o cavaleiro.

— Se eu não tivesse poderes, vocês seriam capazes de cuidar de tudo sem se ferir? — Era uma pergunta sincera.

— Sim, e ainda teríamos Lilibeth no salão.
— Tem certeza? Todos ficarão seguros?
— Sim. — Uma suspeita se formava na mente dele. — Por que está perguntando?
— Cuide do Marcos — avisou ela, temendo que isso não fosse suficiente.
— Mel! — Lancelot chamou-a, mas ela já corria pelas escadarias.

Melissa precisava encontrar Morgause e garantir que nada aconteceria a Morgana, ou a vida de seu amigo estaria em risco. O fato de que ele lutava sem treinamento algum com homens dispostos a matar a apavorava.

Lancelot sacou a espada e se preparou, juntamente com Lilibeth, Gaheris, Erin e Marcos. A porta seria aberta.

64

Mordred guiou Benjamin, Tristan, Gabriel e Morgana pelo corredor do andar superior. Podiam ouvir o alvoroço que se formava lá embaixo. Eles vasculharam cada um dos cômodos à procura de Morgause e Lot, porém não os encontraram.

— Acho que sei onde aquela bruxa está, mas duvido que Lot esteja com ela — informou Mordred.

— E onde ele está? — perguntou Owain.

— No próprio quarto, provavelmente. Embora saiba lutar, Lot evita a batalha até o limite. Diz que, se há homens para lutar por ele, por que se arriscar?

Mordred levou-os até lá e, atônitos, encontraram a porta destrancada. Entraram e viram o rei nu, entre as coxas de uma mulher.

Instintivamente, Tristan colocou Morgana atrás de si, protegendo-a da cena.

— Não estão vendo que estou ocupado? — De modo inacreditável, Lot não se abalou. — Péssima hora para retornar, bastardo. — Ele sentou-se, a nudez exposta, sem pudor.

— Então você realmente sabia? — questionou Mordred, tirando a jovem da cama e estendendo-lhe a capa.

Ela se enrolou e correu para fora dos aposentos.

— É claro que sabia. Reconheço lixo quando vejo — desdenhou o rei, levantando-se e colocando a calça tranquilamente.

— Você notou que o castelo está sendo invadido? — O jovem não conseguia acreditar em tamanha tranquilidade.

— Ah, isso. É uma questão de tempo até que meus homens retomem o controle da situação — afirmou Lot, displicente. — Por que eu deveria me importar?

— Não vejo seus homens aqui. — Owain deu um passo à frente.

— O bastardo soltou meu prisioneiro. — O rei bufou. — Você não se cansa de me decepcionar? — apontou o dedo para Mordred.

Amarrando a calça, Lot olhou de um para o outro. A semelhança era gritante. Como não percebera antes?

— Aquela meretriz ousou trazer seu amante para debaixo do meu teto? — indignou-se, esmurrando a mesinha próxima, derrubando uma jarra de vinho e fazendo com que o líquido escorresse pela madeira e pingasse no chão. — Já não bastava ter mantido os bastardos vivos?

— Não se atreva a falar assim dos meus primos — disse Morgana, dando um passo à frente, desafiadora. — E este castelo é de Arthur. Você deve se render.

— Não é mais. — Ele se aproximou devagar e tocou-lhe o rosto com as costas da mão antes que ela pudesse recuar, e foi empurrado por Gabriel. — Diga-me, Morgana, ainda é virgem? — Lot sentiu o corpo vibrar, antecipando o prazer que sentiria com ela.

Todas as espadas foram apontadas para ele, e Morgana sentiu as chamas brotarem em suas mãos.

— Hum... Ela queima. — Lot passou a língua entre os lábios.

— Chega! Vou matá-lo — declarou Gabriel, a espada tocando o peito de Lot, que sequer recuou e ainda admirava Morgana de forma lasciva.

— Não. — Owain segurou-lhe o braço. — Ele é meu.

— Tem certeza? — perguntou Tristan, temeroso por desconhecer as habilidades de Owain.

— Ele machucou minha filha e insultou meus filhos. É meu.

— Vamos atrás da Morgause, prima.

Morgana hesitou. Que risco ela correria se queimasse aquele homem vivo? Talvez fosse exatamente daquilo que os outros queriam protegê-la. O furor da vingança começava a corroer suas entranhas.

— Eu ficarei — afirmou Tristan, e, ao receber um olhar duro de Owain, acrescentou, estendendo a mão esquerda e guardando a espada: — Por precaução.

Mordred explicou o caminho até a torre onde suspeitava que Morgause estaria e saiu com Gabriel e Morgana. Tristan se afastou, encostando-se na parede e cruzando os braços, permitindo que o pai de Melissa desafiasse Lot.

O rei terminou de se vestir e pegou a espada, olhando de soslaio para Owain.

— Se você insiste, eu o matarei e depois ensinarei àquela menina como se comportar. Não gosto de mulheres usadas, mas abrirei uma exceção especialmente em sua homenagem. Ela preferirá ter morrido. — E atacou, metal contra metal.

Se Tristan temia que Owain pudesse não ser capaz de brandir sua espada contra um homem treinado, seus receios caíram por terra ao notar a desenvoltura com que o pai de Melissa se defendia e atacava com técnicas que o cavaleiro jamais havia visto.

Owain era extremamente ágil, movia as pernas enquanto golpeava com a espada de forma que Lot não tinha como saber onde seria o próximo ataque.

Lot se esquivava e era bom no que fazia, principalmente quando irritado. Ainda assim, se surpreendia ao ver cada investida falhar, Owain parecia sempre preparado. O pai de Melissa bloqueou um golpe, girou o corpo habilmente e talhou o adversário com a lâmina da espada, dando em seguida um golpe com a base da mão no rosto de Lot, quebrando-lhe o nariz.

— Isso é por chamar meus filhos de bastardos.

Revoltado, o rei lutava com ainda mais fúria, mas sem causar nenhum ferimento a Owain, que o encurralava mais a cada minuto.

Acuado contra a parede, Lot foi desarmado, para seu total espanto. Owain encostou-lhe a espada no peito e foi deslizando devagar até a região entre as pernas do rei.

— E isso é por tentar matar minha filha. — Ele enfiou a espada, mutilando-o.

Lot caiu no chão, gritando, enquanto Owain andava em volta dele, passando a mão lentamente pelos cabelos pretos.

— Miserável! — gritou Lot, arrastando-se para longe. — Eu pegarei aquela vagabunda miserável e...

Owain cravou-lhe a espada no pescoço.

65

Era noite quando Arthur deixou o castelo, acompanhado de Bors e Percival. Cavalgaram pouco, sem sair da vista de Mark, que os observava das muralhas, intrigado.

Sem desmontar do cavalo, viu Leodegrance, Pellinore e três homens que ele não conhecia se aproximarem, também montados.

— Agradeço-lhe que tenha aceitado o meu convite. — Leodegrance tomou a palavra.

— O que você quer? — perguntou Arthur, num tom pouco mais brusco que o seu, normalmente calmo, de modo que até mesmo o cavalo sentiu sua urgência e relinchou.

— Pularemos as formalidades, então? Esses são Hengist e Horsa, os líderes dos saxões.

Arthur assentiu, reconhecendo as vestes. Seu interior agitava-se com revolta, mas não demonstraria ainda o quanto seu ímpeto era mortal.

— Aliando-se com quem quer tomar nossas terras e escravizar nosso povo. Vocês deveriam se envergonhar. Principalmente você, Pellinore. — Arthur referia-se à amizade que o rei tinha com Uther, seu pai.

Pellinore era um homem calvo, baixo e troncudo. Quando mais jovem, era conhecido por sua capacidade de vencer duelos e foi um dos melhores cavaleiros de Uther.

— Seu pai sempre teve o meu respeito. Seu reinado fez a Britânia prosperar como nunca antes, mas você insiste em proteger o povo. É tudo pelo povo. Não podemos cobrar mais impostos. Não podemos forçá-los a trabalhar o quanto devem. Não podemos dizer que religião devem seguir. Não podemos colocá-los na posição que devem estar: abaixo de nós, os nobres.

— Não há nobreza em tornar o povo miserável. — Arthur o encarou, ciente de que a verdadeira nobreza estava no coração do homem que lutava pelo direito de todos serem iguais.

— Você precisa entender que, se não der aos nobres o que eles querem, será derrubado. — Havia tristeza no tom de Pellinore, como se de fato se lastimasse pelo futuro de Arthur.

— Enquanto eu viver, se tiver que escolher entre aqueles que julgam ter o poder e o povo, sempre me colocarei ao lado do povo. Sempre defenderei aqueles que realmente precisam de mim.

— É por isso que você não viverá muito. — Leodegrance sorriu de forma sarcástica. — Um rei que governa com altruísmo... Nós deveríamos tê-lo impedido antes mesmo de ser coroado. Você cresceu entre a escória. — Ele ironizou, mencionando a criação simples de Arthur. — Como esperar que fosse diferente?

— O que vocês querem aqui? — Arthur ignorou a pergunta.

— Um acordo, é claro. Por que outra razão reis se reúnem antes de uma batalha? — Leodegrance prosseguiu: — Você se entrega e dividiremos a Britânia entre nós. Uma nova Britânia, mantendo antigos princípios, como deveria ser. Com a ajuda dos saxões, podemos manter Roma longe, e esse é o nosso jeito de reassumir o controle. Também queremos acesso à magia.

Sem se conter, Bors riu. Ele tinha uma risada que reservava para momentos assim. Sequer abria os lábios, o som vinha do fundo de sua garganta e era profundamente irritante para um inimigo.

— Justamente por Roma ter ido embora é que deveríamos nos unir contra aqueles a quem vocês se aliaram. — Arthur apontou com o queixo para os saxões, e depois ironizou: — É só o que querem?

— Há mais. — Horsa se dirigiu a ele pela primeira vez. — Há boatos de que vocês têm uma princesa que produz fogo. Gosto de fogo. — Sorriu, perverso, acariciando o cavanhaque trançado. — Quero a princesa.

Naquele instante, Bors tocou a espada e foi acompanhado por Percival. Todos sabiam do zelo extremo que Arthur tinha com Morgana. Os inimigos o encaravam, e o rei de Camelot conteve-se para não acompanhar seus cavaleiros.

— A princesa em questão é minha irmã — explicou Arthur, a expressão fechada. — Se eu pensasse que seria melhor para o reino entregá-la a vocês, provavelmente eu o faria, porém jamais, em hipótese alguma, entregaria minha irmã a um selvagem.

Horsa sacou uma faca grande e extremamente afiada que os saxões usavam para a luta corpo a corpo. Leodegrance levantou a mão, pedindo calma.

— Pense com sabedoria. Debata com seus conselheiros. Você tem até amanhã para nos dar uma resposta. Assim que o sol raiar, atacaremos, e cada morte será responsabilidade sua.

— Mais alguma coisa? — perguntou Arthur, petulante.

— Se me permitem — começou Breogan —, há algo que gostaria de colocar na barganha.

Leodegrance não aprovava a ousadia de seu comandante, mas permitiu que falasse.

— Diga — falou o rei.

— Quero um dos homens de Arthur. O maldito merece morrer pelas minhas mãos.

— Meus homens estão sempre incomodando inimigos vis como você. Não há como eu saber a quem se refere. Não que eu pretenda entregá-lo, obviamente — respondeu Arthur, mesmo já desconfiando a quem ele se referia.

— Ele tem uma pequena marca castanha em um dos olhos azuis — explicou Breogan. — Duvido que tenha mais de um homem assim.

Arthur se calou, como esperava, sabia de quem se tratava.

— É Lancelot — revelou Pellinore, com um sorrisinho irônico. — Você quer justamente o braço direito de Arthur. Aliás, onde está ele? Era de esperar que o poderoso Lancelot estivesse aqui ao lado de seu rei.

— Quem disse que não está? — provocou Arthur, usando o conhecimento de Pellinore contra ele.

Os inimigos começaram a olhar, inquietos, à sua volta, entre as árvores próximas. A fama de Lancelot era conhecida por todos.

— Esse maldito! — praguejou Breogan. — Eu o matarei!

— Terá de passar por mim — declarou Arthur, enfático. — Nossos assuntos estão encerrados. — E guiou seu cavalo para longe dali, acompanhado de seus cavaleiros.

— Tem até o amanhecer! — gritou Leodegrance às suas costas.

66

À porta da torre, Morgana aqueceu a fechadura o suficiente para que um golpe pudesse derrubar a madeira, e eles entraram.

Uma sensação sombria se apoderou do grupo enquanto eles subiam as escadas circulares. O odor de fumaça penetrava suas narinas e o ar gélido causava arrepios. Gabriel segurou a mão de Morgana, protetor. Parte dela quis reclamar de tanto cuidado, mas a outra aproveitou o contato, permitindo que ele entrelaçasse os dedos aos dela.

Empurrando a segunda porta, entraram na sala oval. As paredes eram repletas de prateleiras com ervas, poções e partes de animais mortos. No centro, havia uma espécie de altar e um caldeirão fervente. A fumaça vinha dali. Na parede em frente, havia uma grossa cortina preta.

Mordred foi o primeiro a ver Morgause, parada, olhando pela janela.

— Sentiu minha falta, mamãe? — perguntou, irônico.

— Claro que sim, meu querido. Não sabia que estava no castelo — respondeu ela, amorosa.

O filho estranhou a candura. Não sabia o que pensar da mulher que o gerara.

— Achei que havíamos passado dessa fase — disse ele, com desprezo.

— Que fase? Uma mãe não pode se preocupar com o filho? — suspirou ela, afastando-se da janela e caminhando para perto da cortina.

— Você não é minha mãe. — O cavaleiro estreitou os olhos, tentando descobrir o que ela pretendia fazer.

— Vamos começar com essa história outra vez? Sim, sou sua mãe e só penso no seu bem. E, como tal, vou lhe dar um conselho: você não pode levar Melissa daqui — disse.

O tom calmo não o enganou.

— Eu a estou resgatando.

— Ora, meu querido, resgatando de onde se o próprio Arthur pediu que eu a trouxesse? — Ela fingiu-se de inocente.

— Mentira! Você é uma traidora. — Ele apontou a espada para ela. — Eu mesmo a matarei.

Morgause sorriu, triunfante. Mordred havia dito o que ela esperava. Gawain saiu de trás da cortina com seu arco armado e mirado para ele.

— Como pode querer matar a própria mãe? — perguntou o caçula, chocado.

— Gawain, abaixe esse arco — pediu Mordred, com as mãos levantadas, querendo recuperar a confiança do irmão.

— Não! Você é um traidor. Quando nossa mãe me contou, não pude acreditar, mas, ouvindo você agora, não restam dúvidas.

— Ela mentiu, primo — intercedeu Morgana, temerosa.

— Que tristeza. — Morgause fingiu mágoa atrás do filho. — Ele colocou minha própria sobrinha contra mim.

— Não se envolva nisso — avisou Gawain à prima.

— Mas é verdade. Viemos buscar Melissa porque Arthur pediu — insistiu ela.

— Você é ingênua. Não conhece a guerra que vivemos. Ele manipulou você. — Gawain apontou a flecha para Gabriel.

— Morgana, vá buscar Gaheris. — Mordred colocou-se à frente dela, querendo tirá-la dali.

— Eu ficarei. Você disse que me queria por perto. — Seus dedos se inflamaram, chamando a atenção de Mordred.

— Pretende atear fogo em Gawain? — perguntou o primo mais velho, calmo, e as chamas se apagaram.

— Não — admitiu ela, abaixando a cabeça. Não conseguiria feri-lo.

— Então esqueça o que eu disse sobre ficar por perto e vá buscar Gaheris! Preciso dele para fazer Gawain entender.

Hesitando, Morgana saiu da torre e desceu correndo as escadas.

— Irmão — Mordred mantinha a calma enquanto falava —, Morgause está manipulando você. Ela não contou toda a verdade.

— Claro que contou. — O mais novo ouviu sua mãe soluçar. — Como pode fazer isso depois de tudo o que ela passou?

— O que ela passou?
— Nossa mãe foi enganada! — Gawain não conseguia se conformar com o descaso do irmão. Era como se não o conhecesse.
— É uma piada, não é? — O mais velho riu, nervoso.
— Mordred — a mãe usou seu tom mais doce e falso —, eu expliquei a você. Aquele homem, Owain, ele me enganou e depois não tive escolha, precisei casar com Lot. Não contei porque queria proteger vocês.

O filho mais velho ficou boquiaberto, viu seu irmão furioso e finalmente entendeu a razão. Ela havia mentido outra vez.

Vendo que Mordred não conseguia fazer Gawain entender, Gabriel resolveu se intrometer.

— Gawain, por que não retorna conosco a Camelot? Pode perguntar ao próprio Arthur, e assim resolveremos a questão.

Morgause percebeu que Gawain pensava em ceder e agiu o mais rápido que pôde.

— Eles vão me matar, filho. Você ouviu. Provavelmente fizeram a cabeça de Arthur contra mim. Por favor, não me abandone aqui — choramingou ela.

Gawain sentia-se dividido. Confiava na mãe e não queria agir contra o irmão. Jamais conseguira se aproximar dos irmãos mais velhos como desejava. Morgause dizia que era porque eles tinham ciúmes de sua relação com a mãe. Agora, vendo o irmão tão revoltado, cogitava se não era realmente verdade. Ela sempre lhe contava o que os irmãos mais velhos diziam dele. Pensara que se aproximariam mais quando fosse sagrado cavaleiro, o que não aconteceu. Ambos o consideravam próximo demais à rainha para partilhar segredos com o caçula.

Inquieto, Gawain continuava com a flecha apontada, pronto para atirar. Morgause pressionava seu ombro, implorando que agisse. Uma porta se fechou com um estrondo, sobressaltando-o, e a flecha escapou. Era certeira e mataria Gabriel se Mordred não fosse mais rápido e o empurrasse para o lado, sendo atingido em seu lugar. O cavaleiro cambaleou, bateu a cabeça na mesa de pedra e caiu no chão, inerte.

※

No corredor dos andares superiores, Morgana encontrou Melissa.
— O que faz aqui? — perguntou a ruiva, arfando.
— Morgause. Onde ela está?
— Na torre. Seguindo por ali e virando à esquerda. Segunda porta.

— O que você faz aqui? — Foi a vez da outra perguntar.
— Minha tia enganou Gawain. Ele pensa que somos traidores. Mordred acha que Gaheris pode ajudar, então vou buscá-lo.
— Acho que Gawain acreditaria em mim.
— Creio que sim, então vá, por favor.
— Venha comigo. — Melissa segurou o braço da feiticeira.
— Não posso. Preciso buscar Gaheris.

As duas se encararam. Depois de tudo o que passaram, Morgana estava receosa, embora não sentisse mais raiva de Melissa. A culpa não era dela. Nem sabia se havia realmente um culpado naquela situação.

— Eu sinto muito. — Ambas disseram ao mesmo tempo, e Melissa entendeu que não desejava apenas proteger Marcos, queria evitar que Morgana se ferisse. Em uma situação inversa, era possível que ela tomasse as mesmas atitudes.

— Tome cuidado — pediu Melissa, e soltou-a, correndo em direção a Morgause.
— Você também.

❇

No salão, Lancelot enfiava a espada no peito de um soldado, no instante em que Erin acertava uma flecha em outro que se aproximava.

— Preciso admitir: você é ótima! — gritou Marcos, ao acertar um homem com uma cadeira.

— Obrigada. — Ela corou, antes de recarregar o arco e atirar outra vez, na mosca. Sua velocidade em localizar e acertar alvos era incrível. — Você também é bom em... bater com cadeiras. — Sorriu.

Lilibeth estava sentada a um canto, analisando um rasgo na manga da blusa, quando um inimigo tentou acertá-la e ela o atingiu com uma bola de luz explosiva, como se espantasse uma mosca.

Gaheris girava sua espada no meio do salão e matava o maior número de homens possível, porém seu olhar corria para a escada a todo momento.

— Está preocupado com ela? — perguntou Lancelot, referindo-se a Melissa, enquanto defendia-se de um ataque.

— Estou — confirmou o guerreiro loiro.
— Então vá atrás dela — encorajou-o.
— Tem certeza?
— Sim. Posso cuidar disso e você conhece o castelo. Vá!

Morgana trombou com Gaheris antes mesmo de sair do corredor.
— Primo!
— O que houve? — Ele amparou-a.
— Tia Morgause mentiu. Gawain não acredita. Você precisa ir até lá. — Ela atropelava as palavras.
— Leve-me até eles.

Melissa estava prestes a entrar na porta que levava à sala oval quando ouviu passos apressados atrás de si. Eram Morgana e Gaheris.

Gaheris segurou a porta para que as duas entrassem, e, antes que pudesse fechá-la, uma rajada de vento a bateu com um estrondo. Era outro descontrole dos poderes de Melissa. Eles ouviram um alvoroço lá em cima.

Melissa subiu as escadas e, ao chegar à sala oval, tropeçou em algo. Teve a queda amparada por seu filho e, assim que suas mãos tocaram o chão, foi uma poça de sangue que ela encontrou. Atônita, viu Mordred caído. O choque a paralisou.

Preocupado com o risco que Melissa corria, Gabriel decidiu que não esperaria outra oportunidade para matar Morgause e sacou seu punhal.

Gawain levou a mão aos lábios, chocado com o que acabara de fazer. Seu irmão. Ele havia atirado no próprio irmão. Ainda abalado, viu Melissa entrar e tropeçar. Viu Galahad pegar um punhal. Precisava proteger sua mãe. Pensou em usar o arco, mas não seria rápido o bastante. Cego por todas as mentiras e desesperado pelo que havia acabado de fazer, colocou-se na frente de Morgause e foi atingido no peito pelo punhal, desabando em seguida.

Contendo as lágrimas, Melissa tocou os cabelos empapados de sangue de Mordred. Respirando profundamente, controlou-se, não era hora de chorar.

Usando o poder do filho, Melissa jogou Morgause contra a parede enquanto Morgana e Gaheris entravam. A rainha, assim como ficara durante toda a ação, continuava impassível. Jamais deixaria transparecer o que sentia.

Gaheris se ajoelhou ao lado de Mordred, sem acreditar no que via. Ele não se mexia, seu irmão estava morto.

— Quem fez isso? — gritou Gaheris.

— Gawain — respondeu Gabriel, baixinho. — Mordred levou a flecha por mim.

Em seguida, viu o corpo de Gawain e se aproximou do caçula, que ainda vivia, porém não lhe restava muito tempo.

— E isso? — perguntou Gaheris, mal crendo no que seus olhos viam.

— Eu — respondeu Gabriel, abatido. — Gawain levou a punhalada por Morgause.

— Gawain — o irmão segurou-lhe a mão —, meu tolo irmão, por quê?

— Vocês são traidores, Gaheris. São traidores — repetia Gawain, engasgando-se com o sangue.

O mais velho passou a mão pelo rosto do caçula, tentando conciliar seus sentimentos com o fato de que estava prestes a perder dois irmãos. A inocência de Gawain brilhava nos olhos assustados. Ele havia sido um fantoche nas mãos habilidosas de sua mãe. Gaheris reconheceu que ele morreria e decidiu que era sua obrigação confortá-lo.

— Sim, nós somos traidores — respondeu Gaheris, acalmando-o.

— Foram mesmo, certo? — Gawain apertou a mão do irmão mais velho.

— Sim, eu vim aqui para... confrontar Mordred e salvar nossa mãe. — As palavras lhe custavam, mas seu caçula jamais saberia que ele mentia.

— Então eu fiz bem em matar Mordred, não foi? Nosso irmão... — Gawain chorava. A culpa consumindo seus últimos momentos de vida.

— Você fez bem, sim. Eu teria feito o mesmo. — Gaheris permitiu que as lágrimas viessem. Estava perdendo seus dois irmãos em um só dia. O que poderia ser pior? — Vou cuidar da nossa mãe por você.

— Você promete? — perguntou Gawain, em um fio de voz, a tontura e um frio intenso envolvendo seu corpo. Mal conseguia raciocinar.

— Prometo — disse Gaheris, enquanto o caçula dava o último suspiro.

Gaheris fechou os olhos antes tão expressivos de Gawain e beijou a testa do irmão várias vezes. Depois enxugou as lágrimas com as mãos e sentiu a fúria inflamando-o.

Sentada ao lado de Mordred, Morgana chorava a desolação que se abatia sobre sua família. Gabriel e Melissa compreenderam a atitude de Gaheris.

— Gawain morreu acreditando que estava certo. Foi melhor. — Gaheris levantou-se, sacando a espada e olhando para a mãe, que não parecia se comover nem com a morte dos filhos. — Ele não teria suportado a verdade.

Teria sido pior que a morte. É tudo culpa da nossa mãe! Meus irmãos! — gritou ele, aproximando-se de Morgause, imprensada contra a parede, mas sem perder a postura altiva.

Gaheris não conseguiu chegar muito perto. O vento o impedia.

— Deixe-me passar, Melissa. Eu vou matar essa mulher!

Melissa caminhou até ele e tocou-lhe o braço.

— Sinto muito, Gaheris. — Ela falava dos irmãos perdidos, tentando não ceder à própria dor.

— Ela merece morrer. — O cavaleiro soava determinado.

— Ora, menino, acabei de vê-lo prometer a seu irmão que cuidaria de mim. Devia ter vergonha de mentir a um moribundo. — O lábio de Morgause tremeu.

— E cuidarei. Só que ao meu modo. Dois de seus filhos estão mortos por sua culpa.

Morgause revirou os olhos.

— Meus filhos estão mortos por causa da magia. No fim, ela sempre leva tudo de mim.

— Gawain deu a vida por você! — Gaheris estava possesso.

— E você, menina, pretende fazer o quê? — Morgause ignorou o último filho vivo. — Levar-me para ser julgada por Arthur? Eu sinto pelo sangue da minha irmã que corre nas veias de meu sobrinho, mas os Pendragon jamais deveriam ter assumido o poder sobre os reinos.

— Sabe qual é o seu problema, Morgause? — perguntou Melissa, relembrando toda a dor causada pela rainha. — Você fala demais. Manipula nas sombras e espera que ajam por você. Se escapar hoje, nos perseguirá e não sossegará enquanto não nos matar. Não posso permitir que mais alguém perca a vida tentando me proteger.

Antes que qualquer um pudesse tentar impedi-la, Melissa jogou Morgause pela janela, seu corpo desabando em queda livre.

Melissa e Gaheris olharam pela janela da torre e viram Morgause desfigurada no chão, ossos partidos, sangue escorrendo dos ferimentos.

O espírito do cavaleiro estava prostrado. A jovem o abraçou antes que ele pudesse se opor e acariciou-lhe as costas. Embora não tivessem crescido juntos, era seu irmão, e a ligação entre eles era forte demais.

Ajoelhado ao lado de Mordred, Gabriel tocou-lhe a mão. Um irmão que, havia pouco tempo, ele sequer sabia que existia, mas que não hesitou em salvar-lhe a vida. O jovem cavaleiro levantou o pescoço de Mordred para avaliar o dano. Notou que ele fora atingido no olho direito, de

onde o sangue jorrava, porém a flecha não penetrara fundo. Ele devia ter perdido a consciência ao bater a cabeça, era o que parecia pelo grande corte aberto na testa. Impressionado, Gabriel sentiu um leve e discreto pulso, e exclamou:
— Mordred está vivo!

67

Depois de uma longa conversa com Mark, Arthur foi convencido a se deitar um pouco. Em nada adiantaria passar a noite acordado se a batalha aconteceria ao raiar do dia.

Cansado, o rei de Camelot bateu à porta dos aposentos de Isolde.

— Eles estão dormindo? — perguntou Arthur.

— Lynnet não quer dormir. De jeito nenhum. A pequenina é indomável. Cheguei a questionar meus conhecimentos maternos — contou Isolde, com um sorriso.

— Posso vê-la?

— Claro. — Isolde permitiu que ele entrasse.

Arthur seguiu para o quarto e viu Lynnet pulando na cama, com Maddox tentando controlá-la, enquanto Wace dava gritinhos, empolgado. Assim que a pequena notou a presença do rei, correu em cima da cama e teria caído se Arthur não a pegasse.

— Como você está, Arthur? — Isolde atreveu-se a perguntar ao pegar o filho no colo. Ela notou que o rei tinha o mesmo olhar distante de Kay, quando sabia que a guerra era inevitável.

— À espera. Amanhã teremos uma grande batalha. Vidas serão perdidas e não há garantia de vitória.

— Estarei pedindo aos deuses por vocês.

— Você tem sangue saxão, Isolde. Não é difícil ver uma guerra entre nós?

— Nós morávamos muito perto da fronteira. Minha mãe era uma princesa saxã, e a aliança foi o meio de salvar o reino. Perdi minhas raízes há muito tempo. É ruim ver a guerra, mas não pelo meu sangue. Não gosto de mortes desnecessárias.

— Kay foi uma das maiores perdas que essa guerra me trouxe. — Arthur sentiu profunda tristeza ao se recordar da última conversa com o cavaleiro.

— A mim também.

— Imagino que sinta falta dele. Espero que seja muito feliz com Mark. Você merece, e Kay ficaria feliz.

Lynnet balbuciou nos braços de Arthur, distraindo-os. Ela havia dormido com os dedinhos agarrados ao manto do rei.

— Impressionante. Você realmente leva jeito com crianças — disse Isolde, vendo-o olhar para a menina, encantado.

— Ela me acalma — confidenciou ele, ao tocar os cachos dourados da pequena.

— Você precisa descansar. Terá um longo dia amanhã.

— Tem razão. Venha, Maddox. — Arthur ofereceu-lhe a mão. — Vamos dormir. Pedirei a um dos servos que os traga até aqui quando acordarem — avisou o rei a Isolde.

Ele saiu dos aposentos dela, desejando que tudo desse certo e que ele pudesse cuidar daquelas crianças. Sentia-se apegado aos dois. Eles o faziam se lembrar de sua infância com Morgana. Um sentimento diferente ligava-os, como se fosse seu dever protegê-los. Ia além de suas obrigações reais; era quase paternal.

— Vamos dormir com você para sempre? — perguntou Maddox, no caminho.

— Creio que não. — Arthur viu o menino se curvar, chateado. — E se eu pedisse que arrumassem o quarto ao lado do meu para vocês? Há uma porta entre eles — explicou.

— Seria ótimo — respondeu o pequeno, enquanto bocejava e esfregava os olhos.

◉

Tristan e Owain levaram o corpo de Lot para o pátio. Ainda tiveram de enfrentar alguns soldados, mas logo a resistência diminuiu, quando viram que seu líder havia caído. O fato de que Morgause havia sido jogada da torre também contribuía para desmotivá-los.

Gaheris e Gabriel desceram com Mordred, que, inconsciente, oscilava entre a vida e a morte, e o colocaram sobre um dos poucos bancos do salão que Melissa não destruíra. Benjamin aproximou-se do filho que não tivera a oportunidade de conhecer e ajeitou-o da melhor forma.

Lancelot tomou o castelo e informou que todos serviriam a Arthur, como era antes e deveria continuar. Felizmente, depois da queda de Lot, não foi tão difícil controlar o povo, mas ainda teriam de certificar-se de que os soldados eram realmente confiáveis.

Marcos verificou como Melissa estava. Ela parecia bem, embora distante.

— Você está bem? — perguntou o amigo, tocando-lhe o rosto e ajudando-a a lavar as mãos repletas do sangue de Mordred.

— Estou.

— Está se culpando?

Melissa não respondeu.

Enquanto uma refeição era providenciada, Gabriel analisava o estado de Mordred. O grande hematoma e o corte na testa provavelmente eram resultado da batida na mesa.

— Mordred não pode ser movido pelas próximas horas. Só voltaremos para Camelot perto do amanhecer. Devemos nos revezar para descansar e observá-lo. Acho que ele teve uma concussão e não sei se acordará, mas, se acordar, certamente terá perdido a visão do olho direito — lastimou-se o feiticeiro, enquanto lhe fazia um curativo. Erin havia costurado habilmente o rasgo na testa, porém a condição do olho tornava difícil qualquer tentativa de sutura. O ferimento não parava de sangrar. — E precisamos transportá-lo para Camelot. Não me sinto confortável em deixá-lo aqui com essas pessoas, mas também será um risco atravessar o portal com ele perdendo tanto sangue.

Morgana acariciava o cabelo do primo, sem se afastar dele um só momento.

— Droga! — Tristan notou a roupa empapada de sangue.

A luta havia reaberto seu corte. Tirou a camisa para analisá-lo melhor, pegou uma das flechas e se virou para Morgana.

— Queime a ponta, por favor?

— Isso não é necessário, Tristan — intrometeu-se Erin. — Posso costurar.

— E vai abrir outra vez quando eu lutar em Camelot. Fogo, por favor — pediu novamente.

Mesmo estranhando, a feiticeira obedeceu. Quando a ponta de metal da flecha estava se avermelhando, Tristan a pressionou conta o ferimento, queimando a própria pele e rangendo os dentes de tanta dor.

— Isso não dói? — Marcos admirou-se com o autocontrole do cavaleiro.

— Dói, mas estancou o sangue. — Ele mostrou a pele queimada. — É o que deveria ter sido feito da primeira vez.

— Assim que terminar de cuidar de Mordred, procurarei ervas para fazer uma compressa. — Erin se prontificou. — Agora tem uma queimadura no lugar do corte. Muito bom trabalho, irmão — ironizou.

— Queimaduras não sangram. — O cavaleiro defendeu-se.

Gabriel olhava para Tristan, refletindo.
— Está pensando o mesmo que eu? — perguntou.
— Sim. Precisamos tirar o olho e estancar o sangue se quisermos movê-lo e diminuir os riscos.
— Não tem mesmo outra solução, não é?
Gabriel retirou o curativo e mostrou a lesão no olho, um corte vertical que se estendia até a sobrancelha.
— Não. — Ele condoeu-se. — O tecido morto precisa ser retirado. Do contrário infeccionará e Mordred morrerá.
— Eu farei isso. — Morgana se prontificou, antes que alguém lhe pedisse.
— Podemos usar metal, como Tristan fez — avisou Gabriel, tentando poupá-la.
— Eu faço — insistiu a feiticeira.
— Deixe-me tirar o olho, então — sugeriu Lancelot.
— Não, eu faço. — Ela pegou o punhal de Gaheris e o higienizou. Mesmo sabendo que o fogo provavelmente queimaria qualquer impureza, ela não quis arriscar.

Todos aguardaram enquanto Morgana aproximava a mão vagarosamente e tocava o rosto do primo.
— Sinto muito — murmurou ela, enquanto inseria o punhal e retirava o que restava do glóbulo morto. — Agora vou queimar superficialmente e você costura o corte — explicou a Erin, que aguardava ao seu lado, lembrando-se do que Merlin lhe ensinara sobre anatomia.

Erin segurava um pedaço de tecido limpo e uma tira de pano para fazer a bandagem após a costura.

Morgana hesitava, com a mão parada em frente ao rosto de Mordred. Gabriel aproximou-se, tocando-lhe o ombro. Buscando forças dentro de si, a feiticeira o tocou, aquecendo cada vez mais, e cauterizou a pele de Mordred por toda a extensão da lesão.

Sem se importar em mostrar a todos sua vulnerabilidade, a feiticeira chorou ao marcar o rosto tão lindo de Mordred com cicatrizes que jamais se apagariam.

— Sabe aquilo que me perguntou sobre me culpar pela morte de Morgause, Marcos? — As lágrimas escorriam pela face de Melissa ao ver o que acontecia com seu irmão.
— Sei.
— Não sinto culpa nenhuma. — E saiu.

Quando acomodaram Mordred em um dos quartos, todos se revezaram para cuidar dele. Era preciso esperar algumas horas antes de tentar acordá-lo. Só então poderiam partir. Não o deixariam para trás.

Melissa estava sentada na cama ao lado do cavaleiro quando Morgana chegou para substituí-la. Gabriel estava parado, perto da janela, com o olhar perdido, remoendo as perdas do dia.

— É minha vez agora. — Morgana tocou o ombro de Melissa, que, alguns minutos depois, se levantou e saiu.

Gabriel continuava parado, como se Morgana não tivesse entrado no quarto.

— Era isso que eu queria evitar — murmurou ele, por fim. — Em um só dia, matei um primo seu e deixei o outro cego, correndo o risco de morrer.

Morgana levantou-se e caminhou até ele, obrigando-o a encará-la.

— Se não tivesse matado Gawain, ele teria matado você?
— Sim.
— Então não foi sua culpa. Nasci no meio dessa guerra, eu sei como é. — A princesa acariciou gentilmente seu braço. — É horrível e doloroso, mas pessoas morrem.
— Graças a mim.
— Não. Gawain foi enganado. Não via nada além da manipulação de Morgause. Se você não o tivesse matado, Gaheris o teria feito. Já pensou nisso? Como meu primo se sentiria se tivesse sido obrigado a matar o próprio irmão?

Gabriel assimilou as palavras de Morgana e reconheceu que ela estava com razão, mas isso não apaziguava a culpa que sentia.

— Você foi muito forte hoje, Morgana.
— Precisei ser.
— Nem todos são, mesmo quando precisam. Não menospreze o que fez. — Gabriel viu as lágrimas escorrerem pela face de Morgana. — Você tem chorado mais também. — Ele passou-lhe a mão no rosto, secando o pranto.
— Não consigo parar. — Ela soluçou, odiando-se por isso. — Sou uma fraca.
— Chorar não é sinal de fraqueza.
— Então por que me sinto assim? É como se poder nenhum ajudasse. Sou impotente?

O cavaleiro a puxou, amparando-a entre seus braços.

— Você também teve a visão, não foi? — Ele mudou de assunto, indo para outro que o afligia ainda mais.

— Sim — respondeu ela baixinho, como se dizer em voz alta tornasse tudo pior.
— Sabe o que está em jogo.
— Sei.
— E conseguiu encontrar uma saída? — perguntou Gabriel.
— Não.
— É... Eu também não.
— O que faremos? — Quis saber Morgana.
— Esperamos.

68

Melissa havia colocado um vestido de uma das servas de Morgause, suas roupas anteriores haviam ficado cobertas de sangue. Estava encostada em uma coluna, no pátio do castelo, tentando assimilar todos os acontecimentos dos últimos dias e o que ainda estava por vir, quando sentiu as mãos de Lancelot a envolverem. Não precisava nem vê-lo para saber. Apenas ele ousaria tocá-la daquela forma.

— Tristan e Gaheris foram os primeiros a dormir. Mandei os outros fazerem o mesmo, mas todos se opuseram. Benjamin está com Mordred. Você deveria descansar, daqui a algumas horas partiremos — disse Lancelot, em seu ouvido.

— Para Camelot. — Ela respirou fundo.

— Para Camelot — repetiu ele.

— Eu sei o que vai acontecer, Lancelot — murmurou ela, virando-se e ficando entre ele e a coluna. — Tenho tido visões e impressões com mais clareza desde que...

— Viviane morreu — completou ele, a dor evidente.

— Sim.

— Perdi minha mãe. — As palavras dele saíram embargadas, e ela o abraçou, confortando-o.

— Sinto muito.

Durante vários minutos, eles permaneceram abraçados, sem falar, apenas sentindo a presença um do outro.

— O que você viu? — perguntou Lancelot.

— Você quebrando uma promessa para que pudesse cumprir outra.

— O que mais?

— Se nós dois não voltarmos, Arthur morrerá. Não apenas ele. Gabriel, Gaheris, Tristan, Lilibeth, meu pai, Marcos e Morgana, todos morrerão tentando salvá-lo. — As lágrimas lhe escapavam.

Lancelot sentiu o coração destroçado. Ele sabia o que aquilo significava. Sabia qual promessa quebraria.

— Precisamos voltar — afirmou o cavaleiro. — Não há escolha.

— Mas, se vocês voltarem... — intrometeu-se Marcos, surgindo de repente e ouvindo apenas a última frase.

— Melissa terá de se casar com Arthur. — O cavaleiro soltou as palavras como se estivesse sendo apunhalado.

— Não, não e não! Vocês não vão voltar, não quero nem saber — falou o garoto, chamando a atenção dos outros e apontando o dedo para Lancelot. — Você vai pegar essa mulher, colocar em cima de um cavalo e sumir daqui. Vão ser felizes e ter um monte de filhos lindos. Não aceito menos do que a felicidade dela.

— Marcos... — Ela tentou interrompê-lo, enquanto trocava um olhar pesaroso com Lancelot.

— Nada de Marcos! Caramba, Mel, você não pode concordar com isso.

— Não concordo, eu só... entendo — admitiu. Uma calma e tranquilidade que ela nunca teve antes pareciam envolvê-la, e Melissa não conseguiu identificar de onde vinham. Não podia deixar todos morrerem para que ficassem juntos. Finalmente, e não sem dor, entendia o que Merlin quisera dizer. — Ele está fazendo o mesmo que eu fiz. Deixei minhas lembranças e parte do meu coração para trás, porque amava demais meu irmão para deixá-lo morrer. Nenhum de nós sabia com certeza se eu voltaria.

— E passou dois anos achando que ele estava morto. Não, não concordo com isso. Eu estava lá, Mel. Vi todas as suas crises, tudo poderia ter terminado muito mal. Jamais deixaria Gabriel morrer, mas esses sacrifícios... Não gosto de como sua vida tem sido controlada por eles. Talvez haja outra forma. Vocês nunca se perguntaram isso? — Marcos estava indignado.

— Eu já falei para os dois que não deveriam desistir. — Lilibeth apoiou Marcos.

Melissa fechou os olhos com força e Marcos se calou. Ela estava tendo outra visão. Morgana apertou as mãos, entristecida, sabia o que ela veria.

— Não! — disse ela, olhando desesperada para o cavaleiro. — Quando Lancelot decidiu ir até Arthur, o futuro mudou. Deus, não, por favor, não. — Ela começou a chorar, e o cavaleiro a abraçou, ciente do que a jovem havia visto.

— Vem, Marcos. Eles precisam de um tempo — chamou Gabriel, pesaroso, ao segurar o braço do amigo.

— O que está havendo? O que você viu, Mel? — perguntou o amigo, para em seguida entender. — Ai, meu Deus, é pior ainda, não é? É uma troca.
— Ele se voltou para Gabriel, nervoso. — Cara, você não vai permitir isso, certo? Está todo mundo louco? Ele vai voltar para morrer pelo cara? — Marcos revoltou-se, sem imaginar que sua própria vida estava em risco.
— Marcos — repetiu Gabriel —, eu morreria por você, sem pensar duas vezes.
— Eu também morreria por você na mesma hora. Mas não é esse o problema. Por que tem que ser sempre com ela? — Marcos se afastou do amigo e apontou para Melissa. — Por que essa profecia miserável tem que ferrar com a vida dela? — Ele chutou um caixote de madeira que estava no canto do pátio. — Eu a vejo com outro e nem dói tanto, porque sei que ela está feliz. Ela merece ser feliz.

Melissa se soltou de Lancelot e abraçou Marcos, tentando em vão confortá-lo.

— Minha vida toda querendo que você fosse feliz e, no fim, vai passar o resto dos seus dias chorando a morte dele. Porque é isso o que vai acontecer. Eu vi com Gabriel, foi só uma prévia. Se você morrer — falou para Lancelot —, ela morre. E se ela morrer, eu morro. — Marcos soltou Melissa e se afastou, apressado.

— Eu vou falar com ele — avisou Gabriel, ao ver a irmã hesitar. — E vocês, conversem. Vou apoiá-los no que decidirem.

Melissa voltou para os braços de Lancelot e ele a puxou para as sombras do salão iluminado apenas pelos raios do luar. Ela aconchegou-se em seu peito e chorou. Soluçou até que não houvesse mais lágrimas.

— Não posso deixar que vá — disse ela, baixinho.
— E não pode me impedir — respondeu ele, contrito.
— Não. É sua escolha, como fiz um dia. Mas eu não morri, Lancelot.
— Não? Pelo que Marcos sempre diz, você morreu nesses dois anos que achou que seu irmão estivesse morto.
— Eu sobrevivi.
— Sobreviver não é viver.
— Não posso viver sem o meu coração.
— Você precisa viver por ele.

Lancelot abaixou-se e beijou-lhe a barriga. Depois subiu, procurando sua boca. Melissa se entregou, como sempre acontecia, abraçando-o pelo pescoço. O cavaleiro percebeu que beijá-la era um erro. Quanto mais a tocava, mais a queria. Ela agarrou-se à sua camisa com uma das mãos e, com a outra, acariciou seu abdômen. Ele puxou-a mais para perto e pegou-a pelo quadril, permitindo que ela o envolvesse com as pernas. Carregou-a até pressioná-la contra a parede, no canto mais escuro, onde ninguém poderia vê-los. A cabeça de Lancelot o mandava parar, mas seu coração o instigava. Precisava tê-la mais uma vez. Melissa não raciocinava, tudo o que via era Lancelot. Sentiu-o levantar seu vestido e automaticamente procurou sua calça e começou a desamarrá-la. Precisava ser dele mais uma vez.

No silêncio da madrugada, eles se amaram. Impossibilitados de resistir um ao outro. Conectados por um amor intenso que insistia em manter unido o que uma profecia queria separar.

— Eu tomo a decisão de deixar você e a beijo. Sou um estúpido. Nunca consigo parar — recriminou-se ele, momentos depois, ofegante, beijando-a outra vez. — Duplamente estúpido.

— Você me ama. — Melissa sorriu, pesarosa, na escuridão.

— E você me ama — respondeu Lancelot, entre seus lábios.

— Por que sempre acontece algo para nos separar?

— Talvez seja um teste.

— Não preciso de teste para saber a verdade: amo você.

— Não é a veracidade desse amor que está sendo testada, é o quanto ele pode resistir — argumentou o cavaleiro.

— Para sempre.

— E depois.

— Sempre será você.

— E sempre será você — repetiu o cavaleiro, suspirando, e, em seguida, disse o que se passava por sua mente enquanto se amavam: — Vamos voltar e dar um jeito de mudar a visão outra vez, para que nenhum de nós morra. Já aconteceu antes.

— Acha possível?

— Sim.

— Você está mentindo, Lancelot? Só para fazer com que eu me sinta melhor?

— Não estou mentindo. Estou com esperança — respondeu ele, a testa na dela.

— Como pode ter esperança? Não acredita em nada. — Ela surpreendeu-se.

— Acredito em nós. — E a beijou mais uma vez.

69

Era hora de deixar Tintagel. Gaheris desceu as escadas com o corpo de Gawain enrolado em uma manta sobre o ombro. Decidido a levá-lo e providenciar-lhe um funeral digno.

Mordred havia piorado. Durante a vigília de Lancelot e Lilibeth, o cavaleiro recobrou a consciência, sofrendo alucinações de tanta dor. A retirada do olho e a forte batida na cabeça deixaram sequelas. Sem reconhecer ninguém, implorava por ajuda.

Lancelot o dopou com uma forte bebida destilada usada para fins medicinais. Morgana preparou uma poção com ervas para que ele descansasse. Ébrio, Mordred rapidamente perdeu os sentidos outra vez e Lilibeth usou seu pó de fada para tentar aliviar o sofrimento dele, esperando que a inconsciência profunda pudesse fazê-lo passar pelo pior estágio da dor sem padecer tanto.

Benjamin e Tristan pegaram o corpo de Viviane. Estavam prontos para partir.

Melissa insistiu em fazer a travessia pelo mar, apesar de todas as oposições de seu irmão sobre os perigos de forçar tanto seus poderes. Gabriel, atento aos sintomas, reconhecia que a irmã estava ultrapassando os limites.

※

Arthur dormiu pouco. Duas horas antes do amanhecer, já estava reunido com Mark, no pátio. A madrugada caíra fria, repleta de uma névoa que, refletindo a luz das chamas, dava um ar fantasmagórico ao castelo.

Parado no meio do pátio, definindo os últimos detalhes da ofensiva, Arthur viu o grupo sair do jardim, notando o momento exato em que Melissa soltou a mão de Lancelot e se afastou dolorosamente, como se parte dela fosse deixada com o cavaleiro.

Arthur abraçou Morgana e olhou para Melissa, hesitante. A jovem cruzou o olhar com o rei, a expressão magoada ao passar por ele sem tocá-lo e entrar no castelo. Um pesar ainda maior recaiu sobre ele ao descobrir que Viviane realmente estava morta, além de Gawain.

— Ele era mesmo um traidor? — perguntou o rei, aflito, com a mão sobre o corpo do jovem.

— Não. — Gaheris apressou-se em dizer. — Morgause o envolveu em uma teia de mentiras. Meu irmão era inocente. Merece ser enterrado com todas as honras.

— E será — garantiu o rei. — Morgause e Lot?

— Ambos traidores e ambos mortos.

Enquanto Mordred era levado para seus aposentos, a fim de ser examinado pelos médicos reais, Arthur ficou sozinho com Lancelot.

— Você a trouxe — disse o rei, ainda surpreso. — Mesmo podendo fugir com ela, você a trouxe.

— Fiz o que tinha de fazer. — O pesar era evidente.

— Lutará comigo? — perguntou Arthur, inseguro.

— Ombro a ombro.

Era como se as palavras sempre tão comuns aos dois fugissem para um lugar distante. Arthur sentiu como se estivesse próximo a enterrar seu irmão. A velha cumplicidade não existia mais.

— Sinto muito, Lancelot.

— Eu também — murmurou o cavaleiro, caminhando para longe.

※

— Aonde pensa que vai, mocinha? — Erin ouviu a voz do tio atrás de si, quando tentou atravessar o pátio.

— Tio amado! — exclamou ela, abraçando-o e desejando evitar o momento da repreensão.

— Você não escapará do castigo.

— Droga — murmurou a jovem.

— E nada de xingamentos — censurou-a ele. — Quero que saiba que não lutará na batalha de hoje.

Ela abriu a boca para argumentar, mas se controlou, dizendo apenas a verdade:

— Tio, eu vou lutar.

— Não, não lutará. Já selecionei homens que a vigiarão. Você não lutará. — A voz rouca do rei tinha um tom autoritário.

— Você pode me trancar no quarto, mandar guardas me vigiarem, mas escaparei e lutarei. Se me colocar em alguma torre, farei uma corda com lençóis, fugirei e lutarei da mesma forma. — Ela levantou o queixo, petulante.

— Não consegue entender que me preocupo com você e não quero perdê-la? — perguntou o homem, brandamente.

— Eu sei disso, tio, mas sei também que posso ajudar. Posso fazer a diferença.

— Você é mesmo uma garota que quer ser um garoto. — Mark cruzou as mãos às costas, refletindo sobre como a manteria a salvo.

— Não, eu sou uma mulher que sabe que pode lutar como um homem. Sou tão boa quanto vocês. Estou cansada de viver em um mundo incapaz de aceitar que podemos ser diferentes. Veja Marcos, por exemplo — apontou para o jovem, que passava com Gabriel —, ele é homem e não sabe lutar como um soldado.

— Ah, obrigado por me lembrar das minhas deficiências. — Marcos parou e respondeu, irônico.

— Não, não é uma ofensa. — Erin apressou-se em se explicar. — Você é ótimo com as cadeiras. — Sorriu para ele. — Estou querendo mostrar que as pessoas podem ser diferentes. Você é homem e não sabe lutar. Sou mulher e sei. Não há nada de errado.

— Não, não há. — Marcos a apoiou, surpreendendo-a. — Você pode ser o que quiser, na verdade.

— Não se envolva — interrompeu-o Mark. — Ainda tenho planos de ter você em meu conselho. Não preciso que dê ideia a quem já as tem em excesso. — O rei da Cornualha aproximou-se de Erin e pôs as mãos carinhosamente sobre os ombros da sobrinha. — Você é minha joia mais preciosa.

— Não quero ser um enfeite.

Erin compreendia as preocupações do tio e jamais gostaria de magoá-lo, mas seu espírito queria ser livre, como o dos homens, e não entendia por que esse direito lhe era negado. Queria ser dona das próprias ações e poder enfrentar quem quisesse, proteger quem amava. Ao ser julgada como incapaz, sentia-se como se a estivessem domando, diminuindo e fazendo com que fosse outra pessoa além de si mesma.

— Eu não deveria ter ficado tanto tempo sem me casar depois que enviuvei. Você precisava de uma mãe. Mantê-la longe de uma presença materna foi um erro — afirmou o tio, com pesar, reconhecendo o olhar impetuoso da sobrinha. Ela jamais desistiria.

— A morte me manteve longe de minha mãe, e, certamente, se ela soubesse lutar, estaria viva hoje.

Mark recordou-se do dia da morte dos pais de Tristan e Erin. Foram emboscados, e sua irmã conseguiu fugir com os filhos. Ciente de que seria questão de tempo para que os encontrassem escondidos na floresta, ela mandou Tristan fugir com Erin e correu na direção oposta, fazendo o possível para chamar a atenção para si mesma.

— Você tem razão. Por tudo o que soube daquele dia, minha irmã poderia estar viva se soubesse lutar. — Admirou a sobrinha, antes de continuar: — Vocês são tão parecidas fisicamente. Não em gênio. Isso eu não imagino de onde tirou. — Ele riu, rouco. — Está bem. Permitirei que lute. Você me desobedecerá de qualquer jeito. Pelo menos saberei onde está. — Ela preparava-se para comemorar, quando o tio emendou: — Há uma condição.

— Qual? — perguntou Erin, receosa.

— Você ficará com os feiticeiros e evitará a linha de frente.

— Mas a melhor parte está na vanguarda — choramingou ela.

— É isso ou mandarei prendê-la nas masmorras. Lá não tem lençóis para amarrar.

— Você não teria coragem! — exclamou a jovem, chocada.

— Sim, eu teria — avisou Mark.

— Então eu concordo — aquiesceu Erin.

— Boa menina. E não se esqueça de que, quando essa guerra terminar, tirarei seu arco por um mês. — Ele apertou-lhe as bochechas, como se ela fosse um bebê, e saiu, deixando-a refletindo como faria para chegar despercebida à linha de frente.

❂

Assim que checou o estado de Mordred, Arthur seguiu para o quarto de Melissa. O tempo escoava e ele deveria preparar seus homens, porém precisava vê-la antes.

Bateu à porta e ela não tardou em abrir. Os olhos vermelhos denunciavam o pranto recente.

— Como você está? — O rei entrou no quarto, fechando a porta atrás de si.

— Me preparando para a próxima luta — desconversou ela.
— Não foi o que perguntei.
Ela suspirou, contendo-se.
— Vou ficar bem — mentiu a jovem.
— Melissa — ele segurou-lhe a mão —, ainda quero me casar com você.
— Arthur... — Ela hesitava, temendo feri-lo e desestabilizá-lo antes da batalha.
— Não, escute. — Ele tocou seus lábios com os dedos, calando-a. — Quero que seja minha mulher, porque sei que posso fazê-la feliz. Vê-la triste parte meu coração.
— Arthur — sua voz implorava —, podemos conversar depois, por favor?
— Sim — cedeu o rei, abraçando-a e beijando-a na testa. — Conversaremos quando tudo acabar.

O rei saiu, deixando-a desolada pelos rumos que sua vida tomara. Sentindo uma forte dor de cabeça, Melissa levou a mão ao ouvido e, assustada, percebeu que sangrava.

70

Assim que Mark foi embora, Erin se virou para Marcos, aproveitando que Gabriel se afastava.

— Peço desculpas por tê-lo envolvido — disse ela.

— Não tem problema. Entendi a razão. Você é corajosa. Muitas pessoas, inclusive homens, estariam fugindo.

— Cedo aprendi que, se queremos algo, temos de lutar por isso. Quero a Britânia livre.

— Espero que não seja o caso da Britânia, mas às vezes lutar não adianta. — Ele soou tão triste que Erin se compadeceu.

— Sinto muito por você e Melissa. Nunca vi um amor assim. Tão explosivo. — Ela fazia alusão à discussão que ele tivera em Tintagel. — Mas também não vi tantos amores para poder comparar.

— Obrigado. Não é fácil ver Mel se sacrificando. Queria poder resolver essa situação. Eu faria qualquer coisa por ela. Quando penso que já superei... o sentimento volta. Acho que ela nunca vai sair de mim — explicou Marcos.

— Não se o amor se despede assim tão rápido, mas, aos poucos, quando nos damos conta de que não seremos correspondidos, a dor diminui.

— Você fala como se soubesse. — Marcos estranhou, acompanhando-a até seus aposentos.

— É porque eu sei.

— Quando você disse que não queria se casar, achei que era porque nunca tinha se apaixonado.

— Não. É o contrário. Eu me apaixonei e não pude ficar com ele.

— Por quê?

Erin hesitava em responder. Ninguém conhecia seu segredo além de Lilibeth e Tristan. A personalidade extrovertida da jovem sempre escondia seus sentimentos em relação ao rapaz misterioso. Havia se sentido confortável em falar para Marcos porque queria ajudá-lo.

— Ora, você me viu tendo um chilique. — Ele sorriu, incentivando-a. — O mínimo que pode fazer é me contar.

— Ele não me via dessa forma — começou ela, insegura. — Para ele, eu era apenas a irmãzinha do Tristan. Nunca me viu como mulher.

— Você parece bem mulher para mim. Se ele a visse, toda corajosa e disposta a lutar, provavelmente se apaixonaria. Seria um idiota se não o fizesse.

Estavam à porta do quarto e Erin se preparava para entrar.

— É impossível. — Ela deu um sorriso pesaroso. Era a primeira vez que Marcos a via tão melancólica.

— Por quê?

— Porque ele está morto. — Ela fechou a porta atrás de si.

֍

Arthur ainda caminhava pelo corredor dos aposentos de Melissa quando Lilibeth entrou em disparada na direção oposta, trombando com ele e espalhando pó de fada para todos os lados.

— Ei! — Arthur a amparou antes que ela caísse.

— Ai, desculpe.

— Por que tanta pressa?

— Nada. Só estava indo ver a Mel e...

— Queria se certificar de que eu não a estava pressionando demais — constatou ele, abatido.

— Não, não é isso. — Lilibeth tentou consertar, mas era tarde demais. — Ela passou por muita coisa. Tintagel não foi algo fácil de lidar.

— Imagino. Pode ir — disse Arthur, reflexivo. — Ela precisa de uma amiga.

— Você poderia me soltar? — pediu a fada, fazendo-o perceber que ainda a segurava pelos ombros.

— Ah, desculpe.

O rei afastou-se rapidamente enquanto Lilibeth o observava, pensativa.

֍

Lancelot preparava seu cavalo enquanto Gabriel o observava. O cavaleiro mais velho estava quieto. Pensando em como os rumos de sua vida o levaram

àquele momento. Ainda que não acreditasse em destino, não havia conseguido arriscar e deixar que todos morressem se não retornasse.
— O que você quer, Gabriel? — perguntou Lancelot, após um longo silêncio.
— Estou preocupado com você — confessou o amigo.
— Não precisa. — O cavaleiro não queria desabafar.
— As coisas não saíram muito bem como eu planejava — acrescentou Gabriel, decepcionado.
— Ainda não acabou. Podemos mudar. — Lancelot tentava manter a esperança, o que não era habitual. Ele não era o tipo de homem que esperava as coisas acontecerem. Ele agia e fazia acontecer. Essa nova situação o incomodava.
— Sim. E vou lutar por isso. Nunca pensei que tantas pessoas estariam em risco.
— Nada disso é sua culpa. — Lancelot lançou-lhe um sorriso triste. — Gabriel, preciso que me prometa que ficará ao lado da sua irmã. Tentarei fazer meu destino, como sempre fiz. Se tudo falhar, precisa protegê-la e não deixar que ela se entregue.
— Eu prometo.
Para Gabriel, não havia promessa pior, porque cumpri-la significava que Lancelot não estaria mais entre eles.
— Senti um descontrole de Melissa em Tintagel. Minha mãe sempre me falava como as emoções podem levar alguém a perder o controle dos poderes. É um perigo para ela e Galahad. Essa batalha... Estou preocupado. — Seu semblante assumiu um doce sorriso ao pensar no nome que a jovem havia escolhido para o filho.
— Tomarei conta dela.
— E, se realmente der errado, depois, quando acabar, diga que eu a amo, que quero que ela viva e seja feliz com nosso filho. Sei que Arthur não os abandonará — a dor era clara, apenas imaginar já o feria —, mas ela precisará de você. Prometa-me que cuidará deles — pediu Lancelot.
— Prometo — assegurou Gabriel.
— E, outra coisa, pare de lutar contra o seu coração. — Não foi preciso dizer mais nada.
— Tentarei.
— É para parar, garoto, não tentar — disse o cavaleiro, sério.
— Lancelot, tenho muito orgulho de você. — Gabriel entrou na baia, tocando o ombro do amigo.
— E eu de você.

❦

Merlin ordenou que um servo trouxesse todos os feiticeiros à sua torre. Gabriel, Melissa e Morgana obedeceram, contrariados.

— Sentem-se — disse o ancião.

O feiticeiro parecia bastante prostrado. Seus cabelos rareavam e ele tinha um ar cansado, esforçando-se para continuar de pé.

— Não temos tempo para isso — comentou Gabriel.

— Muito bem. Eu me sentarei. — O feiticeiro desabou em sua cadeira. — Pedi que viessem para alertá-los. Precisam ter cuidado.

— Está zelando por nós agora? — perguntou Melissa, com sarcasmo.

— Antes de Viviane partir para Tintagel — o pesar evidente surpreendeu os mais jovens —, conversamos sobre vocês. Gabriel é um guerreiro, sabe se controlar e pode se defender. Vocês duas, apesar de serem feiticeiras, são vulneráveis. São emotivas demais e se deixam levar pela fúria quando utilizam seus poderes. Isso é perigoso. Morgana já foi parar duas vezes na Escuridão por não saber lidar com seus poderes, e Melissa está prestes a trilhar o mesmo caminho. — Merlin a encarou sugestivamente, aumentando as suspeitas de seu irmão. — Vocês não devem abusar de seus poderes. Não é necessário que salvem Arthur com as próprias mãos. O destino de protegê-lo pertence a outro. Apenas a presença de Melissa em Camelot é capaz de lhe dar a esperança necessária para viver. Não preciso dizer que, se Morgana morrer, o amigo de vocês morrerá pouco tempo depois. E, mesmo se ela se ferir, para salvá-la, ele também vai se ferir, como antes. Durante a batalha, vocês devem se ater a proteger o castelo. Não as quero no meio do fogo cruzado.

— Não pode nos impedir — desafiou-o Morgana.

— Pensei que a essa altura você já saberia que não pode me controlar, Merlin. — Melissa irritou-se. — O fato de eu estar aqui não lhe dá o comando da situação. Não foi uma escolha.

— Essa é exatamente a minha preocupação. Você se infla facilmente. Já temos o problema de não sabermos quem é o Ar. — Os três mantiveram-se calados, e Merlin, fraco como estava, jamais notaria o bebê. — E que a Deusa não permita que seja Mordred. A situação do rapaz é muito instável. Melissa, precisa me ouvir. Viviane tinha um poder imensurável. Era a Senhora de Avalon, você recebeu todo esse poder de uma vez com a morte dela, e não era para ser assim. Precisa de tempo para aprender a usá-lo. Gabriel vem absorvendo meu poder nesses dois anos que você esteve longe, e ainda assim foi parar na Escuridão quando conseguiu quebrar meu feitiço. Se você abusar, não poderemos fazer nada para ajudá-la. — Melissa o encarava com descaso. — Bem, se não acredita em mim, aconselharei Gabriel. Se sua irmã continuar abusando do poder, ela vai parar na Escuridão. Se isso acontecer, correremos sérios riscos de perdê-la. Aquele lugar tornou-se perigoso demais agora que foi corrompido pela magia sombria.

— Ela não abusará. — O irmão foi taxativo.

— Gabriel! — Melissa zangou-se por ele concordar com o feiticeiro.

— Você não abusará — repetiu ele.

※

Assim que saíram da torre, Gabriel pegou Melissa pelo braço e a levou para um canto.

— Precisamos conversar — disse ele, assim que se certificou de que não havia ninguém próximo. — Mel, você precisa parar de extrapolar no uso dos seus poderes, e já.

— Não estou extrapolando nada — defendeu-se ela.

— Não é de propósito. É tudo muito novo para você. Se não tomar cuidado, o poder a consumirá e você perderá o controle. Precisa manter o controle — implorou o irmão, visivelmente abalado. — Eu sei o que está fazendo. Já estive na mesma situação. Está se arriscando para salvar quem ama. — Ele lembrava-se das emoções que o consumiram quando quase perdeu a vida para quebrar o feitiço de Merlin e permitir que ela fosse feliz. — Isso é lindo, Mel, e honrado, mas não pode se esquecer de que está carregando seu filho e de Lancelot. Não é só a sua vida que está em jogo.

— Nós voltamos. Fizemos o que a visão mostrou. Agora ele corre risco — disse Melissa, amargurada. — Pelo jeito que você e Morgana olham para nós, tenho certeza de que sabem.

— Nós sabemos — confessou ele, sem esconder a tristeza.

— Então como pode me pedir que não lute para salvá-lo?

— E seu filho? — Gabriel tentava em vão dissuadi-la.

— Salvarei os dois. — Melissa se desvencilhou do irmão e correu à procura de Lilibeth. Precisava ver Lancelot.

Lancelot estava preparando Liberdade para a batalha. O peito, o dorso e a fronte do cavalo estavam cobertos por uma armadura de couro para protegê-lo. O animal estava agitado, reconhecendo o estado de espírito do cavaleiro. De repente, Liberdade parou, atento.

Como um raio, Melissa surgiu no estábulo. Lilibeth atrás dela. Outros cavaleiros estavam presentes, e a jovem parou à porta da baia, sem se aproximar de Lancelot.

— Melissa, o que houve? Por que não criou uma ilusão e se passou por outra pessoa? — perguntou baixinho, aproximando-se dela, mas evitando tocá-la.

— Porque eu não quis.

— Está se arriscando demais.

— Não me importo.

— Deveria. — Ele preocupava-se com ela.

— Mais do que arrisquei perder ao voltar, Lancelot?

Protegidos pela coluna da baia, Melissa tocou a mão do cavaleiro, o máximo que ousava sem se expor mais do que já havia feito.

— Nós precisávamos voltar.

— Eu sei — assentiu ela, ressentida. — Tenha cuidado — implorou.

— Você também, e proteja-o. — Lancelot não precisou completar a frase para fazê-la entender que se referia ao filho.

— Pode me prometer algo?

— Se eu puder...

— Não morra.

Lancelot fechou os olhos por um instante e inspirou profundamente. Era a única promessa que não podia fazer.

71

As sentinelas estavam a postos na muralha. Os arqueiros tinham seus arcos armados, preparados para o ataque iminente. Os exércitos de Arthur e Mark aguardavam o comando.

Camelot era cercada de montanhas ao norte, com suas gigantescas pedreiras, constantemente patrulhadas desde o último incidente. A oeste estava a densa floresta, um caminho mais curto para Avalon. A leste e ao sul corriam suas vastas planícies, onde a agricultura prosperava. Toda a população vizinha estava segura atrás das grossas muralhas que cercavam o castelo. Estavam temerosos e colocavam toda sua esperança em Arthur e nos cavaleiros.

Os inimigos batiam seus tambores, cientes de que o Grande Rei da Britânia não cederia e, se quisessem tomar o reino, teriam de derrubá-lo. O rei aguardava seu primeiro cavaleiro, que subia as escadas da muralha.

Lancelot caminhava com os ombros erguidos, a postura ereta, o semblante fechado. Imponente em seu traje de guerra, segurando o elmo debaixo do braço. Uma camisa grossa de algodão havia sido colocada sob a cota de malha para reduzir a fricção, e, por cima, havia um peitoral de aço. Suas pernas também estavam protegidas com placas de metal. Ali não estava mais o homem e muito menos um traidor. Tudo o que se via era o guerreiro mais poderoso e temido, o campeão de Camelot.

Rei e cavaleiro tocaram-se nos ombros, saudando-se. Naquele momento, nada estava entre eles. Nada além de lealdade.

As tochas iluminavam o castelo. Os soldados em prontidão debatiam sobre o que enfrentariam. Arthur ergueu o braço, um sinal de que queria se pronunciar, e o silêncio, como um vento brando, foi atravessando a multidão.

— Homens, a batalha se aproxima. Não é mais possível evitá-la. Mostraremos aos nossos inimigos que ninguém tomará nossas terras ou ferirá quem amamos. — Procurou Melissa e a viu parada em frente ao salão com Lilibeth. — Lutaremos como irmãos — trocou um olhar com Lancelot —, protegendo uns aos outros. Roma veio, Roma se foi, mas nós permanecemos. Alguns de vocês nunca tiveram contato direto com a magia que nos protege, ainda assim, poucos seriam capazes de negar sua existência e o quanto ela nos ajuda a prosperar como pessoas e reino. — Sua voz refletia incentivo, contagiando cada um dos presentes. — Hoje, neste dia, reescreveremos nossa história. Muitos dizem que meus ideais não passam de sonhos, que jamais conseguirei unificar nossa terra se permitir que os homens creiam no que quiserem, que querer igualdade e dignidade para todos beira a loucura. Eu digo que acredito que todos os homens devem ser livres. Deus ou deuses não interferem em quem somos. Deus, Aquele em quem creio, não é o ser terrível que os romanos diziam ser. Ele não pune e não tira a vida se você deixar de ir à igreja ou não puder pagar seu dízimo. Ele é amor, e, se não for amor, não é Deus. Não devemos ser bons porque alguém está olhando para nós. Devemos ser bons porque é o certo a fazer. Não importa qual seja a sua crença ou a que Deus você sirva, porque agora é hora de crer em Camelot e em seu poder de unificar a Britânia, salvar a magia e lutar pelo povo. O sangue que corre em nossas veias nos faz irmãos, e os deuses de cada um de nós nos seguirão, independentemente de nossas diferenças. Prefiro morrer como um homem que sonha demais do que como alguém que desistiu. Quero o melhor para o meu povo e lutarei por isso até meu último suspiro com toda a honra do meu coração. Nossos aliados — ele tocou o ombro de Mark — se dispuseram a guerrear conosco, engrandecendo nosso exército e demonstrando uma lealdade que jamais será esquecida. Cavaleiros, arqueiros, lanceiros, qualquer soldado, qualquer homem — observou Morgana surgir com Erin à porta do salão — ou mulher — ele sorriu para elas — que se dispuser a lutar hoje será lembrado para sempre! Deste dia até a eternidade seremos lendas! E, como irmãos, seremos um só! — gritou ele, motivando a multidão, que o acompanhou bradando e batendo os pés. — Abram os portões! — Ele começou a descer a escadaria, seguido por Mark, Lancelot, Gaheris, Tristan, Percival, Bors e Gabriel. — É chegada a hora de derrubar nossos inimigos! Nós venceremos! Por Camelot e pela Britânia!

— E por Arthur! — gritou Lancelot, levando o exército à loucura.

A batalha estava prestes a começar.

72

Arthur montou em seu cavalo, absorvendo as palavras que dissera a seu povo, soldados, família e amigos. Tanto lhes fora tirado na guerra que existia muito antes do seu nascimento. Seu pai, Uther Pendragon, durante os anos em que estiveram juntos, o instruíra que sempre buscasse o melhor para os reinos e tentasse evitar a guerra, mas que tivesse ciência de que não era possível evitá-la quando o outro lado se negava a ceder. Ele reconhecia que seu pai, ao atravessar o portal e dar àquele mundo a chance de usufruir dos benefícios da magia, colocara todos em risco. Cabia a Arthur liderar a Britânia para fora daquela guerra antiga e dar uma nova chance ao povo.

Quando Roma veio, os antecessores de Uther fizeram o possível para manter parte de sua liberdade. As legiões romanas eram muito maiores em número, e o Império crescia assustadoramente. Quando finalmente a Britânia parecia pronta para recuperar seu território, os traidores se juntaram aos saxões. Agora, a terra seria banhada em sangue mais uma vez. Já participara de muitas batalhas em sua breve vida, as mais doloridas foram as que lhe tiraram seus pais e Kay. Que Deus o ajudasse na que estava por vir.

Fora do castelo, os estandartes dos Pendragon foram fincados no chão. As catapultas eram arrastadas e posicionadas. O exército marchou pelos portões, que em seguida foram fechados, para a proteção do povo de Camelot.

Grande parte dos homens estava a cavalo, mesmo os lanceiros, comandados por Gaheris, e os arqueiros, por Tristan.

Os feiticeiros também montavam. Morgana e Melissa estavam vestidas com roupas masculinas, mas sem cota de malha, já que não estavam acostumadas a usá-la, diferentemente de Erin. Lilibeth usava o traje de guerra por cima da sua roupa de costume, ciente de que ele não duraria muito.

Pouco antes de o sol nascer no horizonte, todos estavam em formação. Em número menor, porém com esperança de vencer.

A madrugada abandonou-os e com ela o último resquício de paz. Assim como prometera, Leodegrance incitara seus homens contra Camelot. Eles corriam pela planície à frente do castelo e se aproximavam mais e mais. Ao mesmo tempo, as catapultas inimigas eram armadas e disparadas.

O cavalo de Melissa se agitou, antecipando a ação. A jovem feiticeira criou um vento vigoroso que cortou o campo de batalha e desviou para longe as bolas de fogo disparadas.

Da muralha, Merlin a encarava, intrigado. Como era possível que ela fosse o Ar também? Ele refletiu, coçando sua barba curta, e revoltou-se com a conclusão a que chegou. Aquele cavaleiro miserável havia colocado um bastardo na barriga da futura rainha de Camelot. Indignado, trocou um olhar com Marcos, que sorriu ironicamente antes de virar o rosto.

Bors deu a ordem para que as catapultas de Camelot fossem preparadas, Morgana ateou fogo em cada uma das bolas e elas foram arremessadas.

— Arqueiros! — Era Tristan. — Levantar arcos, preparar — ele inspirou profundamente, antecipando o início do combate, enquanto armava o próprio arco —, disparar!

Um forte zumbido preencheu o ar, como se milhares de abelhas voassem entre eles. As flechas subiram a toda velocidade, fazendo uma curva perfeita e mergulhando rumo aos inimigos, que se abaixaram, preparando seus escudos.

— Outra vez — ordenou o cavaleiro. — Morgana, poderia nos fazer a honra? — Ele levantou o arco para ela e, com um gesto, a feiticeira produziu fogo na ponta das centenas de flechas dos homens. — Disparar!

— Gaheris. — Arthur chamou o nome do primo, que já estava preparado.

— Lanceiros — o guerreiro posicionou a lança rente ao corpo e esporeou o cavalo —, agora!

Um corpo de mais de duzentos lanceiros disparou. O primeiro ataque seria brutal, forte e poderoso, como um aríete potente o suficiente para romper qualquer muralha. O choque foi estrondoso, derrubando parte do exército inimigo. Gaheris segurou firme sua lança, sobre o cavalo, e atacou. Seus irmãos seriam vingados.

Arthur preparou-se, lançando um último olhar para Melissa. Notou que Lancelot fazia o mesmo e que a jovem não se desviava de seu cavaleiro. Era quase como se os dois não pudessem evitar. Abalado, apertou o cabo de Excalibur e concentrou-se na agitação que percorria seus homens diante da batalha iminente. A adrenalina envolvia-os como uma onda, prestes a arrebentar sobre os inimigos.

— Homens! — O rei brandiu sua espada. — Atacar!

Mark e Arthur haviam combinado previamente que Camelot iria pelo flanco esquerdo, enquanto Cornualha atacaria pelo direito, comandada por um dos cavaleiros de confiança de Mark, já que o rei se negava a sair de perto de Arthur. A terra tremia sob seus pés e o céu amanhecera escuro, como se uma tempestade estivesse prestes a desabar.

Os cavaleiros seguiam para o seu destino. O coração explodindo com a adrenalina do combate. Treinados e imperiosos, eles se moviam como heróis. Independentemente do resultado, ainda que morressem naquele dia, nada mais importava. Estavam ali por Camelot e por Arthur.

O cavalo de Gaheris corria, pisoteando os inimigos, enquanto o cavaleiro mantinha sua lança em posição. Furando as barreiras e matando qualquer um que surgisse em seu caminho.

Quando sua lança se prendeu em um saxão e partiu-se, Gaheris sacou sua espada, movendo-a contra cabeças, peitos e qualquer parte inimiga que pudesse alcançar, ainda cavalgando.

Avistou Lancelot lutando para proteger Arthur e notou um mercenário com um machado procurando uma brecha para acertar as costas do rei.

Antes que o inimigo pudesse pensar, Gaheris empinou seu cavalo, que o acertou com os cascos, esmagando-lhe a cabeça, enquanto ele cravava a espada em outro soldado, que caiu morto com a lâmina fincada no peito.

Desarmado, Gaheris olhou em volta. Tristan armava o arco e, atrás dele, um adversário se preparava para atacá-lo. A todo galope com seu cavalo, Gaheris chegou perto o suficiente para saltar sobre o saxão e dar-lhe uma cabeçada.

— Se não se importar, fico com isso. — Gaheris arrancou a espada das mãos do inimigo e o matou.

Os cavaleiros de Arthur levantaram suas espadas, passando a toda velocidade pelos inimigos, acertando-os com fúria.

Os soldados saxões que conseguiam romper a barreira humana disparavam para o castelo, com a intenção de massacrar o grupo que defendia a imponente muralha.

— Vamos dividir as forças — informou Gabriel às mulheres. — Não abusem da magia. Menos Lilibeth, diferentemente de nós, você é pura magia e pode fazer o que quiser — disse a ela, que piscou para o cavaleiro, ciente de que não se desgastaria.

Formando uma parede de escudos, os homens de Arthur dispuseram-se como uma resistente cerca viva, impedindo a passagem dos adversários.

Atrás deles, Lilibeth arremessava globos de luz que explodiam ao tocar o chão, e Morgana lançava bolas de fogo certeiras, dispersando a parte da horda saxã liderada por Horsa, cujo olhar brilhou ao ver a princesa de fogo a quem queria desposar.

O brilho das labaredas de Morgana se refletia nos olhos do guerreiro saxão, que parou para admirar a feiticeira e foi protegido por seus homens. Os cabelos cor de fogo da jovem, caídos às suas costas, davam-lhe um tom selvagem. Resoluto, ele brandiu sua arma e preparou-se para lutar pela mulher que em breve teria nos braços.

Erin empunhou seu arco, estreitando os olhos para enxergar o centro da batalha, onde muitos se enfrentavam corpo a corpo. Havia herdado a excelente visão do irmão e viu quando Tristan foi derrubado do cavalo por dois homens. Sem demorar, mirou, atirou e acertou um dos inimigos, deixando que o cavaleiro lidasse com o outro.

Melissa estava apreensiva. Por mais que não quisesse concordar com Merlin, sentia que perdia o controle dos poderes, como se eles estivessem querendo consumi-la. Talvez manter dois elementos dentro de si fosse um peso maior do que podia carregar.

A princípio, ela pensou que seria mais simples, que evocaria um furacão e destruiria todos os inimigos. Infelizmente, parecia que a natureza enviava um recado claro a ela: nada com tamanha proporção poderia ser considerado simples.

Bastou invocar os ventos que desviaram os disparos das catapultas para sentir seu ouvido sangrar. Puxou o capuz da capa para cima da cabeça, querendo impedir que alguém notasse.

Ela avistou Marcos, que estava ao lado de Merlin, atrás das muralhas, com um olhar apreensivo. Havia sido muito difícil convencê-lo a não sair do castelo, mas o campo de batalha não era o lugar para ele. Temendo que pudesse ser uma distração para seus amigos, Marcos cedeu e concordou em ficar ali, pelo menos até mudar de ideia.

Voltando sua atenção para a batalha, Melissa concentrou-se. Teria de ajudá-los e ser mais cuidadosa ao mesmo tempo. Infelizmente, não sabia se teria tanto autocontrole.

Concentrando-se, Melissa fez a terra tremer, rachando-a e eliminando vários inimigos. Depois a fechou novamente, evitando que cavaleiros de Arthur se ferissem e permitindo que as raízes da floresta próxima viessem até eles, então esmagou cada adversário que pudesse encontrar. Ao longe, observou Lancelot desmontar e sacar sua espada, cercado por saxões. Enviou uma rajada de vento até lá e derrubou todos eles, além de Arthur, Mark e Tristan, que lutavam ao lado do cavaleiro. Frustrada, percebeu que não seria possível ajudá-los de longe sem acertá-los também.

Gabriel analisava a situação. As valas, cavadas durante a madrugada ao redor do castelo, estavam repletas de piche fervente, que havia sido retirado do fundo do lago e aquecido ao máximo. O feiticeiro podia sentir a umidade, porém isso não era suficiente para que pudesse usar seus poderes sem prejudicar as armadilhas. Ele teria de se aproximar mais do lado leste do castelo e tentar utilizar a água do lago que ficava nos jardins de Morgana, mas temia se afastar muito das jovens e da fada. Ao seu lado, o pai disparava uma flecha no coração de um mercenário.

Sacando suas duas espadas, Gabriel saltou do cavalo e sorriu, preparando-se.

— Será do modo tradicional, então.

O calor da batalha se intensificava. No meio do campo, os cavaleiros lutavam para proteger Arthur, que abria caminho até Pellinore e Leodegrance, querendo fazê-los pagar por suas traições.

Cada soldado que se aproximava era derrubado pelo grupo comandado por Lancelot, que protegia seu rei sem dar a qualquer um a chance de feri-lo.

Quando eliminaram a distância, Leodegrance não estava mais à vista, mas Arthur gritou para Pellinore:

— É sua última chance de se render.

— Digo o mesmo. — Pellinore o enfrentou.

— Eu o farei pagar por ter traído Camelot.

O rei adversário sorriu. Era mais velho, porém mantinha o vigor dos tempos em que fora o campeão de Uther.

Breogan lutava a seu lado e olhou intrigado para Lancelot, que tirou seu elmo, permitindo que o mercenário o reconhecesse imediatamente. Notando o interesse, Lancelot acenou com a cabeça, desafiador.

— Devo-lhe um reconhecimento, não é mesmo? Lancelot. Aqui está ele. — Ele ergueu as mãos, fazendo menção a si próprio com um sorriso cínico. — Soube que me procura em cada canto que vai. Será amor?

— Bastardo! Ninguém me engana. — O mercenário apontou a espada. — Arrancarei sua cabeça fora.

Lancelot abriu os braços, convidando Breogan outra vez. Desejava matá-lo desde que o conhecera no acampamento.

— Não. Você tentará arrancá-la enquanto perderá a sua — sentenciou o cavaleiro quando as espadas se chocaram.

Com a espada em frente ao corpo, o mercenário atacou furiosamente. O cavaleiro desviou para a direita, abaixou-se e volveu, forçando o outro a pular para trás ou seria atingido na barriga. Defendeu-se de um ataque com seu escudo e girou-o de modo que a borda afiada cortasse o braço de Breogan, talhando fundo.

Enraivecido, o inimigo atacou seguidas vezes com a espada. Lancelot permanecia calmo, esperando o momento certo de usar a raiva de Breogan contra ele mesmo. Durante uma investida do mercenário, o cavaleiro desviou agilmente e chutou suas pernas por trás, derrubando-o, mas Breogan levantou-se rapidamente, consumido de raiva e errando o golpe seguinte.

Era o que Lancelot queria. Ele jogou seu escudo contra o mercenário, distraindo-o. Quando Breogan recuperou-se e investiu, o cavaleiro agilmente virou sua espada no ar, segurando-a pela lâmina, e chocou a base contra a espada inimiga, enroscando-a na guarda cruzada e puxando-a para baixo com rapidez, desarmando-o.

Antes mesmo que Breogan se desse conta do que o cavaleiro fizera, Lancelot virou a espada e arrancou-lhe a cabeça.

O primeiro cavaleiro de Camelot girou o corpo, buscando um panorama geral do campo de batalha. Arthur lutava contra Pellinore, então decidiu ir até ele e começou a abrir caminho, atirando uma adaga em um dos homens que atacava Bors.

Bors revezava um machado longo e sua espada. Lutava com afinco, quando viu Leodegrance matar um homem ao lado de Percival. O cavaleiro estava de costas e seria atingido, mas o rei não o atacou. Por um momento, Bors achou que a adrenalina da batalha tivesse cegado Leodegrance, em seguida ficou em choque ao vê-los assentindo discretamente e mudando o rumo da ação.

Abismado, o cavaleiro mais velho de Arthur reconheceu o óbvio: Percival era um traidor e aproximava-se rapidamente do rei de Camelot.

Derrubando três homens que os separavam, Bors colocou-se frente a frente com o amigo em quem sempre confiara.

— É você! — gritou, apontando-lhe a espada.

— Está louco? Ameaça-me quando estamos cercados? — Percival tentava recobrar o controle da situação, não entendendo como o outro descobrira que ele era um dos traidores.

— Eu o vi com Leodegrance — explicou Breogan, percebendo um guerreiro vindo pela esquerda e atingindo-o com o machado na cabeça. — E agora você morrerá por todos aqueles a quem sua traição custou a vida.

Resignado, Percival aceitou o duelo e o embate entre os dois se iniciou.

※

Mark enfrentava um saxão que o atacava com um machado. O rei da Cornualha abaixou-se quando o golpe veio, depois brandiu a espada, chocando-se contra ele e, com um segundo golpe, o desarmou, matando-o. Preparava-se para atacar o próximo quando uma flecha veio de encontro a ele, acertando-o no braço.

Tristan havia acabado de tirar sua espada do peito de um inimigo quando também foi atingido no ombro ferido. Olhando ao redor, notou os arqueiros que atiravam contra eles. Sem se importar com o ferimento, o cavaleiro pegou seu arco das costas, posicionou-o e atirou, acertando um deles na cabeça.

— Um já foi — murmurou. — Quantos faltam? — perguntou ao tio, irônico. — Noventa e nove?

— Um pouco mais do que isso, filho — respondeu o tio, com um sorriso cúmplice.

De onde estava, Erin viu o tio ser atingido e prendeu a respiração, para em seguida ver o mesmo acontecer a seu irmão. Sem hesitar, agitou as rédeas de seu cavalo e partiu para o único lugar que Mark a havia proibido de ir: a linha de frente.

Com o arco em punho, deixou que seu cavalo continuasse avançando enquanto ela atirava sem cessar em cada um dos arqueiros que ofereciam riscos ao tio e ao irmão.

Quando parou seu cavalo perto deles e saltou, ambos a encararam, boquiabertos.

— Não sei mais o que faço com você, Erin — murmurou Mark, arrancando a flecha do braço.

— Não me pergunte — respondeu Tristan, fazendo o mesmo com a haste que estava presa em seu ombro. — Por acaso há um alvo nesse ombro? Por que sempre aqui?

— Salvei a vida dos dois, mal-agradecidos! — disse ela, insolente.

— Isso não importa. O fato é que não permitirei que você atravesse o campo inteiro para voltar ao castelo. Se prepare, terá de ficar conosco até que seja seguro voltar — determinou Mark.

Erin vibrou, deixando o tio ainda mais contrariado. Pelo menos lutaria, como desejava.

— Muito bem, irmãzinha, você quer lutar? — Tristan colocou a mão no ombro dela. — Vamos mostrar aos nossos adversários como se usa um arco. Nós três juntos. Você me cobre e eu a cubro, certo?

— Certo!

— E nós dois cobrimos o tio Mark.

— Não preciso que me cubram — declarou o rei, realmente contrariado de ver sua menina correndo perigo. — Sou eu quem cobrirá os dois.

— Muito bem. Deixe-o ser alvejado, Erin — provocou Tristan, com o arco em punho, fazendo a primeira mira, enquanto sua irmã, de costas para os dois, ria e pegava uma flecha.

— Engraçadinhos. Ainda tenho autoridade para deixar os dois de castigo.

Ouviram-se duas gargalhadas e uma saraivada se iniciou.

※

Pellinore era forte, apesar de mais lento que Arthur, e o rei de Camelot enfrentava-o sem descanso enquanto suas costas eram protegidas por Tristan, Erin e Mark.

Arthur golpeava e bloqueava os ataques ao mesmo tempo que mantinha os olhos atento ao entorno. Enquanto se esquivava, não se surpreendeu ao ver de relance Bors e Percival se enfrentando. O traidor havia sido descoberto.

Voltando a atenção para Pellinore, Arthur bateu a espada com força, empurrou-a para o lado e girou, aproveitando a força do impacto para acertar Pellinore com o cotovelo, quebrando-lhe o nariz e alguns dentes. O inimigo teve apenas um piscar de olhos para expressar sua indignação antes que Arthur o atingisse na jugular e corresse em direção aos seus dois cavaleiros que duelavam.

Bors e Percival se enfrentavam arduamente. Nenhum dos dois conseguia dominar o outro, provavelmente por conhecerem muito bem as técnicas de cada um. Eram parceiros de treino, suas mulheres eram melhores amigas, seus filhos brincavam juntos. Para Bors, cada golpe era um golpe contra si mesmo.

Percival fora recrutado para o lado inimigo por Morgause. Primeiro, a rainha o dominou e o atraiu para sua cama, depois, ele foi seduzido pelo poder. A chance de ter o próprio reino e deixar de servir a um rei para se tornar ele mesmo senhor.

No início, relutou, pensava nos ideais que havia aprendido desde criança, mas a insistência de Arthur em manter ligações com Roma o enojava. Roma fizera a Britânia cativa, colocando-os de joelhos. Não eram aliados, eram inimigos.

Com habilidade, Bors arremeteu o machado contra Percival, fazendo-o perder o equilíbrio e cair de joelhos. Aproveitou a oportunidade e abaixou-se para lhe dar uma cotovelada na nuca, deixando-o atordoado, então pegou sua espada e a apontou para seu peito.

Percival ergueu as mãos, rendendo-se.

— Peço clemência. Quero ser levado preso.

— Você não merece clemência. — Bors revoltou-se.

— Não importa se acha que mereço ou não. É o nosso código de honra.

— O meu código! Você é um maldito traidor.

— Que seja, é o seu código. — Ele levantou-se devagar, fingindo tropeçar e tirando uma pequena adaga da bota, discretamente.

— Como pôde, Percival? — perguntou Bors, aproximando-se para encará-lo, julgando-o desarmado. — Nós somos seus irmãos. Kay, Bedivere, Geraint e Gawain estão mortos por pessoas como você. Deveria tê-los protegido.

— A única pessoa a quem devo proteção é a mim mesmo. — E rapidamente enfiou a adaga no pescoço de Bors, que, surpreso, desmoronou no chão.

Percival observou Bors caído por poucos segundos até que ouviu a voz do rei atrás de si.

— O que está acontecendo aqui? — perguntou Arthur, chegando tarde para ouvir a conversa sobre a traição.

— Bors é o traidor — afirmou o cavaleiro. — Eu o vi com Leodegrance e, quando o questionei, ele me desafiou. Não tive escolha. — O cavaleiro fingiu pesar.

Arthur hesitava. Bors andara mais quieto nos últimos dias, e o rei tinha suspeitas sobre seu comportamento, mas ouvir claramente que ele os traíra parecia tão irreal. Aproximando-se, percebeu que o cavaleiro ainda estava vivo e tentava balbuciar algo. Tirou o próprio elmo e ajoelhou-se ao seu lado, pensando que talvez ele quisesse pedir clemência. O cavaleiro o havia servido durante boa parte de sua vida, começando ainda com seu pai, Uther. Ele e Percival eram os únicos remanescentes daquela cavalaria que ainda serviam a Camelot.

— Ele... Ele... — Bors gaguejava para seu rei.

Percival sabia que, por mais crédulo que Arthur fosse com seus cavaleiros, era questão de tempo até que ele descobrisse quem era o traidor de verdade. Não poderia mais hesitar ou perderia a chance. Precisava aproveitar o caos da batalha. Com a espada novamente em punho, deu um passo em direção a Arthur ao mesmo tempo que o rei se virava para ele, sem poder reagir. A arma desceu veloz e teria cortado a cabeça de Arthur se outra espada não lhe bloqueasse o caminho.

— Hora de acertar as contas, Percival. — Era Lancelot.

⁂

Os cavaleiros de Arthur continuavam dando cobertura às mulheres. Morgana e Melissa usavam seus poderes no limite do aceitável, sem se deixar levar pelas emoções. Lilibeth sentia sua roupa se desgastando. Em breve estaria vestida apenas com roupas de fada. Como o dia amanhecera e a necessidade assim pedia, as vestimentas surgiriam em seu próprio corpo e ela não tinha noção do que esperar.

Gabriel rasgou a barriga de um inimigo com uma das espadas, enquanto cortava o pescoço de outro com a arma sobressalente. Lutava lado a lado com o pai, que, como Tristan havia dito, era um exímio espadachim. Benjamin tinha autocontrole e visão, sempre antecipando o próximo golpe.

Reconhecendo um dos líderes saxões pelas vestes e características que Arthur lhe fornecera, Gabriel estendeu a espada a Horsa, desafiando-o.

— Você é só um garoto — disse Horsa, com seu forte sotaque, e riu.

Gabriel girou as espadas nos braços, cortando o vento e avançando para cima de Horsa, pegando-o desprevenido e empurrando-o com força para trás. O jovem riu e ergueu as sobrancelhas, zombeteiro.

— Você luta como um homem, mas ainda é um garoto — provocou o saxão, sem abandonar o sorriso irônico.

— Não, eu sou um homem. O homem que o matará.

Gabriel avançou outra vez, movimentando-se perfeitamente com as duas armas, usando uma para se defender, outra para atacar e o corpo para distrair o inimigo ao se mover com agilidade.

Benjamin estava a alguns metros do filho e notou quando saxões o cercaram. Gabriel também percebeu, e disse:

— Ora, não será uma luta justa, então? Entendo seu receio, jamais daria conta de mim sozinho. — Ele caçoou enquanto juntava as duas espadas cruzadas, como uma tesoura, e bloqueava outro golpe.

Morgana começou a queimar os saxões, um atrás do outro, enquanto Lilibeth os deixava inconscientes com o pó de fada e Melissa os empurrou e jogou para o alto com a força do vento, atingindo acidentalmente, também, seu irmão e o saxão.

Os olhos de Horsa brilharam, cobiçando aquelas mulheres.

— Acabarei com você, garoto. Agora não quero apenas a princesa de fogo, quero todas. Uma delas provavelmente será do meu irmão, mas ficarei com as outras duas. Serão minhas escravas.

Furioso, Gabriel atingiu de raspão o rosto do homem com uma de suas espadas.

— Você jamais deveria ter dito isso.

Numa investida dura e impiedosa, o jovem cavaleiro avançava cada vez mais. O saxão, apesar de surpreso, também era um guerreiro poderoso e, mesmo cedendo seu espaço, não se permitia desistir.

Enquanto isso, o exército inimigo tentava penetrar as muralhas do castelo, usando flechas amarradas em cordas para que pudessem escalá-las. Eles eram muitos. Três vezes mais do que os aliados e, ainda que Camelot tivesse feiticeiros, mais e mais inimigos pareciam brotar.

Quando Melissa tentou derrubá-los com a força do Ar, atingiu vários soldados de Arthur. A feiticeira sentia que o pouco controle que restava sobre seus poderes se esvaía. Ela puxou o capuz para a frente, tentando ocultar o rosto. O sangue escorria pelos dois ouvidos quando viu Gabriel cambalear depois de levar um chute na barriga. Ela não podia ajudá-lo dali sem arriscar feri-lo, e Morgana e Lilibeth estavam ocupadas, tentando impedir que o castelo fosse invadido.

Seu tempo estava acabando. Mais uma vez, Merlin tinha razão. Na tentativa de ajudar a todos e salvar Lancelot, ela abusara do poder mais uma vez. Estava tão fraca que não notou um saxão com a espada em riste correndo em sua direção, sendo salva por Liberdade, que deu um coice violento no inimigo. Depois relinchou para ela, como se soubesse seu segredo. Melissa encarou seus olhos pretos, e o animal assentiu. Ele sabia que ela estava fraca, sabia que a jovem poderia morrer se insistisse.

Respirando fundo, Melissa buscou uma conexão plena com a natureza ao tocar o lombo do animal. Sentiu a terra abaixo dele, sentiu o ar tocando seu rosto e a magia conectando-se a ela através de cada um de seus poros. Fechou os olhos por um breve momento e soube o que fazer.

A feiticeira olhou para o céu, o desespero ameaçando tomá-la, e notou as nuvens carregadas, prestes a desabar. Talvez não conseguisse muito, mas o que viesse poderia ser essencial. Estendendo as mãos para o alto, concentrou-se ainda mais e convocou um forte vento, fazendo as nuvens se encorparem e produzirem um estrondoso trovão. O poder percorria seu corpo e escorria pelas pontas de seus dedos, deixando-a esgotada. A água caiu e Melissa apoiou-se no cavalo, praticamente sem forças.

❧

Levantando-se, Arthur esforçava-se para crer no que seus olhos lhe mostravam. Bors dera seu último suspiro e Lancelot preparava-se para enfrentar o cavaleiro que quase tirou sua vida.

— Além de traidor, você é covarde, Percival! — exclamou Arthur. — Você me mataria pelas costas. Eu o desafio a lutar comigo como homem, se restar algum dentro de você.

— Arthur! — Ele ouviu a voz carregada de sotaque saxão atrás de si, era Hengist. — Quero ser o homem a derrubar o Grande Rei da Britânia.

O rei trocou um olhar decisivo com Lancelot e empunhou sua espada. Seu primeiro cavaleiro assumiria o confronto com Percival, enquanto ele enfrentaria Hengist.

Rei e cavaleiro ficaram de costas um para o outro, protegendo-se. Eram os irmãos que sempre haviam sido. Ambas as espadas brilhavam com o sangue de guerreiros caídos.

Arthur e Hengist se atacaram de imediato. A terra, assim como seus rostos, estava marcada com sangue, o ar carregava o peso da morte. Os dois líderes opostos se enfrentavam, dispostos a tirar a vida um do outro. As espadas se chocavam no ar enquanto outros homens caíam. Com um sorriso, Arthur ouviu os tambores de seus aliados. A ajuda estava a caminho. Os inimigos cairiam.

— Então você tentou matar meu irmão — disse Lancelot a Percival, girando a espada. — Um de nós.

Percival encarou o cavaleiro com um sorriso sarcástico, reconhecendo que Lancelot já fora melhor em reconhecer o perigo. Se não estivesse tão abalado pelos próprios problemas, teria notado antes quem era o traidor. Azar de Arthur, que tomou como irmão alguém que sequer teve coragem de se assumir como rei. Lancelot tinha privilégios que nenhum outro possuía e justamente ele roubara a mulher de Arthur.

— Você é um hipócrita, Lancelot. — Percival riu, ferino. — Morgause me contou o que fez. Traiu Arthur e acha que pode me cobrar lealdade.

Sem mais demora, Lancelot partiu para o ataque, tomado pela cólera. Atacava tanto com o escudo quanto com a espada, alucinado, querendo o sangue do traidor. Assim como aconteceu com Bors, Percival conhecia os movimentos de Lancelot e prolongava o combate.

Uma vez descoberto, Percival precisava garantir que Lancelot e Arthur morressem. O trato que fizera fora esse. A cabeça de Arthur por ouro, mulheres e muita terra. Governaria com mãos de aço, sem permitir que o povo clamasse por igualdade. Não eram iguais e jamais seriam.

Decidido, Lancelot chocava sua espada contra a dele, com cada vez mais força, procurando uma brecha para derrubá-lo. Conhecedor ou não de suas técnicas, Percival cairia.

Mantendo um olho na própria luta e o outro em Arthur, visando protegê-lo, Lancelot prosseguia.

Hengist era extremamente treinado e pouco disposto a ceder. Arthur conseguiu feri-lo na coxa, o sangue esguichando. O rei bloqueou um golpe e usou o movimento para jogar Hengist para trás, quase o ferindo novamente. Depois o saxão fez o mesmo e Arthur inclinou o corpo, desviando-se da lâmina, que passou rente ao seu pescoço, cortando-o, e um filete de sangue brotou.

Esperto, Hengist preparou-se para o próximo ataque do rei, e, quando veio, desviou, vendo Excalibur passar de raspão por seu braço, então puxou Arthur, desarmou-o e acertou-lhe o rosto com o cabo da própria espada. Arthur cambaleou. Era o seu fim.

Lancelot empurrava Percival com seu escudo quando viu Arthur ser desarmado. O rei estava a dez metros dele, os próprios combates os distanciaram. A ação se desenrolou rapidamente e Lancelot não tinha escolha. Era ele ou Arthur, e sempre escolheria seu amigo. Era o momento da visão de Melissa. O sacrifício.

Hengist levantou sua arma e, antes que a abaixasse, Lancelot arremessou sua espada, trespassando-lhe o peito e fazendo seu corpo tombar para trás, morto.

Ao se desviar da própria luta para salvar seu rei, Lancelot fez exatamente o que Percival esperava. Os anos de convivência deixaram claro quem o cavaleiro priorizaria.

Lancelot mal teve tempo de se virar de volta para Percival, e o traidor lhe transpassou com sua espada, acertando-o no abdômen, entre as placas da armadura que ele conhecia tão bem.

Antes mesmo de o traidor comemorar a vitória, uma flecha atingiu-lhe a cabeça e ele tombou, deixando cair no chão a espada que ferira Lancelot. Era Tristan que se aproximava correndo com Erin e Mark.

Lancelot olhou para a espada e tocou o próprio corpo, tentando raciocinar e entender o que se passara naquele piscar de olhos em que tudo mudou. A escolha que fizera ao salvar Arthur não apenas lhe dava a vida, mas também lhe entregava sua mulher e seu filho. Nunca veria seu pequeno crescer.

Ao longe, avistou Melissa apoiada em Liberdade, as mãos nos lábios, tomada pelo choque de vê-lo ferido. A única mulher a quem amara, a única capaz de tocar seu coração e torná-lo seu. Desejou que houvesse um meio de ficar com ela, que houvesse um meio de salvar a todos. Jamais deveria ter tido esperança. Não funcionava assim com ele. No fim, aceitou seu destino, salvara Arthur e perdera tudo. Desfalecendo, tentou, em vão, tirar a espada de si, sentindo tudo escurecer. E, assim como a chuva, o cavaleiro desabou.

※

Ao sentir o primeiro pingo de chuva cair em sua pele, Gabriel não conteve um sorriso. Firmando-se no chão, apontou sua espada para o saxão e concentrou suas forças em dominar a água, fazendo-a passar por seu punho e correr pelo cabo da espada. O jato de água se solidificou em forma de adaga, atingindo Horsa, que morreu sem entender o que o havia acontecido.

Abrindo os braços, Gabriel produziu diversos jatos de água cortantes, derrubando cada saxão que tentasse passar por ele. Anos aperfeiçoando seus poderes lhe davam perfeita habilidade para causar um dano maior do que qualquer feiticeiro.

Viu seu pai protegendo Morgana, que, com a chuva, ficava vulnerável; correu até ela, colocando-a atrás de si e atingindo mais três homens.

Camelot e Cornualha conseguiam reagir, seus exércitos subjugavam os inimigos um a um. E, para concretizar a vitória que se aproximava, os aliados chegaram. Os soldados surgiam cavalgando e fazendo tremer a terra.

Feliz e dando-se conta de que venceriam, Gabriel olhou para Melissa. Sua satisfação se evaporou ao ver a expressão da irmã. Reconhecendo que havia algo errado, correu ao seu encontro.

※

Perturbada, Melissa percebeu que Lancelot e Percival se enfrentavam. Só havia uma explicação: Percival era um traidor. Com medo de guiar Liberdade até lá e distrair Lancelot, permaneceu parada, assim como o cavalo, que, pela primeira vez, não tinha reação e esperava, hesitando. Precisava proteger Melissa. Ela tentou usar seus poderes e falhou; estava fraca demais.

Ao ver o adversário tropeçando, quase sentiu alívio, porém, em seguida, desesperada, viu Arthur cair e o sacrifício de Lancelot ao ser transpassado pela espada de Percival.

O grito ficou preso em sua garganta ao cruzar o olhar com o dele. As lágrimas brotando e se perdendo na tempestade. O único homem a quem amou, o único capaz de tocar seu coração e torná-lo seu. A dor que Lancelot sentia explodia em seu peito, rompendo qualquer barreira da lógica. Ao mesmo tempo, as aflições não haviam terminado. Perdendo as forças, sentiu uma dor cortante no ventre e constatou que havia sangue se esvaindo pela roupa manchada. Estava perdendo seu filho. Seu descontrole emocional e a fraqueza pelo abuso do poder a fizeram perder o equilíbrio e cair.

Gabriel chegou a tempo de ampará-la e diminuir o impacto da queda com uma pequena onda de água.

— Mel, o que houve? — perguntou ele, assustado.

— Estou perdendo Lancelot, estou perdendo os dois. — Ela ficou em pé, ignorando qualquer sensação que quisesse fazê-la cair outra vez. — Você tinha razão.

— Do que está falando? — perguntou Gabriel, e virou-se para o campo de batalha. Poucos inimigos estavam em pé, e no meio, Tristan e Arthur estavam de joelhos, olhando para alguém caído. — Ele foi ferido — constatou, triste.

A chuva diminuía, tornando-se uma fina garoa, um pranto para as almas perdidas. E, então, sem esperar por qualquer apoio de seu irmão, Melissa montou em Liberdade, que parecia desesperado para que ela o fizesse, e saiu a galope. Já não sentia mais dores no ventre e não sabia se seu filho estava bem ou se o pior havia acontecido, temia pensar a respeito e tornar tudo pior.

Correndo por ela, por Lancelot e por seu filho, Melissa prosseguia, vendo inimigos caírem ao longo do caminho. Gabriel tratava de protegê-la, como havia prometido a seu amigo.

Melissa precisava chegar a Lancelot e vê-lo bem. Precisava ouvir sua voz dizendo a ela que os três ficariam juntos e vivos. Não poderia perdê-los. Seu destino não poderia ser perder aqueles que amava.

— Meu coração... — murmurou Melissa, e Liberdade voou.

73

Arthur brandia Excalibur novamente quando viu Lancelot cair. Era como se a batalha à sua volta não existisse mais. Uma das vidas que lhe eram mais caras desvanecia diante de seus olhos.

— Não! — gritou o rei, correndo em direção ao amigo. — Por que você tinha que me salvar? — perguntou ele, ajoelhando-se ao lado do amigo.

— Porque é isso que os irmãos fazem. — Lancelot tossiu, fraco, sentindo a morte se aproximando.

Arthur tentou acomodá-lo da melhor forma, tirando o peitoril da armadura, e pressionou o ferimento com ambas as mãos, encharcando-as com o sangue de seu melhor amigo e desejando ter o poder de salvá-lo. Ao seu redor, os inimigos estavam mortos ou se rendiam. A vitória era deles, e o preço era amargo.

— Você sobreviverá. Chamem os médicos! Chame Merlin! Alguém tem de salvá-lo! — gritou para Gaheris, que mal chegara à cena e já corria para buscar ajudar.

Tristan ajoelhou-se perto do amigo, os olhos brilhantes, culpando-se por mais uma vez permitir que alguém que amava fosse ferido. Se tivesse sido mais rápido, Lancelot estaria vivo.

— Arthur, preciso que me ouça. — A voz de Lancelot soava baixa e trêmula.

O cavaleiro buscava forças para o pedido que precisava fazer. Mesmo morrendo, negava-se a entregá-la. Era doloroso demais partir e deixar sua família.

— Diga. Farei o que me pedir — respondeu Arthur, seguro.

— Cuide do meu coração. — As palavras saíram acompanhadas de lágrimas. Era a constatação do fim.

— O quê? — O rei estranhou, achando que se tratava de um delírio, afinal, a espada atravessara a barriga do cavaleiro.
— Melissa. Meu coração. Meu amor...
— Não se despeça. Você viverá. — Arthur não queria crer que esse dia havia chegado.
— Ela resistirá, será infeliz, mas precisa encontrar um jeito de fazê-la ficar bem. Não posso partir sem saber que ela será feliz outra vez. — Lancelot soluçou, sem se importar que o vissem em seu pior momento. — Por favor, prometa — insistiu ele, precisando de uma confirmação. — Você cuidará dela e fará tudo por ela, não importa o que seja. — Ele referia-se ao filho que Arthur nem sonhava existir.
— Eu prometo.

※

Melissa desmontou de Liberdade e ouviu Arthur fazendo uma promessa, mas não se atentou ao que era. Toda a sua atenção foi para Lancelot banhado em sangue.
— Não. — Ela se deixou cair ao lado dele, as lágrimas escorrendo, ignorando o que os soldados de Arthur pensariam.
Liberdade abaixou a cabeça e tocou levemente os cabelos de Lancelot, como se sentisse sua dor e antevisse a perda. O cavaleiro parecia fraco demais para sobreviver. Melissa apertou-lhe a mão e se abaixou para abraçá-lo.
— Lancelot, não. Você vai ficar bem — repetia ela, baixinho, querendo acreditar nas próprias palavras. — Isso não pode estar acontecendo.
— Amor, não era para você estar aqui — disse ele, com dificuldade, engasgando. — Você precisa ficar bem sem mim. Aconteceu o que esperávamos — argumentou ele, tocando-lhe o rosto e acariciando-o com o polegar, intrigando Arthur e fazendo-o cogitar se havia uma visão envolvida.
— Não, não ouse se despedir — implorou ela, tocando-lhe o rosto cada vez mais pálido.
— Quero que seja feliz — sussurrou Lancelot, quase sem forças.
— Então viva. — Melissa beijou-o nos lábios, sentindo-os frios.
Arthur virou o rosto, não conseguia mais sentir raiva. Era amor o que via.
— Merlin! — gritou o rei, vendo o feiticeiro caminhar até eles, acompanhado dos médicos e de Marcos, Morgana, Lilibeth e Benjamin. — Você precisa ajudá-lo. — Ele avaliou novamente o estado de Lancelot e sentiu que seu fim se aproximava.

— É tarde demais. Meus poderes não o trarão de volta — explicou Merlin.
— Salve-o, Merlin. Estou ordenando! — acrescentou Arthur.

Nesse momento, ao ver a vida de Lancelot indo embora, Arthur percebeu que jamais suportaria aquela perda. Era seu irmão que estava ali. O irmão que se sacrificou por ele e que provavelmente viera para o campo de batalha com essa finalidade. Não importava o que aconteceria com o cavaleiro vivo, o rei o queria de volta. Ouviu Melissa soluçar alto e seu coração se partiu. Daria tudo para vê-la feliz.

— Por favor, não me deixe — choramingava ela, com a cabeça no peito do cavaleiro. — Não vou permitir que ele morra, Merlin. — Ela encarou o feiticeiro. — Você me deve isso! Olhe à sua volta, nós vencemos a guerra. Arthur está vivo, Camelot e a magia estão a salvo. Ele não pode morrer. Faço o que quiser. Quer que eu escolha novamente? Eu escolho. Quero Lancelot vivo. Se ele viver, me casarei com Arthur e nunca mais olharei para ele outra vez. Só preciso que ele viva.

Erin abraçou seu irmão, que havia se levantado e estava com as mãos na cintura, olhando para o céu, como se procurasse respostas.

Morgana e Lilibeth sentaram-se próximas a Lancelot, ambas desoladas pela perda iminente. A feiticeira constatou que Merlin tinha razão, não havia nada que a magia pudesse fazer, então chorou baixinho, desolada, sentindo a perda de parte do seu coração, como previra desde o início. Lilibeth tocou o rosto do cavaleiro que protegera desde o nascimento com delicadeza. A fada usava um longo vestido de cor preta que evocava a morte, assim como seus cabelos estavam lisos e negros, sem nenhuma mecha colorida. Era a primeira vez que se vestia de forma tão fúnebre, como se sua mãe soubesse que viveria um momento de extrema dor. Talvez seu pior momento.

— Você já fez isso antes, Merlin, quando me salvou — argumentou Gabriel, apoiando sua irmã e seu amigo. A dor o consumia ao ver aquele que considerava um irmão padecendo a agonia da morte. Passando a mão pelo rosto aflito, procurava, desesperado, uma resposta que pudesse salvá-lo. — O que o impede de fazer outra vez?

— Não fui eu. Foi Lilibeth, e, se ela está calada, é porque sabe que nada aqui ajudará Lancelot — insistia o feiticeiro.

— O sangue de Avalon corre em suas veias, Gabriel — explicou Lilibeth, baixinho. — Avalon cuida dos seus. Você carrega seu sangue, seu instinto é protegê-lo, ainda que precise roubá-lo da morte. O sangue de Lancelot não pertence a Avalon — continuou ela, acariciando o cavaleiro ferido e sofrendo pelo quanto ele significava para ela. — Nenhum de nós possui forças para

salvá-lo, ao menos não que eu saiba. Posso estabilizá-lo por um tempo, mas ele não conseguirá escapar da morte. — As lágrimas escorriam, cintilantes.
— Vocês precisam se despedir — disse a fada, entre soluços.
— Eu salvei Gabriel naquele dia, na floresta. Por que não posso usar esse poder outra vez?
— Não sei, Mel. É um poder que você adquirirá com o tempo e envolverá muito de sua parte. Seu corpo sabe que não pode se desgastar assim agora. Já abusou demais — respondeu a fada, ocultando o quanto podia a gravidez.
— Você não fará nada. — Lancelot foi taxativo, mesmo em meio a tanta dor.
Melissa estava desolada. Seu coração morria com Lancelot.
— Você não pode me dizer o que fazer! Não quero que morra... — murmurou ela, beijando-lhe o rosto.
— Melissa... Não chore. — Ele estendeu a mão e enxugou seu rosto. — Não morrerei enquanto você viver. Viva por mim.
— Não, está errado. Meu coração é o seu coração, esqueceu? Como posso viver se ele parar? — perguntou ela, segurando a mão do cavaleiro entre as suas. — Sem você, não há vida.
— Há — insistiu ele, cada vez mais fraco — aqui. — Lancelot tocou-lhe o ventre. — Viva por ele. É uma parte minha também.
O choque inicial de Merlin havia passado, e o feiticeiro apenas encarou os dois, pesaroso. Toda guerra tinha perdas. Arthur franziu o cenho, percebendo a situação. Não imaginava que os dois tivessem tamanha ligação e entendia que, se tivesse sabido antes, teria se revoltado ainda mais, e tudo em vão. Ele olhou para as próprias mãos, manchadas com o sangue do homem que se sacrificara por ele, e soube o que teria de ceder.
— Merlin, se há um meio, quero que o salve. — O rei havia tomado sua decisão. — Pouco me importa o que você quer ou não para mim.
— Não seja tolo. A profecia liga vocês dois — rebateu o feiticeiro.
— Não me importa o que a profecia diz. Não quero uma mulher presa a mim e amando outro homem. Tudo o que mais queria era que Melissa me amasse, mas não assim. Nunca a esse preço. — Ele trocou um profundo olhar com a jovem. — Estou abrindo mão. Lancelot deu a vida dele por mim, o mínimo que posso fazer é deixar Melissa livre para viver com quem ela deseja. — A melancolia pesava em suas palavras, mas estava sendo sincero. Queria Lancelot vivo.
— Não posso causar o fim da Britânia e da magia. A profecia diz que vocês devem se casar — afirmou Merlin.
— Não, não diz, não! — Lilibeth ficou de pé, enfrentando o feiticeiro.

— Claro que diz. Foi o acordo que fiz com sua mãe — insistiu Merlin.

— Sim, mas você sabe muito bem que, se Arthur abrisse mão de Melissa, ela estaria livre. A profecia foi clara quanto ao fato de que isso deveria permanecer em segredo e que a ação de Arthur deveria vir de um desejo sincero: mesmo amando-a, ele a deixaria livre para escolher seu destino. O que, aliás, deveria ser óbvio, afinal, vocês vivem na Idade Média, mas não são bárbaros, pelo amor da minha mãe! — Ela revirou os olhos.

— Salve-o, Merlin — ordenou Arthur, austero, depois de trocar um olhar com a fada. — Está decidido, não me casarei com Melissa. Ainda que Lancelot morra. — As palavras lhe custaram, porém precisava convencer o feiticeiro. — Ela é livre para escolher o que fazer com seu destino.

Melissa encarou Arthur sem acreditar. Ambos trocaram um olhar intenso e doloroso. Ela pôde ver o quanto doía para o rei ceder seu amor, mas ele faria o que pudesse para salvar Lancelot. Era a maior prova de amor e lealdade que poderia dar. Ceder para salvar. Ferir-se para dar vida. Mais uma vez, ela se espantou com o quanto ele poderia ser altruísta, mesmo quando tinha o poder de tomar o que queria. Era o Arthur que ela aprendera a amar, ainda que nunca fosse o tipo de amor que ele esperava. Ele jamais teria seu coração como Lancelot.

— Sei o que pensam a respeito, mas manter Arthur vivo era o único meio de todos sobrevivermos. Eu concordo que preferia que Melissa se casasse com Arthur, porque assim eles estariam mais próximos e seria melhor para todos, contudo, acredito que Lilibeth engenhosamente tenha razão — cedeu Merlin. — Ainda assim, talvez esse seja o desejo da Deusa, porque não há nada que eu possa fazer.

— Mas eu posso, não posso? — As palavras de Marcos saíram tremidas conforme ele se abaixava, aproximando-se de Melissa e Lancelot.

— Seria um risco altíssimo. — O feiticeiro compreendeu o que o jovem queria fazer. — Os cura-vidas estão praticamente extintos por um motivo: seu coração grande demais insiste em salvar mais vidas do que eles podem aguentar.

— Eu não me importo em arriscar.

— Não é tão simples. — Lilibeth interrompeu o amigo. — É preciso uma ligação de amor. Um cura-vidas não possui magia, é amor.

— Há amor de sobra aqui. — Marcos trocou um olhar com Melissa, que balançou a cabeça negativamente. Não poderia arriscar perdê-lo.

Marcos observou o grupo de pessoas e também o campo de batalha. Nunca em toda a sua vida imaginou que poderia passar por algo assim. As pessoas pereciam à sua volta. A morte levava garotos ainda mais novos que ele. Alguns gemiam, outros gritavam e alguns se permitiam derramar lágrimas silenciosas camufladas pela garoa. Como lidar com tantas perdas? Como deixar Lancelot morrer, se havia a chance de salvá-lo? No pouco tempo em que conviveram, Marcos aprendera que o amor e a bondade do cavaleiro os guiaram até ali. Não seria capaz de se omitir.

— Se for para alguém fazer um sacrifício aqui, serei eu, Marcos. — Melissa ficou de pé.

Marcos deu um passo à frente e tocou o braço da jovem. Não permitiria que ela se sacrificasse em hipótese alguma.

— Primeiro, você já fez sacrifícios demais. E, segundo, você não é uma cura-vidas, Mel — afirmou Marcos, balançando a cabeça com um sorriso triste. Era como se ele viesse esperando por esse momento para se pronunciar. Seu momento. Seu sacrifício. A ironia de sua vida. — Veja bem, eu não sei nada sobre meu povo, sobre quem eu sou. Como Merlin disse, não sei nem se há outros de mim, mas aqui estou eu e não posso renunciar à minha essência: aceito o risco.

— Você não ouviu os riscos, garoto? — Merlin estava pasmo. Haveria mesmo um tipo de amor capaz de um sacrifício assim? — Você pode morrer! E, se sobreviver, estará ligado às vidas de Morgana e Lancelot até a morte.

— Não — disse Melissa, aproximando-se ainda mais do amigo. — Não posso deixar que se sacrifique dessa forma.

Marcos encarou Melissa e seus olhos vermelhos de tanto chorar. Uma imagem que ele se cansara de ver nos últimos dois anos. O sofrimento da garota que ele queria fazer feliz o machucava mais do que qualquer dor. Ele reconhecia isso e esperava que um dia fosse capaz de amar outra mulher, talvez ainda mais intensamente, se tivesse sorte, mas Melissa sempre seria seu primeiro amor e sua melhor amiga. Sempre seria aquela a quem ele salvaria. Ele a amaria para sempre, mesmo agora que a paixão dava lugar a um sentimento mais terno.

— Se eu estivesse em risco, o que você faria? — perguntou ele.

— O que fosse preciso para te ver bem.

— Mesmo arriscando a sua vida?

— Mesmo assim. — Ela compreendia aonde ele queria chegar.

— É triste que seja dessa forma, mas entendo a escolha dele em dar a vida por Arthur. Fui contra tudo isso e agora compreendo. — Marcos sorriu tristemente enquanto tirava uma mecha de cabelos do rosto de Melissa. — É o que os amigos fazem. Eles salvam uns aos outros. E o único modo de salvar você, Mel — ele acariciou o rosto da jovem com a doçura de sempre —, é se eu arriscar me sacrificar por ele. Os malditos sacrifícios... Eu entendo. É o que fazemos por quem amamos.

    Ela o abraçou, chorando. Sabia que nada do que dissesse o faria mudar de ideia. Marcos sempre se sacrificaria por ela, assim como se sacrificaria por ele. Era um amor puro, que não pedia nada em troca.

    Sem esperar mais, Marcos abaixou-se e tocou o ferimento de Lancelot. Canalizou todo o amor que sentia e transformou em energia para salvá-lo, enquanto o cavaleiro tentava argumentar contra o risco. Mesmo sem compreender direito seu poder, o jovem sabia que funcionaria. Ainda que Lancelot fosse imune à magia, ele jamais seria imune ao amor.

    Uma luz forte vibrou e iluminou ambos: o cura-vidas e a vida que a partir de então ele passaria a abrigar dentro da sua. O ferimento de Lancelot começou a fechar-se e, por um instante, Marcos acreditou que tudo daria certo, porém, no segundo em que o cavaleiro se sentou, Marcos perdeu a consciência.

74

Quando Arthur cruzou os portões do castelo, Maddox e Lynnet correram até ele, abraçando suas pernas sem se importar com o sangue que manchava suas vestes, e o surpreenderam. O rei se comoveu, bagunçou os cabelos do menino e pegou a menina no colo, dizendo que o pior havia passado e que Maddox não precisava se preocupar mais.

Arthur percebeu que estava errado pouco depois, quando a esposa de Bors e seus três filhos pequenos prostraram-se sobre o corpo do cavaleiro. O pranto comovia a qualquer um que os olhasse. O caçula, de pouco mais de um ano, tocava a face do pai, tentando acordá-lo. Os irmãos do cavaleiro se ajoelharam ao lado, em silêncio. O pior viria agora, o coração do povo sangrava com seus mortos.

Gaheris havia levado uma punhalada nas costas e não revelou a ninguém, causando espanto quando desabou depois de ajudar a remover vários corpos da planície.

Tristan e Mark, também feridos, receberam cuidados e retornaram ao campo de batalha para ajudar no traslado dos corpos. Todos queriam uma passagem tranquila às almas perdidas.

Todos os líderes inimigos estavam mortos. Leodegrance tentou fugir e foi morto por uma flechada de Erin no pescoço. Ela esperava que, onde quer que Kay estivesse, ele pudesse vê-la e se sentisse orgulhoso.

Se não bastassem os problemas recorrentes da guerra, o rei descobriu que o bispo Germanus, revoltado com seu discurso igualitário antes da batalha, havia abandonado o castelo e partido para Roma com os poucos homens leais, fechando a pequena igreja do reino e abandonando a catedral que estavam construindo.

Fazia um dia que Lancelot, Melissa, Lilibeth e Benjamin tinham atravessado o portal no lago rumo a Avalon, levando o corpo inconsciente de Marcos. Em Camelot, ainda retiravam homens mortos da planície, tanto aliados quanto inimigos. O verde tornara-se rubro, e a garoa persistente purificava a natureza outra vez.

Quando recobrou a consciência, Gaheris, que insistia em não repousar, foi para os aposentos de Mordred. Seu irmão não havia acordado desde que chegaram de Tintagel. Antes de partir, Lilibeth o assegurara de que era por causa de seu pó do sono, que o ajudaria a se recuperar sem sentir tantas dores, porém Gaheris, ciente do passado de Mordred, perdia as esperanças de vê-lo despertar. Era como se ele quisesse partir.

— Olá, irmão. Como está hoje? — Ele examinou o olho coberto de curativos. — Isso é tão errado. Não era para ser você. Eu sou o guerreiro e você é o poeta. Você gosta tanto de ler e escrever. Eu deveria ficar cego, acho que saber ler e escrever é superestimado. Não preciso enxergar para estar com uma mulher. — Ele esperou um momento. — Ah, droga. Esperava que você acordasse para me xingar. É claro que eu sei que você pode ler e escrever com um olho só. E que você não é apenas um poeta, é um excelente guerreiro, mas eu sou melhor. — Gaheris afastou os cabelos da testa dele. — Mordred, você é meu irmão. Nós passamos a vida inteira juntos, e não quero perdê-lo. Também não quero que sofra. Então, se quiser partir e encontrar Anya, eu o insultarei em seu funeral, mas entenderei. Se você viver, prometo que encontraremos uma mulher que o faça se sentir vivo outra vez. Porque é isso, não é? Você morreu com a Anya. No fim, eu sou o cego imbecil por não ter percebido.

— E você dizia que eu era o dramático... — murmurou Mordred, abrindo o olho devagar.

— Irmão! — vibrou Gaheris. — Você está vivo!

— E quando foi que eu morri? — inquiriu Mordred, franzindo o cenho de dor. Ele tentou sentar-se na cama e foi auxiliado pelo irmão, que ajeitou o travesseiro às suas costas. — Enquanto quase recuperava a consciência, ouvi Lilibeth dizendo que eu não corria mais risco havia um tempo.

— Ela falou, mas não acreditei. Achei que estivesse querendo me agradar.

— E por que ela ia querer agradá-lo? — Mordred pegou a bebida na mesinha e bebeu direto do gargalo, precisava reduzir a dor na cabeça.

Gaheris apontou para o próprio corpo, sorrindo, presunçoso.

— Você é mesmo um imbecil, Gaheris. — Mordred riu e imediatamente se arrependeu, pela sensação ruim que o tomou.

— Você também, mas é um imbecil vivo e estou feliz por isso.

— Irmão, estou um pouco confuso. Você disse que estou cego. — Mordred tocou o curativo, a aflição o incomodando. — Não me recordo do que houve. Eu me feri na batalha? Estão todos bem?

— Gabriel disse que isso poderia acontecer. Um problema de memória.. foi o que ele falou.
— Nós salvamos Melissa? — As imagens o assaltavam.
— Sim, salvamos. Aliás, Melissa é uma explosão contida em uma mulher. Se não fosse nossa irmã, eu me casaria com ela. Nem me importaria de matar Arthur e Lancelot. — Gaheris deu de ombros, fazendo as contas com as pontas dos dedos. — Ou qualquer outro que surgisse, afinal, a garota é um perigo. — Ele brincou.
— Por que está desconversando? — indagou Mordred, desconfiado.
— Acho que deveríamos conversar depois.
— Diga-me quem fez isso ou sairei perguntando pelo castelo! — Ele segurou o braço de Gaheris.
Sem alternativa, o guerreiro preparava-se para magoar seu irmão outra vez.
— Gawain.

※

Morgana entrou nos aposentos do irmão e notou que a porta de comunicação estava entreaberta. Empurrou-a e viu Arthur sentado na cama, contando uma história às duas crianças que agora o seguiam por todo o castelo. A mesma história que ele lhe contava quando eram pequenos. Uma nostalgia invadiu seu peito, vendo-o ali, tão em paz e envolvido. Eles o ouviam atentamente, com um sorriso admirado no rosto, enquanto Arthur fazia caretas e mudava o tom da voz, dando vida aos personagens.
— E então, quando o grande dragão se aproximou e o guerreiro pensou que tudo estava perdido... — contava Arthur.
— Sua irmã jogou-lhe a espada e, juntos, eles derrotaram o maligno monstro e entenderam que não há nada que dois irmãos que se amem profundamente não possam fazer. — Morgana completou a história.
Arthur sorriu para ela, estendeu-lhe a mão, beijando-lhe a palma.
— Já viu meus pequenos?
— Seus? — perguntou ela, admirada.
— Sim. Eu tinha uma pequena antes. — Ele deslizou o dedo da testa até a ponta do nariz de Morgana. — Mas ela cresceu e agora enfrenta seus próprios dragões, então encontrei esses dois que precisavam de mim. Parece-me justo.
— Parece, mesmo. — Ela beijou a testa das crianças sonolentas e ajudou Arthur a cobri-las, depois pegou o irmão pela mão e o levou para o outro quarto, tomando o cuidado de não fechar a porta completamente.
Arthur abraçou a irmã, e, durante vários minutos, nada foi dito. Ele lhe acariciava os cabelos, e ela segurava-lhe a mão livre contra o peito, como

faziam quando eram apenas duas crianças perdidas em uma guerra que não parecia terminar.
— Você ficará bem? — perguntou a feiticeira, enfim.
— Ficarei. Talvez não tão cedo, mas ficarei.
— Você merece ser muito feliz, meu irmão.
— Todos nós merecemos. Percebi que não poderia mais me colocar entre Melissa e Lancelot. Ela jamais olharia para mim como olha para ele. Se havia alguém sobrando, era eu.
— Sinto muito.

Vê-lo triste a magoava demais.

— Está tudo bem. Quero apenas que ele viva. Ele sabia, não era, Morgana? Lancelot sabia que morreria naquele campo de batalha para me salvar.
— Sabia. Melissa tinha contado a ele.
— Tinha? — O rei admirou-se.
— Sim. O relacionamento deles é diferente de tudo que já vi. Ela precisou contar porque reconhecia o direito de Lancelot de saber e escolher o que fazer.
— Eles foram feitos um para o outro. — Um leve pesar o tocou.
— Talvez os dois tenham sido feitos para serem livres e, em sua liberdade, se reconheceram.
— Concordo. Você é muito sábia, irmã.
— Sim, eu sou. Por isso, me ouça: sua mulher também nasceu para ser livre, meu irmão. Como todas nós deveríamos nascer. Esteja atento a isso para que possam se reconhecer. — Havia mistério por trás das palavras de Morgana. Como se ela pudesse ver o que Arthur ainda não notara.
— Talvez eu não esteja destinado a encontrar o amor verdadeiro. Um rei tem muitas responsabilidades. Estou pensando em aceitar algum casamento político. Uma aliança assim pode fazer bem ao reino.
— Não. Você não fará isso. Ela aparecerá.
— E como saberei que é ela? O amor pode ser bem confuso. Achei realmente que fosse Melissa.
— Não sei dizer, Arthur, mas sei que você saberá. E, às vezes, não é na hora. Pode ser confuso. Podem surgir outras pessoas que baguncem ainda mais seus sentimentos, mas você saberá. Nem sempre o amor surge como uma explosão. Ele pode vir aos pouquinhos, sem você perceber o quanto a outra pessoa lhe é especial.
— Quando ficou tão sábia? — provocou ele.
— Sempre fui sábia. — Ela o fez rir, afastou-se para sorrir para ele e depois encostou a cabeça em seu peito outra vez. — Arthur.
— Diga.
— Sempre serei sua pequena.

75

Exausto, Merlin sentou-se à pequena mesa de sua torre e ouviu a voz de Lilibeth à porta. Quando ela entrou, sem bater, por sinal, ele estranhou vê-la sozinha.

— Com quem falava, menina-fada? — Ele a chamou pelo apelido que lhe dera quando ela era criança.

— Com minha mãe. Com quem mais seria? — respondeu Lilibeth, sentando-se à frente dele e espalhando pó de fada para todos os lados. Franzindo a testa, ela estranhou: — Não vai reclamar?

— Não sei se quero gastar forças com isso.

— Você está bem? — Ela levantou-se, foi até ele e, como uma mãe preocupada, tocou-lhe a testa. — Está quentinho. Você precisa descansar, velho feiticeiro. Está um caco. Vou colher algumas ervas no jardim de Morgana e já volto...

— Espere. — Ele segurou-lhe o braço, impedindo-a. — Não é necessário. Você não é a única que conversa com sua mãe.

Lilibeth estremeceu por um instante. Sabia que parte do povo fazia preces a sua mãe e ela as atendia quando as julgava justas, mas ter uma conversa era diferente. Era sinal de uma grande bênção ou de que havia chegado a hora.

— Não, não! — A fada se agitou quando compreendeu que os dias de seu velho amigo tinham chegado ao fim. — Podemos dar um jeito nisso. Você foi uma peste nos últimos anos, mas, Merlin, nós nos conhecemos há...

— Centenas de anos. — Ele suspirou, levantando-se devagar. — Estou realmente cansado.

Reconhecendo que não deveria mais insistir em mantê-lo ali, Lilibeth fez o que qualquer boa amiga faria:

— Do que precisa? Quer se despedir de alguém?

— Não quero causar mais comoção, e, além de Arthur, apenas você sentirá falta da minha sabedoria ímpar. — Ele conseguiu sorrir, abrindo os braços para ela.
— Velho idiota. — Ela o abraçou, permitindo que as lágrimas escorressem.
— Eles nunca vão saber o quanto você é incrível por trás dessa máscara de feiticeiro manipulador que você decidiu usar desta vez.
— Não fiz o que fiz para que eles soubessem, fiz para que tivessem uma chance de viver. Com minha partida, aparo a última aresta.
— Owain?
— Sim. Meu filho não passará mais nem um só dia na Escuridão. Que ele me perdoe por tudo o que precisou enfrentar. Que todos eles possam me perdoar.
— Eles o perdoarão. Agora que você parou de tentar obrigá-los a fazer o que não queriam, com o tempo, eles entenderão. Você se despediu de Arthur?
— Não tive coragem. Escrevi algumas palavras. Você poderia entregar a ele, depois da minha partida?

Lilibeth apenas assentiu e o abraçou mais forte. Merlin pensou em orientá-la sobre como deveria guiar os feiticeiros de Avalon, mas se calou no último segundo. Era hora de deixá-los decidir com a liberdade que lhes era devida.

※

Da janela de sua torre, Merlin viu Lilibeth sair para o pátio como um furacão e trombar com Arthur, que a amparou e, curiosamente, acalmou-a. O feiticeiro sentia-se esgotado. O primeiro passo para a mudança estava dado, Arthur havia sobrevivido à batalha. Haveria outras, evidentemente, porém nenhuma versão passada do rei de Camelot jamais passara daquela, o que dava ao feiticeiro uma singela esperança.

Lilibeth havia lhe garantido que a profecia não ligava Melissa e Arthur por casamento. O feiticeiro não se sentia mais inseguro. Não havia dúvidas, por mais que se esforçasse, usasse chantagens e feitiços de memória, o amor de Lancelot e Melissa sempre prevalecia. Era provável que tivessem a bênção da Deusa. O filho gerado e abençoado com o poder do Ar era a prova. A jovem fada os protegeria para sempre e nada mudaria seu coração. Lilibeth ainda via Lancelot como o bebê a quem salvara, que perdera tudo, assim como ela, e jamais desistiria de fazer o que fosse necessário para sua felicidade. Talvez por isso Lilibeth entendesse tanto Merlin. Ela sabia que o que ele fazia por Arthur ela faria por Lancelot.

Com um sorriso, Merlin lembrou-se das palavras de Viviane. "Não há magia que vença o amor. E, se vencer, é porque nunca foi amor."

O feiticeiro lastimava-se por seu rei. Cada passo, cada estratégia, cada pessoa que fez sofrer ao longo desses intermináveis anos fora por Arthur. O rei que ambicionava mudar o mundo e torná-lo melhor. Aquele que via os homens como iguais.

Observando o pátio, Merlin viu Arthur parar para acariciar os cabelos de Lynnet, que brincava com o filho de Isolde. Um orgulho abateu-se sobre o feiticeiro, por tê-lo acompanhado em boa parte de sua jornada. Em todas as suas tentativas de mudar a história, conheceu muitas versões de Arthur. Todos valentes, leais e corajosos, porém nenhum com um coração tão grande como aquele para quem olhava agora. Ele seria um rei memorável, unificaria a Britânia e o coração dos homens.

O jovem, sentindo-se observado, ergueu a cabeça e notou Merlin parado à sua janela. Acenou para ele e prosseguiu com suas obrigações, despedindo-se da fada, que caminhou para o lado oposto.

Reconhecendo a melancolia de Arthur, o feiticeiro desejou poder auxiliá-lo, ciente de que seria em vão. O amor dera a Merlin uma grande lição e ele estava exausto, não poderia ajudar seu rei nem se quisesse.

Gabriel cruzou o pátio e conversou com Arthur enquanto o velho os observava. O jovem feiticeiro ainda conheceria poderes inimagináveis conforme amadurecesse. Estava nas mãos de seu neto ser o conselheiro de Arthur.

Deitando-se na cama, Merlin cobriu-se, sentindo-se cada vez mais fraco. Seus poderes estavam completamente esgotados, com tudo que fizera por Arthur. Ajeitou-se no travesseiro e fechou os olhos, pensando na única pessoa a quem jamais quisera magoar e a quem terminou por causar grande sofrimento.

Em seus sonhos, Merlin encontrou Viviane e entregou-se ao descanso merecido, para nunca mais acordar. Afinal, viver mil anos criando novas realidades não era para qualquer um.

Em Camelot, houve muita comoção quando o corpo de Merlin foi encontrado. Na manhã seguinte, Arthur fez o funeral repleto de honras. Ninguém amava o feiticeiro como o jovem rei.

Arthur enterrava não só seu conselheiro, mas um pai. Reconhecia as tentativas de manipulação que vieram dele, porém sabia que seu intento nunca fora, de fato, ruim. Tudo o que ele mais queria era que Arthur vivesse.

Lilibeth chorou muito, abatida, honrando o homem que salvara sua vida. Ela reconhecia que ele estava longe de ser perfeito, porém, por ter testemunhado a destruição do próprio mundo, a fada compreendia o feiticeiro. Ele queria evitar que o mesmo acontecesse à Britânia, sem contar seus esforços para proteger o portal para o mundo mágico. Seus meios não foram honestos e talvez ainda houvesse grandes perdas em consequência de suas atitudes, mas, quando pensava nele, ainda via o velho amigo de seu pai lhe contando histórias maravilhosas enquanto ela fugia para Avalon.

Gabriel não perdoara completamente o velho por tudo o que ele causara a sua família, mas, por meio do amor de Lilibeth, compreendeu melhor a obsessão de Merlin em salvar Arthur. Agora, estava nas mãos do jovem cavaleiro continuar seu legado.

Que Merlin fosse embora em paz.

ಜಿ

Com um pergaminho em mãos, Lilibeth cruzou a porta da capela cristã pela primeira vez. Um dia, o bispo lhe dissera que ela era um ser do inferno, então chegou a olhar para suas asas com receio de vê-las em chamas na área da capela, em seguida balançou a cabeça.

Em um dos bancos à frente, Arthur estava debruçado, fazendo uma prece por Merlin. Ao se levantar, não conseguiu evitar sorrir com a ironia.

— Ah, Merlin daria uns tapas em você se o visse chorando por ele aqui — disse a fada, ao entender sua expressão.

— "Pegue sua prece e leve-a de volta. Que a Deusa o ilumine!" — Arthur imitou a voz do feiticeiro, sorrindo, com carinho. — Será difícil me acostumar com a ausência dele. O que a traz aqui?

— Merlin. Quem mais? Onde quer que ele esteja, deve estar possesso de nos ver aqui por causa dele.

— Certamente. Mas ainda não entendi. Veio orar por ele?

— Pela Deusa, credo, não! — exclamou ela, de imediato, depois cobriu a própria cabeça, encolhendo-se. — Ai, Deus, será que o teto vai cair?

— Você também acredita nos dois? — Arthur interessou-se.

— Bem, minha mãe é a Deusa, eu sou uma fada, e minha madrinha era um dragão. Acredito em basicamente tudo. — Ela deu de ombros. Em seguida, estendeu-lhe o pergaminho. — Merlin pediu que eu lhe entregasse isso.

Compreendendo, o rei tocou o pergaminho e sentiu uma brisa soprar na capela.

— Eu não acredito que você lhe entregou o pergaminho em uma capela, Lilibeth! — A voz estrondosa de Merlin escapou do pergaminho e ecoou pelo lugar.

— E eu ia saber que você tinha encantado o pergaminho?

— Ótimo. Meu último resquício de vida e passarei nesse ambiente estúpido.

— Não seja desrespeitoso, Merlin — censurou a fada. — E pare de perder tempo.

As paredes de madeira da capela pareciam se iluminar com a força da magia de Merlin. Arthur abriu o pergaminho, que estava em branco, apesar de brilhar muito intensamente. Antes que ele pudesse dizer o que quer que fosse, a voz do feiticeiro tornou a ser ouvida.

— Arthur, sei que deveria ter me despedido em vida e agora estou sendo castigado por ter de fazê-lo neste local. — O tom dele ficou irritado antes de abrandar. — O dever da minha vida foi tornar o mundo um lugar onde você pudesse viver. Sei que errei, principalmente com relação ao meu sangue, e não espero perdão. Espero que todos vocês vivam e que você seja o rei que deve ser. Continue seguindo seu coração, mesmo quando ele faz com que os outros o questionem. Ouça-o. Por seu coração, seja o rei que deve ser. E, ainda por seu coração, lembre-se do homem que você é. Honre sua essência e não se afaste do amor. Acredite neste velho. No fim, o amor é o que nos conecta. Adeus, meu menino. Meu filho. Meu rei.

O pergaminho se iluminou cada vez mais até se dissolver em pura luz e magia. De certa forma, foi o caminho que Merlin usou para mostrar que a magia e a fé podem coexistir.

Emocionado, Arthur suspirou profundamente e fechou os olhos, pensando no velho feiticeiro a quem conheceu mais que ao próprio pai. Muitas lembranças o invadiram. Um tempo que não voltaria mais. A melancolia do momento inundou o peito do rei, que se sentiu muito sozinho; sentimento que o vinha acompanhando.

Lilibeth se balançava nos pés, inquieta. A dor de Arthur era tangível. Perder Merlin agravava a situação. O rei tentava se fechar, como se isso pudesse lhe servir de escudo para o sofrimento.

Quando Arthur abriu os olhos, voltou ao momento presente e percebeu que a fada ainda estava lá. Enquanto ele mantinha-se o mais sereno que podia, ela mal conseguia ficar parada. Cada um sentia a perda de Merlin de uma forma. Pausa e movimento. Racionalidade e pura emoção.

Talvez ainda influenciados pela magia de Merlin, ambos sentiam suas diferenças tão expostas.

Sem conseguir mais se segurar, a fada abraçou o rei. Então se afastou um pouco e disse, fitando-o:

— Você não está sozinho. — E, com a mesma rapidez que entrou, ela saiu da capela, deixando um rastro de pó de fadas atrás dela.

76

Um dos meninos de Avalon entrou na cabana de Melissa e entregou-lhe algumas ervas que ela havia requisitado. Depois de limpá-las, ela as adicionou ao caldeirão com água fervente. O aroma logo preencheu o ar.

— Com azia outra vez? — perguntou Lancelot, ao entrar e reconhecer o aroma do chá.

— Sim — confessou Melissa, e deu-lhe um beijo, observando-o se abaixar para beijar-lhe a barriga protuberante.

— Como vão os meus amores? — Lancelot levantou-se, ainda acariciando-lhe a barriga, que agora se mexia.

— Esse menino não vê a hora de sair para encontrar o pai.

— E sua linda e poderosa mãe. — Ele beijou-lhe os lábios mais uma vez.

Melissa sorriu, permitindo-se ter um momento de felicidade. Em seguida, lembrou-se de Marcos, que meses depois ainda permanecia desacordado em um dos quartos.

— Como ele está hoje? — perguntou o cavaleiro, seguindo para o quarto preparado para Marcos.

— Sem febre ou pesadelos. — Melissa o seguiu. — Está tranquilo há alguns dias. — Ela sentou-se na cama e beijou-lhe a testa. — Tão sereno. É como se fosse acordar a qualquer momento.

Embora se sentissem culpados pela escolha de Marcos, Lancelot e Melissa estavam aliviados porque Lilibeth lhes dissera que ele não estava na Escuridão. O mais provável era que estivesse apenas dormindo para reunir as forças necessárias para manter não somente a própria vida, como também as de Lancelot e Morgana.

Como Senhora de Avalon, Melissa tinha permissão para conversar com a Deusa, que a acalmara ao dizer que, quando o amor reinasse, Marcos acordaria.

Era difícil esperar e também compreender. Afinal, Melissa e Lancelot estavam juntos, então o amor não tinha reinado? Ou não era a eles que a Deusa se referia? Talvez o amor ainda precisasse criar raízes em outros corações.

Naquela noite, buscando orientação, Melissa adormeceu depois de uma longa prece à Deusa. Seus sonhos foram intensos e reveladores, fazendo-a acordar, sobressaltada, assustando Lancelot.

— Está na hora? — Ele olhou para a barriga da mulher.
— Não. Já sei como Marcos acordará.
— Como?
— Tenho uma missão para você.
— Diga.
— Precisa ir para Camelot.

※

Gabriel terminava de se vestir depois de ter-se banhado na tina. Seu quarto era iluminado por velas e lamparinas. A última notícia que tivera de Avalon, com relação ao amigo, não fora promissora.

Vestira uma calça de tecido de lã grosso e uma camisa do mesmo material. A temperatura caía mais a cada dia, e ele ainda teria de fazer uma ronda de madrugada para verificar os feridos.

Sentou-se na cama, colocando as mãos na testa, pensativo, quando algumas batidas soaram à porta. Abriu-a e surpreendeu-se ao ver alguém baixo, completamente coberto com uma capa gasta, parecendo um dos servos. Quando o capuz foi levantado, Gabriel viu os cabelos mais vermelhos de todo o reino.

— Morgana, o que faz aqui? — perguntou ele, preocupado. — Aconteceu algo?

— Não. Preciso conversar com você. — Insegura, ela entrou no quarto, fechando a porta atrás de si.

— Sabe que não deveria estar no alojamento dos cavaleiros a esta hora da noite, não sabe?

— Sei, mas vim mesmo assim. Ninguém me notou usando essa capa velha de Alana e criei a ilusão de ser outra pessoa — confidenciou a feiticeira.

— Tudo bem — cedeu Gabriel, puxando a única cadeira do cômodo para ela e sentando-se na cama. — Sobre o que quer conversar?

— Você teve alguma visão? — perguntou ela, de uma vez.
— Não.

— Eu também não. Não acha estranho?
— Espero que não. Talvez não haja nada para ver por enquanto.
— Acha que ele vai acordar? — Ela se referia a Marcos, a voz saindo trêmula.
— É o que desejo. Morgana. — Ele hesitou, pois sabia a resposta para a pergunta que faria. — Por que está aqui? Você poderia ter me perguntado sobre isso quando nos vimos na muralha.
— Sempre há alguém por perto e...
— E...
— Ouvi Arthur e Mark conversando. Depois de meses, entre idas e vindas da Cornualha, o casamento de Mark finalmente acontecerá. Ele pediu a você que fosse com ele por um tempo. É verdade?
Então era isso. Ela sabia.
— Sim. Devemos muito a Mark e à Cornualha. Se for o desejo do rei, eu o atenderei.
— Eu sei — murmurou ela.
A tristeza da feiticeira era evidente. Sem poder evitar, Gabriel tocou-lhe a mão, sentindo-a aquecer. Morgana levantou os olhos para ele e, em silêncio, os dois se encararam.
— Eu voltarei — assegurou o cavaleiro.
— Voltará? — indagou ela, insegura. — E se Mark tiver planos para você?
— Que tipo de planos?
— Casar-se com Erin, talvez.
— Ele prometeu que não a obrigaria.
— Mas vocês são amigos e ela poderia se apaixonar. Não seria difícil. — Incapaz de permanecer sentada, levantou-se, sendo acompanhada por ele.
— Sim, ela poderia, mas não acontecerá.
— Como pode ter tanta certeza?
— Porque amo outra. E eu já disse isso a você, mas creio que sua insegurança esteja a afetando. Talvez não saiba que, quando é amor verdadeiro, nada consegue ficar no caminho, nem o tempo, nem a distância, nem feitiços ou até mesmo a morte. Se for para ser, será.
— Como Lancelot e Melissa. — Ela o viu assentir. — Quem você ama? — Morgana arriscou.
— Não sabe, mesmo? — Ele segurou-a pelos braços, com carinho.
— Talvez eu saiba, mas quero ouvir outra vez — sussurrou ela, ansiosa.
— Morgana. — Ele tocou-lhe o rosto, aproximando-se devagar.
— O quê?
— Amo você.

Feliz e sem graça, Morgana desviou o olhar, depois o voltou para ele, sem saber como reagir. Gabriel mexia com cada um de seus sentidos. Antes que pudesse pensar numa resposta, o cavaleiro desceu a mão para seu pescoço e a beijou.

Iniciando a carícia com ternura, Gabriel deleitou-se nos lábios de Morgana e com o modo como a feiticeira deixava evidente que ansiava pelo contato tanto quanto ele. Como por reflexo, todas as chamas das velas do quarto se intensificaram, sem poder conter a própria magia.

Morgana tocou seu peito, devagar, enquanto ele deslizava a mão até sua cintura, envolvendo-a. Ela permitiu-se levar, sentindo a necessidade de se aproximar mais. Ansiando por cada contato que ele pudesse oferecer.

Gabriel surpreendeu-se com sua doçura, Morgana era ainda mais delicada do que havia imaginado. Aprofundou o beijo, incapaz de parar. Tanto tempo esperando para tê-la nos braços, e a sensação era sublime.

Todos os problemas que haviam enfrentado deixaram de existir à volta deles, eram apenas Gabriel e Morgana. Dois jovens que se apaixonaram à primeira vista na Escuridão, perderam esse sentimento e voltaram a se apaixonar outra vez, sendo impossível resistir ao elo que lhes havia sido escondido.

Os corações disparavam com o impulso do amor juvenil que tanto prometia. Uma celebração silenciosa do encontro de dois mundos tão distintos, da união da Água e do Fogo, elementos opostos e, ao mesmo tempo, vitais um ao outro. Uma combinação perfeita, uniforme e quase impossível de esperar.

— Por que demorei tanto para beijar você? — Ele se perguntou, quando finalmente conseguiu se afastar, colocando uma mecha de cabelos vermelhos atrás de sua orelha.

— Uma vez Marcos disse que é por você ser um idiota — comentou ela, ingenuamente, fazendo-o gargalhar.

— Ele provavelmente tem razão. — O cavaleiro acariciou-lhe o rosto. — Você é tão linda. Tão, tão linda.

Ela sorriu, encantadora.

— Você voltará? — A insegurança perturbava Morgana.

— Tem alguma dúvida? Olha — ele pegou-lhe a mão e a colocou novamente sobre seu peito —, esse é o meu coração disparando por você. Nunca me senti assim antes.

— Eu também não. — Buscando a coragem dentro de si, ela o acariciou sobre a camisa de lã, e isso foi o suficiente para Gabriel perceber que perderia a noção do certo e do errado em poucos segundos.

— Um dia, eu me casarei com você, Morgana. E, se Arthur se negar a me entregá-la, vou roubá-la para mim, basta dizer que concorda.

— Eu concordo. Pode me roubar, se for necessário. — Seus olhos brilharam, refletindo as chamas das velas ou produzindo uma labareda própria; Gabriel não soube dizer.

— Agora você precisa ir. Se descobrirem que está aqui...

— Não quero ir. Quero ficar com você, como deveríamos ter feito em Avalon.

— Fui um tolo ao achar que conseguiria ficar longe de você, mas eu tinha uma certeza.

— Qual?

— De que, se eu a beijasse outra vez, não conseguiria parar.

— Não quero que pare.

— Você não deveria falar assim comigo — advertiu ele, docemente. — Sou um cavaleiro, você é uma princesa. Será a minha princesa, mas ainda não podemos. — Gabriel tentava ser honrado.

— Eu posso falar como quiser e fazer o que quiser. — A personalidade forte de Morgana se sobressaía. — Não sou mais uma garotinha.

— Não me olhe assim — implorou ele, em um fio de voz.

— Assim como?

— Como se ficar comigo fosse seu único objetivo esta noite.

Ela mordeu o lábio, era exatamente o que queria.

— Ficarei aqui — disse ela, baixinho.

— Eu a beijarei mais uma vez e depois você irá embora. — Ele a viu negar com a cabeça, teimosa. Era sua Morgana. Sua meiga e teimosa Morgana.

Hesitando, a feiticeira subiu a mão do peito para o rosto de Gabriel.

— Posso ficar? — pediu ela, com tanta delicadeza que ele sequer respondeu antes de tomá-la nos braços.

Os pensamentos de Morgana pareciam chocar-se uns contra os outros, buscando a coragem necessária para convencer o cavaleiro a deixá-la ficar.

Gabriel sentiu os dedos delicados de Morgana procurarem a barra de sua camisa de lã e se infiltrarem sob a roupa, com insegurança e delicadeza. Sentiu-a tremer levemente quando ele tocou seu ventre e explorou seu corpo sobre o vestido.

Com a respiração ofegante, ele constatou que não conseguiria resistir a ela. Não quando cada relutância era quebrada por um argumento tátil. Morgana abalava-o.

Quando Gabriel desamarrou a capa da feiticeira e a deixou cair suavemente no chão, Morgana sentiu uma chama se acender dentro dela. O cavaleiro desamarrou seu vestido devagar, compartilhando com ela um olhar intenso, revelador. Queria-a tanto que não poderia pedir que fosse embora.

Mais segura, Morgana puxou sua camisa para cima e ele a despiu, permitindo que o vestido da jovem fosse ao encontro da capa no chão. Ele admirou o corpo da feiticeira, a pele clara refletindo as chamas. A fragilidade exposta, pedindo que fosse explorada.

O coração de Morgana se descompassou, disparando rumo a um lugar desconhecido. Sentia que não poderia controlar mais suas pernas, quanto mais a própria vida. Não queria que terminasse nunca. As carícias a consumiam mais do que qualquer fogo que já produzira. Enlevada, descobriu que o amor era a melhor magia.

Tomando seus lábios novamente, Gabriel pegou-a no colo e acomodou-a sobre a cama. Naquela noite, Água e Fogo seriam um só.

77

Lancelot não ficara nada satisfeito em deixar Melissa tão perto da hora do parto, contudo ele tinha uma dívida com Marcos e, se Melissa tivesse razão, ele ajudaria mais de um amigo de uma vez. Mas, para isso, ele precisaria que Arthur concordasse em ajudá-lo.

Decidido, seguiu direto para a sala de reuniões, onde Gabriel dissera que Arthur estaria, e, ao abrir a porta, pensou na ironia: todos com quem precisava falar estavam reunidos.

— Lancelot! — Tristan foi o primeiro a vê-lo.

Quando as saudações chegaram ao fim, o cavaleiro quis saber como estava o assunto que tentavam resolver.

— Como estão os preparativos para o casamento?

— Estão em ordem. Tristan faz questão que esperemos o nascimento do seu filho e a pronta recuperação de Melissa — respondeu Mark, com um sorriso orgulhoso.

— Tristan? — perguntou Lancelot, sem entender se o amigo estava tentando ganhar tempo para que o tio não se casasse com Isolde.

— É claro! Eu não me casaria sem vocês presentes. Se não fossem vocês, nada disso estaria acontecendo.

— O quê? — Poucas vezes em sua vida, Lancelot se sentira tão confuso, e não esperaria que justamente Arthur fosse esclarecer a situação.

— Tristan e Isolde vão se casar, Lancelot. Não foi algo fácil de resolver, mas, justamente por ser um casamento arranjado, não havia amor entre Isolde e Mark, e... — explicava Arthur.

— Eu jamais me oporia à felicidade do meu sobrinho — completou Mark.

— Então foi simples. — O cavaleiro ficou admirado.

— Não seria se eu não soubesse dos detalhes da sua história com a mulher que deveria se casar com Arthur — reconheceu Mark. — Eu refleti muito. Há uma série de questões políticas que estamos resolvendo, mas é meu sobrinho. É meu filho. Além disso, eu já tenho herdeiros. Não há pressa.

Surpreso, Lancelot via que, aparentemente, a questão que o trouxera ao castelo já estava resolvida; então o que ele fazia ali?

※

À noite, Arthur entrou na sala de reuniões e encontrou Lancelot esperando por ele.

— Me disseram que Lilibeth sempre vem conversar com você aqui, então resolvi vir mais cedo para não atrapalhá-los. — Havia um tom íntimo nas palavras de Lancelot, como sempre acontecia entre eles, ainda que o cavaleiro tivesse receio da reação do rei.

— O povo deste castelo precisa aprender a ser discreto. — Arthur tentou manter um tom sério, depois sorriu. Seu velho amigo estava de volta.

— Então...

— Então nada. Gosto de conversar com ela. É quase como cutucar um vespeiro, mas, em vez de vespas, saem vaga-lumes. Ela fala muito e gosto de ouvir.

Sentando-se à távola, Arthur desviou o olhar do amigo e se concentrou em servir uma dose de hidromel a eles.

— Meu amigo, você está corando? — perguntou o cavaleiro.

— Cale a boca, Lancelot. — O rei riu, empurrando-lhe a taça.

— O rei e a fada... Quem diria?

Os dois ficaram um momento em silêncio, apreciando suas bebidas, naquela sala de paredes grossas em que tantas reuniões importantes aconteceram antes. Ambos pensavam no passado e em como quase ficaram em lados opostos, mas a amizade entre eles e a lealdade que sentiam venceram. Apesar de toda rivalidade, a presença de um e do outro e poucas palavras foram o suficiente para deixar tudo em paz.

— Então estamos bem... — Havia um pouco de hesitação na frase de Lancelot.

— Estou feliz que esteja vivo, meu irmão. Não há arrependimentos entre nós. Que o amor possa reinar em Camelot de uma vez por todas.

Quando Lilibeth cruzou com Lancelot na porta da sala de reuniões, ela percebeu, pelo modo como ele a encarou antes de sorrir, que o cavaleiro sabia que havia algo entre ela e o rei.

Sem dizer nada a Lancelot, ela fechou a porta atrás de si e aproximou-se de Arthur, com o queixo erguido.

— Não me diga que você pediu permissão a ele?

— Do que está falando? — A confusão do rei era evidente.

— Para sei lá o quê que está rolando entre a gente. Diga que você não foi perguntar a Lancelot se podia me cortejar ou qualquer bobagem desse tipo.

Jogando a cabeça para trás, o rei gargalhou ao finalmente entender. Depois se aproximou dela, olhando-a nos olhos.

— A única pessoa para quem eu pediria permissão para cortejá-la seria você mesma e... — O rei não conseguiu concluir sua fala porque Lilibeth o beijou.

Arthur arregalou os olhos e a viu encarando-o durante o beijo, notando alguns risquinhos verdes perdidos nos olhos azuis, antes que ela os fechasse, empurrando-o até que suas costas se chocassem contra a parede. Ele podia não entender como aquilo havia começado, porém não pareceu disposto a interromper nada. Lilibeth envolveu-o pelo pescoço, não permitindo que nem um mísero espaço ficasse entre os dois, beijando-o sofregamente até que ambos perdessem o fôlego. Sugestiva, a fada desceu a mão vagarosamente pelo abdômen do rei, ainda com os lábios colados aos dele, prosseguindo até a cintura.

Entre o espanto e a excitação, Arthur observou-a se afastar bruscamente, lançando-lhe o olhar mais inocente que ele já vira na vida. A definição do bispo de que as mulheres eram o diabo nunca fizera tanto sentido. Devia ser pior com fadas.

— O que foi isso? — perguntou ele, com a respiração acelerada.

— Isso é o que acontece quando você faz a coisa certa.

Ele riu outra vez, feliz, ainda a mantendo nos braços.

— Você é livre, Lilibeth. Eu sei disso.

— Olha você dizendo a coisa certa outra vez. Está fazendo isso só para receber outro beijo?

— Não, minha fada tagarela. Eu acredito nisso, mas você pode me beijar de novo, se quiser.

E assim ela o fez.

— Não só o beijei, como te dei um presente.

— Que presente?

— Tornei-o imune a magia.

— E você não se enfraquece quando faz isso? Ouvi dizer que pode ficar um mês sem poderes.
— Posso, sim.
— Não é perigoso?
— Considerando que sou a última fada, é muito perigoso.
— E agora?
— Agora terei de ser protegida até que meus poderes retornem. — Ela sorriu, provocante.
— E espera que eu a proteja? — Ele começava a entender.
— Se você não se importar... — suspirou ela, piscando rapidamente. — É claro que sempre posso pedir a Gaheris. — Ela continuava a provocá-lo.

Arthur analisava a fada espevitada à sua frente. Jamais imaginara aquele caminho, porém não havia nada a perder. Sentia-se solitário e Lilibeth tinha um jeito especial de lidar com ele. Talvez, como Morgana havia lhe dito, o amor não precisasse ser uma força avassaladora que brotava à primeira vista. E, acima de tudo, o amor era livre.

— Não, não pedirá nada a Gaheris. — Ele aproximou-se devagar, fazendo-a aguardar pelo movimento seguinte.
— Mas ele é um bom homem, você sabe. — Ela brincava distraidamente com uma mecha lilás de seus cabelos.
— Não tenho dúvida, mas já decidi quem vai protegê-la e, bem... Você sabe... eu sou o rei — devolveu a provocação —, mando em todo mundo e esses detalhes bobos que você já deve estar cansada de saber.
— Ain, me pegou, você realmente manda. — Ela entrelaçou as mãos atrás de si, esperando.

Arthur chegou bem próximo a ela, mas não a tocou. Abaixou-se e sussurrou perto de seu ouvido:
— Antes de continuarmos, preciso perguntar: você não está sob um feitiço de memória e irreversivelmente apaixonada por um dos meus cavaleiros, está?
— Não. — Ela gargalhou.
— Está completamente livre?
— Completamente livre.
— Hum... — murmurou ele, enquanto a beijava cada vez mais próximo dos lábios.
— O que está tramando, Arthur? — perguntou ela, notando o tom travesso.
— Nada.
— Safado. Você é daqueles que faz planos. Estou sabendo.
— É bom que saiba. — E, dessa vez, foi ele quem tomou seus lábios sem esperar ser convidado.

Enquanto a vida prosseguia e retomava seu rumo, Arthur e Lilibeth continuavam com o jogo de gato e rato escondidos de todos os demais. Ora um seduzia, ora o outro. E, além de íntimos, os dois se tornavam cada dia mais amigos.

O desprendimento da fada se chocava com o excesso de preocupações do rei de forma suave, como peças compondo uma engrenagem.

Naquele dia, os dois estavam conversando sobre o desejo de Arthur de prover acesso ao conhecimento a todos de seu reino, e Lilibeth lhe contou sobre as escolas de Quatro Estações, cujo acesso era permitido às crianças de todas as classes sociais.

Decidido, o rei resolveu transformar a igreja abandonada pelo bispo Germanus em uma escola. Eles ainda não haviam tido nenhuma notícia de Roma e, se um novo bispo surgisse, teriam de conversar. Lilibeth disse que o ajudaria em todo o processo, inclusive ensinando, porém avisou que seria de um jeito único. Ele riu, imaginando o que a fada aprontaria com as crianças e também adultos que resolvessem aprender.

— Eu gosto de você — confessou ele, acariciando-lhe o braço. — Você faz com que eu me sinta em paz.

— De tudo o que já me disseram, é a primeira vez que ouço isso.

— Você precisa parar de fazer isso.

— O quê?

— Me lembrar de que houve outros.

— Possessivo e mimado.

— Não, não sou — teimou o rei.

— Só um pouquinho ciumento.

— Um pouco de nada. Não sou seu dono, apenas não quero estar com outras mulheres e ficaria feliz se você sentisse o mesmo. Não vou obrigá-la.

— Eu sinto o mesmo, seu bobo.

Ele a calou com um beijo, acariciando as pernas de Lilibeth por baixo do vestido.

— Ain, majestade, para de ser safado!

— É o que realmente quer? — Ele afastou-se repentinamente.

— Não, não, pode continuar. — Lilibeth agitou as mãos para que ele voltasse.

— Tem certeza? — perguntou ele, ainda parado.

— Aham. Agora vem aqui!

— Ótimo! — E, sem que ela esperasse, Arthur rasgou seu vestido.

78

Meses se passaram e Camelot estava em festa. Era o dia do casamento de Tristan e Isolde. O dia em que Melissa regressaria ao castelo pela primeira vez. Quando o jardim se abriu para a passagem de Melissa, Lancelot e seu bebê, todos que os amavam estavam ansiosos para revê-los. A explosão de alegria foi ainda maior quando Marcos surgiu ao seu lado. Desperto, saudável, pronto para o que a vida lhe traria.

Arthur vinha andando devagar, acompanhado por Morgana, que vira os quatro chegando da porta do salão. Enquanto sua irmã abraçava Lancelot, e Tristan e os outros chegavam correndo para recepcioná-los, o rei aproximou-se de Melissa.

— Você conseguiu — disse ele, abraçando-a.

— Nós conseguimos, Arthur. Todos nós. — Melissa olhou em seus olhos e percebeu que ele estava realmente feliz em vê-la, apesar da última conversa que tiveram e como tudo havia terminado. — Estamos bem, certo?

— Sim, estamos todos muito bem. — Ele sorriu e abraçou-a.

— Quero que seja feliz, Arthur.

— Arthur. — Lancelot aproximou-se.

— Irmão. — O rei o abraçou. — Que felicidade! Hoje comemoraremos o casamento, sua volta e o despertar do nosso amigo Marcos.

— Estou precisando! — reclamou o cavaleiro. — Mas, me diga, como esteve tudo na minha ausência?

— Algumas pequenas batalhas, muita conversa e vários projetos — respondeu Arthur.

— Que projetos? — perguntou Lancelot, curioso.

— Algumas ideias que Lilibeth tem me dado.

— Humm... Progredimos, então. — Lancelot olhou do rei para a fada, e isso bastou para notar que havia mais ali do que Arthur contava.

— Cala a boca, Lancelot — ordenou Lilibeth, baixinho. — Ou lhe darei um soco. E passa o meu afilhado para cá. — Pegou o bebê rechonchudo no colo.

O cavaleiro beijou a fada na bochecha, depois abriu espaço para Erin, que veio correndo e se jogou nos braços de Marcos.

— A partir de agora serei sua protetora. Ninguém vai colocar sua vida em risco — disse ela, sem soltá-lo.

— Olha, tendo em vista tudo o que aconteceu desde que cheguei a este mundo, você pode ser o que quiser.

Lancelot sorriu, feliz por todos estarem ali. Depois puxou Melissa pela mão e seguiram para sua tão esperada comemoração. Uma nova era se iniciava, e eles ficariam bem.

79

Arthur estava absorto em um projeto sobre a mesa do quarto, estudando meios de ampliar a escola. Lilibeth não parava de dizer que mais e mais crianças apareciam e que precisavam expandir. Arthur ainda não descobrira se as crianças queriam aprender ou apenas ficar perto da fada mais encantadora que eles poderiam conhecer.

Lilibeth chegou por trás da cadeira e o abraçou.

— Chega de trabalho por hoje. Seus pequenos já dormiram e só vão acordar pela manhã.

— Você jogou pó do sono neles outra vez?

— Joguei — confessou ela, serelepe. — Queria dormir aqui e Maddox quase me viu na semana passada.

Ele a puxou para seu colo.

— Não faz mal, faz? — perguntou ele.

— Não. Só lhes dará sonhos maravilhosos.

— Então, ótimo, porque quero que durma comigo. — Ele a beijou e ela o envolveu pelo pescoço enquanto ele se levantava e caminhava para a cama.

— Como tem conseguido sair daqui na calada da noite sem ser surpreendida pelos servos?

— Ah, sou surpreendida várias vezes, mas apago a memória deles. Agora a única pessoa que pode fazer isso no reino sou eu. E que graça teria se eu não usasse magia para proteger minha reputação? Nunca quis tanto que desse certo com alguém antes.

— E eu pensei que já estivesse dando certo. — Arthur acomodou-se junto a ela.

— Está. É que não quero que deixe de estar. Você é o rei e ainda precisa de uma rainha. É livre para procurar uma.

— Eu já a encontrei.

— Já?
— Sim. Sua mãe é a Deusa, não mais a rainha das fadas. A rainha é você.
— Isso é verdade, mas nunca me importei com títulos.
— Nem precisa, não importa quem você é ou quais títulos tem. Eu aprendi que, quando o amor é correspondido, devemos lutar por ele.
— Então é amor? — Ela sorriu, satisfeita.
— É amor, minha doce rainha. E eu posso provar.
— Prove. — Ela lhe ofereceu os lábios e ele não hesitou em tomá-los.

Horas mais tarde, Lilibeth estava aninhada em seu peito enquanto conversavam.

— Aqueles papéis são o projeto da nova escola? — Ela apontou para a mesa.
— São. Adaptarei o prédio que usaríamos para a catedral. Não prometi que o faria?
— Sim. Fico pensando no que Roma dirá quando souber que a igreja não existe mais.
— Não era minha intenção. Queria que a religião pudesse ser ensinada no reino, porém o bispo foi embora. Ainda não restabelecemos um contato formal com Roma, então não há nada que eu possa fazer. E, honestamente, não me importo. Deus existe em Camelot e isso basta. E nós O honramos todos os dias sendo bons e justos. Podemos ensinar às crianças ou a quem mais quiser conhecê-Lo, mas sem imposições.
— Você acredita tanto Nele e luta tanto para ser um bom exemplo que às vezes me questiono, mesmo sendo uma fada.
— Deus é bom, Lili. Deus é bom o tempo todo. Os homens é que corrompem a Igreja em busca de poder.
— Mas você acha que Ele criou tudo?
— Sim.
— E a magia, Arthur?
— Deus criou tudo.
— Até mesmo eu?
— Especialmente você.

※

Avalon prosperava como sempre e parecia ainda mais abençoada com Melissa habitando suas terras. Todos os dias, no fim da tarde, ela seguia para a Primavera, para seu lugar sagrado.

O campo de lavanda a recebia com uma brisa morna, com seu perfume tão envolvente. A plantação, que já era considerada especial antes, agora pertencia apenas a ela. Ninguém aparecia no lugar a menos que fosse convocado. Despiu-se e entrou na água convidativa. Havia quinze dias que não via Lancelot, que cumpria suas funções como cavaleiro, mas sabia que ele não tardaria. Mergulhou algumas vezes, lavou-se e saiu, vestindo-se e sentando sobre a pedra no centro da clareira. O vestido branco colava-se ao corpo molhado, os cabelos balançavam ao vento e ela recordava o passado.

Cada lembrança preciosa que um dia fora retirada de sua mente hoje era uma dádiva. Sua história com o homem que amava, que nem profecia nem magia foram capazes de afastar. O homem por quem lutara arduamente até conquistar o direito de chamá-lo de seu.

Finalmente, era livre para viver ao lado daquele que a enchia de felicidade e a ensinara a amar.

Ainda de olhos fechados, sentiu seus braços a envolverem e recostou a cabeça em seu peito.

— Sabia que viria hoje.
— Senti sua falta, amor.
Ela ouviu a voz rouca do amado.
— Eu também.

Lancelot aspirou seu perfume, extasiado. Estava em casa com sua mulher, depois de tanto tempo batalhando para ter paz ao seu lado. Finalmente poderiam desfrutar daquele amor intenso que sempre os unira, apesar das adversidades.

— Como está nosso bebê? — perguntou ele. — Passei para vê-lo no caminho e ele dormia. Foi muito difícil ficar longe.

— Ele está ótimo. Estamos felizes com seu retorno.

Lancelot a segurou pela mão e a fez descer da pedra, aconchegando-a em um abraço.

— E como está o meu coração? — O cavaleiro segurou seu queixo e beijou-lhe os lábios, com ternura.

— Exultante. E o meu? — Ela tocou o peito de Arthur, sentindo a pulsação dele acelerar sob seus dedos.

— Extremamente feliz.

E Lancelot girou Melissa em seus braços até cair com ela aninhada em seu colo sobre um punhado de lavanda. Finalmente, eles viveriam.

Impresso no Brasil pelo
Sistema Cameron da Divisão Gráfica da
DISTRIBUIDORA RECORD DE SERVIÇOS DE IMPRENSA S.A.
Rua Argentina, 171 – Rio de Janeiro, RJ – 20921-380 – Tel.: (21) 2585-2000